Katja Brandis
Woodwalkers – Die Rückkehr
Herr der Gestalten

Bücher von Katja Brandis im Arena Verlag:
Woodwalkers. Carags Verwandlung
Woodwalkers. Gefährliche Freundschaft
Woodwalkers. Hollys Geheimnis
Woodwalkers. Fremde Wildnis
Woodwalkers. Feindliche Spuren
Woodwalkers. Tag der Rache

Woodwalkers – Die Rückkehr. Das Vermächtnis der Wandler

Woodwalkers and Friends. Katzige Gefährten
Woodwalkers and Friends. Zwölf Geheimnisse
Woodwalkers and Friends. Wilder Kater, weite Welt

Seawalkers. Gefährliche Gestalten
Seawalkers. Rettung für Shari
Seawalkers. Wilde Wellen
Seawalkers. Ein Riese des Meeres
Seawalkers. Filmstars unter Wasser
Seawalkers. Im Visier der Python

Die Jaguargöttin
Khyona – Im Bann des Silberfalken
Khyona – Die Macht der Eisdrachen
Gepardensommer
Koalaträume
Delfinteam. Abtauchen ins Abenteuer
Delfinteam. Der Sog des Bermudadreiecks

Katja Brandis, Jahrgang 1970, hat Amerikanistik,
Anglistik und Germanistik studiert und als Journalistin gearbeitet.
Schon in der Schule liehen sich viele Mitschüler ihre Manuskripte
aus, wenn sie neuen Lesestoff brauchten. Inzwischen hat sie zahl-
reiche Romane für Jugendliche veröffentlicht, zum Beispiel *Khyona,
Gepardensommer, Die Jaguargöttin* oder *Ruf der Tiefe*. Bei der
Recherche für Woodwalkers im Yellowstone-Nationalpark lernte sie
eine Menge Bisons persönlich kennen, stolperte beinahe über einen
schlafenden Elch und durfte einen jungen Schwarzbären mit der
Flasche füttern. Sie lebt mit Mann, Sohn und drei Katzen, von denen
eine ein bisschen wie ein Puma aussieht, in der Nähe von München.
www.woodwalkers.de | www.seawalkers.de

Katja Brandis

Woodwalkers
Die Rückkehr

Herr der Gestalten

Zeichnungen von Claudia Carls

Für Arvin

Ein Verlag in der Westermann Gruppe

1. Auflage 2023
© 2023 Arena Verlag GmbH
Rottendorfer Straße 16, 97074 Würzburg
Alle Rechte vorbehalten
Dieses Werk wurde vermittelt durch die
Autoren- und Projektagentur Gerd F. Rumler (München).
Cover und Innenillustrationen: Claudia Carls
Der Arena Verlag hat keinen Einfluss auf
die Inhalte externer Webseiten.

Gesamtherstellung: Westermann Druck Zwickau GmbH
Gedruckt in Deutschland

ISBN 978-3-401-60641-5

Besuche uns auf:
www.arena-verlag.de

@arena_verlag
@arena_verlag_kids

Die neuen Erstjahresschüler auf der Clearwater High haben sich gut eingelebt und ich
habe – o Wunder! – die Zwischenprüfungen sogar
in Mathe bestanden. Aber weder meine Freunde
noch ich können uns so richtig entspannen und
auf Weihnachten freuen, weil mein Lieblingslehrer
James Bridger noch immer in der Gewalt der Löwen-
Wandlerin Rebecca Youngblood ist. Aber wir wissen,
wo er ist, und wir werden es schaffen, ihn zu befreien!
Ob unsere Schulleiterin danach trotz allem unseren
Schüleraustausch mit Afrika durchzieht? Dorthin, nach
Namibia, hat James Bridger das geheimnisvolle alte
Buch mit den Verwandlungsformeln geschickt,
bevor sie ihn gefangen genommen haben ...

Prolog

Rebecca Youngblood

Dieses Mädchen, das ihr da, mit Schneeflocken im Haar, auf dem abgelegenen Parkplatz gegenüberstand, sah unfassbar normal aus. Mittelgroß, hellblaue Augen, braunes, schulterlanges Haar, durchschnittliches Gesicht. Natürlich konnte sie nichts dafür, dass sie in zweiter Gestalt nur eine Kanadagans war, aber meine Güte, wieso machte sie nicht ein bisschen was aus sich?

»Wir haben neue Anweisungen für dich«, sagte Rebecca und lächelte das langweilige Gänschen an, ohne sich ihre Verachtung anmerken zu lassen. »Andrew Milling zählt darauf, dass du ihm hilfst. Ich hoffe, du weißt, was für eine Ehre das ist.«

Kimberley nickte, aber ein bisschen zögerlich. Bestimmt hatte sie inzwischen in dieser verdammten Schule vom Tag der Rache erfahren. Wahrscheinlich hatten dieser miese Pumajunge und seine Freunde ihr davon erzählt.

»Was sind das denn für neue Anweisungen?«, fragte das Mädchen.

»Natürlich wirst du weiterhin für uns die Clearwater High auskundschaften. Aber du könntest noch mehr tun, um Andrew zu helfen. Es bringt nichts, ihm ein Handy in die Zelle zu schmuggeln, denn er ist ja noch in seiner Pumagestalt gefangen.« Rebecca gab sich mitleidig. Zum Glück war sie eine hervorragende Schauspielerin, das lag ihr einfach im Blut. »Aber weil ich die richtigen Leute bestochen habe, können wir immer noch persönlich mit ihm kommunizieren. Du würdest kein Aufsehen erregen, wenn du das Raubtiergehege im Tierpark besuchst und für ihn ...«

»Ich bin nicht sicher, ob ich das will«, sagte Kimberley leise.

»Was hast du gesagt?« Die Kleine wurde rebellisch! Mal schauen, wie sie auf Einschüchterung reagierte. Rebecca näherte sich ihr ein paar Schritte und funkelte sie an. »Du willst ihn nicht etwa im Stich lassen nach all dem, was er durchgemacht hat, oder?«

Kimberley zitterte – und sicher nicht nur vor Kälte. »Stimmt es, dass ...« Ihre Stimme klang jämmerlich piepsig. »Stimmt es, dass er sehr viele Woodwalker dazu angestiftet hat, Menschen zu verletzen? Als Rache dafür, dass Jäger seine Pumafamilie erschossen haben?«

»Natürlich stimmt es. Was würdest du denn tun, wenn deine Angehörigen als Trophäe geendet hätten? Einen empörten Leserbrief an eine Jagdzeitschrift schreiben?«

Nervös zupfte Kimberley an ihren pinken Handschuhen herum. »Warum, äh, haben Sie Mr Bridger entführt? Geht es ihm gut? Er hat doch das alte Buch mit den Geheimformeln nicht mehr und weiß nichts darüber, was ...«

»Hör mal, Kleine.« Das Mädchen war wirklich anstrengend diesmal – Zeit, die Krallen auszufahren. »Wer hat dir erlaubt, mir Fragen zu stellen?«

»Aber ...«

Aus dem Augenwinkel überprüfte Rebecca, dass niemand in der Nähe war, dann teilverwandelte sie ihr Gebiss und spürte ihre Fangzähne an den Lippen. »Wir wissen alles über dich. Dass du Gedichte schreibst – keine besonders guten, finde ich – und im Literaturclub deiner alten Highschool warst. Dass du aus dem Schwimmteam geflogen bist, weil du den Leistungsdruck nicht ausgehalten hast und dich einmal zu oft mit Bauchweh krankgemeldet hast. Dass dein Bruder Chase, dem es so viel Spaß macht, wenn du ihm vorliest, manchmal noch ins Bett pinkelt, obwohl er schon sieben ist ...«

Kimberley war bleich geworden, nur ihre Nase schimmerte durch die Kälte rot. »Wie haben Sie das alles herausgefunden?« Ihr Gesichtsausdruck war wirklich amüsant.

»Wir haben viele, viele Unterstützer«, raunte Rebecca und hielt sich gerade noch davon ab, auf die Uhr zu blicken. Sie musste zurück, so bald wie möglich – hoffentlich lief in der ehemaligen Goldmine alles glatt. »Aber auch dich können wir gebrauchen, um die gute Sache voranzubringen. Also, was ist?«

Kimberley wiederholte: »Ich bin nicht sicher, ob ich ...«

Na so was. Es war wohl wirklich nötig, diesem Geschöpf mal an die Kehle zu gehen. Leider nicht im wörtlichen Sinne, Rebecca fraß gerne Gans. »Deine Familie ist dir wichtig. Sehr wichtig, gerade weil du nun so weit weg aufs Internat gehst. Doch deine Eltern streiten oft in letzter Zeit. Was, meinst du, würde passieren, wenn dein Vater zufällig Beweise fände, dass deine Mutter ihn betrogen hat?«

Das Mädchen bekam ganz große Augen. »Aber das hat sie nicht. Bestimmt nicht!«

Rebecca lächelte breit. Das hier machte wirklich Spaß, weitaus mehr als diese dämliche Las-Vegas-Show vor Kurzem, die von Anfang an schlecht organisiert gewesen war. »Es reicht ja, wenn dein Vater es denkt. Wenn er Beweise dafür findet.«

»Sie würden wirklich …«

»Keine Sorge. Es wird nicht nötig werden, oder?«

»Nein.« Das Mädchen flüsterte das Wort nur. »Sagen Sie mir, was ich tun soll.«

Na also. Rebecca erklärte es ihr und händigte ihr alles aus, was sie dafür brauchte.

»Was macht das mit ihm? Das bringt ihn nicht um, oder?« Kimberley war blass geworden.

»Nein, nein, keine Sorge, was denkst du von mir?« Rebecca winkte ab.

»Aber wird er das nicht merken? Soll ich ihn nicht lieber überreden, nicht mehr gegen euch zu kämpfen?«

Als wenn das funktionieren würde. Nie wieder würde sie sich so demütigen lassen wie bei dem Kampf in Atlanta! Sie wollte mindestens so dringend wie der gute alte Andrew quitt werden mit diesem Pumajungen, weil er eine Gefahr für ihr ganzes Projekt darstellte. »Tu, was ich gesagt habe. Und zwar so, dass niemand Verdacht schöpft, ist das klar? Er darf nicht nach Afrika fliegen. Und am besten dieses Polarwolfmädchen auch nicht! Polarwölfe haben in der Wüste sowieso nichts verloren.«

Ganz im Gegensatz zu ihr selbst. Mit teilverwandelten Zähnen lächelte Rebecca auf das Mädchen hinab, dem bestimmt nicht klar war, mit welcher Persönlichkeit sie eigentlich redete. Mit einer Nachfahrin der ägyptischen Göttin Sechmet und der berühmten Sphinx!

»Na gut.« Das Mädchen vergrub die Hände in den Taschen. »Und was macht ihr mit Bridger? Er ist euer Druckmittel, richtig?«

»Genau.« Rebecca hatte keine Lust mehr, ein Lächeln an diese Gans zu verschwenden. In Gedanken war sie schon wieder

im Hubschrauber (den praktischerweise diese reiche Anwältin aus Florida spendiert hatte) und auf dem Weg zurück zu
der ehemaligen Goldmine, wo ihr Gefangener wartete. »Mal
schauen, was der Rat dazu sagt ... und eure verdammte Schulleiterin, die ich schon mal fast in den Fängen hatte. Das nächste Mal wird sie mir nicht entwischen.«

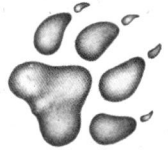

Nachts im Waschraum

Carag

Nachts ist es in unserer Wandler-Schule Clearwater High längst nicht so ruhig wie in einem Internat für Menschen. Als ich verschlafen Richtung Klo schlurfte, grüßte ich, ohne richtig hinzusehen, den Igel-Erstjahresschüler, der in einer Ecke herumschnupperte. Währenddessen huschte über mir eine Fledermaus herum und jagte mit einem *Deine letzte Stunde hat geschlagen, Falter!* irgendein armes Insekt, das sich in unsere Flure verirrt hatte. Beinahe wäre ich über meinen Klassenkameraden gestolpert, der als Kater nachts auch ziemlich munter war. Mit einem vorwurfsvollen *Du warst schon mal geschickter, Carag* stolzierte er davon.

»Jaja, sorry«, murmelte ich und bewegte mich weiter in Richtung Jungenwaschraum. Ich hatte bei unserer Feier gestern eindeutig zu viel Weihnachtspunsch getrunken, jedenfalls fühlte es sich an, als würde ich gleich platzen.

Und dann ging die blöde Tür nicht auf. Eulendreck! Anscheinend hatte jemand abgeschlossen. Sollte ich runter auf die Waldlichtung laufen? Aber ich war ziemlich sicher, dass ich es nicht unfallfrei bis ins Erdgeschoss und nach draußen schaffen würde. Ich rüttelte noch einmal an der Waschraumtür, kräftiger diesmal – und fiel beinahe ins Innere, als das Ding plötzlich aufging. Ein paar rot-grün glitzernde Dekoperlen waren unter die Tür gerollt und hatten sie verklemmt.

Dort war das rettende Pinkelbecken! Ich benutzte es ausgiebig .... und hörte über das Plätschern, wie jemand den Waschraum betrat.

»Oh, hallo, Carag«, sagte eine Mädchenstimme.

Ich sprang vor Schreck beinahe bis zur Decke.

»Äh, Shari ... das hier ist der *Jungen*waschraum«, erklärte ich, während ich in Rekordgeschwindigkeit meine Shorts hochzog.

Unser blond gelockter Gast aus Florida wirkte nicht beeindruckt. »Ach so, echt? Kannst du mir mal erklären, wozu diese getrennten Klos überhaupt gut sein sollen? Wir haben als Delfine einfach ins Meer gemacht, dort, wo wir gerade entlanggeschwommen sind, und es hat niemanden gestört.«

Noch immer ein bisschen durcheinander, nickte ich. Als ich noch als Puma in den Bergen gelebt hatte, war es auch kein Thema gewesen, wer hinter welchen Busch ging. »Stimmt, wirklich eine komische Menschensitte. Vielleicht so ein Revierding. Man gewöhnt sich dran.«

»Ich glaube, es ist dafür da, dass man sich auf den Mädchenklos über Jungs unterhalten kann, ohne dass die das hören.« Shari riss eine der Kabinen auf, ging hinein ... und vergaß, die Tür wieder zuzumachen. Hastig drehte ich mich um und wollte die Flucht ergreifen, da fiel mir das Händewaschen ein. Das gehörte zu den ersten Dingen, die meine Pflegefamilie mir damals beigebracht hatte, als ich begonnen hatte, in Menschengestalt zu leben.

Nur leider hatte mal wieder jemand die Seife geklaut. Wetten, es war Wing gewesen? Unser Rabenmädchen lebte gerade seine künstlerische Seite aus und hatte begonnen, aus dem Zeug kleine Figuren zu schnitzen. Unsere Kunstlehrerin fand das sehr originell, doch dafür hatte Wing Stress mit James Bridger bekommen. Er war seltsamerweise der Meinung, dass Seife nur zum Waschen da war.

James Bridger. Auf einmal fühlte sich mein ganzer Körper schwach an, ich musste mich am Waschbeckenrand abstützen. Wo war mein Lieblingslehrer gerade? Wie behandelten ihn seine Entführer? Wann konnten wir endlich los, um ihn zu befreien?

»Alles meerig bei dir?« Fürsorglich tätschelte Shari meine Schulter. »Du denkst wahrscheinlich an deinen Lehrer, oder? Ich kann auch nicht pennen, weil mir das die ganze Zeit im Kopf herumgeht. Aber halb so schlimm. Als Delfin schlafe ich sowieso immer nur halb.«

»Was meinst du mit halb?«, fragte ich verdutzt.

»Das hatten wir neulich in Sei dein Tier. Wenn ich in zweiter Gestalt schlafe, schwimme ich einfach weiter, weil immer nur eine meiner Gehirnhälften ruht, die andere hält Wache. Ein Auge behalte ich immer offen. Wart mal, ich zeig dir, wie das aussieht ...«

Sie marschierte im Kreis, ein Auge zugekniffen. Ich nickte, lächelte und hoffte, dass jetzt niemand reinkam und blöde Fragen stellte. Besonders nicht Tiago, mit dem sie mittlerweile zusammengekommen war. Tiago – ein Tigerhai – und ich mochten uns sehr. Aber ich wollte ihm nicht wirklich erklären müssen, warum seine Freundin mir im Jungenwaschraum eine Privat-Schlaf-Vorführung gab.

Deshalb sagte ich schließlich: »Danke, total nett, dass du mir das erklärt hast. Aber ich würde jetzt, glaube ich, lieber mit ganzem Gehirn schlafen gehen. Morgen wird ein harter Tag … ich hoffe, wir schaffen es, James zurückzuholen.«

Sofort hielt Shari an. »Dürfen wir mit? Wir Leute von der Blue Reef High?«

Ich druckste ein bisschen herum. »Da bin ich nicht sicher. Ihr seid hier an Land sowieso immer in Gefahr, weil ihr Meerestiere in zweiter Gestalt seid. Ich glaube, das wäre zu riskant.«

»Ja, stimmt.« Unser Delfingast dachte nach. »Aber ihr müsst unbedingt unsere Kampflehrerin mitnehmen! Die ist richtig gut in so was!«

»Bestimmt ist geplant, dass sie mitkommt«, versprach ich ihr. »Jetzt aber gute Nacht – und träum am besten nicht vom Meer.« Wir hatten zwar für den Notfall ein Planschbecken in der Eingangshalle aufgebaut, aber mir war lieber, wenn wir das nicht brauchten.

»Haha, ich werd's versuchen. Hab mich schon lange nicht mehr versehentlich verwandelt.« Shari lächelte mir noch einmal zu, dann zog sie ab.

Erleichtert tappte ich zurück in mein Zimmer, in dem mein Bison-Zimmergenosse Brandon mal wieder kräftig schnarchte. Trotzdem musste ich es schaffen wegzudösen. Mit meinen Freunden hatte ich ausgemacht, dass wir uns bei Sonnenaufgang bei unserem Baumhaus treffen und eine Notfallbesprechung abhalten würden.

Hatten unsere Lehrer schon einen Plan, wie wir James aus den Fängen dieser miesen Löwenfrau Rebecca Youngblood befreien konnten? Ich hoffte es sehr.

Heute keine Beute

Manchmal bist du gar nicht nussig, Carag, sagte Holly, rannte mit zuckendem Puschelschwanz einen Ast entlang und schlug die Zähne in einen Kiefernzapfen. *Wieso hast du diesen Baum markiert, obwohl das eindeutig MEIN BAUM ist?*

Weil mir keine Antwort einfiel, zog ich erst mal die Krallen aus der Rinde. Wie eine weiße Wolke breitete sich mein Atem vor mir aus, als ich durchschnaufte.

Mein Baum, dein Baum – hast du keine anderen Probleme, Horrorhörnchen?, antwortete meine Freundin Tikaani an meiner Stelle. Sie schnüffelte in ihrer Gestalt als Polarwölfin am tief verschneiten Waldrand herum. *Bald geht es los, dann versuchen wir, James Bridger zu befreien!*

Beim großen Gewitter, wir versuchen es hoffentlich nicht nur, meinte ich, legte die Ohren an und fauchte leise. Mein Lieblingslehrer war gefangen genommen worden, als wir auf dem Rückflug gewesen waren von unserer Mission, das alte Buch des Chérokee-Schamanen in Sicherheit zu bringen. Keiner von uns hatte gewusst, dass unser Lehrer es heimlich per Post nach Afrika geschickt hatte, bevor wir losgeflogen waren. Das war eine katzige Idee von ihm gewesen, sonst wäre es nämlich unseren Feinden in die Hände gefallen, die uns bald darauf abgefangen hatten. Und die hätten es damit womöglich geschafft, Andrew Milling seine Menschengestalt wiederzugeben und ihn zu befreien.

Immerhin, die Kerle wissen nicht, dass wir wissen, wo sie ihn hingebracht haben. Wissen ist Macht! Brandon pflügte nervös durch den Schnee. Anscheinend versuchte er, denjenigen von uns, die nicht so lange Beine hatten wie er in seiner Bisongestalt, einen Weg zu unserem Baumhaus frei zu machen. Dabei wollte gerade niemand rein, den meisten war es zu frostig – über uns glänzten die Sterne so kalt wie Eisstücke.

Wissen ist Nacht? Was meinst du damit? Nicht immer wurde ich schlau aus meinem besten Freund, der als Mensch aufgewachsen war.

MACHT, nicht Nacht, du Pelzvorleger. Holly nagte den Zapfen so heftig ab, dass mir holzige Stücke auf den Kopf prasselten.

Brandon stampfte den Schnee fest. *Ich geb dir mal ein Beispiel. Wenn du alle Prüfungsfragen schon vorher weißt, betteln alle dich an, sie dir zu sagen – und du kannst von ihnen haben, was du willst.*

Oder du hast ein altes Buch mit Verwandlungsformeln, die außer dir keiner kennt, flüsterte einer der Rabenzwillinge, die über mir auf einem Ast hockten und ungewohnt schweigsam waren.

Zum Beispiel, wisperte ich mutlos zurück. Dann streiften wir weiter rastlos durch den Schnee und beobachteten unser Wandler-Wolfsrudel, das ein Stück entfernt herumlungerte und ebenso unruhig wirkte wie wir. Inzwischen hatte jeder in der Clearwater High von dem Kampf und der Entführung gehört. Die Schulweihnachtsfeier war deshalb ziemlich kurz ausgefallen, wir hatten nur unsere Wichtelgeschenke ausgetauscht und eine Kleinigkeit gegessen.

Jetzt war es sehr früh am nächsten Morgen, auf dem Kalender stand: *22. Dezember.* Ich hatte gesehen, wie Kimberley, eine der Erstjahresschülerinnen, mit unserem Hausmeister in die Stadt gefahren war. Niemand achtete gerade auf das, was wir taten. Morgen fingen sowieso die Ferien an und jetzt irgend-welche Formeln oder Vokabeln zu unterrichten, brachte keiner der Lehrer über sich. Dabei hatten wir, wie ich letzte Nacht mal wieder gemerkt hatte, Gäste aus der Seawalker-Schule (die anscheinend noch schliefen, ob nun halb oder ganz).

Meinst du, diese Kampflehrerin aus Florida – Miss White – kommt mit und hilft uns, Bridger zu befreien?, fragte Brandon in die Runde. *Übrigens war sie die ganze letzte Nacht in Jackson Hole unterwegs, hat mir eine Fledermaus erzählt.*

Ist ja schräg. Sie muss mitkommen – sie ist stärker als wir alle und kann Türen eintreten! Zum Glück konnte Holly auch mit vollem Mund reden, das war der Vorteil an Gedankensprache. *Wir werden diese beknackten Auspuffwolken so dermaßen weg-fegen, ihr werdet sehen.*

Noch während ich überlegte, ob Goldminen überhaupt Tü-ren hatten, sah ich meine Schwester Mia mit langen Sprün-gen durch den Tiefschnee auf uns zukommen. *Mich müssen sie auch mitnehmen, ich bin die Kampfkraft pur,* behauptete sie. *Weißt du nicht mehr, wie wir dieses Stachelschwein fertig-gemacht haben, Carag? Und da waren wir Kätzchen!*

Ach, ich dachte, das hat UNS fertiggemacht, gab ich zurück und als Mensch hätte ich bestimmt gelächelt. Allmählich war mir ein bisschen leichter zumute. Ja, wir hatten ein paar rich-tig gute Kämpfer bei uns an der Schule; und nein, wir würden James Bridger nicht im Stich lassen.

Wir hörten das Geräusch einer Seitentür, die sich öffnete. Tikaani riss den Kopf hoch, Brandon schnaubte und Holly ließ ihren Zapfen fallen, sodass er im Schnee verschwand.

Es war unsere Adler-Schulleiterin Lissa Clearwater, das Licht glänzte auf ihren fedrig feinen weißen Haaren. Sie winkte uns heran.

Geht es los oder können wir noch schnell was im Wald erlegen?
Jeffrey und der Rest seines Wolfrudels – alle im dicken Winterpelz – rannten in unsere Richtung.

»Heute keine Beute«, sagte Miss Clearwater grimmig.
»Kommt rein, dann erkläre ich euch den Plan.«

Lissa Clearwater führte uns zu dem großen Raum, in dem
wir sonst Kampf und Überleben hatten. Weil sich darin nun
ziemlich viele Wölfe und Pumas tummelten, roch es ein bisschen muffig nach feuchtem Fell.

Wir schlagen so bald wie möglich los, richtig?, fragte Jeffrey
grimmig und Cliff wedelte kurz, bevor der strafende Blick
gleich zweier Clearwaters ihn traf. Ganz recht, das hier war
keine lustige Kampfstunde, sondern ein Notfall!

»Wie ihr euch schon gedacht habt, macht sich eine Ein-
satzgruppe gleich auf den Weg zu dieser alten Goldmine, um
James zu befreien«, sagte unsere Schulleiterin. Ihr Gesicht war
verzerrt vor Sorge.

Ihr Sohn Jack Clearwater warf einen Blick auf ihren ver-
bundenen Arm. »Weil meine Mutter ja beim Kampf mit der
Youngblood verletzt worden ist, fliege ich selbst mit, damit wir
Luftüberwachung haben.«

»Genau«, fuhr Lissa fort. »Bill leitet die Befreiungsaktion ...«,
sie deutete auf unseren jungen, muskulösen Kampflehrer mit
dem kahl geschorenen Kopf, »... und Alisha ist ebenfalls mit
von der Partie.«

Die durchtrainierte, dunkelhaarige junge Frau nickte, verschränkte die Arme ... und kaute seelenruhig ihren Kaugummi weiter. Viele neugierige Augen musterten sie – ich kannte
Alisha White schon aus Florida, aber die meisten von uns hatten sie erst vor Kurzem zum ersten Mal gesehen.

»Ihr fragt euch gerade, ob ihr mir vertrauen könnt, stimmt's?«, meinte sie. »Die Antwort ist ganz einfach: Ja, könnt ihr. Ich habe Milling und seine Leute nie ausstehen können.«

»Was ist mit den drei Sicherheitsleuten des Rates, die wir schon kennen?«, fragte Jack.

»Die jagen den Leuten der Youngblood nach, die beim Kampf dabei waren und unser Flugzeug zur Landung gezwungen haben«, sagte Lissa. »Rechne also lieber nicht mit ihnen.«

»Beim großen Gewitter, das darf doch echt nicht wahr sein«, beschwerte ich mich. »Wieso hat der Rat nicht mehr Sicherheitsleute? Wie viele sind es denn insgesamt?«

»Ich glaube, nicht mehr als zehn«, flüsterte Lissa Clearwater mir zu. »Darüber hinaus gibt's natürlich die Wachen in Sunny Meadows, die zählen extra.«

Schweigend nickte ich. *Wer darf von uns Schülern mit?*, fragte Tikaani gespannt.

Bill Brighteye deutete auf Jeffrey, Cliff, Tikaani sowie die neue Wölfin Mondauge, dann auf mich und Mia, mit einer Handbewegung winkte er uns an seine Seite.

Ich wusste, dass ihr nicht ohne uns Wölfe auskommen würdet, prahlte Jeffrey und ich verdrehte die Augen. Doch Mr Brighteye nickte nur. »Euch brauche ich zum Kämpfen, aber jemand zum Spionieren muss auch dabei sein.«

Anscheinend hatte er Nell, unserer Maus-Wandlerin, schon Bescheid gesagt, sie stand in ihrer Gestalt als schwarzes Mädchen mit vielen Zöpfchen in der Nähe. Nun trat auch sie an die Seite unseres Kampflehrers und ich begrüßte sie mit einem Schnurren. Keiner in unserer Klasse unterschätzte Nell, sie war zwar klein in zweiter Gestalt, aber schon ziemlich oft fast getötet worden und deshalb ziemlich taff.

»Zuletzt brauchen wir noch jemanden, der lautlos fliegt und uns außerdem zeigen kann, wo diese Mine genau ist … es gibt nämlich ziemlich viele ehemalige Gold- und Silberminen in der Gegend«, fuhr Lissa Clearwater fort. »Ava, bist du bereit?«

Mit einem zittrigen, aber stolzen Lächeln trat Ava vor, ein zierliches Mädchen mit glatten braunen Haaren und großen Augen. Sie war Steinkauz in zweiter Gestalt und ein bisschen zurückhaltend, aber wir mochten sie alle.

Sonst niemand?, meckerte Holly und hüpfte auf meinem Kopf auf und ab, was sich nicht gerade toll anfühlte.

»Joe Bridger natürlich«, sagte Bill Brighteye und gab Joe, der wie sein Vater ein Kojote war, ein Zeichen. »Schließlich ist es sein Vater, um den es hier geht. Sei froh, dass wir dich nicht brauchen, Holly – es wird garantiert gefährlich ...«

Pah! Ich kann »*gefährlich*«, behauptete Holly und vergaß dabei, sich an meinen Ohren festzuhalten. Sofort schüttelte ich den Kopf und sie flog in hohem Bogen auf eine der Übungsmatten. Wie ein Gummiball hüpfte sie sofort wieder hoch und raste aufgeregt im Raum umher.

»Leise!«, mahnte unsere Schulleiterin. »Es braucht nicht jeder zu wissen, was wir vorhaben.«

Wir schlichen nach draußen – doch offensichtlich waren wir nicht leise genug gewesen, denn im Schulflur fing uns jemand ab. Ein nicht sehr großer Junge mit kräftigen Schultern und Armen; seine dunkelbraunen Haare umrahmten sein eckiges Gesicht. Es war Paolo, einer der Erstjahresschüler. »Wenn ihr schlau seid, nehmt ihr mich auch mit«, sagte er, während er Lissa Clearwater den Weg vertrat. Sie wirkte einen Moment lang genauso sprachlos über seine Dreistigkeit wie wir anderen. »Ich fürchte, das geht nicht, Paolo«, sagte sie kühl. »Unsere Gruppe ist komplett.« Sie fügte nicht hinzu, dass wir uns bei einem Ameisenlöwen wie ihm, der auf ihren kleinen Fingernagel gepasst hätte, eher Sorgen machen mussten, dass er im Schnee verloren ging. Mein Erzfeind Andrew Milling hätte diesen Kerl in seiner Insektengestalt wahrscheinlich *runtergeschluckt*, ohne es zu merken.

»Aber ihr habt noch nicht viele Leute in der Gruppe, die so wie ich auch in Menschengestalt gut kämpfen können«, behauptete Paolo und verschränkte die Arme.

Hä? Meinst du das ernst? Cliff, der größte unserer Wolfsschüler, und Tikaani knurrten ihn an.

Doch Paolo wich nicht vor ihnen zurück, warf ihnen nur einen gleichgültigen Blick zu und sah die Lehrer an. »Also?«

Ich war überrascht, als Bill Brighteye sich an die anderen Lehrer wandte. »Es stimmt, eigentlich ist die Gruppe voll, aber meine Stimme hat er. Er ist tatsächlich ein sehr guter Kämpfer.«

»Na gut – du bist der Leiter der Aktion«, sagte Lissa Clearwater.

Paolo grinste so breit, als wäre er wie Henry ein Frosch in zweiter Gestalt. »Cool, danke. In wessen Fell darf ich reisen?«

So wie eine Laus?, fragte Mondauge, die noch vor Kurzem als wilde Wölfin gelebt hatte, und schüttelte angewidert ihr rötlich graues Fell.

Bevor Paolo erwidern konnte, dass er keine gottverdammte Laus, sondern ein wilder, gefährlicher Ameisenlöwe war (solche Sprüche kannten wir schon von ihm), nickte Tikaani. *Er kann meinetwegen mit mir reisen,* sagte sie ohne Begeisterung. Das war wirklich edel von ihr. Verliebt blickte ich ihr einen Moment lang in die Augen. Dann meinte ich: *Und Nell mit mir,* worauf unser Mausmädchen sich sofort verwandelte und an meinem Vorderbein hochhangelte.

Holly hockte als Rothörnchen beleidigt auf einem Stapel Matten und sah zu. *Viel Glück, ihr Pelzis – und wehe, ihr kommt ohne Mr Bridger zurück!,* schickte sie uns hinterher.

Die Sonne war kaum richtig über den Horizont gestiegen, als wir uns auf den Weg machten. Wahrscheinlich frühstückten die anderen gerade. Schade, dass wir nicht mehr Zeit mit unseren Hai- und Delfingästen aus Florida verbringen konnten, aber James' Schicksal ließ mir keine Ruhe. Was machte Rebecca Youngblood mit ihm, was hatte er gerade auszustehen? Über uns flogen ein Weißkopf-Seeadler und ein Käuzchen. Der überfrorene Schnee knirschte unter meinen Pfoten, während ich mit den anderen nach Nordosten lief. Hechelnd rannten die Wölfe voraus, ihr Atem dampfte in der Kälte. Von meiner Polarwölfin und Mr Brighteye, einem schwarzen Timberwolf, sah ich nur die Hinterteile und die pelzigen Schweife – diese beiden zogen Miss White, die auf dem Bauch auf einem Kunststoffschlitten lag. Als Mensch hätte sie niemals mithalten können. »Hey, das macht sogar Spaß«, hörte ich sie rufen. Dann bekam sie ziemlich viel Schnee ins Gesicht, den die Wolfspfoten aufwirbelten, und verzog das Gesicht. »Na ja, manchmal jedenfalls.«

Hältst du dich gut fest, Paolo?, hörte ich Tikaani brummen. *Wenn du abgeworfen wirst, werde ich es nicht mal merken ...*

Doch, an meinem Schrei, murmelte Paolo, der irgendwo in ihrem Fell hockte, ganz nah an ihrer Haut. Ich war ein bisschen neidisch.

Natürlich hielten wir uns von jeder Farm und Hütte fern, Mondauge – die den besten Geruchssinn hatte – witterte jeden Menschen von Weitem. Mia, die von uns das schärfste Gehör hatte, warnte uns, schon lange bevor zwei Skidoos – Motorschlitten – in Sicht kamen, sodass wir uns rechtzeitig verstecken konnten. Ahnungslos brausten die Fahrer an uns vorbei.

Von oben hätte man unsere Gruppe natürlich sichten können, aber wir hielten alle Ausschau nach dem Hubschrauber unserer Gegner. Und feindliche Vogel-Wandler hätte

Jack Clearwater schneller vom Himmel geholt, als sie »Piep!«
sagen konnten.

Achtung, Hubschrauber – es ist der von der Youngblood!, rief
Ava plötzlich, ich hörte Angst in ihrer Stimme.

Zum Glück war gerade eine Baumgruppe in der Nähe. Wir
gingen alle unter einer Kiefer oder dem erstbesten Schneehü-
gel in Deckung. Doch das Flappen kam nicht näher, sondern
verklang in der Entfernung.

Alles gut, er ist weg, ihr könnt rauskommen, meldete der junge
Schulleiter der Blue Reef High, der über uns durch die Luft
glitt. Rasch sprang ich auf und schüttelte den Schnee von mir
ab.

*Hoffentlich haben sie meinen Dad nicht inzwischen woanders
hingebracht*, sagte Joe Bridger und blickte der Maschine nach.
Sonst haben wir keine Spur mehr zu ihm.

Oh nein. Ich spürte, wie ein Zittern durch mich hindurchlief.
Wir hasteten weiter, so schnell unsere Pfoten uns trugen.

Gegen Mittag, als die Sonne am höchsten stand und den
Schnee zum Glitzern brachte, hauchte Ava uns in die Köpfe:
Vorsicht, Leute ... hier in der Nähe war es ungefähr! Wir brems-
ten ab. Neben mir legte sich Mia flach in den Schnee, sie wirkte
ausgepumpt. *Die blöden Wölfe keuchen nicht mal*, beschwerte
sie sich.

Ich dafür umso mehr, japste ich und warf mich ebenfalls auf
den Boden, um zu verschnaufen. Pumas wanderten weite Strecken, aber sie *rannten* nicht dabei. Jedenfalls nicht freiwillig.

Tikaani stupste mich mit der Schnauze an und Alisha White
betrachtete mich mitfühlend. »Wenn ich hätte laufen müssen,
wäre ich garantiert noch viel fertiger.«

Dann blieb uns die Luft weg, denn Jack Clearwater meldete
von oben: *Keinen Schritt weiter, Leute – ich sehe den Eingang*

der Mine, er ist nur dreihundert Meter entfernt! Wenn wir weitergelaufen wären, wären wir den Kerlen direkt in die Arme gerannt ...

Klein ist Trumpf

Wir waren direkt vor dem Eingang der Mine? Und hatten es nicht mal gemerkt? Beim großen Gewitter! Ich presste mich in den Schnee und wagte kaum, mich zu rühren. Mia hatte sich das Nackenfell gesträubt. Tikaani neben mir hatte die Ohren angelegt und blickte sich wachsam um.

Schon kamen weitere Neuigkeiten von unserer Fliegerstaffel. *Ah, da ist auch der Hubschrauber,* hörte ich Mr Clearwater flüstern. *Für den haben sie eine Holzplattform gebaut und alles mit einer weißen Plane getarnt, damit ihn niemand entdeckt.*

Seht oder riecht ihr irgendwelche Späher? Bill Brighteyes Gedankenfrage war so leise, dass ich sie kaum verstehen konnte. Wir alle flüsterten jetzt, denn obwohl ich noch keinen unserer Feinde bemerkt hatte, waren sie garantiert in der Nähe.

Hier sind Spuren von Bären, stellte Cliff fest, der aussah, als hätte ihn jemand mit der Nase an den Boden geklebt. *Außerdem riecht es nach Löwe.*

Natürlich riecht es nach Löwe, schließlich haben wir es mit Miss Youngblood zu tun, meinte ich und vergaß seine Bemerkung wieder.

Jeffrey war in eine andere Richtung geschlichen. *Zwei verschiedene Bären, würde ich sagen. Garantiert Woodwalker. Mist – was ist, wenn die in Windrichtung von uns rumlaufen?*

Dann war's das mit dem Überraschungseffekt, wisperte Tikaani. Als unerfahrene Erstjahresschüler hätten wir es nicht riskieren können, so viel in Gedanken zu reden; unsere Feinde hätten etwas davon auffangen können. Doch inzwischen waren wir alle ziemlich gut im Flüstern von Kopf zu Kopf und keinem von uns entschlüpfte mehr ein verräterischer lauter Gedanke.

Mir stieg der Geruch nach Luchs in die Nase und lautlos erzählte ich den anderen davon. Tikaani und ich warfen uns einen Blick zu. War das dieser Soldatentyp aus dieser bescheuerten Selbsthilfegruppe für ehemalige Milling-Anhänger? Der uns in seiner Raubkatzengestalt so heftig angegriffen hatte, als wir inkognito zum Treffen der Gruppe gegangen waren?

Ava schrie auf und wir alle zuckten zusammen. *Da!*, wisperte sie. *Seht ihr sie?*

Sehen wir was?, fragte Alisha White nervös zurück und duckte sich ganz langsam, ließ sich hinter ein Gebüsch sinken, sodass kein knirschender Schnee sie verriet.

Genau über euch hängt eine Fledermaus im Baum. Die ist eine Woodwalkerin, das spüre ich.

Vielleicht war das diese unangenehme Fledermausfrau, die wir ebenfalls in der Selbsthilfegruppe hatten ertragen müssen. Hätte mich nicht überrascht, denn ihre Reue war so dünn gewesen wie die Eisschicht nach dem ersten Frost. Im Grunde hatten sich alle in der Gruppe gewünscht, dass jemand versuchte, Milling zu befreien. Obwohl sie genau wussten, dass er ein Verbrecher war, der nichts dabei fand, Menschen schwer zu verletzen oder sogar zu töten.

Völlig verkrampft warteten wir darauf, dass die Späherin Alarm schlug.

Tat sie aber nicht.

Schließlich wagte es Jack Clearwater, etwas näher an ihrem Baum vorbeizufliegen.

Die ist eingeschlafen und außerdem vermutlich halb in Kälte-starre, sagte er erleichtert.

Aber die anderen Wächter schliefen keineswegs – und sie hatten gemerkt, dass etwas nicht stimmte. *He, Dhana, du pennst doch nicht etwa?,* rief jemand von Kopf zu Kopf. Diese Stimme kannte ich, ich hatte sie vor sehr kurzer Zeit gehört. Thor, ein Schwarzbär-Wandler; in erster Gestalt war er ein Softwareentwickler in Seattle.

Was?, kam die verpennte Antwort. *Irgendwas los?*

Wir erstarrten vor Furcht, als die Fledermaus den Blick schweifen ließ ... aber sie warf nur einen Rundblick über die Umgebung und kam nicht auf die Idee, direkt nach unten zu schauen. Uff.

Das sollst DU für uns rausfinden, du blödes Flattervieh, sag-te eine zweite Stimme, die ich nicht kannte. *Wenn alles ruhig ist, können wir nämlich Mittagspause machen. Und ein Bierchen zischen!*

Joe grinste mit seinem Kojotenmaul und flüsterte uns zu: *Toll. Wenn sie mit dem Magen denken, können wir währenddes-sen meinen Dad befreien.*

Still!, fuhr ihn Bill Brighteye an. *Du bist nicht erfahren genug, um richtig gut von Kopf zu Kopf zu flüstern. Mondauge und ich gehen auskundschaften, wo die Wachen sind.*

Die beiden Wolfs-Wandler schlichen los. Jeffrey – der Alpha unter unseren Wolfsschülern – sah aus, als wäre er nicht ganz sicher, ob er gekränkt sein sollte oder nicht. Aber sein neustes

Rudelmitglied kannte sich nun mal besser in der Wildnis aus als er.

Schnell kamen unsere Späher zurück und Mondauge berichtete: *Insgesamt sind es drei inklusive einem Zweibeiner, der nach Luchs riecht – sie hocken an diesem eckigen Loch in der Erde und konzentrieren sich auf ihr Fressen.*

Ich musste grinsen. Noch vor zwei Jahren, als ich gerade erst zu den Menschen gegangen war, hätte ich die Lage am Eingang der alten Mine ähnlich beschrieben. Schließlich war ich als Puma in den Rocky Mountains aufgewachsen.

Keiner von denen rechnet damit, dass wir tagsüber angreifen könnten, aber leider sind sie alle bewaffnet, meinte Bill Brighteye. *Nell, traust du dich, an ihnen vorbeizuhuschen und zu schauen, was drinnen so vorgeht?*

Nells dunkle Knopfaugen waren groß vor Aufregung, doch sie nickte. *Schaff ich schon irgendwie. Aber erzählt das alles bloß nicht meinen Eltern. Die motzen sonst, sie hätten keine Einwilligung für so was unterschrieben.*

Wie seltsam. Meine Eltern hätten mich höchstens angefeuert.

Unternehmungslustig hüpfte Nell von meinem Rücken ... und war sofort weg. Fasziniert starrte ich auf das mausförmige Loch im frisch gefallenen Schnee. *Alles in Ordnung? Kriegst du noch Luft?*

Ja, aber ich fürchte, ich muss unter der Schneedecke entlangkriechen, wisperte Nell.

Wir tauschten einen beunruhigten Blick. Einerseits war sie dadurch perfekt getarnt, andererseits konnte es dauern, bis sie am Ziel war und wieder zurückkam. Je länger wir hierblieben, desto höher die Wahrscheinlichkeit, dass diese Fledermaus-Lady uns entdeckte. Es war komplett windstill, jedes Geräusch konnte uns verraten.

Okay, wir warten noch mit dem Angriff auf die Wächter, sagte Bill Brighteye, er klang verkniffen. *Noch wissen wir ja nicht sicher, ob James überhaupt da unten im Schacht ist oder sie ihn schon woanders hingebracht haben ...*

Äh, Leute?, hörte ich Nells Stimme in meinem Kopf. *Es ist mir ja echt peinlich, aber ich weiß nicht mehr, wo ich bin. Ich seh hier unten ja nichts. In welcher Richtung geht's zur Mine?*

Nach Westen, erklärte Jack Clearwater ihr aus luftiger Höhe.

Und wo zum Geier ist Westen?

O Mann, gibt's eigentlich Navis für Mäuse?, fragte Joe verkniffen.

Noch während ich darüber nachdachte, ob wir Nell nicht besser ausgruben, bevor sie dort unten zu einem Nagetiereiszapfen wurde, ergriff plötzlich Paolo das Wort. Er hockte noch immer in Tikaanis Pelz und hatte bisher den Mund gehalten, deshalb hatte ich ihn fast vergessen. *Wenn ihr wollt, mache ich das. Das mit dem Spionieren.*

Ernsthaft?, fragte Jeffrey.

Ja, ernsthaft, kam es verächtlich, aber profimäßig geflüstert zurück. *Und weil ich so nett bin, sage ich euch sogar, wie: Ava oder Mr Clearwater nehmen mich ins Gefieder und setzen sich neben diese Fledermaus. Ich klettere rüber. Das Biest wird sich erschrecken ... und wo fliegen Fledermäuse hin, wenn sie sich erschreckt haben?*

Unsere Gesichter leuchteten auf. Die Antwort war klar: Heim in ihre Höhle, dorthin, wo sie sich in der Dunkelheit sicher fühlten! In der Mine angekommen, konnte Paolo dann die Lage peilen.

Obwohl der Plan klang, als hätte jemand Paolos Gehirn

durch eine Kelle Matsch ersetzt, hatten wir leider keinen besseren. Bevor wir hier jemanden angriffen, brauchten wir Gewissheit, was da unten abging.

Als die erschrockene Fledermaus plötzlich Gesellschaft von Ava bekam, schrie sie auf – *Leute, hier ist so ein Eulenvieh, ich hasse Eulen! Kann jetzt mal jemand anders Wache halten?* Aber dann sauste sie nicht etwa auf den Eingang der Mine zu, wie wir erwartet hatten. Sondern auf ein zweites Loch im Boden, das ein Stück entfernt und viel kleiner war. Kopfüber stürzte sie sich hinein.

Was, beim großen Gewitter, passierte hier?

Irgendwie schaffte es Paolo, sich nicht durch einen Schrei zu verraten. Und er hatte in seinen ersten Monaten auf der Clearwater High gelernt, wie man jemandem ein Bild schickte. Das Problem war nur – anscheinend hatten Ameisenlöwen verdammt schlechte Augen. Was wir bekamen, war nur ein unscharfer Eindruck, aus dem jemand auch noch alle Farben rausgelutscht hatte.

Kann es sein, dass du Kontaktlinsen bräuchtest?, motzte Jeffrey.

Ich bin keine verdammte HD-Kamera, ätzte unser Spion zurück.

Während wir uns an die Mine anschlichen – eine dunkle, mit Stützbalken verstärkte Öffnung, neben der sich die Reste einer halb verfallenen Holzhütte erhoben –, versuchten wir, aus den Bildern schlau zu werden, die Paolo uns schickte.

Anscheinend war das zweite Loch, eine dunkle Öffnung von der Größe eines Bärenkopfs, ein Luftschacht. Unser Ersti war tatsächlich in der Mine gelandet und seine Transporteurin hing gerade unter der Decke, denn wir sahen alles von oben. *Sie sind in einem Seitenstollen, nicht sehr tief im Inneren,* berichtete Paolo und begann, uns einen Bilderstrom zu schicken, eine Art Film. Allmählich konnte ich etwas erkennen ...

Unwillkürlich entfuhr mir ein Fauchen und Joe Bridger ein Knurren, als wir erkannten, was dort unter der Erde gerade geschah.

Schneeduell mit Schinkenbrot

Ich konnte nicht fassen, was dort in der Mine passierte. Nein, ich irrte mich nicht – tief unter der Erde saß mein Lieblingslehrer anscheinend gemütlich auf einem Stuhl und war dabei, Miss Youngblood auf den Mund zu küssen.

Was macht er da?, wisperte ich verstört in die Runde.

Niemand antwortete, wahrscheinlich waren meine Freunde ebenso geschockt wie ich. Schließlich hatte uns Mr Bridger immer vor dieser Löwen-Wandlerin gewarnt, von Anfang an!

Vielleicht erpresst sie ihn, sagte Bill Brighteye zögernd.

Joes Gedankenstimme wehte durch unsere Köpfe. *Schaut mal genau hin, Leute. Das ist nicht sehr romantisch – seine Arme sind an den Stuhl gefesselt.*

In Mias und Tikaanis Gedanken spürte ich Erleichterung. *Iiih, er wird geküsst, obwohl er es gar nicht will*, sagte meine Schwester. *Das ist ja ekliger als verfaulter Maulwurf.*

In diesem Moment begann James zu sprechen. »Sehr originelle Verhörmethode. Wann haben Sie sich eigentlich zuletzt die Zähne geputzt, Miss Youngblood? Haben Sie eine Minzallergie?«

Rebecca Youngblood fauchte ihn an. »Ich hätte nicht erst jetzt, sondern schon viel früher anfangen sollen, Sie zu verhören. Sagen Sie mir, an wen Sie das Buch in Afrika geschickt haben!«

»Habe ich leider vergessen«, behauptete mein bärtiger Lieblingslehrer.

Mit ihrer teilverwandelten Löwenzunge schleckte ihm die Youngblood über das Gesicht. »Na, fällt es Ihnen jetzt wieder ein?«

»Was soll mir wieder einfallen?«, fragte James Bridger.

Wir greifen ein – jetzt, knurrte Bill Brighteye. *Aber erst müssen wir an den Wachen vorbei. Wir nehmen sie mit zwei Teams in die Zange.*

Ich lenke sie ab, dann könnt ihr sie euch schnappen, sagte Jack Clearwater. *Seid vorsichtig, die haben Gewehre und Pistolen! Bitte auch du, Alisha. Denk dran, du bist nicht kugelsicher ...*

Tatsächlich? Wieso hat mir das nie jemand gesagt? Liebevoll lächelte Alisha White zu ihm hoch.

Während Mia und ich uns von hinten anschlichen und hofften, dass die fremden Woodwalker uns möglichst spät witterten, flog Jack Clearwater lautlos ebenfalls von hinten auf die Wachen zu. Die widmeten sich gerade genüsslich ihren belegten Broten und kippten ein Bierchen dazu. Sie durften nicht dazu kommen, Alarm zu schlagen, sonst war James in Gefahr!

Mondauge, dein Einsatz, flüsterte unser Kampflehrer. Mutig schritt unsere neue Erstjahresschülerin aus unserem Versteck hervor, schnüffelte herum und warf den Wachen einen scheuen Blick zu. Kurz, sie benahm sich wie die wilde Wölfin, die sie immer noch war.

»Schaut mal, Leute«, sagte Sergej – der Luchs-Wandler –, stand auf und nahm sein Gewehr, das neben ihm lag. »Das ist keiner von dieser verdammten Schule, oder?«

Damit war er in genau der richtigen Position. Bevor er anlegen konnte, streckte Jack Clearwater die Krallen aus und rammte seinen Kopf mit voller Kraft von hinten – das war sein Spezialtrick.

Das Gewehr segelte in den Schnee und Sergej tanzten wahrscheinlich Sterne vor den Augen. Bevor er sichs versah, hatte er schon Mondauges Fangzähne an der Kehle. *Kein Wort oder du stirbst,* knurrte sie in seine Gedanken und er verstummte.

Blieben nur seine zwei Kumpane – die rissen schon den Mund auf, wahrscheinlich um loszubrüllen. Doch da waren meine Schwester und ich schon mit aller Kraft abgesprungen; ich spürte, wie kalte Luft durch mein Fell strich.

Es war ein gewaltiger Sprung und er trug uns fast fünf Menschenlängen weit bis zu unseren Feinden. Mia landete auf den Schultern von Thor, dem starken Bären-Wandler, und Schnee stob auf, als sie ihn zu Boden rang. *Schnauze halten, sonst war's das mit dir und deinem Freund,* fauchte ich unsere Gegner an. Es funktionierte, Thor würgte nur ein »Dreckskatze« hervor. Sein Schinkenbrot hatte in der Zwischenzeit neue Freunde gefunden, Cliff hatte nicht widerstehen können.

Ich hatte mir den Mann vorgenommen, der nach Rind roch – ah, das war der verdammte Stier, den kannte ich schon! Leider kam ich ein bisschen schief auf und er konnte mich von sich runterkegeln. Zum Glück hatte er gerade keine Hörner, auf die er mich nehmen konnte. *Wenn du Alarm schlägst, bist du tot,* versicherte ich ihm und verpasste ihm einen Prankenschlag, der seiner Jacke einen lustigen Fransenlook gab.

Während wir kämpften, waren Bill Brighteye, Alisha White (mit Nell in der Tasche) und Joe Bridger an uns vorbeigestürmt. Sie mussten James befreien, bevor Rebecca Youngblood und ihre Helfer begriffen, was hier draußen vorging! »Wenn ihr Goldklumpen seht – lasst sie liegen, wir haben's zu eilig«, hörte ich Miss White noch sagen. Dann verschwanden alle vier in der Dunkelheit des Tunneleingangs.

Der Stiermann, mit dem ich kämpfte, versuchte trotz meiner Drohung loszubrüllen, doch schon war Jeffrey zur Stelle – mit einem dicken Aststück im Maul. *Vergiss es, Mann,* sagte er zu dem Typen, teilverwandelte seine Hände und zog ihm mit dem Holzknüppel eins über. Ohnmächtig sackte der Stier-Wandler zur Seite.

»Holla ... und ich dachte schon, du wolltest nur Stöckchen spielen«, sagte ich zu ihm.

Jeffrey schnaubte und warf Mia einen Blick zu. *Klar, und du hast mit deiner Schwester Weithüpfen geübt, was?*

Unsere Wölfe hielten mit Mias Unterstützung erfolgreich unsere Gefangenen in Schach, deshalb sagte ich hastig: *Ich geh unten helfen!,* und sprintete los.

Ich spürte, dass Tikaani gerne mitgekommen wäre, aber sie hatte gerade buchstäblich das Maul voll – sie war dabei, die Waffen unserer Gegner wegzuschleppen und wahrscheinlich in die nächstbeste Schlucht zu werfen. Also schickte ich ihr nur ein paar warme Gefühle und zurück kam ein liebevolles *Viel Glück.*

Berglöwen sind nicht allzu gerne unter

der Erde und es war ein unheimliches Gefühl, in diese Mine hineinzuschleichen. Der Eingang war eine Öffnung, die etwa doppelt so groß war wie meine Zimmertür in der Schule. Ich schlich ins düstere Innere, einen Tunnel mit Steinwänden und Schotterboden. Es roch nach feuchtem Stein und modrigem Holz hier drinnen. Gold sah ich keins, die Wände glänzten zwar, aber nur vor Feuchtigkeit, die sich in Eis verwandelt hatte. Hier und da zogen sich graue Adern durchs Gestein.

Wahrscheinlich hatten sie alles Wertvolle schon vor langer Zeit aus der Erde geholt, sonst hätten sie diese Mine und die vielen anderen in den Rocky Mountains bestimmt nicht aufgegeben. Ich war nicht ganz sicher, warum Menschen Gold so liebten. Es sah zwar ganz nett aus, aber ich fand jede Drehkiefer hübscher.

Der Tunnel verzweigte sich ein paarmal und einmal nahm ich eine falsche Abzweigung wie anscheinend meine Freunde vor mir, doch ich folgte ihrer Witterung immer weiter. Schließlich hörte ich Stimmen und wusste, dass ich auf dem richtigen Weg war. Bill und Alisha waren ein fast unschlagbares Team, bestimmt hatten sie James inzwischen schon freibekommen und wir konnten unbeschwert Weihnachten feiern!

Ganz schön naiv von mir.

Silber, Gold und Kaugummi

Die Stimmen kamen aus einem Seitenschacht. Vorsichtig pirschte ich mich durch den Stollen näher und riskierte einen Blick in die Kammer. Es war ein staubiger, kahler Raum, in dem nur ein paar Stühle, ein Tisch und ein Holzregal standen (auf dem jetzt Bierflaschen und andere Vorräte gelagert waren). Vielleicht hatten die Bergleute hier früher Werkzeuge aufbewahrt.

Eine Glühbirne an einem Draht hing an der Decke und beleuchtete einen Anblick, über den ich mich tierisch freute. Bill Brighteye hatte sich zurückverwandelt und trug einen pinken Schal um die Hüften, den ich vor Kurzem an Miss Youngblood gesehen hatte. Er hielt unsere Feindin mit ihrer eigenen silbernen Pistole in Schach. Während Joe dabei war, James' Fesseln durchzubeißen, hielt Miss White die mit Milling verbündete Bären-Wandlerin im festen Griff: »Sie können gerne mit dem Zappeln aufhören, ich bin in zweiter Gestalt acht Meter lang und ein *kleines bisschen* stärker als Sie.«

Auch Paolo hatte sich zurückverwandelt in einen muskulösen dunkelhaarigen Jungen mit haarigen Waden, er hatte sich irgendeinen Lappen umgebunden, betrachtete interessiert, was geschah, und begann, den Raum zu durchstöbern.

»Könnte bitte noch jemand mithelfen, James loszubinden?«, sagte Bill Brighteye, ohne die finster blickende Youngblood aus den Augen zu lassen. »Danach verschwinden wir von hier.«

Schnurrend lief ich nach drinnen und schmiegte mich an James Bridger, um ihn zu begrüßen. Doch ich hatte vergessen, dass in meinem Fell noch reichlich Schnee hing. Mein Lieblingslehrer umarmte seinen Sohn und mich lachend.

»Danke fürs Anfeuchten, Carag. Echt nett, dass ihr mich befreit, Leute. Es wurde gerade ein wenig unangenehm hier.«

Er fröstelte in einem eisigen Luftzug. Der kam von oben, durch einen Luftschacht – ah, das war das zweite, kleinere Loch im Boden! Anscheinend konnte man den Schacht von außen abdecken, denn es sah nicht so aus, als hätte es in letzter Zeit reingeschneit.

»Andrew wird euch strafen für euren Verrat, wenn er erst einmal frei ist«, verkündete die kräftig gebaute Bärenfrau und funkelte uns an.

»Ach ja? Ich fürchte, bis dahin werdet ihr ihm erst mal in Sunny Meadows Gesellschaft leisten«, erwiderte Miss White und kaute seelenruhig ihren Kaugummi weiter. »Aber natürlich in einer anderen Zelle, in seiner ist kein Platz für euch alle.«

Rebecca Youngblood schien sie nicht zu hören; sie hatte die Arme verschränkt. »Was habt ihr eigentlich mit meinen Wachen gemacht, ihr ach so tapferen Befreier?«

Die sind alle drei außer Gefecht, teilte ich ihr mit ... und ahnte Böses, als ich ihr Lächeln sah. Eulendreck, hatte sie mehr als drei Leute da draußen? Hatte Cliff nicht gesagt, er hätte auch Löwen gewittert? Wieso hatte ich Idiot das ignoriert? Vielleicht waren ihre Löwen-Wandler-Kumpanen gerade auf Patrouille und würden jeden Moment zurückkommen!

Wir müssen hier weg, schnell, drängte ich und sandte den

stärksten Fernruf, den ich hinbekam, in Richtung von Tikaani und meiner Schwester. *Passt auf, es könnten noch mehr Feinde kommen!*

Zurück kam von Tikaani nur ein atemloses *Sie sind schon hier, es sind zwei Löwen und ...!,* dann brach der Gedanke ab.

Wie von selbst fuhren meine Krallen aus, kratzten über den Steinboden. Doch bevor ich herumwirbeln und losrennen konnte, kam Paolo mit einem dreckigen Handtuch zurück, das er in einer Ecke der Kammer gefunden hatte. Was wollte er mit dem Ding?

Das bekamen wir gleich darauf mit. Er warf das Handtuch von hinten Bill Brighteye über den Kopf und wand ihm dann die silberne Pistole aus der Hand. Eulendreck! Was war denn hier los?

Mr Brighteye stieß einen Fluch aus und Alisha White warf sich nach vorne, um dem durchgedrehten Ersti die Waffe abzunehmen. Dröhnend löste sich ein Schuss und wie alle anderen duckte ich mich, presste mich an den Boden. Die Kugel bohrte sich in eins der Regale, Splitter flogen herum.

»Na, das ist aber eine Überraschung«, sagte Rebecca Youngblood zu Paolo und zeigte in einem Filmstarlächeln ihre Zähne. »Bist du etwa ein Fan von mir? Das hätte ich mir natürlich denken können, dass meine Bewunderer überall sind!«

»Ich bin auch ein Löwe – ein Ameisenlöwe«, verkündete Paolo stolz. »Darf ich mich Ihnen anschließen? Seit ich von Ihrem Rudel gehört habe, träume ich davon!«

Nell entfuhr ein irres Kichern und mir ein Maunzen. Anscheinend hatte sich Paolo vorhin im Gang verwandelt und die Youngblood wusste nicht, was genau ein Ameisenlöwe war! Doch das Lachen blieb uns im Hals stecken, weil Paolo den Lauf der Waffe drohend in unsere Richtung schwenkte.

»Du bist auch ein Löwe? Warum hast du das nicht früher gesagt?« Einen Moment lang wirkte die Youngblood mit ihrem herzförmigen Gesicht und ihrem Mund, der die Form einer Rosenknospe hatte, fast so hübsch wie früher, als sie noch Assistentin in dieser Fernsehshow gewesen war. Ihr rot gefärbtes Haar leuchtete im Licht der Glühbirne. »Natürlich kannst du bei uns dabei sein.«

Paolo grinste noch breiter. Wenn er so weitermachte, würden ihm gleich die Mundwinkel abfallen. »Danke, das ist sehr cool. Sie werden es nicht bereuen.«

»Doch, das werden Sie«, sagte Bill Brighteye verächtlich.

Rebecca Youngblood wandte sich James Bridger zu und deutete auf den Stuhl. »Na, dann kann das Verhör ja weitergehen – und diesmal werde ich nicht so nett sein! Aber erst mal habe ich noch etwas anderes zu erledigen.« Sie drehte sich um ... und starrte mich an. »Es gibt jemanden hier, der Strafe mehr als verdient hat!« Ihr Lächeln verzerrte sich. »Du erinnerst dich bestimmt, wie du mich in Atlanta blamiert hast, Carag?«

Ganz zufällig, ja. Als die Youngblood beim Kampf zwischen ihren Löwenkumpanen und mir halb betrunken und von Bier durchtränkt gewesen war, hatte ich den hilflosen Minderjährigen gespielt und ihr die Menschenpolizei auf den Hals gehetzt.

»Findest du nicht auch, dass du meine Rache verdient hast?« Schritt für Schritt kam die Youngblood näher, während die Bären-Wandlerin – jetzt in zweiter Gestalt – den Eingang des Raumes sicherte und uns Paolo mit der Pistole in Schach hielt. Mit gesträubtem Fell fauchte ich unsere Gegner an.

Sie wirkten nicht beeindruckt.

»Wenn Sie glauben, dass dieser Junge irgendetwas trifft, dann sind Sie wirklich eine Optimistin«, sagte Alisha White mit hochgezogenen Augenbrauen. »Wollen Sie ihm das Ding abnehmen oder soll ich?«

Lassen Sie meinen Dad und Carag in Ruhe, sagte Joe-der-Kojote wütend und ignorierte völlig, dass der Lauf in seine Richtung schwenkte. *He, Bärin – diese Löwenfrau hat einen Sprung in der Schüssel, ihr Milling-Leute wisst doch überhaupt nicht, was sie wirklich will und vorhat! Was hat sie denn davon, wenn sie euren Andrew befreit?*

Schweigen. Mina blickte verwirrt drein, sagte aber nichts. Eigentlich hatte Joe recht, aber ich konnte gerade nicht über so was nachdenken, verzweifelt fragte ich mich, ob es unseren Leuten an der Oberfläche gut ging. Hoffentlich passierte meiner Schwester und Tikaani nichts, das würde ich nicht ertragen!

Aber auch wir saßen richtig tief im Dreck, kein Gold weit und breit. Rebecca Youngblood kam uns in der alten, staubigen Kammer immer näher und in ihrer Hand war ein Jagdmesser. Hilflos starrte ich die Klinge an und bekam kaum Luft, obwohl aus dem Luftschacht jede Menge auf uns herabwehte.

Versuch, noch ein bisschen Zeit zu gewinnen, Carag!, flüsterte eine Frauenstimme in meinem Kopf. Alisha White. Mein Herz machte einen Satz. Hatte sie einen Plan? Zeit gewinnen, ich musste Zeit gewinnen ... aber wie?

Vielleicht, indem ich etwas hochgradig Bescheuertes machte. Ich setzte mich auf die Hinterbeine und ließ die Vorderpfoten in der Luft baumeln. Mein Schützling Terry, ein Hund, nannte das »Männchen machen«, und er wäre bei diesem Anblick bestimmt vor Lachen gestorben. *Moment, warten Sie, Miss Youngblood. Ich weiß etwas über das alte Buch, was Sie vielleicht interessiert.*

Das wirkte.

»Raus damit, aber schnell!«, kam es zur Antwort. Alle Blicke richteten sich auf mich und die Youngblood. Dadurch entging ihnen hoffentlich, dass Nell aus Miss Whites Tasche geschlüpft war und gerade in ihrer Mausgestalt zu Paolo hinüberhuschte. So wie ich sie kannte, hatte sie nicht vor, uns auch zu verraten.

Also, es ist so, dieses Buch mit den Verwandlungsformeln ist in der Sprache der Cherokee geschrieben ..., begann ich und kassierte dafür einen warnenden Blick von James Bridger. Aber er hätte sich keine Sorgen machen müssen, das mit der Sprache wusste die Youngblood längst, sonst hätte sie nicht in der Hauptstadt der Cherokee nach dem geheimnisvollen Werk gesucht.

Der will Sie nur verscheißern, machen Sie ihn besser gleich alle, sagte Dhana-die-Fledermaus giftig von der Decke aus. Niemand achtete auf sie.

Miss White und Bill Brighteye verzogen beide keine Miene, aber weil ich unseren Kampflehrer so gut kannte, merkte ich durch die Art, wie er ruhig und konzentriert atmete, dass er sich von Kopf zu Kopf mit jemandem austauschte.

Schon bekam ich eine neue Botschaft. *Mach dich bereit, gleich sehr schnell zu laufen, Carag,* hauchte Miss White mir in den Kopf. *Bis dahin – weiterreden, los, mach schon!*

Ich hatte kurz den Faden verloren, aber schon plapperte ich weiter. ... *und es wird sicher nicht einfach, es zu übersetzen, aber Sie könnten ...*

Nell begann, Paolos haarige Waden hochzuklettern ... und biss ihn dann mit ihren kleinen, aber scharfen Nagetierzähnchen ins Bein. Unser Erstjahresschüler hüpfte hoch, stieß einen Schrei aus und beugte sich runter, um die Maus von sich zu entfernen. Einen Moment lang zeigte die Pistole auf den Boden.

Alisha White nahm Paolo das Ding so schnell ab, dass er kaum kapierte, was gerade geschehen war. *Rennt!* Ihr Kommando peitschte unhörbar durch meinen Kopf.

Ich kam wieder auf allen vier Pfoten auf, wirbelte herum und sprintete los. Über die verblüffte Mina sprang ich einfach hinweg und ignorierte, dass sie drohend das Maul aufriss. Auch sie hatte wohl eine Minzallergie. Die Bridgers witschten an ihr vorbei, obwohl sich die Bärin breit machte und brummend die Pranken schwang.

Rebecca Youngblood hatte sich so rasch in eine Löwin verwandelt, dass ihre Kleidung an den Nähten aufplatzte, und rang mit Miss White um die Waffe. Trotzdem raste Nell zurück zu Miss White, vielleicht um in ihre Tasche zurückzukommen.

Ein Knall ertönte, dann noch einer. Ich hörte, wie die Kugeln an den Steinwänden abprallten und durch den Raum sirrten wie irre Wespen. Ein Klirren, ein wütender Aufschrei, der Geruch nach Bier … anscheinend hatte der Getränkekasten im Regal einen Treffer abbekommen.

Ganz kurz blickte ich zurück – und konnte eine stinkwütende Löwin bewundern, die mal wieder von

Bier durchtränkt war. Brüllend vor Wut wischte sie sich mit den Pranken Schaum aus den Augen, während Paolo blindlings durch das Chaos stolperte und Mina aufjaulte, weil sie in eine Scherbe getreten war. Ich lernte ein paar interessante neue Wörter.

Außerhalb des Raumes, zurück in den dunklen Schächten der Goldmine, blieb Miss White stehen, in der einen Hand die Pistole, die sie zurückerobert hatte, in der anderen etwas, was wie ein Kaugummi aussah. Vielleicht der, auf dem sie die ganze Zeit gekaut hatte. Gelassen heftete sie ihn und noch zwei, die sie sich hinter die Ohren geklebt hatte, an einen der morschen Stützbalken und klatschte irgendein kleines Ding mit Kabeln darauf. Sie schrie unseren Gegnern »Zurück!« zu. Dann sprintete auch sie los, hetzte neben uns durch die finsteren, geröll-übersäten Gänge der alten Goldmine.

Einen Moment später kam das Ende der Welt.

Bibbernde Löwen

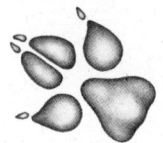
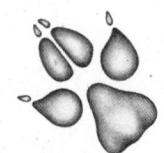

Na ja, vielleicht war es nicht ganz das Ende der Welt, aber ein bisschen fühlte es sich so an. Der Boden bebte und ein Schwall Luft von hinten beutelte mich so heftig, dass ich beinahe im vollen Lauf hingeknallt wäre. Ich hörte, wie Holz brach und Steine von der Decke des Minenschachts herabpolterten, Gesteinsbrocken rieselten auf mein Fell. Die Luft war so voller Staub, dass ich kaum Luft bekam.

Moment mal, war das etwa der *Kaugummi* gewesen?

»Plastiksprengstoff!«, rief Miss White mir ins Ohr. »Ich hab nur so getan, als würde ich das Zeug kauen.«

Hoffentlich ist niemand verschüttet worden, gab ich zurück, während ich den anderen durch Abzweigungen und Stollen folgte, die mir endlos lang vorkamen. Dann sahen wir endlich Licht – den Ausgang!

Wahrscheinlich wäre es besser gewesen, erst mal die Lage zu peilen. Aber wir waren so in Schwung und ich ehrlich gesagt auch ein ganz kleines bisschen in Panik wegen der Explosion. Also stürmten wir nach draußen ... und blickten in die weit aufgerissenen Augen von zwei offensichtlich frierenden ausgewachsenen Löwenmännchen, einem sibirischen Luchs und einem Stier-Wandler in Menschengestalt. Wahrscheinlich hatten sie noch vor einer Minute von drinnen gehört, dass alles unter Kontrolle war.

Da seid ihr ja endlich, wir brauchen Hilfe!, schrie Ava und flatterte um uns herum. Unsere Freunde und meine Schwester wanden sich gefesselt im Schnee und brüllten unsere Namen, wahrscheinlich hatten sie Angst, dass diese Explosion uns in kleine Fetzen gesprengt hatte. Mia wirkte unverletzt, aber nicht alle hatten so viel Glück gehabt. Tikaani gefesselt zu sehen und mit Blut auf dem weißen Fell, machte mich so wütend, dass ich keinen Wimpernschlag lang zögerte, sondern einem der Löwen fauchend ins Gesicht sprang. Er war viermal so groß wie ich – egal! Er hatte dem Mädchen wehgetan, das ich liebte!

Bill Brighteye und James Bridger packten dicke Äste und rückten auf den zweiten Löwen vor, mussten sich aber vor dem Stier-Wandler in Acht nehmen, der inzwischen auf vier Beinen durch den Schnee trabte. Alisha White stürzte sich auf Sergej, den Luchs-Wandler, packte ihn am Nackenfell und rang ihn zu Boden. Wo war Thor, der große Schwarzbär? Er schien nicht da zu sein und das machte mir Sorgen.

Währenddessen lief Joe mit Nell auf dem Rücken durch den Schnee zu unseren Freunden, um sie von ihren Fesseln zu befreien. *Los, macht schon, ich will jemanden zerfetzen*, knurrte Jeffrey. *Habe ich schon mal gesagt, dass ich Katzen hasse?*

Bedien dich, es sind genug da, schrie ich zurück, während ich dem Löwen mit den Hinterpfoten das Gesicht zerkratzte. Mit den Vorderpranken fetzte ich an seiner blöden Mähne herum, wegen der ich mit den Zähnen nicht richtig an ihn herankam.

Der andere Löwe war anscheinend der, der beim Kampf in Atlanta im Klofenster stecken geblieben war. Er war seit damals nicht wesentlich schlauer oder mutiger geworden. *Was soll ich tun, Brad?*, schrie er dem Raubtier zu, mit dem ich gerade beschäftigt war.

Renn ihnen entgegen und beiß sie, du Idiot!, brummte mein Gegner.

Aber sie haben Knüppel!

War doch klar, dass wir für Rebecca auch was einstecken müssen. Also reiß dich zusammen, Dunbar. Aua!!! Ich hatte meine Zähne in sein pelziges Ohr gesenkt. Als Mensch würde er in Zukunft dort ebenso eine Kerbe spazieren tragen wie ich.

Wütend versuchte er, sich im Schnee zu wälzen, um mich loszuwerden. Aber ich sprang einfach kurz von ihm herunter und griff dann gleich wieder an, diesmal von hinten. Ich biss ihn in die Flanke, während er brüllend herumfuhr, um mich fertigzumachen. Aber er war zu langsam und außerdem war ihm anscheinend richtig, richtig kalt. Ich sah, dass er bibberte. Fast tat er mir ein bisschen leid – die afrikanische Savanne war von hier aus *sehr* weit weg.

Obwohl ich vor Wut fast brannte, dachte ich daran, ihn aus dem zertrampelten Bereich vor der Mine wegzulocken, hinein in den tiefen Schnee. Es war leicht zu merken, dass er das Zeug hasste ... aber ich, ein Berglöwe, war hier daheim und hatte ein ebenso dickes Winterfell wie unser Wolfsrudel.

Das war inzwischen entfesselt.

Geht's dir gut?, rief Tikaani, was eine etwas eigenartige Frage war – ich hockte immerhin gerade kämpfend auf einem Löwen.

Alles waldig, kannst du mit dem Rudel den Stier übernehmen?, keuchte ich.

Jeffrey rief ein *Haha – Torero!*, was ich nicht ganz kapierte – hieß der Stier so? Dann schlug unser Alphawolf die Zähne in eine rote Winterjacke, die wahrscheinlich von einem der Löwen abgefallen war, als er sich verwandelt hatte.

He!, rief die schissige Raubkatze. *Das ist meine!*

Gottverdammt, Dunbar, vergiss das Ding und kämpf endlich, grollte der Löwe, mit dem ich mich buchstäblich fetzte – der Schnee war schon mit braunen Haarknäulen und Blutflecken dekoriert.

Der Stier-Wandler hielt die Wölfe des Rudels mit den Hörnern von sich fern, im Moment kamen sie nicht an seine Hinterbeine heran. Doch Jeffrey gab nicht auf und schleifte die rote Jacke vor ihm hin und her. Ich merkte, dass die Augen des Stiers dem Ding unwillkürlich folgten. Schließlich galoppierte er wütend an und versuchte, es aufzuspießen. Mit einem Satz brachte Jeffrey sich außer Reichweite ... und jetzt konnte der Rest des Rudels eingreifen. Mondauge attackierte von der Seite, während Tikaani und Cliff von hinten angriffen und versuchten, den Stier ins Hinterbein zu beißen.

Der fand das nicht lustig. *Sollen wir die Operation abbrechen, Chef? Der Feind ist ... au, verdammt ... in der Überzahl und außerdem bin ich erkältet! Eigentlich bin ich ja krankgeschrieben und ...*

Kommen Sie mir nicht mit so was – wir können die Youngblood nicht im Stich lassen!, brüllte Sergej-der-Luchs. Allerdings wirkte er nicht sehr überzeugend, weil er gerade dabei war, hastig den nächstbesten Baum hochzuklettern.

Alisha White ließ ihn gehen und rannte zu mir herüber, weil der Löwe leider doch sehr viel stärker war als ich und sich kurzerhand auf mich draufgeworfen hatte. Ich bekam keine Luft mehr und ich konnte fühlen, wie meine Rippen sich unter der Last bogen. Krallen bohrten sich durch mein Fell, lauter kleine glühende Schmerzpunkte.

»Lassen Sie ihn los, wird's bald«, hörte ich Miss White den Löwen anherrschen, dann bekam er anscheinend einen Fußtritt ab – hoffentlich einen von der Sorte, mit denen sie sonst Türen eintrat. Der Druck auf mir war plötzlich weg, als mein Gegner aufsprang, sich angewidert Schnee von der Vorderpfote schüttelte und einen Angriff auf uns beide startete.

Mir tat alles weh, aber ich schaffte es, beiseitezuspringen. *Miss White, wir müssen mit Kälte und Schnee kämpfen, die hasst er noch mehr als meine Krallen!*

»Lässt sich machen«, kam es grimmig zurück.

Auch meine Schwester hatte meinen Ruf gehört. *Halt durch, Carag!*, schrie sie mir zu und rannte förmlich einen Baum hoch, der über uns aufragte. Dann hüpfte Mia dort oben auf und ab, bis selbst die großen Äste wippten und ihre Last nach unten rauschte. Nun sah der Löwe aus wie ein weißer Klumpen mit unfassbar abgenervten Augen.

Weiter so, das ist gut!, jubelte unser Käuzchen Ava und ließ ebenfalls eine Schneefahne folgen. Allerdings nur eine sehr kleine.

»Hier ist noch ein Weihnachtsgeschenk!«, rief Miss White und holte aus. Dann bekam der König der Wildnis eine Ladung Schneebälle ins Gesicht, und zwar richtig hart.

Grollend ging unser Gegner rückwärts. Der zweite Löwe – der dämliche, der anscheinend Dunbar hieß – schlug zwar noch mit den Pranken, doch an der zögerlichen Art, wie er sich bewegte, merkte ich, dass er eigentlich genug hatte. Wahrscheinlich hatte er schon so einige Knüppelschläge eingesteckt und außerdem Frostbeulen.

Rückzug!, kommandierte der Luchsmann und blickte von seinem Baum aus auf uns herab. *Was ist mit der Youngblood, habt ihr sie getötet, ihr Dreckskerle?*

Nein, hatten wir nicht, ihre Stimme kreischte: *Ich bin nicht tot, helft mir endlich, wir sind in der Arbeiterkammer gefangen! Vor der Tür ist die ganze Decke runtergebrochen.*

Die beiden Löwen zögerten und blickten sich an.

Wir holen dich später raus, Rebecca, versprochen, sagte derjenige, der anscheinend Brad hieß, schüttelte seine Mähne und lief in Richtung Hubschrauber, verfolgt von fünf Wölfen in vollem Jagdfieber (Mr Brighteye hatte sich wieder verwandelt).

Schnaufend ließ ich mich in den Schnee fallen. Mein Brustkorb schmerzte höllisch, besonders wenn ich atmete, und ich blutete aus ziemlich vielen Krallenwunden. Mia stupste mich mit der Schnauze an und schnurrte mir ins Ohr. *Ist das nicht katzig, dass wir gewonnen haben?*

Ja ... aber noch haben wir die Youngblood nicht, sagte ich zu ihr, dann rannten die meisten von uns zum Luftschacht. Gefährlich werden konnten uns die Youngblood und ihre Kumpane nicht mehr, aber natürlich hatten sie sich in der Mine verschanzt.

Jemand verletzt?, fragte Alisha White nach unten, was ich ziemlich nett fand – immerhin waren das da unten unsere Feinde! Ein mürrisches *Nein* kam zurück.

Wir lassen euch ein Seil runter und dann kommt ihr einer nach dem anderen hoch, ist das klar?, herrschte Bill Brighteye sie an. Gute Idee, so konnten sie uns nicht in der Gruppe angreifen und wir konnten sie viel leichter gefangen nehmen. Ich hatte keineswegs vergessen, dass Rebecca Youngblood eine Löwin war und damit gefährlicher als wir alle zusammen.

Wie kommt ihr darauf, dass wir uns ergeben? Der Ton in Rebeccas Stimme erinnerte mich an das vulkanische Säurewasser in den Teichen von Yellowstone.

»Das haben wir gleich.« Mit einem verschwörerischen Lächeln machte sich James Bridger – noch immer sehr leicht bekleidet – daran, Schneebälle zu kneten. Kopfgroße Schneebälle.

Waldige Idee, meinte Tikaani und schleckte mir kurz über die Schnauze (das ging halbwegs als Kuss durch). Dann legten wir uns menschliche Hände zu, um mitzuhelfen. In unserem ersten Jahr an der Clearwater High hätten wir eine so schwierige Teilverwandlung garantiert nicht hinbekommen.

Als wir genug Geschosse beisammenhatten, rollten wir sie durch den Lüftungsschacht ... und von unten kamen sehr zufriedenstellende Flüche. Aber noch gab die Youngblood nicht auf.

Während wir Munition kneteten, so schnell wie konnten, erzählten ich und Nell abwechselnd, was Paolo getan hatte. Fassungslos glotzten unsere Freunde uns an, Cliff heulte vor

Lachen und Mia führte vor, wie sie mit allen Pfoten gleichzeitig »nicht ausweichen würde«, wenn dieser Ameisenlöwe ihr über den Weg lief.

Jeffrey schüttelte nur den Kopf. *Frankie wird froh sein, dass er ihn nicht mehr als Mentor betreuen muss, der Kerl hat ihn so dermaßen abgenervt.*

Tikaani lachte hechelnd. *Oh mein Gott, das ist sooo lustig! Die Youngblood wird bestimmt bald googeln, was ein Ameisenlöwe ist, und dann wird er schneller aus ihrem Rudel geworfen, als ein Furz durchs Fenster fliegt.*

Aber erst mal nehmen wir ihn gefangen – wie wäre es, wenn wir ihn in einer Bierflasche einsperren? Genüsslich beförderte Joe Bridger einen richtig fetten Schneeball nach unten – und erzeugte wieder empörte Schreie.

Es reicht, holt uns hoch, knirschte Rebecca Youngblood.

Bringen Sie eine leere Bierflasche mit, oder am besten zwei!, kommandierte Bill Brighteye und sparte sich gleich das »Bitte«. Erst zogen wir Paolo durch den Luftschacht nach oben, dann Mina und schließlich die Chefin selbst (wieder in Menschengestalt, aber nach wie vor nach Bier stinkend – sie hatte netterweise daran gedacht, die Flaschen mitzubringen).

Sie warf mir einen tödlichen Blick zu, während James Bridger sie fesselte. »Irgendwann werde ich dich bestrafen«, sagte sie mit einem Lächeln. »Und die Formeln in diesem alten Buch werden mir dabei helfen. Ich könnte dir deine zweite Gestalt wegnehmen, wie fändest du das, Carag?«

Noch haben sie es nicht, brachte ich heraus, aber mich überlief ein kalter Schauer.

Na wunderbar. Ich hatte weiterhin zwei mächtig gefährliche erwachsene Woodwalker-Feinde, und niemand wusste, ob sie in Sunny Meadows sicher hinter Gitter sein würden.

Wir hörten das Flappen eines Hubschraubers. *Sehr gut, das müssten die Leute des Rates sein,* meldete Jack Clearwater aus der Luft.

Nein, sie sind es nicht!, schrie Ava auf. Sie hatte recht. *Diese* Maschine hatte gerade nicht weit von uns entfernt abgehoben, und erschrocken erkannte ich unseren Feind Thor im Cockpit. Sein Job war wohl gewesen, auf den Helikopter aufzupassen, und wir hatten es nicht kapiert!

Nun ging der Bären-Wandler tiefer und steuerte den Heli auf uns zu ... bis das Ding über uns schwebte. Es wirbelte so unglaublich viele Schneeschwaden auf, dass wir nur noch Weiß sahen. Das Motorengeräusch dröhnte mir in den Ohren, Windböen zerzausten mein Fell und ich hoffte, dass Ava nicht von ihrem Ast heruntergewirbelt wurde, sie war ein sehr kleines Käuzchen. Unwillkürlich duckte ich mich neben Tikaani. Sie drückte die Schnauze in meine Schulter und fragte verzweifelt: *Was sollen wir tun? Ich kann nicht mal was wittern!*

Als das Geräusch des Hubschraubers leiser wurde und der Sturm sich legte, blickten wir uns um ... und stöhnten auf.

Alle unsere Gefangenen waren geflohen.

Und wir standen mit den beiden leeren Bierflaschen in der Hand da wie die Deppen.

Runde Lehrerinnen und
Mias Entscheidung

Nein, wir hatten nicht wirklich verloren. Denn wir hatten James Bridger befreit, und das war es, was zählte. Das sahen die meisten Mitglieder unseres Teams so, aber natürlich nicht alle.

Von diesen Leuten haben bestimmt einige nicht in den Heli gepasst ... wir könnten ihren Spuren folgen, schlug Jeffrey vor. *In meinem Rudel sind alle gute Fährtenleser!*

»Abgelehnt«, sagte Bill Brighteye zu meiner Erleichterung und auch Jack Clearwater sagte: *Lass sie gehen. Wir müssen James und die Kids in Sicherheit bringen.* Er landete neben Alisha White auf dem Schnee und faltete seine großen braunen Schwingen ein. Sie kniete sich neben ihn und strich ihm zärtlich über das Gefieder, während er sie mit seinen wilden Raubvogelaugen ansah.

Also machten wir uns auf den Rückweg, was mühsam genug war. Es stach jedes Mal in meinem Brustkorb, wenn ich atmete, und ich fühlte mich, als wäre ich gerade von einer Lawine mitgeschleift worden. Deswegen waren wir erleichtert, als nur ungefähr zehn Minuten nach der Flucht unserer Gegner der Hubschrauber des Rats auftauchte.

»Es tut mir so leid«, sagte Jessie Parks. »Wir hätten euch begleiten sollen, statt die anderen Verbündeten der Youngblood zu jagen. Ihr dürft mich schlagen, wenn ihr wollt.«

Ich schaffte ein schwaches Grinsen. »Aber nur in zweiter Gestalt, oder? Als Nashorn merken Sie wahrscheinlich kaum etwas davon.«

Verschmitzt lächelte sie mir zu. »Das war der Gedanke, ja.«

»Hier wird niemand mehr geschlagen«, sagte Steve Aboyo, der muskulöse schwarze Agent des Rates. »Los, Parks, schaffen wir diese müden Kämpfer hier zurück zur Clearwater High. Mit der Youngblood beschäftigen wir uns später.«

Inzwischen war ich es fast schon gewohnt, hoch über der Erde dahinzufliegen – was sicher kaum ein Puma jemals erlebt hatte. Jessie Parks landete die Maschine auf dem leeren Parkplatz der Schule, den unser Hausmeister Theo schon von Schnee befreit hatte.

In der Dämmerung schleppten wir uns in die Schule ... und wurden in der Eingangshalle, wo noch das Mini-Schwimmbad für unsere Gäste aus Florida stand, begrüßt, als wären wir ein Jahr weg gewesen. Holly und Brandon warfen sich förmlich auf uns und Dorian kraulte mich hinter den Ohren – er wusste genau, was Katzen mochten. »Ihr blutet ja!«, stellte Holly entsetzt fest und untersuchte Tikaani, um festzustellen, wo sie verletzt war. »War's sehr schlimm?«

Ungefähr so, wie, sich in unfittem Zustand mit einer Herde Moschusochsen anzulegen, meinte Tikaani. *Keine Sorge, es ist nur ein Kratzer.*

Aber es hat sich gelohnt, meinte ich nur, während wir uns aufmachten zur Krankenstation. Ich beobachtete, wie unsere Schulleiterin mit langen Schritten meinem durchgefrorenen, in geliehene Klamotten gehüllten Lieblingslehrer entgegenging und ihn in die Arme schloss.

»James«, sagte sie leise. Neugierig beobachteten wir, dass die Umarmung ziemlich lange dauerte. Neulich waren die beiden auch gemeinsam ausgegangen. Waren sie damit zusammen? Nein, sonst hätten sie sich bestimmt geküsst. Doch vielleicht hatte James dazu gerade wenig Lust, nachdem er von einer Löwen-Wandlerin abgeschlabbert worden war.

»Wie schön, wieder hier zu sein«, sagte James Bridger und seufzte tief. »Angeblich schwimmen Kojoten nur, wenn sie müssen, aber mir schwebt trotzdem gerade ein heißes Bad vor.« Holly rannte los, vermutlich um ihm ein Bad einzulassen.

Meine Klassenkameraden bestürmten Bridger mit tausend Fragen, was er in der Gefangenschaft erlebt hatte, ob er wirklich in einer Goldmine gewesen sei und ob die Löwenfrau ihn schlecht behandelt hätte. Doch er meinte nur: »Das erzähle ich euch alles … ein bisschen später, ja?«

Auch Bill Brighteye bekam einen warmen Empfang von unserer Menschenkundelehrerin Sarah Calloway. Sie war inzwischen so rund, als hätte sie eine Melone verschluckt. Ende März sollte es so weit sein, wir konnten alle noch gar nicht glauben, dass es dann ein Baby an der Clearwater High geben sollte.

Die Rabenzwillinge flatterten in zweiter Gestalt zielsicher auf Jeffrey zu und Wing – ich konnte sie inzwischen in ihrer Rabengestalt unterscheiden – setzte sich auf seinen Wolfsrücken. *Na, konntest du ein paar Heldentaten vollbringen?*

Na klar, was hast du erwartet?, fragte Jeffrey und begann, von den Löwen-Wandlern und seinem Abenteuer mit dem Stier zu erzählen. Dabei verdoppelte er die Zahl der Löwen und es klang, als wäre der Stier eher so was wie ein Elefant gewesen.

Glaub ihm ungefähr die Hälfte, sagte ich zu Wing und Jeffrey tat so, als wollte er mich beißen. Doch meine Reflexe waren genauso gut wie seine, ich wich problemlos aus. Dabei wäre ich fast auf einen unserer beiden extrem flauschigen Erstjahres-polarfüchse getreten, die gespannt zuhörten, was wir erzählten. *Ich hab gehört, dass du weißt, was für eine zweite Gestalt Salomé hat!*, meinte Jonne.

Und ich hab sogar gehört, dass sie ein ausgestorbenes Tier sein soll, verkündete seine Schwester Lotta. *Aber wie kann das sein?*

»Das, meine Lieben, erfahrt ihr sehr bald in meinem Sei-dein-Tier-Unterricht«, sagte unsere Mopslehrerin Amelia Parker, als sie an uns in Richtung Lehrerzimmer vorbeiging.

Wer hatte geplaudert? Keine Ahnung, ich jedenfalls nicht. Es war wirklich schwer, in einer Schule wie der Clearwater High, in der jeder feine Ohren, scharfe Augen und einen Geruchssinn der Extraklasse hatte, irgendein Geheimnis zu bewahren.

Shadow hatte Jeffrey anscheinend noch nicht verziehen, dass er ihn und seinen Otterfreund nicht gegen Paolos blöde Sprüche verteidigt hatte. Er landete auf einem Ast des Baumes, der in unserer Eingangshalle wuchs und auf dem sich auch schon Ava niedergelassen hatte. *Wo ist denn Paolo? Ist er gefressen worden?*

Tikaani und ich überließen es ihm und den anderen, von seinem Verrat zu erzählen, und schleppten uns zur Krankenstation. Meine Schwester Mia brachte mir frische Klamotten aus meinem Zimmer. Ich musste mich zurückverwandeln und bekam einen festen Verband um den Brustkorb, in dem anscheinend eine Rippe angeknackst war. Zum Glück nur ein bisschen, richtig gebrochen war es offenbar nicht. Währenddessen schlürfte ich eine heiße Schokolade, die Holly für mich in der Küche organisiert hatte.

Ernst betrachtete mich Mia, die so wie ich wieder in Menschengestalt war, und zupfte abwesend an ihren hellbraunen, wuscheligen Haaren herum. »Was ist eigentlich mit Weihnachten?«, fragte sie.

»Was soll damit sein?«, fragte ich zurück. »Das ist doch so ein Menschenfest, das dir, Mam und Pa nichts bedeutet. Ich bin ein paar Tage bei den Ralstons und dann ein paar Tage bei euch, damit wir noch ein bisschen durch die Berge streifen können.«

»Weißt du, ich hab mir was überlegt dort auf diesem Berg«, sagte meine Schwester feierlich. »Ich habe doch versprochen, ich komme mal mit zu deiner Menschenfamilie. Das könnte ich an Weihnachten machen. Also übermorgen.«

Ich verschluckte mich an meiner Schokolade und die Tasse schwappte über.

»Jetzt hat der frische Verband braune Flecken, findest du das etwa gut?«, schimpfte Sherri Rivergirl, unsere Köchin und Krankenschwester, und tupfte stinkendes Desinfektionsmittel auf meine Krallenwunden.

»Stimmt, grün wäre hübscher gewesen«, meinte ich, zuckte zusammen, als sie eine besonders schmerzhafte Stelle erwischte, und wandte mich nach kurzem Nachdenken wieder an Mia. »Ja klar, wieso nicht. Anna, Melody und die anderen sind wahrscheinlich ein kleines bisschen überrascht, aber sie freuen sich bestimmt. Was die Geschenke angeht ...«

»Ich könnte ihnen ein Stück Maultierhirsch mitbringen, ich hab auf der Bergflanke was vergraben für schlechte Zeiten«, bot Mia an.

Sie war vor zwei Wochen zuletzt in den Bergen gewesen. Wahrscheinlich war der Hirsch schon ein bisschen überreif. Andererseits aßen auch die Menschen Tiefkühllessen. »Nein, nein, das passt schon, meine Menscheneltern erwarten bestimmt nicht, dass du ihnen was schenkst.«

Noch wussten die Ralstons nichts von ihrem Glück. Aber ich war sicher, dass sie Ja sagen würden zu einem Weihnachtsgast.

Mr Bridger kam frisch aus seinem heißen Bad in die Krankenstation, um überprüfen zu lassen, ob mit ihm alles in Ordnung war. Sobald es nicht mehr ganz so voll dort war und niemand uns belauschte, nahm ich ihn beiseite. »Das alte Buch ... ist das in Afrika wirklich in Sicherheit?« Jedes Mal, wenn ich an die Drohung der Youngblood dachte, mir meine zweite Gestalt wegzunehmen, überlief es mich kalt. Wie sollte das funktionieren? Ich war Puma durch und durch, selbst in Menschengestalt spürte ich die Raubkatze in mir. Wäre es sehr schlimm, nur ein Mensch zu sein? Normale Leute dachten darüber ja nicht zweimal nach und ihnen schien es gut zu gehen dabei. Aber ich war eben keiner von ihnen. Sie waren nicht in den Rocky Mountains aufgewachsen und konnten das deshalb auch nicht vermissen.

Die Youngblood kann ihre Drohung nicht wahrmachen, beruhigte ich mich selbst. Dafür brauchte sie die Formeln im Buch des Cherokee-Schamanen.

»Ich hoffe, dass das Buch in Sicherheit ist«, sagte Mr Bridger grimmig. »Während unser Austauschreise zur Narawandu

School werde ich danach schauen. Die beiden Agenten des Rates haben schon zugesagt, dass sie uns als Bodyguards begleiten, und weitere fünf Sicherheitsleute sollen nachkommen.«

»Wow«, sagte ich beeindruckt.

Also würden wir tatsächlich auf diese Klassenfahrt nach Afrika gehen. Ich hatte schon nicht mehr wirklich daran geglaubt, dass es klappen würde – nach allem, was passiert war.

»Vielleicht wäre es besser, wir verbrennen auch das Original«, schlug ich ein bisschen zögernd vor. »Diese Woodwalker-Formeln sind unglaublich wertvoll, aber ...«

»... aber in den falschen Händen auch sehr gefährlich, ich weiß.« James Bridger seufzte. »Aber vernichten? Nein, auf keinen Fall. Das ist unser Erbe und vorsichtig eingesetzt kann man auch viel Gutes mit dem Wissen darin bewirken.«

»Zum Beispiel?«

»Zum Beispiel kann man mit diesen Formeln einen Menschen oder ein Tier zu einem Woodwalker machen, ihm also eine erste oder zweite Gestalt geben«, erklärte James Bridger. »Das würde sehr viel Leid lindern, denn ich kenne viele Wandler-Familien, in denen manche Kinder sich nicht verwandeln können und sich ausgeschlossen fühlen. Oder Woodwalker-Eltern leiden darunter, dass ihr Kind ein Tier ohne Verwandlungsfähigkeiten ist.«

»Stimmt«, sagte ich nachdenklich. Auch er selbst hatte gelitten ... hätte sich seine Frau verwandeln können, wären sie vielleicht immer noch verheiratet. »Aber reicht das als Grund? Es war von vornherein verboten, diese Formeln aufzuschreiben!«

Doch es nützte nichts, ich merkte, dass ich nicht zu ihm durchkam. Zum ersten Mal hatte ich das Gefühl, dass mein Lieblingslehrer mich nicht verstand.

»Weißt du, was – ich bespreche das mit dem Rat und mit den Rabenzwillingen, im Prinzip ist es ja ihr Erbe«, sagte James Bridger, doch ich spürte, dass er das Buch auf keinen Fall zerstören wollte ... und der Rat würde das auch nicht wollen.

»Okay«, sagte ich niedergeschlagen und wir zogen alle ab in die Cafeteria, um uns Abendessen reinzuhauen, wie die Menschen sagten. Dort beantwortete James Bridger die vielen Fragen, die auf ihn herabprasselten, und erzählte geduldig, was nach seiner Entführung und in der Goldmine passiert war. Es schien ihn nicht sehr zu stören, dass er dadurch kaum zum Essen kam.

In der Cafeteria saßen auch unsere Gäste Shari, Tiago und Noah. Staunend beobachteten sie Holly, die ihnen gerade mit teilverwandelten Zähnen demonstrierte, wie schnell sie einen Kiefernzapfen abnagen konnte. Holzige Zapfenstücke flogen nach links oder rechts.

»Das ist wirklich beeindruckend«, sagte Noah und schenkte ihr einen verliebten Blick. »Ich würde so ein Ding ja auch mal probieren, aber ich bin *ziemlich sicher,* dass es mir nicht schmecken würde.«

»Wahre Liebe ist, wenn du ihn trotzdem probierst.« Shari grinste.

»Genau, los, ran an den Snack!« Tiago hatte gut reden, auf seinem Teller dampfte ein großes Stück gebratener Lachs.

Mit einem schiefen Lächeln versuchte Noah, an dem halb abgenagten Zapfen herumzuknabbern.

»Schmeckt, als würde ich gerade versuchen, ein Möbelstück zu essen.«

Holly musste lachen und gab ihm einen Kuss. »Haha, schon okay, du kannst wieder aufhören. Wenn ich mal wieder bei dir in Florida bin, probiere ich rohen Fisch, dann sind wir quitt.«

»Deal«, sagte Noah und legte ihr den Arm um die Schultern.

Gespannt lauschten unsere Freunde, als wir erzählten, wie wir James befreit und die frierenden Löwen mit jeder Menge Schnee fertiggemacht hatten. Die bewundernden Blicke von Tiago und Shari ließen mich sogar meine schmerzende Rippe eine Weile vergessen. Dann waren noch mal die Leute von der Blue Reef High dran mit Berichten. »Weiß inzwischen jemand, was aus Lydia Lennox geworden ist nach dem großen Kampf in Key West?«, fragte ich. »Lebt die fiese Python noch?«

»Ella – du weißt schon, ihre Tochter – rechnet fest damit.« Tiago wurde ernst. »Fest steht, falls sie noch lebt, wird sie in irgendeiner Form Unheil stiften.«

»Wenn sie irgendwo auftaucht, wird der Rat sie verhaften lassen«, versicherte uns Shari. »Inzwischen gibt es genug Beweise dafür, dass sie uns angegriffen, kriminelle Geschäfte durchgezogen und mithilfe von Woodwalkern und Seawalkern wichtige Leute ausspioniert hat. Die ist nicht tot, garantiert nicht.«

Wichtige Leute ... das brachte mich wieder ins Nachdenken. Meine Menschenfamilie, das waren für mich wichtige Leute. Später würde ich den Ralstons ganz in Ruhe klarmachen, dass sie an Weihnachten gleich zwei Raubkatzen im Haus haben würden.

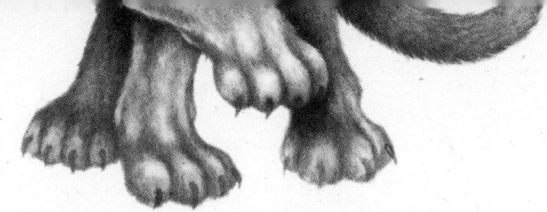

Ein katziges Weihnachten

Es war Zeit für unsere Gäste aus der Blue Reef High, zurückzukehren zu ihrer Wandler-Schule nach Florida, denn natürlich wollten sie dort mit ihren Familien feiern. Draußen wartete schon Theo mit dem Schulkombi, um sie zum Flughafen zu bringen.

»Es war sehr katzig, dass ihr da wart!« Ich umarmte Tiago.

An Noah hing gerade Holly dran, den zu drücken, ging also gerade nicht. Ich überlegte, ob ich ihm die Schulter tätscheln konnte, aber das würde die beiden wahrscheinlich von ihrem Kuss ablenken und nicht auf Begeisterung stoßen.

»Ich fand es auch toll.« Tiago lächelte mit teilverwandelten Tigerhaizähnen, was ein bisschen gruselig aussah. »Bei euch habe ich zum ersten Mal Schnee gesehen, das war wirklich cool. Nur ein bisschen zu kalt.«

»Wir können dir welchen in einer Thermosflasche mitbringen, wenn wir euch das nächste Mal besuchen«, bot Brandon grinsend an und unsere Gäste grinsten zurück.

Dann drückten wir Shari. Sie hatte uns wirklich geholfen mit ihrem Tipp, wie wir Mr Ellwood dazu bringen konnten, in Zukunft nett zu meiner Schwester zu sein.

»Wisst ihr, was? Ich bin *echt* froh, dass ich mich nicht unfreiwillig verwandelt habe«, sagte Shari mit einem Blick auf das Kinderplanschbecken, das wir für den Notfall in der Eingangshalle aufgebaut hatten. »Meine Delfingestalt ist hier so weit weg, dass ich kaum noch weiß, wie sie aussieht ... ups!«

Voll Grauen sahen wir, dass sich ihre Arme grau färbten und zu Delfinflossen umformten. Holly quiekte auf vor Schreck.

Gerade wollte Brandon losrennen, um Hilfe zu holen, als Shari zu grinsen begann. Ihre Haut wurde wieder rosig und kurz darauf hatte sie ihre Finger zurück. »Alles gut, ich wollte euch nur ein bisschen erschrecken.«

»Tu das nie wieder«, sagte Jack Clearwater, er war blass geworden. Aufseufzend legte er den Arm um die Schultern von Miss White. »Macht's gut, Leute! Wir sind noch ein paarmal dran, euch zu helfen, wenn ihr uns braucht. Ihr habt uns schon so oft aus der Patsche geholfen.«

Wir winkten ihnen allen nach, als sie ihre Koffer nach draußen schleppten und zu Theo ins Auto kletterten.

»Was genau hat er mit Patsche gemeint?«, fragte ich meinen Schützling Terry, der gerade in seiner zweiten Gestalt als kniehoher grau-weißer Mischlingshund war. Er hatte schließlich sein ganzes Leben mit Menschen verbracht, bevor er als Erstjahresschüler auf die Clearwater High gekommen war.

Kannst du ja mal googeln, kam es nur zurück, was ich ein bisschen herzlos fand.

Dann rannte Terry hoffnungsfroh wedelnd zu Dorian. Der verschränkte die Arme. »Vergiss es«, sagte er nur. »Ich habe heute absolut keine Lust, mit dir Hund-jagt-Katze zu spielen. Geh Weihnachten feiern und lass mich ein paar Tage in Ruhe.«

Terry ließ Ohren und Schwanz hängen ... und mir fiel ein, dass er niemanden hatte, mit dem er feiern konnte. Wir hatten ihn ja aus dem Tierheim geholt, weil er familienlos war. In der Clearwater High hatte er Freunde gefunden – aber die verabschiedeten sich gerade alle in die Ferien, auch seine Fledermausfreundin Tabitha, in die Brandon noch immer hoffnungslos verknallt war. »Einen schönen Winter noch! Und passt auf, mit wem ihr so rumhängt, sie könnten euch Unglück bringen«, orakelte Tabitha in Brandons und meine Richtung.

»Äh, machen wir, und dir auch viel ...« Aber sie war schon weg. Mit verdächtig geröteten Wangen sah mein bester Freund zu, wie Tabitha durch den Haupteingang entschwand. »Glaubt ihr, ich bedeute ihr was? Manchmal bin ich ganz sicher – und dann doch wieder nicht.«

Mitleidig blickten Holly, Tikaani und ich ihn von der Seite an. Eher nicht, war die realistische Antwort, aber die wollte mein Freund bestimmt nicht hören.

Also wandte ich mich wieder an Terry. »Ach, weißt du, was, komm einfach mit Mia und mir zu den Ralstons«, sagte ich zu ihm. Worauf er vor lauter Begeisterung herumhüpfte wie ein Gummiball.

Dann musste ich mich leider von Tikaani verabschieden, die sich mit ihrer Familie im hohen Norden traf, und vergaß dabei, meine Menschenfamilie noch einmal anzurufen. Nicht so wichtig, die hatten bestimmt keine Einwände gegen einen Hunde-Wandler unter dem Christbaum und kochten sowieso immer zu viel.

Am 24. Dezember standen wir zu dritt vor dem zweistöckigen Haus im Spruce Drive in der kleinen Stadt Jackson. Aus dem Haus dröhnte ohrenbetäubendes Bellen – Bingo, der Hund meiner Menschenfamilie, hatte den fremden Artgenossen schon gewittert. Und natürlich meine Schwester. Mia machte einen Schritt zurück, dann noch einen. Sie hatte für den festlichen Anlass einen rot-weißen Pullover mit einem Rentier darauf und eine Jeans angezogen; sie trug Winterstiefel. Aber natürlich konnte Bingo riechen, dass sie so wie ich eine große Katze war.

Melody öffnete die Tür und strahlte mich an. Sie befahl Bingo, von uns wegzubleiben, rief »Jay!« – so hieß ich als Mensch – und umarmte mich stürmisch. Dann betrachtete sie Mia aus großen Augen. »Oh ... das ist also Mia? Sie sieht dir ein bisschen ähnlich, nur ihre Haare sind dunkler.« Ein bisschen herausfordernd blickte sie Mia an. »Ich bin auch Jays Schwester.«

»Schwestern kann man immer gebrauchen«, sagte Mia, die überhaupt nicht eifersüchtig wirkte. Auch sie musterte Melody neugierig. »Du bist noch ziemlich klein«, sagte sie. »Aber einen Hasen könntest du bestimmt kriegen, wenn du es versuchen würdest.«

»Ich mag Hasen!«, verkündete Melody.

»Ich auch«, sagte Mia freudig.

Sehr wahrscheinlich meinten sie nicht das Gleiche.

Bingo bellte noch immer aus voller Kehle. Bevor ich meine Zähne teilverwandeln und ihn anfauchen konnte, schleppte mein Menschenvater Donald ihn in ein Nebenzimmer und sperrte ihn darin ein. Terry hatte sich hinter meinen Beinen versteckt, aber ich schubste ihn gnadenlos mit dem Fuß nach vorne. *Los, du bist doch sonst nicht so schüchtern!*

Kaum hatte Melody ihn erspäht, stürzte sie sich auf ihn, um ihn durchzuknuddeln. »Oh, ist der süß!« Während sich Terry beschwerte: *Ich bin nicht süß! Süß sind rosa Plüschhunde!*, kam meine Menschenmutter Anna hinzu. »Oh, ich wusste gar nicht, dass du einen Hund hast, Jay.«

Vielleicht wäre es doch besser gewesen anzukündigen, dass ich noch jemanden mitbrachte. »Ich habe auch keinen«, erklärte ich. »Das da ist in erster Gestalt ein ungefähr zwölfjähriger Junge namens Terry.«

Meine kleine Schwester fuhr zurück, als hätte sie sich an Terrys Flauschohren verbrannt. »Oh«, brachte sie nur heraus. Doch der Moment verging schnell, als ich vorschlug: »Wieso zeigst du ihm nicht deine Pferdefigurensammlung?«

»Mag er denn Pferde?«

Pferde sind scheußlich, sie versuchen, einen zu treten, und lassen riesige Haufen fallen!

»Er liebt Pferde«, versicherte ich ihr. Terry warf mir einen tödlichen Blick zu und hüpfte hinter Melody her zur Treppe.

Jetzt kam Anna auch dazu, mich zu umarmen, sie roch sehr appetitlich nach Festtagsbraten. Donald klopfte mir auf die Schulter und Marlon, mein älterer Stiefbruder, grunzte immerhin etwas, was wahrscheinlich ein Willkommensgruß sein sollte, aber eher klang wie »Ich liebe deine Kleekekse« in Elchisch.

In der Clearwater High schmückten wir im Winter einen der lebenden Bäume am Rand unserer Lichtung, doch meine Menschenfamilie hatte eine kleine Fichte reingeholt und bunt dekoriert. Am Anfang hatte ich nicht kapiert, was das sollte, aber inzwischen wusste ich, dass die Menschen damit irgendwie ihre Verbindung zur Natur ausdrücken wollten.

Alle vier Familienmitglieder beobachteten neugierig, wie sich Mia im Haus umschaute, an ein paar Sachen schnupperte (den Jacken an der Garderobe, den Geschenken unter dem Baum, der Fernbedienung) und dann auf direktem Weg zum Festessen strebte. »Oh, gebratener Vogel! So einen habe ich mal nach einem Waldbrand gefunden, wahrscheinlich konnte er nicht schnell genug flüchten.«

»Den Truthahn hier habe ich im Supermarkt gejagt«, sagte Anna, lachte und stellte die Stampfkartoffeln mit Butter auf den Tisch. Ich gab ihr noch einen Extrakuss und war furchtbar froh, dass ich Teil dieser Menschenfamilie war.

»In einem Supermarkt war ich auch mal«, berichtete Mia. »Leider sind ständig die Regale umgefallen.«

»Weil du draufgesprungen bist«, wandte ich ein, während wir uns an den Tisch setzten.

»Ja, und? Pumas springen nun mal.« Mia streckte die Hand nach einem Schenkel des Truthahns aus, verbrannte sich die Finger, miaute und blickte den Vogel vorwurfsvoll an.

»Ich dachte, ihr hättet in Menschenkunde schon Tischmanieren durchgenommen«, zischte ich ihr zu.

»Ach, lass sie doch, sie drückt damit nur ihre natürliche, unverfälschte Wildheit aus«, sagte Donald, ein rundlicher Psychologe mit grauem Pferdeschwanz. »Während wir uns bemühen, den dünnen Anstrich der Zivilisation zu wahren ...«

Mia hörte schon längst nicht mehr zu. Sie schaffte es, dem Truthahn ein Stück Fleisch zu entreißen, und biss herzhaft hinein. Ich seufzte innerlich. Wenigstens schmatzte sie diesmal nicht.

Mein Bruder Marlon grinste. »He, deine Schwester ist cool – kann sie gut kämpfen?«, flüsterte er mir zu.

»Sehr gut sogar – eine Runde gefällig?«, fragte ich und Marlon setzte zu einem »Na klar« an, aber da sagten unsere Eltern hastig »Guten Appetit« und nahmen sich ebenfalls etwas vom Truthahn, solange noch etwas da war.

Terry hatte einen eigenen Teller bekommen, fraß aber unter dem Tisch. *Sag Melody, sie soll lieber Hundefiguren sammeln,* brummte er.

»Mein Freund sagt, er findet deine Pferdchen toll«, richtete ich Melody aus. Unter dem Tisch erklang ein leises Knurren.

Melody lächelte meine Schwester an. »Willst du dir als Mensch auch manchmal über den Körper schlecken?«

Mia schaute ein bisschen verdutzt drein. »Na klar, du nicht? So bekommt man sich doch am besten sauber.«

Donald sah so aus, als wäre ihm gerade der Appetit vergangen. »Aber was ist mit den Haaren auf der Zunge?«

»Na ja, die schlucke ich halt runter, was sonst?« Mia ließ es sich schmecken, während Marlon aussah, als würde er gleich würgen. Wie peinlich. Ich überlegte, ob ich zu Terry unter den Tisch kriechen sollte.

»Wie war es für dich, in den Bergen aufzuwachsen?«, fragte Anna meine Pumaschwester. »Was war der größte Unterschied zur Menschenwelt?«

»Weniger Wände«, sagte Mia und nahm sich die nächste Portion. Gut gelaunt, mit fetttriefendem Kinn schaute sie in die Runde. »Und mehr Kälte. Jetzt im Winter braucht man ein echt dickes Fell. Wollt ihr mal meins sehen?«

»Ja!«, rief Melody begeistert, bevor jemand von uns zu Wort kam. »Darf ich dich dann streicheln?«

Klar, erwiderte Mia. Momente später lag eine große zimtfarbene Raubkatze im Rentierpulli quer über dem Stuhl, blickte sich schnurrend um und wartete anscheinend auf Beifall. Genau diesen Moment wählte Bingo den Geräuschen nach, um auf die Klinke zu springen und sich selbst zu befreien.

Bingo!

Ich hörte, wie Bingo durch den Flur rannte, dann kam der nervige Labrador ins Wohnzimmer gestürmt. Mia fauchte und war von ihrem Stuhl herunter wie der Blitz.

Marlon versuchte, Bingo einzufangen, doch der jagte mit dröhnendem Gebell hinter Mia her. Jagdreflex eben, das kannte ich selber auch.

Ich halte ihn auf!, rief Terry, rannte wiederum hinter Bingo her und schimpfte ihn anscheinend in Hundesprache aus. Der Baum wankte, als die Jagd um ihn herumführte, sämtliche Christbaumkugeln klirrten und ein Engel ging in den Sinkflug. Anna schrie irgendwas, Donald versuchte, die Fichte festzuhalten, und Melody warf sich in das Getümmel, um die Geschenke zu beschützen.

Beim großen Gewitter! Warum hatte ich diese beiden Chaoten mitgenommen? Wahrscheinlich warfen die gleich den Christbaum um und meine Menschenfamilie schmiss uns alle raus!

Stopp!, brüllte ich und stellte mich Mia bei ihrer nächsten Runde um den Christbaum in den Weg. Leider hatte ich vergessen, wie viel Wucht eine fünfzig Kilo schwere Raubkatze entwickelt, wenn sie in Panik irgendwo hinrennt. Als meine Schwester auf mich prallte, verlor ich das Gleichgewicht und fiel gegen den Christbaum. Oder eher, der Christbaum fiel auf mich, was meine angeschlagene Rippe nicht gut fand. Wenige Atemzüge später lag ich unter piksigen Zweigen, versuchte, mich aus einem Kabel mit Glitzerlämpchen zu befreien, und hatte das blöde Gefühl, dass ich gerade eine Glaskugel unter mir zerquetschte.

Warum musst du auch immer so ungeschickt sein, Carag?, sagte Terry und wedelte.

Genau, sagte Mia, die in zweiter Gestalt ganz oben auf einem Regal hockte und auf uns herunterblickte. *Wann gibt's eigentlich die Geschenke?*

»Früh genug«, sagte ich, pflückte mir ein paar Lamettafäden aus den Haaren und nahm mir noch ein Stück Truthahn.

Es wurde dann doch noch ein schönes Weihnachten. Meine Freunde und ich übernachteten in meinem Zimmer und am nächsten Morgen gab es wie in Amerika üblich die Gaben. Mia schenkte Marlon und Melody je einen ihrer ausgefallenen Pumamilchzähne und freute sich selbst über ein neues T-Shirt. Terry nagte glücklich an einem gigantischen Steak herum. Und ich? Mir verehrte Marlon einen Pulli mit Weihnachtsmann darauf, der unfassbar hässlich war. Donald schenkte mir eine CD mit Vogelgesang und Bachrauschen. Ratlos drehte ich sie in den Händen – wenn ich Vögel singen oder einen Bach rauschen hören wollte, musste ich doch nur nach draußen gehen.

»Das sind Melodien zum Meditieren«, erklärte mir Donald.

Ach so. Früher als Puma hatte ich nie so tun müssen, als würde ich mich freuen. Aber jetzt als Mensch tat ich mein Bestes, fletschte die Zähne und zog die Mundwinkel hoch.

»Hier, das ist von mir«, rief Melody erwartungsvoll und drückte mir ein buntes

Ding in die Hände. Als ich es auspackte, musste ich lachen. Es war ein Fellpflegemittel namens *Cat's Best – für flauschige Ohren und ein wolliges Fell.*

»Das ist toll«, sagte ich ehrlich und drückte sie.

Mit verschmitztem Lächeln reichte mir Anna einen Zettel mit Schleife darum. Ihr Geschenk war ein Picknickausflug in die Wildnis mit meinen Pumaeltern! »Du weißt, wir würden auch sie furchtbar gerne kennenlernen«, meinte Anna und Melody nickte begeistert. Nur Marlon schluckte und ich konnte mir denken, warum. Erst hatte er es nur mit einem Puma zu tun gehabt, heute waren es zwei und bald würden es schon vier sein!

Natürlich war ich sehr gespannt, wie meine Menschenfamilie *meine* Geschenke finden würde. Melody freute sich sehr über ihren Gutschein für einen Ausritt auf Ayasha, einer Drittjahresschülerin, die in zweiter Gestalt ein Wildpferd war. Ich hatte Ayasha dafür versprechen müssen, dass ich einen Elch, den sie nicht ausstehen konnte, als Puma erschrecken würde.

Neugierig las Anna den hübsch dekorierten Zettel, den ich ihr überreichte. »Oh, eine von dir geführte Wanderung mit Tiersichtungsgarantie – das gefällt mir!«

Gut gelaunt blätterte währenddessen Donald in dem von David Johnson, dem Ratsvorsitzenden, geschriebenen Ratgeber zum Thema »Finde dein inneres Tier«. Und Marlon zog das T-Shirt mit dem Logo seiner Lieblings-Heavy-Metal-Band gleich über. Peinlicherweise war es ein bisschen zu klein, Marlon sah aus wie eine Wurst in der Pelle.

Doch er sagte nur zufrieden: »Dadurch sieht man meine Muskeln besser«, und weil der Weihnachtsmannpullover, den er mir geschenkt hatte, zwei Nummern zu groß war, waren wir quitt.

Plötzlich sagte Marlon: »Sag mal, Alter ... wenn du dich entscheiden müsstest, welche Familie würdest du denn nehmen? Die Pumas oder uns?«

»Na ja, er hat sich in gewisser Weise schon entschieden«, sagte Donald stolz und legte mir einen Arm um die Schultern. »Für uns und für die Menschenwelt, sonst wäre er ja in die Berge zurückgekehrt.«

Auf einmal lag mir das Frühstück so schwer im Magen, als hätte ich versehentlich Steine gefressen.

»Du wirst das nicht machen, oder? Uns jetzt noch verlassen und in die Berge zurückkehren?«, fragte Melody erschrocken.

Anna strich mir über den Arm. »Ich glaube, das wäre der falsche Weg für dich. Deine Eltern sind wahrscheinlich mehr Tier als Mensch, die kennen deine menschliche Seite sicher kaum ...«

Meine Schwester und ich tauschten einen beklommenen Blick. Das entwickelte sich gerade in eine Richtung, die mir ganz und gar nicht gefiel. War meine Menschenfamilie eifersüchtig auf meine Pumafamilie? Woher wollten sie denn wissen, dass sie mehr Tier als Mensch waren, sie kannten Nimca und Xamber doch noch gar nicht!

»Habe ich euch eigentlich schon erzählt, dass wir in zwei Wochen einen Schüleraustausch mit der Narawandu School in Namibia machen?«, fragte ich, um das Thema zu wechseln.

Donald wirkte fasziniert. »Ich kann es kaum fassen – du warst ja auch schon in Costa Rica, Florida und Kalifornien!«

Marlon funkelte mich an, einen Moment lang wirkte er fast wie früher. »Und was macht *meine* Klasse? Einen beschissenen Pflanzensammelausflug auf den nächstbesten Berg, bei dem wir fast auch noch geröstet werden!«

Anna blickte entsetzt drein. »Marlon, solche Ausdrücke will ich hier nicht hören!«

»Die Reise müssen aber nicht wir bezahlen, oder, Jay?«, fragte Donald besorgt.

»Nee, dafür spendiert der Woodwalker-Rat was von dem Geld, das mal Andrew Milling gehört hat«, verkündete meine Schwester, die sich wieder zurückverwandelt und angezogen hatte.

Verlegenes Schweigen am Tisch. Noch vor einem Jahr hatten sich meine Menscheneltern förmlich überschlagen, um es Milling recht zu machen, weil der damals noch einer der mächtigsten Männer des amerikanischen Westens gewesen war. Natürlich hatten sie nicht wissen können, dass er die Menschen hasste und ihnen schaden wollte.

»Er ist zwar im Gefängnis, aber er hat gefährliche Verbündete. Sollten die mal hier vor der Tür stehen, müsst ihr sofort die Polizei und unsere Schule anrufen«, schärfte ich ihnen ein und beschrieb ihnen Rebecca Youngblood und zur Sicherheit auch noch Lydia Lennox. Denn ich war leider ganz derselben Meinung wie die Blue-Reef-Leute: Wenn die Schlangen-Wandlerin nicht tot war, würde sie noch mal in Erscheinung treten.

Meine Menscheneltern schauten ein bisschen erschrocken drein. Doch Marlon hieb sich nur die Faust in die Handfläche. »Ha, die klatschen ich und meine Football-Freunde weg wie nix. Haben sie eine, äh, wie nennt man das noch mal? Zweite Gestalt?«

»Afrikanische Löwin und Tigerpython«, sagte ich.

Marlon öffnete den Mund und schloss ihn wieder. Zum Glück begann in diesem Moment der vollgefressene Terry unter dem Tisch zu schnarchen, Melody musste lachen und die Beklommenheit meiner Menschenfamilie verflog.

Doch als die anderen weiterplauderten, tauschten Mia und ich einen Blick. Jeder in der Clearwater High würde verdammt vorsichtig sein müssen in nächster Zeit ... und in Afrika, der alten Heimat unserer Feindin, erst recht.

Keine Panik

Kimberley

Noch immer fühlte sich das Fliegen großartig an – die Schwingen zu strecken, das Land von weit oben zu sehen, dem inneren Sinn für die korrekte Richtung zu folgen. Doch nach den Weihnachtsferien wieder in die Clearwater High zurückzukehren, war kein Spaß. Das Tütchen mit dem weißgrauen Pulver, das sie im Schnabel getragen hatte, schien ihr riesig – was war, wenn die anderen es sahen? In ihrer Gestalt als Kanadagans näherte sie sich dem Schulgebäude, das von vorne mit seiner Glasfront und dem großen Schriftzug so normal aussah und von hinten eher wie ein grasbewachsener Hügel aus Granitblöcken.

O nein, da war Wing, sie hockte als Rabe auf dem Eingang – hielt sie da Wache oder so was? In einem weiten Bogen umflog Kimberley sie, landete in der Nähe ihres Zimmers und stopfte den Pulverbeutel in eine Ritze zwischen zwei Steinen. Wie sollte sie es anstellen, das Zeug Carag ins Essen zu mischen? Sie würde es irgendwie versuchen müssen, die Drohung der Youngblood hallte noch immer in ihren Gedanken nach. Zum Glück mochte sie Carag nicht besonders, er hing immer nur mit seinen Freunden herum und hatte sie bisher kaum einmal gegrüßt. Wahrscheinlich fand auch er sie langweilig, so wie anscheinend ihre Mentorin Lou, die keinen wirklichen Draht zu ihr gefunden hatte.

Hi, Kim!, rief Wing, kaum dass sie mit dem Beutelverstecken fertig war, und Kimberley riss schuldbewusst den Kopf hoch. Hatte Wing etwas bemerkt? Nein, offenbar nicht, denn sie rief nur: *Alles fedrig bei dir?*

Ja, alles prima, log Kimberley und kam sich mies vor dabei. Das Rabenmädchen zu belügen, fühlte sich nicht gut an. *Wartest du hier auf jemanden, der auch aus den Ferien zurückkommt?*

Nein, nein. Ich bin einfach nur so hier. Wing drehte den Kopf weg und ordnete mit dem Schnabel ihre Brustfedern. *Nettes Wetter, oder? Ich mag diese Wolkensorte.*

Erstaunlich, dass es jemanden gab, der diese Schichtwolken ansprechend fand – Kim erinnerten die Dinger immer an voll-

gesogene graue Handtücher. Moment mal ... vielleicht war das nur Ablenkung. Konnte es sein, dass das Rabenmädchen ebenfalls schwindelte? Eben hatte Wing noch erwartungsvoll den Eingangsbereich im Auge behalten!

Magst du jemanden in der Schule besonders?, fragte Kimberley und setzte sich neben sie.

Wing blickte sie von der Seite an. *Was meinst du mit »besonders«?*

Na ja, bist du in jemanden verliebt?

Ach, wer weiß, wich Wing aus. Sie war etwas geheimniskrämerischer als ihr Bruder, der immer sofort verkündete, was ihm durch den Kopf ging.

Kimberley grinste innerlich. Das hieß wohl Ja!

Gespannt spähte Kimberley voraus und sah mehrere Leute zum Eingang streben, darunter Cliff und Jeffrey, Brandon und das Wapitimädchen Lou. Ein Ruck ging durch Wing, sie streckte die Flügel aus und segelte nach unten.

Einer oder eine von denen ist es, dachte Kimberley vergnügt und beschloss, es bei Gelegenheit herauszufinden. Denn eigentlich machte ihr das Spionieren ja Spaß ... wenn sie nur nicht diese Bedenken gehabt hätte wegen Andrews Einstellung gegenüber Menschen.

Weil die Zweitjahresschüler mit ihren Begrüßungen beschäftigt waren, flog Kimberley zur Kiste mit Klamotten, die die Lehrer am Rand des Gebäudes aufgestellt hatten. Sie entschied sich für einen senffarbenen Hoody und eine Skihose, verwandelte sich zurück und machte sich auf den Weg in ihr Zimmer.

Doch dort kam sie nicht an.

Als sie kurz in die Mädchenwaschräume ging, die blitzsauber und komplett leer waren, hörte sie ein ersticktes Geräusch aus einer der Kabinen. Nein, das war vermutlich niemand mit

Durchfall, es klang eher, als hätte jemand Probleme mit dem Atmen. »Alles in Ordnung?«, fragte sie zögernd.

Keine Antwort, nur hektisches, keuchendes Atmen.

»Magst du aufmachen? Vielleicht kann ich dir helfen«, sagte Kimberley.

Klick!, der Verschluss einer Klotür. Vorsichtig gab Kimberley der Tür einen Schubs, sodass sie nach innen schwang. Es war Ava, das Steinkauzmädchen, sie hockte zitternd auf dem Klodeckel und sah richtig schlimm aus. Ihre braunen Haare hingen ihr völlig verschwitzt in die Stirn, verstört blickten ihre großen Augen sie an. Ava atmete flach und viel zu schnell.

Kimberley ahnte, was los war, weil ihre Mutter das gleiche Problem hatte. Sie schob sich in die Toilettenkabine, kniete sich auf die Bodenfliesen und nahm Avas Hände in ihre. »Keine Sorge, du stirbst nicht, ich bin ziemlich sicher, dass du eine Panikattacke hast. Komm, wir atmen zusammen. Ein, aus, ein, aus ... das wird schon wieder. Ganz ruhig, alles ist gut.«

Es dauerte ein paar Minuten, bis Ava sich allmählich beruhigte. »Puh, das war scheußlich«, brachte sie heraus. »So was hatte ich schon mal, nachdem Trudy abgestürzt ist. Aber mein Großonkel hat nur gesagt, ich soll mich nicht so anstellen.«

»So ein Depp«, empörte sich Kimberley. Dann brachte sie Ava zur Krankenstation, weil sie noch immer ziemlich mitgenommen wirkte. Außerdem konnte es vorkommen, dass man nach einer Panikattacke gleich die nächste bekam. Zum Glück war Sherri Rivergirl, die in der Clearwater High die Kranken betreute, sehr nett und nach einer Weile ging es Ava besser.

»Wollen wir zusammen zum Abendessen gehen?«, fragte sie Kimberley mit einem schüchternen Lächeln und Kim nickte.

Auf dem Weg dorthin kamen ihnen Carag, Holly, Tikaani und Brandon entgegen. Kimberley fiel wieder ein, was sie tun musste, und diesmal war es *ihr* Magen, der sich zu verknoten schien, und *ihr* Herz, das losraste. Sie musste es tun und sofort damit beginnen. Er musste ständig krank sein in nächster Zeit, damit er nicht mitfahren durfte zur Narawandu School. Sonst machte diese schreckliche Löwenfrau ihre Drohung wahr.

Carag

Natürlich hatten wir nach den Ferien jede Menge zu erzählen. Holly war mit den Silvers Skifahren gewesen, Brandon hatte mit seinen Eltern darüber gestritten, dass er neuerdings nur noch schwarze Klamotten trug, und Tikaani hatte in ihrem Dorf bei einem Trommelwettbewerb eine Niederlage einstecken müssen. »Mein blöder Cousin war so viel besser als ich, das war bitter«, sagte Tikaani finster. »Wisst ihr, was, ich gebe das Trommeln auf und singe nur noch. Wenn man nicht richtig gut in etwas werden kann, sollte man es ganz lassen!«

Wie bitte? Gerade wollte ich irgendwas Entsetztes erwidern, als wir im Gang Kimberley und Ava begegneten. Ich spürte sofort, dass etwas nicht stimmte – Trudys Schwester sah völlig fertig aus. »Was ist los?«, fragte ich erschrocken.

»Ich hatte ... eine Panikattacke?« Ava klang, als könne sie es selbst noch nicht ganz glauben. »Aber Kimberley hat mir geholfen, sie war total nett zu mir.«

Während ich noch dastand und mich fragte, was eine Panikattacke war – konnte Panik einen irgendwie angreifen? –, umarmte Holly Ava. »Oh nein! Sag mir bitte, wenn wir auch irgendwas für dich tun können!«

»Das war cool von dir, Kimberley«, meinte Tikaani und Brandon lächelte sie an.

Ich nickte. Bisher war mir diese Gans-Wandlerin nicht besonders aufgefallen, aber vielleicht war sie doch eine der richtig tollen Erstjahresschülerinnen.

»Geht ihr auch zum Mittagessen?«, fragte ich und wunderte mich, warum Kimberley meinem Blick auswich.

»Ja, gleich«, nuschelte sie.

Vielleicht mochte sie das Essen bei uns nicht. Aber ich schon, deshalb marschierten wir alle los.

Krise am Katzentisch

Ziemlich viele Leute drängten sich um einen bestimmten Tisch und jemanden, der dort saß. Ich reckte den Hals und war nicht überrascht, als ich sah, dass Salomé – gerade in der Gestalt eines Mädchens mit herrlichen langen goldblonden Locken – in der Mitte der Gruppe war. »Ja, es stimmt, ich bin ein Säbelzahntiger«, hörte ich sie sagen. »Aber ich bin gar nicht so angriffslustig. Ihr könnt natürlich Angst vor mir haben, wenn ihr wollt, aber es muss nicht sein.«

Zehntausend Fragen prasselten von allen Seiten auf sie herab. Die Arme.

»Leute, lasst sie bitte in Ruhe essen!«, sagte Lissa Clearwater und scheuchte die Neugierigen weg.

Als ich mir einen Kakao holte und dann einen Burger vom Buffet (für die Vegetarier waren Pilze drauf statt Fleisch), stand auf einmal Kimberley mit ihrem Tablett neben mir. »Meinst du, wir Erstis fahren dieses Jahr noch nach Costa Rica zu dieser Wandler-Schule La Chamba? Ihr wart ja auch schon dort«, fragte sie und erstaunt bemerkte ich, dass sie schwitzte und nach Angst roch.

»Kann gut sein«, meinte ich so beruhigend wie möglich – es konnte nicht sein, dass auch sie einen Panikangriff hatte, oder? »Aber keine Sorge, wir haben dem Jaguarjungen abgewöhnt, Leute anzuspringen, und der Schulleiter ist total nett, solange man nicht in seinem Privatteich planscht oder ihn mit Farbe übergießt.«

»Ihr habt ihn mit Farbe übergossen?!«, fragte Kimberley fassungslos und ich erklärte ihr, was bei unserem Austausch los gewesen war, während ich mich gleichzeitig darauf konzentrierte, meinen Burger zusammenzubasteln. Musste man auch als Raubtier eins dieser ekligen Salatblätter drauftun?

Ich vergaß das Gansmädchen wieder, als ich mich nach meinen Freunden umschaute und sah, dass meine Schwester mir zuwinkte. Moment mal, mit wem saß sie denn da am Tisch? Seit wann war sie dick befreundet mit dem Luchsmädchen Juniper Ash, Dorian und Salomé?

»Du musst unbedingt zu uns rüberkommen!«, rief Mia und winkte.

Also nickte ich Kimberley zu und ging zu meiner Schwester. Dorian schenkte mir ein Lächeln. »Ich war neulich in einem Restaurant und habe gehört, dass jemand etwas von einem ›Katzentisch‹ erzählt hat. Das fand ich cool, also habe ich entschieden, ich gründe so was in der Clearwater High.«

Stimmt, alle am Tisch waren Wandler der schnurrigen Art. Also ging ich kurz zurück zu meinen anderen Freunden und erklärte es ihnen, dann setzte ich mich neben Juniper. Ihr Vater saß im Gefängnis des Rates, weil er Andrew Milling unterstützt hatte, deshalb gingen wir nicht wirklich locker miteinander um.

»Ich finde das extrem blöd, dass ich nicht neben meiner neuen Freundin sitzen kann!«, rief Holly rüber zu uns.

»Tja, du bist leider keine Katze«, informierte sie Dorian.

»Stell dir vor, das ist mir aufgefallen, du hohle Nuss!«, brüllte Holly und zog eine fürchterliche Grimasse. »Carag, komm wieder rüber.«

»Jaja, später, beim Nachtisch«, sagte ich, schlug die Zähne in meinen Burger und spülte mit Kakao nach. Der schmeckte ein bisschen seltsam – war das ein neues Rezept? Ich fragte Dorian: »Worüber reden wir am Katzentisch denn so?«

Mein Freund fläzte sich lässig in seinem Stuhl. »Über alle Themen, die uns betreffen, zum Beispiel: Wo bekommt man in der Wildnis von Wyoming Katzenminze her, werden die Anliegen von Feliden in dieser Schule angemessen behandelt und so weiter.«

»Feli-was?«, fragte Juniper.

»Feliden ist das Fachwort für alle katzenartigen Wesen«, erklärte Dorian und fuhr fort: »Außerdem könnten wir uns Tipps zu Buch- und Fernsehserien geben, in denen Katzen vorkommen ...«

»Das klingt unglaublich langweilig«, wandte meine Pumaschwester ein, ignorierte ihre Serviette und schleckte sich die Hand sauber.

»Wir könnten darüber sprechen, was wir tun könnten, wenn Andrew Millings Leute es schaffen, ihn zu befreien«, sagte Juniper Ash. »Das betrifft auch sämtliche Katzen-Wandler.«

»Hoffst du, dass sie dann deinen Vater auch gleich mit rausholen?«, fragte ich sie und zuckte zusammen, als ich zu tief einatmete und meine angeknackste Rippe schmerzte. Ich wusste schon seit einer Weile, dass die Sicherheitsvorkehrungen in Sunny Meadows, dem Gefängnis des Rates, nicht so gut waren wie gedacht. Vielleicht nicht gut genug, um Rebecca Youngblood zu stoppen. Manchmal konnte ich deshalb vor Sorge kaum schlafen.

Juniper funkelte mich an. »Und was, wenn ich jetzt Ja sage? Verpfeifst du mich dann an irgendwen?«

»Das würde er nicht tun, Pinselohr«, knurrte Mia. »Und ich würde übrigens lieber über *Wölfe* reden. Nicht nur Katzen können interessant sein.«

Mit einem Schnauben stand Juniper auf und stakste davon. Dorian blickte genervt drein – wahrscheinlich auch, weil sich gerade wieder jede Menge Neugierige in Salomés Richtung bewegten.

Ich hatte so eine Ahnung, dass es den Katzentisch nicht allzu lange geben würde.

»Äh, ja. Wölfe«, sagte ich zu meiner Schwester. »Ist Jeffrey auch wirklich nett zu dir?« Ausgerechnet mein alter Widersacher war zu ihrem Mentor ernannt worden.

»Na klar bin ich nett zu ihr«, mischte Jeffrey sich ein; er saß am Tisch nebenan und hatte alles gehört. »He, hast du nicht gewusst, dass es Pflicht ist, eine Scheibe Tomate zu nehmen, Carag? Soll irgendwie gesund sein.«

»Ich bin gegen Tomaten«, sagte ich. Mein Magen fühlte sich sowieso schon komisch an und mir war ein bisschen schwindelig. Das lag bestimmt daran, dass ich dieses blöde Salatblatt mitgegessen hatte.

Die nächste Stunde in Sei dein Tier fand diesmal in der Aula statt, weil natürlich alle drei Jahrgänge hören wollten, was Mrs Parker zum Thema »ausgestorbene Geschöpfe« zu sagen hatte. Auch Lissa Clearwater und Bill Brighteye waren gekommen.

Zusammen waren wir mehr als sechzig Leute – mehr Schüler und Lehrer hatten wir nicht an der Clearwater High. Mrs Parker richtete sich zu ihrer vollen Höhe auf (also nicht sehr hoch) und blickte zu Salomé hinüber. Die sah aus, als wäre ihr all die Aufmerksamkeit unangenehm.

»Wir Lehrer waren natürlich überrascht, als wir erfahren haben, was Salomés zweite Gestalt ist«, meinte unsere bebrillte Lehrerin und strahlte. »Magst du erzählen, wie du es herausgefunden hast, meine Liebe?«

Salomé nickte ohne Begeisterung. »Wir waren eine ganz normale Menschenfamilie, meine Mutter arbeitet im Marketing einer Firma und mein Dad leitet ein Kunstmuseum. Wir haben zusammen eine Doku über die Eiszeit geschaut, als es passiert ist. Plötzlich habe ich gemerkt, wie sich mein Körper verändert hat, und meine Eltern hatten auf einmal pelzige Gesellschaft auf dem Sofa. Ich hatte sogar noch Chips im Maul, die in dem Moment echt eklig geschmeckt haben, viel zu salzig. Zum Glück haben meine Eltern beim Googeln die *Raubtier-Liga* gefunden und die haben uns den Tipp mit dieser Schule gegeben. Ich ... habe mich noch nicht ganz daran gewöhnt, dass ich so viel Kraft habe, obwohl ich schon immer gut in Sport war.«

Brandon neben mir horchte auf. Kein Wunder, auch er hatte sich erst an seine zweite Gestalt gewöhnen müssen. Es hatte eine ganze Weile gedauert, bis er akzeptiert hatte, wie stark er war. Fast schade, dass er nicht Salomés Mentor geworden war, sondern der von Felix, dem Igeljungen. Wegen Salomés ungewöhnlicher zweiter Gestalt wurde sie direkt von den Lehrern betreut.

»Säbelzahntiger lebten bis vor etwa zwölftausend Jahren in Kalifornien«, erklärte Mrs Parker, sie wirkte so stolz, als hätte sie Salomé selbst hergezaubert. »Ihr wisst ja vielleicht, dass Woodwalker dadurch entstanden sind, dass indigene Schamanen eine magische Verschmelzung von Mensch und Tier ausprobiert haben. Einer von ihnen muss es damals schon erfolgreich versucht haben ...«

»Also könnte es noch mehr Eiszeittiere geben?«, fragte einer der Drittjahresschüler. »Was ist mit Mammuts?«

»Höhlenbären!«, rief einer der Erstis.

»Riesenfaultiere!«

»Falls es solche Wandler gibt, halten sie es ganz sicher geheim, um kein Aufsehen zu erregen«, raunte Amelia Parker. »Na ja, später sind diese Tiere dann ausgestorben, aber die Wandler eben nicht, vielleicht weil sie nicht gejagt worden sind und bei Gefahr in ihre Menschengestalt zurückkehren konnten.«

»Aber könnte es dann auch Dino-Wandler geben?«, fragte Frankie, unser Otter. Er saß neben Shadow und hielt seine Hand.

»Nein, ganz sicher nicht, weil es damals, als unsere Erde von Dinosauriern bewohnt war, noch keine Menschen und damit auch keine experimentierfreudigen Schamanen gab.« Amelia Parker sah erschrocken aus. Vielleicht stellte sie sich gerade einen Kerl vor, der plötzlich zu einem Riesenreptil mit armlangen Zähnen wurde und unsere Versammlung sprengte.

Nun mischte sich Lissa Clearwater ein. »Salomé, wir werden versuchen, deine zweite Gestalt weiterhin vor fremden Wandlern geheim zu halten. Aber wäre es okay für dich, wenn du sie uns jetzt mal zeigst?«

Salomé zog ein paar Sachen aus und legte ihre Kette ab (sie trug einen lilafarbenen Edelsteinanhänger). Es dauerte eine ganze Weile, bis sie die Verwandlung hinbekam, und nach zwei Fehlversuchen wurden die Leute ein bisschen ungeduldig. Aber dann ragte in unserer Mitte eine kraftvoll wirkende Riesenkatze mit luchsartig geflecktem Fell auf. Die Hauer, die aus ihrem Maul ragten, waren wirklich eindrucksvoll. Vor Schreck fiel einem der Erstis der Pudding aus der Hand. Und Henry hauchte: »Krass!«

Dorian betrachtete ihre ausgefahrenen Krallen mit Kennermiene. »Wichtig ist, dass du die niemals, wirklich absolut niemals, an einem Möbelstück wetzt.«

Hab ich nicht vor. Verlegen schleckte sich Salomé den Pudding von der Pfote. *Gut, dass ich als Mensch keine solchen Zähne hab, sonst würde ich furchtbar nuscheln,* nuschelte sie.

Inzwischen hatte ich Bauchkrämpfe und von meiner gebrochenen Rippe natürlich auch noch Schmerzen. Es war zu viel, ich musste hier raus und in die Krankenstation.

»Darf ich mal durch?«, flüsterte ich schwach und Tikaani betrachtete mich besorgt. »Was ist los, Carag? Geht es dir nicht ...«

Den Rest bekam ich nicht mehr mit, weil vor meinen Augen bunte Punkte zu flimmern begannen ... und dann wurde es dunkel um mich.

Zu viel Musik

Jemand hielt meine Hand. Das fühlte sich ziemlich gut an. Weniger gut fühlte es sich an, dass mir jemand gleichzeitig kaltes Wasser ins Gesicht beförderte. »Hey, was soll das«, murmelte ich und schlug die Augen auf.

Über mir schwebte ein Mädchengesicht, das von schwarzen Haaren umrahmt wurde. Dunkle, leicht schräg stehende Augen blickten auf mich herab. Ich versank in diesen herrlichen Augen, als wären sie so unendlich wie der Nachthimmel.

»Also *ich* finde, wir sollten ihn ins Krankenhaus bringen«, sagte der dazugehörige Mund.

»Blödsinn«, brachte ich irgendwie heraus.

Streng blickte Tikaani mich an. »Aber es gehört nicht zu deinen Gewohnheiten, einfach so umzukippen!«

»Haha, nein, ich habe schon genug schlechte Angewohnheiten. Und übrigens geht es mir viel besser«, behauptete ich und machte mich daran, von der Liege zu klettern. Nur leider faltete sich mein Körper dabei zusammen und ich landete auf dem Boden. Meine Problemrippe protestierte mit einem stechenden Schmerz.

»Hier, nimm das, sonst gehst du nirgendwohin«, sagte Sherri Rivergirl und verabreichte mir einen Zuckerwürfel, der mit einer Kräuterflüssigkeit getränkt war. »Wahrscheinlich war's nur der Kreislauf.«

Plötzlich bekam ich Angst. »Aber ich darf doch trotzdem mit zur Narawandu School?« Erstens wollte ich das nicht verpassen und außerdem brauchte James mich dort, um abzuchecken, ob das alte Buch in Sicherheit war, und es wenn nötig zu beschützen.

»Abwarten«, sagte Sherri und ich flüchtete zurück in den Unterricht, obwohl ich noch ein bisschen unsicher auf den Füßen war. Tikaani hielt meine Hand, als wäre sie darauf vorbereitet, dass ich jeden Moment wieder lang hinschlagen würde.

»Übrigens hat Miss Calloway uns eine Überraschung angekündigt«, berichtete meine Freundin. »Bin gespannt, was es ist.«

Ich schauderte. »Vielleicht haben sie einen neuen Tiersprachenlehrer gefunden.« Tiersprachen und Mathe waren zurzeit meine Hassfächer.

»Nee, garantiert nicht, das hätte uns die Clearwater selbst verkündet.« Tikaani schenkte Oscar, einem der schwierigsten Erstis, einen drohenden Blick, weil er gerade dabei war, den Igeljungen Felix durch den Gang zu schubsen. »Außerdem würde sie uns das nicht in unserer Musikstunde sagen, oder?«

»Stimmt, vermutlich nicht«, sagte ich und zeigte Oscar wortlos meine zu Krallen teilverwandelten Fingernägel. Oscar – der ein Lemming war – nahm die Hände von Felix und tat so, als hätte er sowieso gerade vorgehabt zu gehen.

»Findest du, dass es skrupellos und gemein ist, dass wir unsere Macht als Raubtiere ausnutzen?«, fragte ich Tikaani.

»Absolut«, sagte meine Lieblingswölfin zufrieden.

Dann gingen wir zum Musiksaal im Untergeschoss. Zum Glück hatten wir die Überraschung noch nicht verpasst.

»Ich bin gerade dabei, mich per Mail mit der Musiklehrerin

der namibischen Schule auszutauschen – sie ist übrigens auch Schlange«, verkündete unsere hübsche junge Lehrerin. »Habt ihr schon gewusst, dass dort Musik und Tanz ein wichtiges Unterrichtsfach ist, das allen Spaß macht?«

»Behaupten kann man ja vieles«, mischte sich Jeffrey ein. »Das mit dem Spaß kann man von hier aus nicht überprüfen.«

»Genau«, sagte Nell, die von uns die dunkelste Haut hatte. »Es ist voll das Klischee, dass in Afrika ständig alle singen und tanzen! Oder alternativ verhungern oder sich gegenseitig erschießen oder ...«

»Alles gleichzeitig?«, fragte Leroy erschrocken.

»Ihr seid Spielverderber«, beschwerte sich Miss Calloway. »Ich wollte euch eigentlich gute Nachrichten mitteilen und ihr meckert hier herum! Also wollt ihr sie hören oder nicht?«

»Nein«, sagte Jeffrey mit einem breiten Grinsen und verschränkte die Arme. Er hatte noch ein paar Abschürfungen von unserem Kampf an der Goldmine, wirkte aber besser in Form als Tikaani und ich.

»Ich auch nicht«, behauptete Shadow und ich grinste. Manchmal hatten die Raben einfach Lust, gegen etwas zu sein. Egal, was es war.

»Doch, wir wollen, klar?« Frankie – als Otter eines der neugierigsten Tiere der Welt – knuffte ihn in die Seite.

Eine Spontanabstimmung ergab, dass die meisten von uns erfahren wollten, was unsere Lehrerin plante, deshalb eröffnete sie uns strahlend: »Einerseits fand ich das mit dem Unterrichtsfach an der Narawandu School gut und andererseits habe ich erfahren, dass ein großes Musikgeschäft in Idaho dichtmacht. Lissa Clearwater hat sämtliche Instrumente günstig aufgekauft und wir haben beschlossen, dass in diesem Jahr jede und jeder eins davon lernen sollte.«

»Und wann kommen die guten Nachrichten?«, fragte Berta, unser Grizzly-Girl.

»Wie waldig ist das denn?« Lou strahlte und umarmte spontan ihre Freundin Cookie.

»Das klingt absolut genial!« Auch der musikalische Nimble und unsere Wölfe freuten sich wirklich. Doch die anderen in meiner Klasse wirkten skeptisch. Auch ich wusste noch nicht so recht, was ich von der Sache halten sollte.

»Dürfen wir uns die Instrumente aussuchen? Muss es etwas sein, was wir bisher noch nicht können?«, fragte Tikaani und ich erinnerte mich an die Trommelblamage in ihrem Dorf. »Darf ich auch einfach singen?«

»Wenn ihr etwas schon könnt, dürft ihr auf jeden Fall damit weitermachen«, erklärte Miss Calloway. »Übrigens müsste Theo jeden Moment mit den Instrumenten ankommen ... wir haben extra einen Laster dafür gemietet. Wer hilft uns ausladen?«

Wir halfen dann schließlich alle mit, denn anscheinend zählte es heute als Musikunterricht, Instrumente durch die Gegend zu schleppen.

Holly hatte sich mehrere Holzringe mit Metalldingern dran über die Arme gezogen und schwenkte in jeder Hand eine Art Rassel, die geformt war wie eine Kaulquappe. »Schau mal, sind die nicht nussig?«, sagte sie und schüttelte den ganzen Körper, wodurch sie ein bisschen klang wie ein Autounfall mit ganz viel Blechschaden.

Cliff und Brandon – neben mir die stärksten Jungs in der Klasse – schleppten gewaltige geschwungene Kästen, in denen man einen unserer kleineren Erstis in Menschengestalt hätte unterbringen können. Oder die halbe Erstjahresklasse in Tiergestalt.

»Kontrabässe«, erklärte Miss Calloway. Aha.

Wing tänzelte mit einem gebogenen goldenen Rohr herum und blies hinein, bekam aber nur ein Quieken heraus. Leroy trug in jeder Hand einen Gitarrenkasten und hatte noch einen kleineren unter dem Arm. »Geige gefällig?«, fragte er mich, aber ich starrte ihn nur unsicher an. »Eigentlich sind Katzen ja unmusikalisch, vielleicht ist es sicherer, wenn ich ...«

»Ich nehme die Geige!«, beschloss Holly spontan und riss ihm den kleinen Koffer weg.

»Boah, das Keyboard ist schwer«, stöhnten währenddessen Berta und Henry und schleppten etwas Eckiges die Treppe zum Musikraum hinunter. Ich packte mit an.

»Weiter so, ihr schafft das«, feuerte Miss Calloway uns an. Sie durfte wegen des Babys nichts tragen, was schwerer war als ein Xylofonklöppel (die kannte ich schon aus dem Musikunterricht). Ob sie es vermisste, sich verwandeln zu können? Das durfte sie während der Schwangerschaft nicht, sonst hätte es das Kind gefährdet.

Cookie mühte sich mit einer Trommel ab, die größer war als sie, bis Nell ihr zu Hilfe kam und Cookie erleichtert auf Flöten umstieg. Dorian trug seltsamerweise gar nichts, sondern gab uns nur Anweisungen, wo wir die Sachen hinstellen sollten.

Irgendwann war der Kleinlaster leer und der Musikraum im Untergeschoss dafür so voll wie die Vorratshöhle eines Streifenhörnchens kurz vor dem Winter.

Natürlich wollte keiner von uns warten, Nimble war schon dabei, die Kästen aufzuklappen. Cliff hängte sich eine E-Gitarre um und tat lautlos so, als würde er einen Rocksong spielen; er konnte das erstaunlich gut. Jeffrey rappte dazu. Leider stöpselte dann jemand Cliff an einen Verstärkerkasten und wir gingen in Deckung, als Töne uns entgegenknallten. »Hör bloß auf, sonst mache ich den Carag«, verkündete Cookie.

Wie bitte? Durfte man als Puma nicht mal gepflegt in Ohnmacht fallen, ohne dass Hohn und Spott auf einen niederprasselten?

Auch Holly hatte nicht darauf gewartet, dass wir offiziell loslegen durften, und sägte schon auf ihrer Geige herum. Die gab jaulende Geräusche von sich. Vielleicht bettelte sie um Gnade.

»Das klingt wie ein Wolf mit Bauchschmerzen«, stellte ich fest.

»Nein, mindestens mit Blinddarmentzündung«, behauptete Tikaani. Mir fiel auf, dass sie keine der Trommeln auch nur eines Blickes gewürdigt hatte. Meinte sie das wirklich ernst, dass sie die nicht mehr zum Klingen bringen wollte, und aus so einem blöden Grund? Jetzt suchte sie sich tatsächlich einen pizzatellergroßen *Gong* aus!

Wenigstens Brandon produzierte mit einem der Keyboards Töne, die nicht zum Fellausreißen waren. Leider war er damit der Einzige. »Ob das Tabitha gefallen wird, dass ich das lerne?«, fragte er.

Tikaani und ich tauschten einen resignierten Blick, gaben aber keinen Kommentar ab. Das erledigte Holly schon für uns.

»Hey, du brauner Klotz, es ist egal, ob es ihr gefällt oder nicht«, pfiff sie ihn an. »Wichtig ist, dass es dir *Spaß* macht!«

»Jaja, schon gut.« Brandon war eingeschnappt. »Miss Calloway, wer bringt uns eigentlich bei, wie man diese ganzen Instrumente spielt? Wir haben schließlich nur zwei Leute an der Schule, die Musik unterrichten ...«

»YouTube«, sagte Frankie.

Miss Calloway ignorierte ihn. »Ich und Mrs Parker unterrichten euch, außerdem gebt ihr euch bitte gegenseitig Lektionen, wenn ihr euch auskennt.«

»Na, dann lehre ich ab jetzt Keyboard und Flöte«, sagte Nimble und sah sehr stolz aus.

»Nell, du kannst E-Gitarre, das weiß ich«, fuhr Miss Calloway fort. »Mr Brighteye spielt Bass, ich selbst Schlagzeug. Hat jemand Erfahrung mit Violine?«

Kein Ja weit und breit. »Ach, das macht nichts, Frankie hat recht, es gibt wirklich tolle YouTube-Videos«, sagte Holly fröhlich und kratzte weiter auf dem Holzteil herum.

Meine empfindlichen Ohren ertrugen das nicht mehr, ich musste hier raus! Da Musik sowieso unsere letzte Stunde war, haute ich ab und schnappte mir auf dem Weg nach draußen das erstbeste Instrument in Reichweite – irgendein Teil mit drei schwarzen Rohren und einem mit kariertem Stoff bespannten Körper. »Ist es okay, wenn ich auf meinem Zimmer übe?«

Miss Calloway rief mir irgendwas Alarmiertes zurück, in dem mein Name und das Wort »Dudelsack« vorkamen, aber ich war schon zu weit weg, um Genaueres zu verstehen.

Da mein Bauch nichts von Abendessen hören wollte, blieb ich in Brandons und meinem Zimmer und versuchte, das Ding auszuprobieren. Ich hätte genauso gut auf einer toten Taube herumdrücken können. Kein Ton weit und breit! Eulendreck, das war echt peinlich. Wahrscheinlich hatten alle anderen Spaß an diesem Musikprojekt außer mir. Frustriert schaute ich aus dem Fenster und sah, dass es eine herrliche silberblaue Vollmondnacht war und der Schnee glitzerte. Hastig beförderte ich den Musiksack in eine Ecke (in der er gerne den Rest des Schuljahres bleiben konnte) und kletterte in Pumagestalt aus dem Fenster.

Kaum war ich über die Granitblöcke nach unten gepirscht, da überfiel mich etwas Weißes, Pelziges und kegelte mich von den Pfoten. *Warum hast du dich vorhin nicht von mir verabschiedet? Raubkatzen haben echt keine Manieren!* Tikaani und ich wälzten uns kämpfend im Schnee, ein schnelles Duell der Extraklasse, auch wenn meine Rippe sich darüber beschwerte. Ich verpasste Tikaani natürlich nur Pfotenschläge mit eingezogenen Krallen und sie biss immer haarscharf daneben, sodass ich nur den Luftzug ihrer Zähne fühlte. *Ich glaube, du bist wieder gesund,* sagte sie schließlich und wir kuschelten uns unter einem Baum aneinander. *Pass auf dich auf, ja?*

Mach ich sowieso ... aber auch die tollsten Kerle werden mal krank, Tiki, murmelte ich, witterte und blickte mich wachsam um. Kein Feind in Sicht. Zärtlich schleckte ich Tikaani das Halsfell. *Meinst du, die Youngblood ist schon in Afrika und sucht nach dem Buch?*

Auf der Karte sieht man, dass Namibia ganz schön groß ist ... da kann sie ziemlich lange suchen, beruhigte mich Tikaani. Dann patrouillierten wir noch ein bisschen durch den Wald, um sicherzugehen, dass kein Löwe oder Bär uns belauert hatte, während wir Saiten gezupft und Holzblasinstrumente gequält hatten.

Rebecca Youngblood

»Wie meinst du das, du hast gerade keine Zeit mitzukommen nach Afrika? ... Nein, natürlich ist das nicht nur mein Plan. Es ist Andrews Leben, das hier auf den Spiel steht! Seine ganze Zukunft! ... Ah, das freut mich. Ich buche dir ein Flugticket. Wir fliegen morgen schon.«

Rebecca lächelte, als sie auflegte – alles lief nach Plan. Hoffentlich konnte dieses Gansmädchen noch verhindern, dass dieser lästige und gefährliche Pumajunge, der ihr schon so geschadet hatte, auch in Afrika versuchte, ihr bei dem alten Buch zuvorzukommen. Afrika war *ihr* Heimatkontinent ... obwohl es wahrscheinlich Hunderte von Jahren her war, dass ihre Vorfahren in die USA ausgewandert waren. Deshalb wirkte ihre Haut nur gebräunt, deswegen waren ihre Haare hell (oder sie waren es jedenfalls gewesen, bis sie sie rot gefärbt hatte). Doch ihre Vorfahrin Sechmet, die Kriegsgöttin der Ägypter, hätte sie – Rebecca – auf den ersten Blick erkannt. Ganz sicher. Sie waren Schwestern im Herzen. Klug, schön und unbarmherzig.

Rebecca wählte die nächste Nummer. »Wir fliegen schon morgen ... Ja, ich weiß, das passt dir nicht in den Kram. Aber wir haben hier was Großes am Laufen. Du willst Andrew doch helfen, oder? ... Und mir? Bist du in meinem Rudel oder nicht? Was gibt es denn Wichtigeres als das Rudel, die Familie? ... Prima, ich buche dir gleich ein Flugticket.«

Meine Mutter hat als Schauspielerin nie Erfolg gehabt, dachte Rebecca und spürte ein Grollen in ihrer Kehle aufsteigen, als sie an den jämmerlichen, frühen Tod von Gloria Youngblood dachte. Aber ICH werde Erfolg haben im Leben! Wieso hat mein Vater, dieser miese Filmproduzent, behauptet, ich wäre nicht seine Tochter? Er wird sich wünschen, er hätte etwas ganz anderes gesagt, wenn ich erst mal dort angekommen bin, wo ich hinwill!

Die Ohnmacht und ich

Kimberley

Es war irgendwie gruselig. Nein, nicht irgendwie.

Ich habe jemanden krank gemacht, dachte Kimberley, und das fühlte sich scheußlich an. Sie hatte es wirklich getan, hatte dem Pumajungen etwas ins Essen gemischt und er war ohnmächtig geworden. Nun war er nicht zum Abendessen gekommen.

»Wie geht es Carag?«, fragte sie Miss Calloway, ihre Menschenkundelehrerin besorgt. »Haben Sie irgendwas gehört?«

»Anscheinend hat er niedrigen Blutdruck, so was kommt vor.« Sie bekam ein beruhigendes Lächeln. »Gerade wenn man wächst. Er wird schon wieder.«

Die Schuldgefühle wühlten in Kimberleys Magen. Sollte sie das wirklich noch mal tun mit diesem Pulver? Konnte sie es?

Wie aufs Stichwort traf eine Nachricht auf ihrem Handy ein. *Hat's geklappt? Wenn ja, dann mach's gleich noch mal. Ich will ihn nicht in Afrika haben!*

Kimberleys Magen zog sich zusammen, sie bekam keinen Bissen mehr herunter.

»Na, Spaß beim Chatten?« Ava setzte sich mit ihrem Tablett an ihren Tisch und lächelte ihr ein bisschen schüchtern zu.

»Wahrscheinlich mit Freunden von daheim, oder? Vermisst du sie sehr?«

»Jemanden, den es nicht gibt, kann man nicht vermissen«, sagte Kimberley bitter und weil Ava so betroffen dreinblickte, fügte sie hinzu: »Aber meine Familie fehlt mir, besonders mein kleiner Bruder.«

So schlimm es ist, ich werde es noch mal tun, beschloss Kimberley. Gleich morgen. Diese Löwenfrau meint das ernst, dass sie meiner Familie sonst Schaden zufügen wird. Ich muss es durchziehen mit diesem Pulver, gleich morgen früh mache ich damit weiter.

Aber was war, wenn Carag sich beim Fallen den Kopf anschlug oder so was? Oder das Pulver ihm beim zweiten Mal noch mehr schadete? Wenn er sich ernsthaft verletzte, war sie schuld!

Carag

Beim nächsten Mal kippte ich nach dem Frühstück um. Als ich im Krankenzimmer aufwachte, blickten mich Holly, Tikaani und Brandon besorgt an. »Oh, ist es schon wieder passiert?«, fragte ich verlegen. »Mir war plötzlich schlecht und dann ...«

»Dann hast du mit deinem T-Shirt den Boden aufgewischt«, sagte Holly betrübt. »Zum Glück war er ziemlich sauber bis auf diese Pfütze Saft und ein Stück Frühstücksei.«

»Tikaani und ich haben dich ins Auto getragen«, berichtete Brandon.

In diesem Moment kam ein Arzt in Begleitung von Lissa Clearwater herein. Er hatte breite Schultern, lange dunkelblonde Haare, einen kurzen Bart und eine etwas knollige Nase.

»Hallo ... Jay, ich bin Dr. McAlister«, sagte er zu mir und

dieses kurze Zögern, bevor er meinen Menschennamen aussprach, sagte so viel. Er wusste, wie ich richtig hieß – aber wusste er auch, was und wer ich war? Ich versuchte zu spüren, ob er ein Woodwalker war, doch bei so vielen Wandlern im Raum fand ich es unmöglich.

Lissa Clearwater nickte mir zu. »Ja, er ist einer von uns. Es ist ein großes Glück für uns, dass gerade ein Woodwalker-Arzt an der Klinik hier in Jackson Hole angefangen hat.«

»Und ich dachte schon, ihr bringt mich zum Tier-Doc«, versuchte ich zu scherzen, doch meine Freunde blickten einfach nur besorgt drein. Tikaani verschränkte ihre Hand mit meiner. »Diesmal hatte ich echt Angst um dich«, flüsterte sie mir zu.

»Also erzähl mal, was hast du für ein Problem?«, fragte mich der Arzt und ich berichtete ihm, was passiert war.

»Hm ... ich würde sagen, wir machen gleich mal ein paar Untersuchungen«, meinte Mr McAlister, zapfte mir Blut ab, maß meinen Blutdruck – »Oh, der ist arg niedrig« –, hörte meine Lungen ab und prüfte, was meine angeknackste Rippe so machte. Er hatte warme Hände und angenehm ruhige Bewegungen. Bei den Tests kam er mir so nahe, dass mir eine vertraute Witterung in die Nase stieg – schwach nur, aber vorhanden. »Sind Sie ... Puma?«, fragte ich ihn leise und er nickte. »Aber ich habe mich schon länger nicht mehr verwandelt. Leider. Irgendwie habe ich über die Jahre den Kontakt zu meiner zweiten Gestalt wohl verloren.«

Ich freute mich, dass er ein Artgenosse war. »Wie schade. Aber Sie können doch ...«

»So, jetzt prüfen wir deine Herzfunktion. Das, was wir dir aufkleben, sind Elektroden«, unterbrach mich der Doc, das Thema »Verwandlung« schien ihm unangenehm zu sein. Oder er war einfach nur vorsichtig, denn gerade kam eine

Krankenschwester herein, die keine von uns zu sein schien.
Sie übernahm das mit den Elektrodingern, die sich wie
die Saugnäpfe von Lucy-dem-Krakenweibchen anfühlten.
Schließlich hingen jede Menge Kabel von mir herunter und
Dr. McAlister beobachtete auf einem Computermonitor, was
mein Herz machte, während ich auf einem Standfahrrad he-
rumstrampelte.

»Das ist ja erstaunlich, wie viel Leistung du schaffst«, staunte die Krankenschwester.

»Jung und fit eben«, meinte McAlister und schickte sie
los, um irgendetwas zu holen, damit sie nicht sah, wie viel
die Muskeln eines Puma-Wandlers *wirklich* hergaben. »Dein
Herzschlag sieht gut aus, ich würde sagen: alles in Ordnung.
Vielleicht liegt es nur daran, dass du schnell gewachsen bist in
letzter Zeit ... das geht manchmal auf den Kreislauf. Ich gebe
dir was dafür mit. Wenn wir das Ergebnis der Blutprobe haben, sage ich euch Bescheid.«

»Möge der Mond für Sie leuchten«, sagte ich dankbar.

Nach einer weiteren halben Stunde waren wir wieder aus
dem Krankenhaus heraus.

»Prima, ich bin also gesund«, verkündete ich, warf mir gleich
mal eine der verschriebenen Pillen in den Mund und wunderte
mich über die entsetzten Blicke der anderen. »Was?!«

»Erstens bist du *nicht* gesund und zweitens liest man vorher
den Beipackzettel«, erklärte mir Tikaani und riss mir die Tab-
letten aus der Hand. »Vielleicht musst du die nach dem Essen
nehmen oder abends ...«

»... oder bei Vollmond und zusammen mit Nuss-Mix.« Holly
betrachtete mich fürsorglich.

»Ich rufe jetzt deine Menscheneltern an, damit sie dich abholen«, erklärte Lissa Clearwater und zückte ihr Handy. Dies-

mal war ich dran, entsetzt dreinzublicken. »Aber wir haben doch gleich noch Verhalten in besonderen Fällen, die Namibia-Spezial-Stunde! Zu der will ich auf jeden Fall hin!«

Es dauerte eine Ewigkeit, bis ich sie bequatscht hatte, vor allem weil mir meine Freunde nicht besonders halfen. Doch schließlich gab unsere Schulleiterin nach. »Aber wenn du noch mal ohnmächtig wirst, können wir dich nicht mitnehmen nach Afrika, das ist klar, oder?«

Ich schluckte und horchte in mich hinein. Zum Glück fühlte ich mich wieder gut, das musste unbedingt so bleiben. »Ja. Natürlich.«

Als meine Freunde und ich ins Klassenzimmer kamen, bekam ich viele anteilnehmende und neugierige Blicke ab. »Alles klar, Carag?«, fragte Lou besorgt und Jeffrey schlug mir wortlos auf die Schulter. Das war mir alles schrecklich peinlich, auch der forschende Blick von James Bridger. Ich lächelte so unbeschwert wie möglich in die Runde und zum Glück beachtete mich schon bald niemand mehr.

Eigentlich werden Wandler selten krank, weil wir durch unsre Tiergestalt recht zäh sind, doch diesmal hatte eine Erkältung Leroy erwischt. Er schniefte, rotzte und hustete so viel herum, dass wir uns alle wünschten, er wäre in seinem Zimmer geblieben.

»Es gibt in Namibia einige Schlangenarten, aber die meisten werden vor euch fliehen«, erklärte mein Lieblingslehrer gerade. »Es gibt allerdings zwei Arten, vor denen ihr euch in Acht nehmen solltet. Einmal die Puffotter, denn sie ist giftig und flüchtet nicht vor euch, sondern verlässt sich auf ihre Tarnung, wenn sie halb im Sand versteckt lauert.« Er zeigte uns über seinen Computer das Bild eines sandfarbenen, nicht besonders großen Reptils.

»Auf sie drauftreten sollte man also nicht.« Tikaanis Stimme klang nüchtern.

»Genau. Schaut, wo ihr hintretet, und verlasst euch bei Nacht nicht nur auf eure Sinne, leuchtet mit einer Taschenlampe den Weg vor euch aus.«

»Aber das gilt nicht für die nachtaktiven Tiere unter uns, oder?«, mischte sich Cookie ein. »Leroy zum Beispiel hat es bestimmt nicht nötig, dass er ...«

Uns fiel auf, dass Leroy auf seinem Stuhl ein Stück nach unten gerutscht war und den Kopf abgewandt hatte. Auf seiner Stirn glänzten Schweißtropfen, die anscheinend nicht zu seiner Erkältung dazugehörten.

»Was ist denn mit dem los?«, flüsterte mir Holly zu.

»Schlangenphobie«, murmelte Dorian.

James Bridger hatte es nicht mitbekommen, schon projizierte er ein zweites Bild an die Wand. Diesmal von einer langen graubraunen Schlange mit wie frisch poliert wirkenden Schuppen und großem Maul. »Die schwarze Mamba ist leider recht aggressiv und extrem giftig, aber sehr wahrscheinlich werdet ihr ihr nicht begegnen.«

Polternd fiel ein Stuhl um und Leroy wich von dem Bild zurück, ging rückwärts in Richtung Tür. »Ich fahre nicht mit!« Seine Stimme war nur ein raues Flüstern. »Auf keinen Fall komme ich mit, wenn es da solche Biester gibt. Außerdem bin ich sowieso krank!«

Betroffen schauten wir zu, wie Leroy einen gigantischen Nieser von sich gab und rausstolperte. Lou, unsere Klassensprecherin, hastete hinter ihm her.

»Noch einer weniger«, meinte Jeffrey.

»Was meinst du mit *noch einer*?«, fragte Shadow und blickte hinüber zu mir, mit diesem klugen, durchdringenden Blick, den er manchmal draufhatte. »Carag geht es gut, das siehst du doch.«

»Ja, er sieht so fit aus wie ein nasser Waschlappen«, murmelte Holly.

»Was ist eigentlich mit dir und Frankie?«, fuhr Jeffrey fort. »Ich hab gelesen, dass solche Leute wie ihr in vielen afrikanischen Ländern Probleme bekommen.« Er ließ unseren Rabenjungen nicht aus den Augen.

»Was meinst du genau mit ›solche Leute‹?«, fragte Wing. »Die beiden lieben sich eben, ob es dir passt oder nicht, Jeffrey.«

Jeffrey stand auf, ging zu ihrem Tisch hinüber, stützte sich mit beiden Armen darauf und näherte sein Gesicht dem von Wing. »Ich mache mir nur Sorgen! Verdammt, in manchen Ländern werden Schwule noch verhaftet oder mit Steinen beworfen, ist euch das klar?« Er blickte zu Shadow hinüber. »Meinst du, ich will, dass dir was passiert, du blöder Idiot? Ich bin dein Freund, obwohl du es gerade nicht wahrhaben willst!«

Gespannt verfolgten wir alle das Drama.

»So was kann hier in Amerika auch passieren«, wandte Tikaani ein. »Das gibt's nicht nur in anderen Ländern.«

»Eigentlich wollte ich über Hitzschlag und Sonnenstich reden«, sagte Mr Bridger und atmete tief durch. »Aber ich glaube, das Thema hat sich gerade geändert.«

»Stimmt«, sagte Nell und blickte Frankie an. »Stell dir vor, du küsst deinen Freund in einem kleinen Ort mitten in Afrika, wo gerade viel los ist, und mehrere Leute quatschen euch blöd an. Was machst du?«

Frankie grinste schief. »Ich bin ein Otter, was meinst du denn, was ich mache? In den nächsten Fluss springen.«

»Es gibt in Namibia nicht gerade viele Flüsse«, gab Brandon zu bedenken. »Ich hab gelesen, in den meisten ist nur dann Wasser, wenn es gerade geregnet hat.«

»Stimmt, aber darum geht es hier nicht«, sagte unser Lehrer zu Frankie und Shadow. »Also, wie reagiert ihr wirklich?«

Shadow strich sich das lange schwarze Haar zurück und dachte nach. »Ich versuche, ihm oder ihr zu erklären, dass es etwas völlig Natürliches ist, wenn jemand schwul oder lesbisch oder trans ist oder …«

»Nein«, sagte Mr Bridger und setzte sich auf die Kante seines Lehrerschreibtisches. »Das machst du nicht. Du haust ab und bringst dich zusammen mit deinem Freund in Sicherheit, verstanden? Wenn mehrere Leute im Spiel sind, kann so eine Situation leicht gefährlich werden.«

»Okay«, sagte Frankie ernüchtert.

»Erklären bringt wahrscheinlich etwas, wenn du jemanden schon ein bisschen kennst«, meinte Tikaani nachdenklich. »Obwohl es unwahrscheinlich ist, dass er seine Meinung schnell mal ändert, wenn er sie schon sein ganzes Leben lang hatte.«

Ich wartete darauf, dass Mr Bridger den beiden empfahl, sich während der Zeit in Afrika besser nicht zu küssen oder in der Öffentlichkeit Händchen zu halten. Aber er tat es nicht und das war wahrscheinlich auch besser so. Das war ganz allein die Entscheidung von Shadow und Frankie.

Danach ging es doch noch um Hitzschlag. Ja, es würde heiß werden dort in Namibia, vor allem weil dort Sommer war, während wir hier Winter hatten. Doch obwohl mir mein dickes Fell wahrscheinlich Probleme machen würde, freute ich mich enorm auf die Reise. Trotzig beschloss ich, gleich morgen mit dem Kofferpacken anzufangen.

Noch zehn Tage, dann würden wir eine Woche auf der anderen Seite der Welt verbringen. Ich musste einfach gesund sein und bleiben!

Schwarzseher und weiße Westen

Kimberley

»Gestern hatte ich einen prophetischen Traum«, verkündete Tabitha mit unheilvoller Miene, als sie im Klassenzimmer zu ihren Plätzen gingen. »Rebecca Youngblood wird unseren Zweitjahresleuten in Afrika auflauern – wer weiß, wie viele von denen noch zurückkommen.«

Manchmal ging diese Fledermaus ihr gehörig auf die Nerven mit ihrer Schwarzseherei. Aber immerhin war sie nicht langweilig so wie sie selbst.

»Ach, hör doch auf«, knurrte Terry. »Carag ist so stark, der würde jeden besiegen!«

»Brandon auch«, sagte Felix, der Igeljunge aus Deutschland. Er war sehr stolz auf seinen Mentor. »Was meinst du dazu, Kim?«

»Meint ihr, es gibt heute Pizza?«, fragte Kimberley. Sie hatte keine Lust, über irgendwelche Kämpfe zu diskutieren. Kämpfe waren anstrengend, laut und manchmal wurde man sogar verletzt, sie hatte keine Ahnung, wieso viele aus ihrer Schule den Kampfunterricht mochten.

»Wen interessiert denn ...?«, begann Joe Bridger genervt, doch dann kam Miss Calloway herein und die Menschenkundestunde begann. Erleichtert schlug Kimberley ihr Heft auf; sie wollte nicht darüber nachdenken, dass heute ihre letzte Gelegenheit war, Carag noch einmal das Pulver ins Essen zu schmuggeln. Auf keinen Fall durfte sie das verpatzen und ihre weiße Weste musste dabei blütenrein bleiben! Ihr Magen verkrampfte sich, als sie an die Youngblood dachte. Diese Löwen-Wandlerin war so widerlich ... und dabei hatte Kimberley früher sehr gerne Dokus über Löwen und Raubkatzen geschaut. Es wäre witzig gewesen, wenn es nicht so traurig gewesen wäre.

»Heute diskutieren wir, ob man sich als Mensch über seine Tiergestalt hinwegsetzen kann«, sagte ihre junge Lehrerin. »Was meint ihr, kann ein Woodwalker, der in zweiter Gestalt ein Raubtier ist, sich als Mensch vegetarisch ernähren?«

Mondauge – bis vor Kurzem noch eine wild lebende Wölfin – schauderte. »Nein!«

»Es wäre sicher eine Qual«, meinte Felix nachdenklich. »Ich bin auch ein kleines Raubtier und esse als Mensch echt gerne Wurst und solche Sachen.«

Salomé meldete sich. »Ich bin Vegetarierin«, sagte sie. Wieder einmal starrten alle sie an – die Arme, das wurde allmählich zur Gewohnheit.

»Ernsthaft? Du, eine Säbelzahntigerin?«, fragte Bobbie, die Maulwurf-Wandlerin, deren Brille die dicksten Gläser hatte, die Kimberley je gesehen hatte.

»Vielleicht bist du deswegen ausgestorben«, sagte Oscar und grinste.

»Ich liebe eben Tiere.« Salomé beugte sich vor, plötzlich war ihre Miene lebhaft. »Es fällt mir schwer, auf Fleisch zu verzichten. Aber glaubt mir, es geht, wenn man darauf achtet, dass man genug Eiweiß bekommt, zum Beispiel über Tofu oder so was. Wir Woodwalker sind ja nicht nur Tiere, sondern zur Hälfte Menschen, und Menschen können frei entscheiden, wie sie handeln ... na ja, meistens.«

»Hut ab, das finde ich wirklich bemerkenswert.« Ava lächelte Salomé zu und Kimberley spürte einen kleinen Stich der Eifersucht.

»Ich hasse Gemüse!«, sagte Miro.

Es wurde noch hitzig diskutiert – eine wirklich spannende Stunde. Und in der Pause schlug Jonne vor: »Echt schade, dass man hier kein Eishockey spielen kann. Aber wieso organisieren wir nicht einfach selbst was, zum Beispiel heute Nachmittag? Ihr habt doch bestimmt zugefrorene Seen in der Gegend, oder?«

»Na klar, wie wäre es mit dem Jenny Lake?«, fragte Joe Bridger. »Wir müssten uns halt abwechseln, Schlittschuhe für alle haben wir nicht.« Er wirkte schon so erwachsen und sah so gut aus, dass Kimberley sich noch nie getraut hatte, ihn anzusprechen.

Wenn er wüsste, wie ich hier in der Schule spioniere, würde er auf mich herabschauen wie auf eine Laus, dachte Kimberley und fühlte sich elend.

Aber sie würde es durchziehen ... und ihre Familie retten. War sie damit nicht irgendwie auch eine Heldin? Ja, irgendwie schon, überlegte Kimberley trotzig und dachte an den Beutel mit dem weißen Pulver.

Sie musste es tun. Sie würde es tun.

Carag

Nur noch zwei Tage bis zur Abreise. Ich war nicht mehr umgefallen – aber wenn es wieder passieren würde, dann garantiert heute im Musikunterricht. Wir hatten uns zum Üben auf verschiedene Räume verteilen dürfen, aber die grauenhaften Töne aus Hollys Geige hörte man durchs ganze Untergeschoss. Misstönende Pfiffe aus Cookies Blockflöte mischten sich hinein und das *Twängtwäng* von Jeffreys Banjo. Shadow bearbeitete eifrig sein neues Schlagzeug – unsere Rabenzwillinge liebten Krach –, tatkräftig unterstützt von Berta am Xylofon und Leroy mit allen möglichen Rasseln (den richtigen Namen der Dinger hatte ich vergessen). Auch die anderen Instrumente waren natürlich im Einsatz, sogar der riesige Kontrabass hatte eine Freundin gefunden (nämlich Wing).

Ich war nicht der Einzige, der litt. *Könnt ihr bitte mal leiser sein, ich höre meine Musik gar nicht,* beschwerte sich Juanita von einem Schrank aus. Auf dessen Oberseite hatte Miss Calloway ihr die winzige Harfe aufgestellt, die Hausmeister Theo für sie gebastelt hatte. Seit Juanita gehört hatte, dass ihr Freund aus Costa Rica dieses Instrument lernte, trafen sie sich täglich per Skype zum gemeinsamen Üben.

»Tut mir leid«, rief Lou und ließ die Finger sanfter über die Saiten ihrer hellbraunen Holzgitarre gleiten. Auch Tikaani schlug ihren Gong etwas behutsamer an (wobei sie mürrisch dreinblickte wie schon die ganze Zeit).

»Also *ich* bin eindeutig nicht das Problem«, antwortete ich Juanita und sie gab nur zurück: *Stimmt,* denn bisher hatte ich meinem Dudelsack nur ein kurzes Tröten entlocken können. Ich gab auf, startete einen YouTube-Kurs auf dem nächsten herumliegenden Tablet und ließ mir von einem pausbäckigen Experten erklären, wie man richtig in die Pfeife blies und wo die Finger hinsollten.

»Problem? Ich sehe hier kein Problem.« Dorian hatte sein Tamburin beiseitegelegt und las gemütlich in einem Buch über Musiktheorie. Jedenfalls stand das auf dem Umschlag. Der Text innen sah verdächtig nach der Autobiografie von Will Smith aus, die er zu Weihnachten bekommen hatte.

Die afrikanischen Schüler würden wir nicht mit unseren Fähigkeiten beeindrucken können, so viel stand fest. Doch in den anderen Fächern hatte ich mehr Erfolg und der Höhepunkt des Tages war dann das Eishockeymatch, das Jonne und Lotta organisiert hatten.

Als wir in die Schule zurückkehrten, hatte Holly rote Wangen und ihre Nase sah aus wie eine Kirsche. »Das war sehr cool! Ach ja, zum Thema ›cool‹: Macht es dir nichts aus, dass du deinen Geburtstag am 25. Januar nicht hier feiern kannst, du Plüschtier?«

»Plüschtier? Ich fühle mich überhaupt nicht ausgestopft heute«, sagte ich und ließ mich auf meinen Platz fallen. »Nein, das macht mir nicht viel aus, Hauptsache, ich habe überhaupt Geburtstag.« Es war erst ein Jahr her, dass ich ihn zum allerersten Mal gefeiert hatte, weil meine Pumafamilie natürlich nicht notiert hatte, wann ich geboren worden war, und seit vielen Jahren ohne Kalender glücklich in den Bergen lebte.

»Jeffrey hat übrigens schon vorgefeiert, weil er an unserem Abreisetag Geburtstag hat«, erzählte Tikaani.

»Ich weiß, er hatte seine Party in einem Jugendzentrum in Jackson Hole und ich war nicht eingeladen«, berichtete Frankie empört. »Nur ihr Wölfe wart da, oder?«

»Ja. Das ging nicht gegen dich, er hatte halt Lust, in ganz kleiner Runde zu feiern – nur er und das Rudel – und ein bisschen Billard zu spielen«, rechtfertigte sich Tikaani.

Brandon hörte nicht zu, weil er damit beschäftigt war, Tabitha anzuhimmeln. Die interessierte ihn wie üblich deutlich mehr als Billard, Jeffrey oder das Rudel.

»Wieso habe *ich* keinen Geburtstag? Ich will auch einen!«, beschwerte sich meine große Schwester, während wir zum Abendessen gingen.

»Dann such dir doch einfach einen aus.« Ich grüßte Kimberley, die sich hinter mich in die Schlange am Buffet stellte. Wir waren die Letzten, alle anderen saßen schon an den Tischen. Wieso schaute Kimberley so merkwürdig auf meinen Teller? Wunderte sie sich darüber, dass ich eine Kürbiscremesuppe aß, obwohl ich ein Beutegreifer war? Immerhin, es waren Speckstücke drin.

Trotz des Eishockeys hatten die Erstis noch erstaunlich viel Energie. Obwohl es üblich war, in Menschengestalt zu essen, hatte Juniper sich als Luchs am Eingang der Cafeteria eingefunden. *Haha, das heißt, ich darf dich jagen,* verkündete Terry, der wieder mal als grau-weißer Hund unterwegs war, und sauste um unsere Beine herum.

»Terry, das reicht«, sagte Bill Brighteye und Lissa Clearwater näherte sich mit gerunzelter Stirn. Doch mein Schützling hatte es nicht so mit Befehlen – er rannte einfach weiter. Juniper-die-Luchsin rettete sich aufs Nachtischbuffet und trat dort mit der Hinterpfote voll in den Pudding. Fauchend versuchte sie, den Glibber von ihrem Bein abzuschütteln, während Holly mit einem »Warte! Ich helfe dir, Juniper!« hinter Terry herrannte und versuchte, ihn einzufangen.

Ich ließ meine Suppe stehen und wartete ab, lauerte auf den richtigen Moment. Als Terry in Reichweite kam, griff ich blitzschnell zu und erwischte meinen Schützling am Nackenfell. »Schluss mit Jagen«, sagte ich zu ihm. »Willst du was zu essen oder nicht? Deine Entscheidung.«

He, lass mich los!, beschwerte sich Terry und war so dreist, nach mir zu schnappen.

»Das meinst du nicht ernst, oder?«, fragte ich und teilverwandelte meine Eckzähne.

»Wenn ihr so weitermacht, werdet ihr noch das ganze Buffet ruinieren und wir müssen hungern«, orakelte Tabitha.

»Alle auf ihre Plätze!«, kommandierte Lissa Clearwater ungehalten. Schlechtes Timing! Juniper sprang über mich hinweg, um zu ihrem Tisch zu kommen, worauf unser Kaninchen-Wandler Nimble einen Fluchtreflex bekam und im Zickzack losrannte. Dabei prallte er gegen Holly, die wiederum gegen mich stolperte. Ich rutschte auf dem Puddingfleck aus und musste Terry loslassen, um meine Balance wiederzufinden. Dabei stieß ich gegen das Buffet und mein Suppenteller, den ich dort abgestellt hatte, drehte einen eleganten Salto in der Luft. Wobei er natürlich seinen gelben Inhalt von sich gab.

Mit einem leisen Schrei wich Kimberley zurück. Sie schien sehr betrübt zu sein über die Art, wie meine Suppe den Tod gefunden hatte.

»Sehr unwahrscheinlich, dass ich deswegen verhungere«, sagte ich und dann schickte uns eine sehr, sehr ärgerliche Miss Clearwater los, um einen Wischlappen zu holen.

»Erster Mai«, verkündete meine Schwester gut gelaunt, als ich zurückkam.

»Was?« Verwirrt blickte ich Mia an. »Wir haben Januar.«

»Weiß ich! Ich habe mir gerade einen Geburtstag ausgesucht. Wenn man einen Buchstaben vertauscht, ist Mai doch praktisch mein Name, oder? Und ich bin zu allererst dran.«

»Klingt gut«, sagte ich und sah gerade noch rechtzeitig, dass Terry den Kopf senkte und das Maul öffnete, anscheinend um meine Suppe vom Boden zu schlabbern. Oje. Ich schob ihn mit dem Fuß weg. »Glaub mir, das schmeckt jetzt nicht mehr.«

Weißt du doch gar nicht, du hast nicht probiert, wandte Terry ein.

Miss Clearwater durchbohrte ihn mit einem ihrer allerstrengsten Adlerblicke. Es wirkte, Terry behielt seine Zunge für sich und half mir mit Pfoten und Schnauze, den Wischlappen über den Boden zu schieben. Ich übernahm das Auswaschen im Eimer. »Als Putzteam seid ihr Weltklasse«, stichelte Jeffrey.

An diesem Abend blieb ich gesund und am nächsten auch. Und war sehr erleichtert, als Miss Clearwater und Mr Bridger – unsere Begleitlehrer – mir sagten: »Du kannst mitkommen zur Narawandu School, Carag. Aber denk daran, deine Medikamente mitzunehmen, ja?«

»Genau – und achte darauf, nicht zu sterben«, fügte Holly hinzu.

»Mach ich«, versicherte ich ihnen glücklich und nutzte die Nacht, um mit Mia in die Berge zu laufen und mich von meinen Puma-Eltern zu verabschieden. Wir trafen uns auf dem Housetop Mountain, von dem aus wir einen tollen Blick über das verschneite Städtchen Jackson hatten. Dort unten schlief gerade meine Menschenfamilie. Wären sie eifersüchtig gewesen, wenn sie gewusst hätten, dass ich nicht sie besuchte am letzten Tag vor der Abreise, sondern Nimca und Xamber?

Wie aufregend, dass du über ein ganzes Meer fliegen wirst, meinte meine Mutter, probierte eins der Würstchen, die ich mitgebracht hatte, und schärfte ihre Krallen an der nächstbesten Kiefer. *Aber pass auf, dass du nicht versehentlich in das Revier einer Raubkatze gerätst, die stärker ist als du. So weit weg können wir dir nicht helfen.*

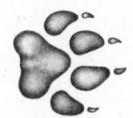

Ich musste an Rebecca Youngblood denken und nickte schweigend. Wir hatten seit zwei Wochen nichts von ihr gehört und das war mir nicht geheuer. Wie kam sie voran mit ihrem Plan, Andrew Milling zu befreien? Dieser Puma-Wandler musste im Gefängnis bleiben, er würde versuchen, jede Menge Menschen zu töten (und mich gleich dazu), wenn er freikam, da war ich ganz sicher!

Wo genau ist Afrika?, fragte mein Vater Xamber, gerade ein großer, kräftiger Puma mit rötlich braunem Fell.

Ziemlich weit in Richtung der aufgehenden Sonne, berichtete ich und das gefiel meinem Vater natürlich, denn er verehrte die Sonne und ihre Kraft. Er rieb seinen Kopf an meinem. *Lass dir nichts bieten von fremden Wandlern, Carag. Und wenn du zurückkommst, werdet ihr beide eine Überraschung erleben.*

Was denn für eine?, fragte Mia skeptisch und ich fügte misstrauisch hinzu: *Ist es eine gute Überraschung?*

Vergnügt sträubte mein Vater die Tasthaare, schlug die Krallen in ein Würstchen und schleuderte es sich ins Maul. *Das muss jeder selbst beurteilen. Ach ja, und könntet ihr mir bitte das nächste Mal Kaffee mitbringen? Den vermisse ich ein bisschen.*

Auf dem Rückweg beschwerte sich Mia: *Diese Geheimniskrämerei hat er sich erst angewöhnt, seit er bei den Menschen war, um sich kurieren zu lassen.*

Ja, und das mit dem Kaffee nervt, meinte ich. *Wie genau sollen wir in dieser Gestalt eine Thermoskanne tragen?*

Wenn er Kaffee will, soll er sich verwandeln und nach Jackson in ein Café gehen, beschloss Mia und wir losten aus, wer Xamber das sagen musste.

Ich verlor.

Welcome to Africa

Kimberley

Es war schiefgegangen. Kimberley fühlte sich fast gelähmt vor Furcht. Wegen der verschütteten Suppe hatte sie es nicht geschafft, Carag noch einmal krank zu machen (worüber sie irgendwie froh war und gleichzeitig auch wieder nicht). Sie konnte ihn nicht mehr daran hindern, ins Flugzeug zu steigen.

Was würde dann passieren? Würde die Löwenfrau sie schon bald bestrafen?

Es war wirklich nicht meine Schuld, schrieb sie verzweifelt an die Youngblood. *Das Pulvertütchen ist jetzt auch leer, ich kann es nicht noch mal versuchen, ihm was ins Essen zu mischen.*

Dann versuch es halt anders, ihn aufzuhalten!, kam es innerhalb weniger Minuten zurück.

Zum Glück hatte Kimberley schon eine Idee. Sie war einfach, aber genial.

Carag würde nicht mitfliegen, dafür würde sie schon sorgen!

Carag

Freitag früh schleiften die anderen und ich unsere längst ge-packten Koffer in den Bus, der uns zum Flughafen bringen sollte. Viele der Erstis waren übers Wochenende bei ihren Eltern. Aber ein paar – und die Leute aus unserer Klasse, die wie Leroy und Juanita nicht mitfahren wollten – waren angetreten, um uns zu verabschieden. Es lohnte sich: Frankie hatte eine Leggins mit Leopardenmuster an, Nell war ganz im Zebra-Look und Berta hatte ein grünbraunes Etwas auf dem Kopf, das angeblich ein Safarihut war.

»Ihr seht so übel aus, Leute«, sagte Jeffrey, der einen Pullover aus seiner eigenen Wolfswolle trug. Da heute sein Geburtstag war, nahm er in königlicher Haltung Glückwünsche von allen Seiten entgegen, natürlich auch von mir – wir waren ja nicht mehr verfeindet.

»Seid ihr alle bereit?«, fragte Mr Bridger und stopfte noch schnell einen Stapel Basecaps mit unserem Schullogo in seinen Koffer. »Dann los!«

»Habt ihr auch alle Sonnencreme mit Faktor fünfzig eingepackt?« Miss Clearwater wirkte ziemlich unentspannt. »Und wehe, jemand hat seinen Reisepass vergessen!«

»Wie unfassbar nussig das alles ist«, sagte Holly glücklich und war als Erste an der Tür.

Übermütig schnappte ich mir Tikaani und küsste sie, dann hockte ich mich vor Terry-dem-Hund auf den Boden. Hoffentlich würde er nicht wieder ausreißen, während ich weg war. »Kommst du auch wirklich klar ohne mich?«

Tabitha-die-Fledermaus hing verpennt in seinem Bauchfell; früh aufzustehen, war nicht so ihr Ding. *Falls nicht, richte ich euch seine letzten Worte aus,* grummelte sie.

»Bis bald, Tabitha«, sagte Brandon und wuschelte Terry durchs Fell, wobei seine Hand nah an Tabitha vorbeistreifte. Bestimmt ein Zufall. Aber weshalb hatte mein bester Freund dann so rote Ohren?

Eine Antwort bekam er nicht. Aus dem Bauchfell erklang leises Schnarchen.

»Der helle Tag ist einfach nicht ihre Zeit«, versuchte ich, meinen besten Freund zu trösten. Brandon nickte wortlos, warf sich ein Maiskorn in den Mund und zerkaute es.

»Wir kümmern uns um alle und alles hier – gute Reise!«, meinte Bill Brighteye, der den Arm um Sarah Calloway gelegt hatte. Sie lehnte den Kopf an seine Schulter und sah sehr glücklich aus. Wir waren alle gespannt, ob die beiden noch heiraten würden.

»Ihr bekommt aber nicht euer Kind, während wir weg sind, oder?«, fragte Holly besorgt.

»Ich werde versuchen, es zu vermeiden«, versprach Miss Calloway lächelnd und legte die Hand auf ihren runden Bauch. »Aber dabei hat noch jemand ein Wörtchen mitzureden.«

»Was meint ihr, wird es ein kleiner Wolf oder ein Klapperschlängelchen?«, fragte Ava und die Erstis spekulierten munter drauflos, während wir Zweitjahresschüler uns lachend und schwatzend durch die Eingangstüren drängten. Dann stutzte ich. »Ups, ich glaube, ich habe vergessen, meinen Pass einzustecken ...«

»Dann hol ihn! Jetzt!«, schnauzte Bill Brighteye mich an. »Ohne den lassen sie dich nicht mal ins Flugzeug!«

Jetzt fiel mir auch ein, warum ich den Pass nicht hatte. Gestern hatte ich ihn gesucht, aber nicht gefunden und die Suche auf den nächsten Tag verschoben. Ich nahm zwei Stufen auf einmal, als ich nach oben zu meinem und Brandons Zimmer rannte, und wühlte noch mal alles durch. Irgendwo musste dieser verdammte Ausweis doch sein! Doch ich fand ihn nicht. Verzweifelt warf ich sämtliche Sachen aus meinem Schreibtisch und meinem Schrank aufs Bett. Dann beförderte ich alles auf den Boden und durchwühlte auch noch mein Bettzeug, vielleicht hatte ich den Pass im Halbschlaf unter mein Kopfkissen gelegt oder so was.

Aber das Ding war einfach nicht da.

»Carag! Wo bleibst du? Wir fahren in einer Minute ab!« Das war Tikaani. Sie sah halb ärgerlich, halb besorgt aus.

»Mein Pass ist weg!«

»Oh Mist. Moment, ich helfe dir suchen.« Doch auch sie stellte schnell fest, dass er in unserem Zimmer nicht war. »Ist ja seltsam. Ich wittere besser mal in etwas weiterem Umkreis herum.«

»Wieso? Pässe kriechen nicht von selbst davon, soweit ich weiß ...«

»Carag? Tikaani?«, schrie Lissa Clearwater von unten.

Ich würde nicht mitfahren dürfen. Es war aus. Wie betäubt ließ ich mich auf mein zerwühltes Bett sinken. Dann knallte die Tür auf und Tikaani streckte mir das dunkelblaue Pappheftchen mit dem goldenen Wappen darauf entgegen.

»Er klemmte hinter einem Spiegel im Jungenwaschraum, hast du ihn da versteckt, du Blödmann?«, schnauzte sie mich an. »Ich hab ihn nur gefunden, weil deine Witterung dran war!«

Ich stammelte ein Danke, dann rannten wir zusammen nach unten. Völlig durchgeschwitzt, verstaute ich mein Gepäck und ließ mich auf meinen Platz im Bus fallen, während ich mich fragte, wie beim großen Gewitter mein Pass hinter den Spiegel gekommen war. Hatte ich geschlafwandelt? Bestimmt nicht. Hatte mir da jemand einen bösen Streich spielen wollen? Aber wer? Die Wölfe und ich waren nicht mehr verfeindet. Tikaani, meine Freunde und ich diskutierten das eine Weile, kamen aber nicht weiter.

»Eine fremde Witterung war nicht daran, wer auch immer das getan hat, hat Handschuhe benutzt«, meinte Tikaani.

»Na ja, dann vergessen wir die Sache einfach.« Ich atmete tief durch. »Jetzt will ich mich auf die Reise freuen, sonst nichts.«

Inzwischen hatten wir deutlich mehr Flugerfahrung als bei unserer Costa-Rica-Reise und niemand von uns roch nach Panik, als wir an Bord durften und uns unsere Plätze suchten.

»Danke, Andrew!«, verkündete Jeffrey lautstark, während er sich auf seinen Sitz fallen ließ. »Dank dir müssen wir diesmal nicht in Hundeboxen reisen!«

Ein paar Leute aus unserer Klasse blickten ihn entsetzt an, doch ich blieb gelassen.

»Ich glaube nicht, dass du dich bedanken musst ... Andrew Milling hat dem Rat sein Vermögen nicht freiwillig gegeben«, sagte ich trocken. »Und falls er es jemals schafft, aus Sunny Meadows freizukommen, wird er es zurückhaben wollen.«

»Das wird er schon nicht – freikommen, meine ich«, sagte Berta und begann, in einer Computerzeitschrift zu blättern. Sie war gerade dabei, eine Website für Bärenfreunde aus aller Welt zu entwickeln.

»Was ist mit deiner Flugangst?«, fragte Tikaani Frankie und er wirkte tatsächlich unentspannt, während unser Flugzeug in den Himmel hineinkletterte und wir die Wolken von oben sahen.

»Hab mir einen Glücksbringer besorgt«, sagte unser Otterjunge und zeigte uns einen runden weißen Kiesel.

»Das ist ein Kiesel«, sagte ich begriffsstutzig.

»Oh … wieso hat mir das niemand gesagt?«, beklagte sich Frankie, dann begann er zu grinsen. »Ja, das ist ein Kiesel. Ich habe ihn aus dem Flussbett des Snake River hochgeholt. Wenn ich ihn in der Hand halte und die Augen schließe, dann bin ich dort im Wasser – es ist eine geistige Verbindung, verstehst du?«

»Waldig.« Holly blickte betrübt drein. »Ich hätte einen Kiefernzapfen mitnehmen sollen. *Hat jemand einen Kiefernzapfen?*«, brüllte sie durchs halbe Flugzeug.

Die Stewardess starrte sie an.

»Schokobonbons helfen übrigens auch«, sagte Shadow und schüttete sich gleich eine ganze bunte Ladung in die Hand, von der wir uns was nehmen durften. Raben- und Otterjunge begannen, sich über Zeichen und Ahnen zu unterhalten, und Wing, die zwei Reihen weiter saß, sah ein bisschen verloren aus. Seit ihr Bruder einen Freund hatte, verbrachte er deutlich weniger Zeit mit ihr, obwohl sie seine Zwillingsschwester war.

»Habt ihr auch so ein Gefühl von Flugscham?«, fragte Lou in die Runde und Wing, die den Platz neben ihr hatte, blickte sie entgeistert an. »Was soll das denn sein?«

»Schon ein blödes Gefühl, dass unser ökologischer Fußabdruck durch diesen Austausch so groß wird«, meinte Brandon ein bisschen bedrückt.

»Was hat denn Fliegen mit einem Fußabdruck zu tun?«, fragte ich verwirrt und die anderen belehrten mich darüber, was ich durch die Ohnmachts-und-Arzttermin-Sache verpasst hatte: Fliegen war schädlich fürs Klima. Dass wir alle nach Afrika jetteten und die afrikanischen Schüler anschließend zu uns, ging nur deshalb mit halbwegs gutem Gewissen, weil die La-Chamba-Leute als Ausgleich ein paar Hundert Bäume in Costa Rica pflanzen würden. Außerdem steckte der Woodwalker-Rat ebenso viel Geld, wie unser Flug kostete, in weitere Klimaschutzprojekte.

»Können wir auch bei uns ein paar Bäume pflanzen?«, fragte ich.

»Nussige Idee«, sagte Holly.

»Flugscham! Sachen gib's!« Shadow, der mitgehört hatte, schüttelte noch immer den Kopf. Mir fiel ein, dass er und seine Zwillingsschwester als Tiere aufgewachsen waren. »Gut zu wissen, ab jetzt schäme ich mich immer, wenn ich nicht mit eigenen Flügeln unterwegs bin.«

Mit Brandon und Tikaani neben mir fühlte ich mich richtig wohl im Flugzeug. In Chicago mussten wir umsteigen, aber auch das neue Flugzeug war bequem und ich schlief ein, noch bevor wir über den Ozean hinausflogen. Doch als ich aufwachte, zuckte ich zusammen – die Wolfswitterung neben mir war nicht mehr die meiner Freundin! Alarmiert blickte ich mich um und stellte fest, dass sich nun Jeffrey neben mir fläzte.

»Katzen sind immer so nervös«, sagte Jeffrey und freute sich über meinen Gesichtsausdruck. »Keine Angst, ich beiße nur an Wochentagen. Ich wollte mit dir über Tikaani reden. Muss mich ja um mein Rudel kümmern, du weißt schon.«

»Was ist mit ihr?«, fragte ich alarmiert. Natürlich war mir aufgefallen, dass Tikaani in letzter Zeit bedrückt wirkte, aber ich hatte gedacht, das würde wieder vergehen.

»Na ja, du weißt ja, sie ist die Tochter eines Alphas und sollte eigentlich selbst Alpha sein. Sie ist dafür geboren, große Dinge zu tun und ein Rudel zu führen. Sie ist eine großartige Beta, keine Frage, doch ich glaube, sie braucht irgendein eigenes Projekt, das ihr wichtig ist. Was meinst du?«

»Ja, kann gut sein. Allerdings wird sie dich in Stücke reißen, wenn du dir irgendein Projekt für sie ausdenkst«, sagte ich ihm ganz ehrlich.

Seine weißen Zähne blitzten auf. »Weiß ich. Sie muss selbst drauf kommen, was ihr fehlt ... aber ich dachte, ich quatsche trotzdem mal mit dir. Vielleicht schaffst du es wenigstens, ihr diesen verdammten Gong auszureden – das Teil sprengt mir noch die Ohren!«

»Kann es sein, dass ihr über mich redet?«, fragte eine kräftige, klangvolle Mädchenstimme.

»Äh ...«, sagte ich.

»Carag und ich hatten gerade eine Diskussion über Beethoven und wie man in die Sinfonien einen Dudelsack einbauen könnte«, behauptete Jeffrey, ohne eine Miene zu verziehen. Dafür bekam er eine Kopfnuss von Tikaani. »Alphawölfe dürfen ihr Rudel nicht anlügen, hast du das schon gewusst?«

»Oh, schaut mal, die Stewardessen fangen an, Essen zu servieren!«, rief Wing begeistert und lenkte uns damit wunderbar ab. Doch als das Rabenmädchen sich umwandte, trafen sich unsere und Shadows Blicke, und ich spürte, dass die Rabengeschwister in diesem Moment nicht nur ans Essen dachten. Die beiden teilverwandelten sich und ließen ein paar wenige Federn auf ihren Armen sprießen.

Was meinst du, ist das mysteriöse Buch in Cherokee-Sprache gut in Afrika angekommen?, fragte mich Wing.

Keine Ahnung. Wenn ja, dann sucht die Youngblood bestimmt

schon vor Ort danach, gab ich zurück. *Wofür seid ihr: Sollten wir es mitnehmen, dort lassen oder lieber vernichten?*

Vernichten? Bist du irre? Shadow blickte entsetzt drein.

Nein, bin ich nicht. Ich war beleidigt. Es war mir lieber, wenn meine Klassenkameraden nur an meinem Kreislauf zweifelten.

Carag, bisher weiß nur Mr Bridger, was für Verwandlungsformeln darin stehen, und niemand hat eine Ahnung, ob sie überhaupt funktionieren, wandte Wing ein, die als die Vernünftigere der Rabengeschwister galt. *Aber eins steht fest, es sind ein Dutzend Formeln oder mehr. Wenn wir die vernichten, ist vielleicht ein unglaublicher Schatz verloren.*

Jaja, das Argument kenne ich, brummte ich.

Shadow meinte: *Hast du gewusst, dass der Rat selbst nur eine einzige solche Verwandlungsformel kennt und benutzt? Die, wie man jemanden sozusagen in seiner zweiten Gestalt festfriert?*

Bist du sicher? Woher weißt du das?, fragte ich ein bisschen misstrauisch.

Hat mir Miss Clearwater erzählt. Die war mal Ratsmitglied, das weißt du ja. Bis sie zu viel Arbeit mit unserer Schule hatte.

Ich brummte irgendwas.

Wir mussten noch ein zweites Mal umsteigen, in einem arabischen Land. Inzwischen kam mir unsere Reise bis zur Hauptstadt Windhoek unendlich lang vor. Mein Körper fühlte sich an, als würde ich ihn nie wieder auseinandergefaltet bekommen.

»Hoffentlich bin ich nicht mit dem Sitz verwachsen«, beklagte sich Nell. Und Holly fragte nur: »Wo ist der nächste Baum und wie komme ich am schnellsten hin?«

Gespannt spähten wir aus dem Flugzeugfenster und staunten, wie anders es in Namibia aussah als in unserer waldigen, gerade tief verschneiten Heimat. Das hier war eine ausgedörrte, sandige Landschaft in Gelb- und Brauntönen. Über Treppen stiegen wir aus dem Flughafen und wanderten – alle völlig erschöpft – über den Asphalt zum Ankunftsgebäude.

Der Flughafen war weder groß noch voll, trotzdem schaffte es ein Mann mit Käppi und Schnurrbart, mich anzurempeln. Er roch meilenweit nach Herrenparfüm. »Oh, entschuldige, das tut mir leid!«, sagte er und hastete weiter.

»Wieso müssen es Menschen eigentlich immer eilig haben?«, fragte ich kopfschüttelnd.

»Check mal, ob dein Portemonnaie noch da ist«, empfahl mir Holly. Ich klopfte auf meine Jackentasche. Glück gehabt, es war anscheinend kein Trickdieb gewesen.

»Überprüf bitte auch, ob du nicht auch einen Gegenstand *mehr* hast als vorher, zum Beispiel einen Peilsender. Vielleicht war das eben jemand, der uns beobachten soll.« Mr Bridger blickte dem Mann misstrauisch nach. »Mit Sicherheit lässt die Youngblood uns beschatten. Fragt sich nur, wie.«

Ich drehte meine Taschen herum, klopfte meinen ganzen Körper ab. »Nichts. Alles okay. Aber Sie haben recht, wir müssen davon ausgehen, dass ihre Leute uns im Auge behalten.«

»Heißt das, wir dürfen miteinander kein offenes Wort reden?«, flüsterte Shadow mir und meinem Lieblingslehrer zu.

Mr Bridger schüttelte den Kopf. »Das wäre übertrieben, finde ich. Aber wir sollten trotzdem vorsichtig bleiben.«

Wir durchquerten den Flughafen und stiegen draußen in der Wüstenluft, die nach Sand und Asphalt roch, in den Bus, den unsere Schulleiterin für unsere Klasse gemietet hatte. Eine Dreiviertelstunde später fuhren wir durch die häuserreiche Hauptstadt.

»Ha! Palmen, die kenne ich!«, jubelte Holly. »Und da sind auch andere Bäume! Fahrer, *sofort anhalten!*«

Lissa Clearwater schüttelte nur kurz den Kopf und ihr könnt dreimal raten, auf wen der Mann hörte.

Fasziniert starrte ich nach draußen, während die karge, trockene Buschsavanne vor dem Fenster vorbeizog. Es gab zwar ein paar Bäume mit grüner Krone, aber hauptsächlich tupfte graugrünes Gebüsch die Ebene. Frankie, unser Otterjunge, fiepte leise.

Eigentlich hatte ich gedacht, dass hier überall Antilopen herumlaufen würden, doch es war weit und breit keine in Sicht und die geteerte Landstraße sah aus, als hätten ihre Erbauer Angst vor Kurven gehabt – es ging stundenlang geradeaus. Schließlich fingen Jeffrey, Nell, Brandon und ich an, Karten zu spielen. Wir lieferten uns, obwohl wir alle müde waren, ein so heißes Duell, dass wir kaum bemerkten, wie der Bus langsamer wurde und auf eine Sandpiste abbog. Sie war ziemlich rau, wir wurden kräftig durchgeschüttelt.

»In einer halben Stunde sind wir bei der Narawandu School, in diese Schule gehen Kids aus verschiedenen afrikanischen Ländern«, kündigte James Bridger an und teilte die Basecaps mit unserem Schullogo aus (manchen setzte er das Ding gleich auf).

»Hier ist es richtig grün«, stellte Lou erleichtert fest.

Ja, überall wuchsen Bäume aus der roten Erde und kniehohes blondes Gras bedeckte den Boden. Über allem erhob sich eine schroffe, senkrechte Mauer aus roten Felsen.

»Der Waterberg«, rief Lissa, damit jeder im Bus es hören konnte. »Hier regnet es mehr als anderswo in Namibia, die Gegend ist eine Oase für Pflanzen und Tiere.«

Hollys Augen glitzerten schon vor Kletterlust. »Wer kommt mit rauf?«

Lou, Cookie, ein paar andere und ich rissen die Arme hoch.

»Habt ihr schon gewusst, dass es hier wild lebende Nashörner und Leoparden gibt?«, erkundigte sich James und Cookies Arm sackte nach unten wie eine sehr plötzlich geschmolzene Kerze.

»Keine Sorge, wenn du eins siehst, verwandelst du dich einfach und das Nashorn wird dich nicht mal bemerken, wenn es vorbeistapft«, versuchte Lou, sie zu beruhigen.

Jeffrey hob die Augenbrauen. »Zurück bleibt eine briefmarkenförmige Cookie?«

»Nee, stattdessen macht es dann bestimmt *mich* platt.« Brandon warf einen tiefsinnigen Blick in die Ferne. »Dann werde ich eine bestimmte Person nie wiedersehen und sie wird nie erfahren, dass mein letzter Gedanke ihr gegolten hat.«

»Brandon!«, sagte ich streng.

»Was?«

»Hör auf mit dem Mist.«

Irgendwann endete die Sandpiste und unser Bus parkte in einer Staubwolke. Erst erkannten wir nur ein paar Dächer, doch kurz darauf sahen wir schon die eingeschossigen, aus rötlich braunen Ziegeln gebauten Häuser, die sich zwischen die Bäume schmiegten. Die lang gestreckten Gebäude bildeten zusammen ein U, es gab also einen Innenhof ähnlich wie bei uns. Hinzu kamen ein paar Schuppen und kleinere Nebengebäude. Hinter ihnen erhob sich ein weiß gestrichener Wassertank, auf dem sich ein Windrad drehte.

Inzwischen hatten die Bewohner der Schule gemerkt, dass wir eingetroffen waren, und strömten uns entgegen. Ah, so wie in Costa Rica gab es auch hier Schuluniformen, die Jungs trugen graue Shorts und weiße Hemden, die Mädchen weiße Blusen und graue Röcke. Neugierig blickten sie uns alle entgegen – die meisten Schüler waren schwarz, aber ein paar wenige Weiße waren auch darunter.

Wir winkten ihnen zu, stiegen aus ... und ächzten.

»Ist das hier eine Sauna?«, fragte Tikaani.

»Nee, ich tippe auf einen großen Backofen«, meinte ich.

»Wieso habe ich eigentlich einen Pullover mitgenommen?«, ächzte Jeffrey.

Interessiert musterte ich etwas, das wie ein Strohklumpen in einem Baum aussah, aber anscheinend ein Megavogelnest war, jedenfalls flogen knallgelbe und bräunliche Vögel rein und raus.

»Hallo, Leute!«, rief Holly unseren Gastgebern zu, hüpfte aus dem Bus und verwandelte sich. Ihre Klamotten segelten auf den Sand, dann jagte sie als Rothörnchen auf den nächstbesten Baum zu (der fedrige grüngraue Blätter hatte) und rannte den Stamm mit der dicken, rissigen Rinde hoch.

Doch gleich darauf stieß sie einen gellenden Schrei aus. *Dornen! Riesige Dornen überall!*

Sie verlor den Halt, segelte nach unten und blieb auf dem Sand liegen.

Diesmal waren wir es, die aufschrien.

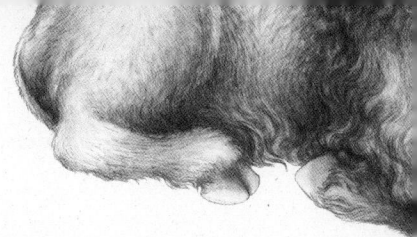

Einhörner und
andere Vierbeiner

Mit großen Augen hatten unsere Gastgeber zugeschaut – und zehn Leute auf einmal stürzten auf Holly zu, um sie aufzuheben. Ein schwarzes Mädchen mit kurzen Beinen, auf denen sie aber echt schnell war, überholte mich und war als Erste bei ihr. »Das ist ein Kameldornbaum, der ist wirklich fies«, sagte sie, hob Holly vorsichtig auf und strich ihr übers Fell.

He, Horrorhörnchen, alles okay?, fragte ich Holly besorgt.

»Gib sie mir gleich mal, Ilanga«, meinte eine blonde junge Frau mit heiteren Augen. »Immerhin, sie blutet kaum.«

Alles gut! Ich bin rechtzeitig runter, bevor die Dinger mich komplett aufgespießt haben. Sind Sie eine Lehrerin? Holly rannte den Arm der Frau hoch, turnte über ihre Haare und klaute ihr unauffällig eine grünsilberne Spange. Oh nein. Doch die Lehrerin zuckte mit keiner Wimper, holte sich mit einem Griff ihre Spange zurück und ließ sich von jemandem übersetzen, was Holly gesagt hatte. »Genau«, meinte sie dann. »Lilly Jonassen. Hier zuständig für Biologie, Medizin und Chemie.«

Holly stutzte kurz, dann schrie sie schon wieder auf. *Hey, Sie sind ja gar keine von uns! Leute, die hier ist ein MENSCH!*

Einer der Jugendlichen übersetzte das der Lehrerin und Lilly

Jonassen sagte amüsiert: »Ihr fangt ja früh an mit dem Diskriminieren.«

Ich versuchte, sie nicht anzustarren. Was machte ein Mensch in einer Wandler-Schule? Woher wusste sie von uns? Obwohl ich nicht laut gesprochen hatte, erklärte Miss Jonassen: »Mein Lebensgefährte Erik ist ein Geparden-Wandler. Ihr lernt ihn später noch kennen. Ah, da ist ja die Chefin! Sie hat die Schule 1990 gegründet, damit ihre beiden Töchter auf eine Wandler-Schule gehen konnten.«

Eine ältere, füllige schwarze Frau im beigefarbenen Kostüm mit weißer Bluse marschierte aus der Schule und lächelte, als sie uns sah. »Herzlich willkommen! Ich bin Amandla Okeke. Wer ist denn hier vorgeprescht?« Bevor die verdutzte Holly sichs versah, hatte Mrs Okeke sie am Nackenfell gepackt und von der weißen Lehrerin heruntergepflückt. »So. Wir gehen jetzt alle rein und unsere Zweitjahresklasse serviert euch eine Erfrischung.«

Da andere Vorschläge anscheinend nicht gefragt waren, ließen wir unsere Koffer erst mal dort, wo sie waren, und folgten ihr ins Innere des Hauptgebäudes. Drinnen war es wunderbar schattig und ein bisschen kühler.

»Haha, das ist der wichtigste Tipp für euch – bei Mrs Okeke bloß keine Widerrede«, flüsterte mir ein Junge mit fröhlichen Augen zu. »Ich bin übrigens Jimmy Nkondo.« Er hatte eine sehr interessante Witterung, aber ich kam nicht darauf, von welchem Tier sie stammen könnte. Sie erinnerte mich an irgendwas, aber ich kam nicht drauf …

»Jimmy! Warum hilfst du nicht dabei, Getränke auszuteilen?« Ein vorwurfsvoller Blick der Schulleiterin traf ihn und Jimmy stand gemächlich auf. Kurz darauf balancierte er zwei voll beladene Tabletts durch die Gegend, er schien enorm stark zu sein. Nur bekam er kurz darauf eine Schwingtür an den Kopf und eins der Tabletts sauste durch die Luft.

Lilly Jonassen, die junge Lehrerin, eilte mit einem Besen heran, um die Scherben aufzukehren. »Wer, bitte schön, hat ihm das Tablett gegeben? Ihr wisst doch, dass Jimmy ein Pechvogel ist!«

Die Schulleiterin tat, als hätte sie nichts gehört.

Getränke sind echt wichtig bei der Hitze. Holly hatte es inzwischen geschafft, der Schulleiterin zu entkommen, und tunkte den halben Kopf in ein Glas mit Wasser. Damit es nicht umfiel, versuchte sie gleichzeitig, es mit den Vorderpfoten festzuhalten. Sah kompliziert aus.

»Wo ist das Einhorn? Ich will das Einhorn sehen, das ihr angeblich habt!«, verkündete jemand. Ah, das war die, von der Brandon schon einen Brief bekommen hatte. Im Laufschritt kam ein Mädchen mit großer Nase, sehr kurzen schwarzen Haaren und abstehenden Ohren herein. Ein zweites Mädchen, das ihr sehr ähnlich sah, aber keine Schuluniform, sondern ein buntes Kleid und Sandalen trug, versuchte, mit ihr Schritt zu halten.

Brandon rutschte tiefer auf seinem Stuhl. »Sie wird furchtbar enttäuscht sein«, murmelte er. »Carag, hilf mir! Was soll ich machen?«

»Es hinter dich bringen«, riet ich ihm.

Mehrere Verräter unter meinen Klassenkameraden hatten beim Stichwort »Einhorn« auf Brandon gedeutet, sodass das Mädchen jetzt strahlend auf ihn zukam. »So schön, dass ihr da seid! Kannst du dich gleich mal verwandeln? Bitte! Bitte, bitte.«

»Du bist also Paula«, versuchte Brandon abzulenken und rang sich ein Lächeln ab. Trotzdem sah er aus, als würde über seinem Kopf ein Gewitter schweben und Blitze auf ihn abschießen.

»Genau! Paula Aboyo, die Tochter von Steve Aboyo, der für den Rat arbeitet. Und das hier ist meine Schwester Imi. Die war auch schon sooo gespannt auf dich.«

Imi nickte, drehte sich mit erhobenen Armen im Kreis und tanzte auf uns zu. Sie wirkte noch ein bisschen lebhafter als Paula, aber ansonsten sahen sie sich ähnlich mit ihren großen dunklen Augen und ihrer samtigen Haut. Steve Aboyo, das war doch der Hyänenmann gewesen, der mit uns gegen die Young-blood gekämpft hatte? Das brachte Paula gleich noch ein paar Pluspunkte bei mir ein.

»Los, Brandon, lass sie nicht warten.« Jeffrey grinste breit und wandte sich an Paula und ihre Schwester: »Er ist manchmal ein bisschen schüchtern, aber eigentlich findet er es toll, wenn man ihn anfeuert. Bran-don! Bran-don!«

Brandon warf ihm einen finsteren Blick zu, dann gab er sich einen Ruck. »Na gut. Wo soll ich es machen?«

»Dort in unserem Innenhof haben wir immer Verwandlungsunterricht. Komm, ich zeig euch alles.« Paula winkte uns voran.

»Was bist *du* eigentlich in zweiter Gestalt?«, fragte Tikaani sie. »Ich bin Polarwölfin.«

Verschmitzt blickte ich Paula an. »Bist du vielleicht ein Fabelwesen? In deinem Brief stand ja, glaube ich, du magst Fantasy ...«

»Ach, das wäre ich total gerne!« Paula seufzte. »Es muss so cool sein, ein Tripel-Wandler aus weißem Pferd und Schwan zu sein. Dann kriegt man nämlich, wenn man sich gut teil-verwandeln kann, einen Pegasus hin. Aber man kann sich ja leider nicht aussuchen, was man ist ...«

Wie wahr, wie wahr, sagte ein handlanges, raupenartiges Ge-schöpf, das sich vor Dorian über den Tisch bewegte. *So ist das Leben eben, sage ich immer.*

Dorian zuckte zurück und betrachtete das Tier aus der Nähe. »Du bist ein Riesentausendfüßler?«

Na ja, nicht ganz tausend, aber ziemlich viele Beine. Viel Spaß beim Zählen!, kam es zurück, während der Wandler weiter-marschierte.

Währenddessen schritt Brandon wie ein zum Tode Verurteil-ter in die Mitte des Innenhofs, zog sich das schwarze T-Shirt über den Kopf und begann nach kurzem Zögern, auch die (ebenfalls schwarze) Hose abzustreifen.

»Ausziehen, ausziehen!«, grölte Jeffrey. Ich überlegte, ob ich ihm den Kopf abreißen oder ihn nur beißen sollte. Gespanntes Schweigen senkte sich über die versammelten Schüler.

Dann sagte eine ruhige Stimme: »Halt.«

Erstaunt blickten wir uns um. Derjenige, der gesprochen hat-te, war ein Riese von einem Mann, er war sicher fast zwei Me-ter groß und breit gebaut. Er hatte runzelige Haut, eine eben-falls nicht gerade kleine Nase und ruhige braune Augen. »Seht ihr nicht, dass ihm das unangenehm ist?«, fuhr der Mann fort, der eine starke Wandler-Ausstrahlung hatte.

»Ja, aber er will sich doch freiwillig verwandeln, Mr Mago-ro«, wandte einer der Schüler ein.

»Ist es fair, dass er allein sich verwandeln soll und alle an-deren ihn anstarren?«, fragte der Lehrer sanft. »Wie wäre es, wenn wir es auch tun? Er hat ein Recht darauf, finde ich. Was meinst du?« Er blickte Brandon an.

Der wirkte schon etwas lockerer. »Das wäre, ähm, cool. Glaube ich.«

»Na gut.« Paula seufzte. »Wenn es wirklich sein muss.« Sie kickte einen Schuh von ihrem Fuß und zog die drei Klimperarmbänder von ihrem Handgelenk.

»Vergesst es. Ich nicht.« Ein schlanker, hochgewachsener Junge sah herausfordernd in die Runde. Sein ebenmäßiges tiefschwarzes Gesicht wäre schön gewesen ohne diese Wut in seinen Augen. »Niemand zwingt mich hier zu irgendwas!«

Er marschierte raus. Einfach so, ohne dass jemand schimpfte oder versuchte, ihn zurückzuhalten. Amandla Okeke sagte kein Wort und Lilly Jonassen zuckte nur die Schultern. Unsere beiden Begleitlehrer ließen sich nicht anmerken, was sie dachten, aber ich sah, wie sie einen winzigen Blick wechselten. In der Clearwater High wäre der Kerl damit nicht durchgekommen.

»Verwandelt euch nur.« Die Schulleiterin lächelte ein wenig steif in die Runde. »Ich bleibe in meiner Menschengestalt, Kiano.«

Mr Magoro blieb gelassen. »Natürlich, gerne, meine Liebe. Ich aber nicht.«

Ich wunderte mich, warum plötzlich alle hastig von ihm zurückwichen. Für alle Fälle achtete ich selbst auf einen Sicherheitsabstand zu ihm.

Dann konzentrierte ich mich auf meine Pumagestalt und zog ebenfalls mein T-Shirt aus. Wenn ich dieses hier zerriss, hatte ich nur noch fünf übrig, und wenn ich mit dem Durchschwitzen weiter so vorankam, waren das deutlich zu wenige.

»Na dann los«, sagte Mr Magoro.

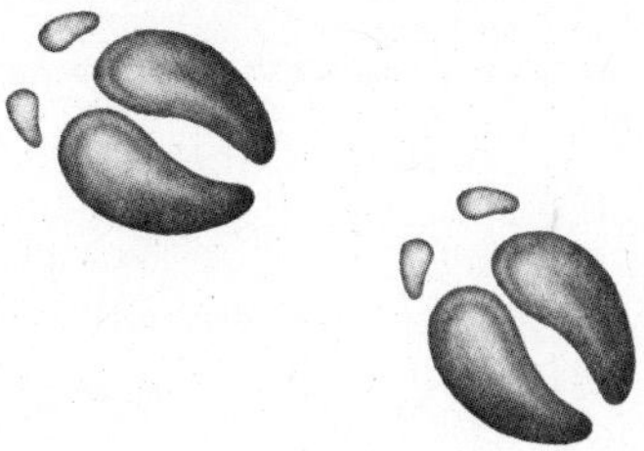

Elefantös

Brandon war inzwischen genauso gut in Verwandlung wie wir anderen, Mr Ellwood hatte uns nicht umsonst gedrillt. Als massiger Bisonbulle mit zottigem braunem Fell und nur einem Horn stand er vor uns und blickte verlegen drein.

Oh, sagte Paula. *Ach so. Du bist echt groß! Was für ein lockiges Fell du hast ... man könnte glatt neidisch werden.*

Das war doch gar nicht so schlimm gewesen. Brandon sah erleichtert aus.

Fasziniert blickten er, ich und meine Mitschüler auf das Wesen herab, das eben noch ein Menschenmädchen namens

Paula gewesen war. Es war ungefähr so groß wie ein Hund, sah aber mit seiner graubraunen, haarlos-runzeligen Haut aus wie eine Kreuzung aus Schwein und Hase. Seine Schnauze ähnelte einem unserer Musikinstrumente – nein, nicht der Geige, sondern der Trompete – und es hatte lange, blattförmige Ohren.

Jaja, ich weiß, eher Ork als Elfe. Paula seufzte. *Oder genauer gesagt Erdferkel. In dieser Gestalt sind Termiten für mich das Größte. Sonst eher Bonbons.*

Ihr habt alle noch keine Riesentausendfüßler probiert, gegen die sind Bonbons nichts, behauptete ein hellbraunes Erdmännchen, das auf den Hinterbeinen hockte und uns abcheckte. *Was glotzt ihr? Ist wahr!*

Halt die Klappe, Tsepo – Limbo hat Gefühle, weißt du?, meinte ein junger Löwe, bewunderte schüchtern Tikaanis weißen Winterpelz und stupste Henry-den-Frosch mit der Schnauze an. Erstaunlicherweise bekam Henry keinen Schreikrampf.

Löwen waren wegen Rebecca Youngblood nicht gerade meine Lieblingstiere, doch dieser hier mit den freundlichen Augen und der etwas fransigen blonden Mähne wirkte nett.

Also, ich finde Erdferkel niedlich, verkündete Holly.

Ich auch, fügte Wing hinzu und Paula sah ein bisschen getröstet aus. Sie konnte nicht wissen, dass Wing hauptsächlich Tiere wie Vogelspinnen, Vampirfledermäuse und Aga-Kröten als putzig bezeichnete.

Ebenso neugierig wie ich blickten unsere Raben, die auf dem Dach eines Seitengebäudes hockten, auf Paula und die anderen Schüler herunter, von denen sich etwa zwei Drittel verwandelt hatten (allerdings nicht Jimmy).

Dabei bekamen sie Gesellschaft – gerade landete ein Flughund an der Dachkante, hängte sich kopfüber daran und faltete seine schwarzen Schwingen ein. Er hatte ein unglaublich süßes Fuchsgesicht mit orangefarbenem Fell und großen braunen Augen.

Haha, freut mich, dass ich dir gefalle, sagte eine Mädchenstimme, die mir bekannt vorkam. *Ich heiße übrigens Ilanga.*

Wieso hatte ich meine Gedanken nicht besser abgeschirmt? Zum Glück war ich gerade ein Puma und konnte nicht rot werden. Der Flughund war die Woodwalkerin, die vorhin meine Hörnchenfreundin aufgehoben hatte. *Äh, hi, ich bin Carag,* brachte ich heraus und hoffte, dass ich vor all diesen neuen Bekannten nicht auch noch in Ohnmacht fallen und mich komplett blamieren würde. Immerhin, meine Pumagestalt bekam wohlwollende Blicke ab.

Währenddessen rannte Holly um die Hufe der Zebras herum, machte einen weiten Bogen um eine Gepardin und nahm den kürzesten Weg über einen verdutzten Gorilla – an seiner Brust hinauf, über seinen Kopf und den Rücken wieder hinunter. Dann beschnupperte sie etwas, was wie ein Riesentannenzapfen aussah und eine unglaublich lange rosa Zunge aus seinem Maul flitschen ließ. *Oh, wow, ihr habt sogar ein Pangolin, ein Schuppentier ... ist das nicht cool, dass ich weiß, was ihr seid? Wir haben im Unterricht afrikanische Tiere durchge... aaaah!*

Zum dritten Mal schrie Holly auf und ich hätte beinahe eingestimmt. Neben uns – dort, wo eben noch Mr Magoro gestanden hatte – wuchs ein grauer Berg aus dem Boden. Oder so wirkte es jedenfalls auf den ersten Blick, bis ich begriff, dass das ein Elefant war (ich hatte schon mal einen im Fernsehen gesehen). Seine säulenartigen Füße hätten mich mit einem Tritt plattmachen können und sein Rüssel war dick wie eine Riesenschlange. *Tut gut, mal wieder in zweiter Gestalt zu sein,* sagte er, während wir ihn anstarrten. *Sagte ich schon, dass ich hier an der Schule Sprachen und Kunst unterrichte?*

»Passen Sie bitte auf mit Ihren Stoßzähnen, Kiano!«, mahnte die Schulleiterin und ich sah James Bridger mit seinem Kojotenmaul grinsen. *Wirklich schön, euch alle wiederzusehen. Wie viel Essen brauchst du in dieser Gestalt, Kiano?*

Um die achtzig Kilo – keine Sorge, vor dem Abendessen verwandle ich mich zurück, erwiderte der Lehrer und ringelte den Rüssel hoch zu Lissa Clearwater, die als Adlerin im nächstbesten Baum hockte. Sie blieb sitzen, schaute aber ein bisschen besorgt drein.

Mit diesen Stoßzähnen können Sie ganze Bäume entwurzeln, oder? Jeffrey, Cliff und Tikaani umkreisten den Riesen wedelnd. *Falls es irgendjemanden interessiert, ich bin übrigens Pierre,* sagte das Schuppentier.

Neugierig beobachtete ich, dass Mr Bridger und ein dünnes Mädchen mit gerader, spitzer Nase und einem einzelnen silbernen Ring im Ohr sich gegenüberstanden. Mein Lieblingslehrer sog die Luft ein. »Oh ... bist du etwa auch Kojote? Wie heißt du?«

Das Mädchen erwiderte seinen Blick ebenso neugierig. »Fast richtig. Schakal. Leyla Akintola heiße ich.«

»Du willst nicht zufällig auch Lehrerin werden wie unser Mr Bridger?«, scherzte Lou.

»Nee, Architektin«, gab Leyla zurück und lächelte sie ein wenig scheu an. »Und du?« Schon waren die beiden in ein Gespräch vertieft.

Nachdem wir uns alle ausgiebig beschnuppert und mit gekühltem Wasser und Eistee erfrischt hatten, zeigten uns der Löwenjunge, der anscheinend Ben hieß, und das Flughundmädchen Ilanga (beide wieder in Menschengestalt), wo wir wohnen würden. Als Mensch trug Ilanga die Haare in dünnen, sorgfältig geflochtenen Zöpfen, die sie rötlich gefärbt hatte und die ihr weit über den Rücken hingen. Ich bewunderte unauffällig erst ihre Frisur und dann unsere Unterkünfte.

»Oh, wow, Zelte«, sagte Nell, die sich vorhin nicht verwandelt hatte.

Tatsächlich, die Quartiere bestanden aus hellem Zeltstoff. Drinnen waren je vier Feldbetten aufgebaut, über denen Moskitonetze hingen. Elektrische Laternen standen auf Nachttischen aus Holzkisten. »Wie cool ist das denn«, sagte Brandon.

»Wirklich, es gefällt euch?« Ben schien sich ehrlich zu freuen. »Wir haben leider nicht genug Unterkünfte für alle Gäste, wir haben uns schon Sorgen gemacht, ob das hier gut genug für euch ist.«

Ilanga blickte Nell an, die eine ebenso dunkle Haut hatte wie sie. »Aus welchem Stamm bist du?«

Nells Gesicht war sehenswert. »Hä, was? Ich komme aus New York.«

»Ah, New York. Hab ich schon mal gehört. Ich bin eine Xhosa aus Südafrika«, meinte Ilanga; ihr englischer Akzent klang ungewohnt in meinen Ohren. Mir gefiel ihre ruhige Würde. »Escoro – der, der vorhin rausgerannt ist – ist ein Zulu. Ich habe ihn selbst entdeckt!« In ihren Augen glitzerte der Stolz. »Es war Zufall. Wir gingen beide in der Nähe von Johannesburg an einer Straße entlang, da hab ich gespürt, dass er ein Woodwalker ist. Er hatte damals noch keine Ahnung, was das ist. War nicht ganz leicht, ihn zu überreden, dass er hier an die Schule kommt.«

»Was hat er denn für ein Problem?«, fragte Tikaani neugierig.

»Na ja, er ist eine Schwarze Mamba in zweiter Gestalt und ...«, begann Ilanga, doch leider unterbrach Ben sie. »Das hier könnte ein Jungszelt sein, wer möchte hier rein?«

Brandon, Shadow, Frankie und ich warfen unser Zeug ins erste Zelt und Ilanga führte die anderen weiter. Schade, ich hätte gerne mehr über den Schlangenjungen erfahren. »Gut, dass Leroy nicht hier ist, der hätte schon wieder die Krise bekommen«, meinte Frankie. »Eine Schwarze Mamba in der Klasse, ist das nicht heftig?«

»Es muss nichts bedeuten«, widersprach ich. »Tiago aus der Blue Reef High ist ein Tigerhai und er ist die meiste Zeit über echt nett.«

Wir hatten nicht viel Zeit, zu diskutieren oder uns einzurichten, denn schon begann das Festessen.

Das Buffet sah lecker aus, es gab Steak, Würstchen und ein Bohnen-Kürbis-Gericht aus einem gusseisernen Topf, außerdem große Behälter mit einem weißen Brei, der anscheinend aus Maismehl bestand und die Beilage war. Sehr hübsch fand ich, dass jeder Teller mit einer gepressten Blume oder einem Blatt aus der Buschsavanne dekoriert war. Auf meinem lag eine kleine gelbe Blüte, vorsichtig steckte ich sie ein, ohne genau zu wissen, warum.

Wir saßen bunt gemischt an langen Tischen und lauschten auf das Knurren aus unserer Körpermitte. Bevor wir zugreifen konnten, gab's eine Willkommensansprache. Und die hatte es in sich.

Während die meisten Lehrer als Menschen gekommen waren – inklusive einer geschmeidig-schlanken dunkelhäutigen Frau, die wir bisher noch nicht kennengelernt hatten, und einem blonden jungen Mann –, präsentierte sich Mrs Okeke nun in ihrer zweiten Gestalt. Sie war eine hellbraune Oryxantilope mit schwarz-weißer Zeichnung und armlangen, speerartigen Hörnern.

»Haha, sie kommt direkt aus dem Hinterzimmer, wo niemand zuschauen konnte ... sie ist nämlich nicht besonders gut in Verwandlung«, flüsterte Jimmy mir zu.

Mrs Okeke blickte sich feierlich im Raum um. *Herzlich willkommen an der Narawandu School!*, verkündete sie. *Unsere Schule ist etwas Besonderes, weil sie international ist ... wir haben hier Schüler aus ganz Afrika, ganz verschiedenen Ländern!*

»Es ist nicht immer leicht durch die vielen verschiedenen Bevölkerungsgruppen und Sprachen«, hakte Mr Magoro ein. »Viele Fächer unterrichten wir in Englisch. Aber wir achten natürlich darauf, dass diejenigen, die es noch nicht gut können, auch mitkommen – sie bekommen Zusatzunterricht.«

Genau! Und ich freue mich sehr, dass ihr Leute aus der wunderbaren Clearwater High schon zum zweiten Mal bei uns seid! Die Schulleiterin übernahm wieder. *Ihr seid großartig, niemals darf die Welt vergessen, wie tapfer ihr gegen Andrew Milling und seine Leute gekämpft habt. Unsere Schüler hätten das sicher nicht so hinbekommen, sie haben noch sehr viel zu lernen. Seit ich in Amerika studiert habe, liebe ich die USA! Meine Kollegen und ich wünschen euch eine tolle Zeit bei uns. Wenn irgendwas nicht passt, sagt uns das bitte sofort.*

Was nicht passte, war, wie ich fand, diese Ansprache – meinen Klassenkameraden schien das übertriebene Lob genauso peinlich zu sein wir mir und die afrikanischen Schüler sahen geknickt und gar nicht glücklich aus. Aber mit diesen Hörnern hätte Mrs Okeke mich glatt durchbohrt, wenn ich ihr das jetzt gesagt hätte.

»Was war das denn gerade?«, murrte die eine Zebra-Wandlerin, ein schwarzes Mädchen.

»Gnu-Kacke war das«, flüsterte der zweite Zebra-Wandler, ein weißer Junge. »Wieso denkt sie so über uns?«

Keiner wusste eine Antwort.

»Sind Zebras jetzt eigentlich weiß mit schwarzen Streifen oder schwarz mit weißen Streifen?«, fragte Lou und die beiden Zebras bekamen sich voll in die Mähne. »Zebras haben oft einen weißen Bauch und weiße Beine, also kann man davon ausgehen, dass sie eigentlich weiß sind«, erklärte der Junge, der ein langes Gesicht und einen Bürstenhaarschnitt hatte.

»Ha! Aber unter dem Fell ist ihre Haut schwarz!«, trumpfte das Mädchen auf.

Die aus zwei Personen bestehende Mini-Herde stritt sich noch den ganzen Abend.

Von uns hörte aber keiner mehr hin, weil wir uns mit Ben unterhielten, der ein richtiger Weltenbummler war – er und seine Eltern hatten schon ganz Frankreich mit dem Rad durchquert und in Australien geholfen, Waldbrände zu löschen. Er erzählte gut, aber ein bisschen sehr ausführlich und er vergaß dabei zu essen.

»Das ist normal bei ihm, er isst sein Essen praktisch immer kalt«, meinte Fee, eine Zebramanguste, die mir schon letztes Jahr einen Brief geschrieben hatte. Dann führte sie uns als braun gestreiftes, marderartiges Tierchen zwischen Tellern und Tassen vor, wie man gegen Schlangen kämpft. Eine zusammengerollte Serviette war die Schlange. Sie verlor ganz klar gegen Fee. Eine sehr bunte Vogel-Wandlerin, die in zweiter Gestalt auf der Stuhllehne saß, stimmte einen Triumphgesang an.

Haha, das war gut ... was habt ihr noch so drauf?, fragte Holly. *Zeig ich dir!* Tsepo jonglierte als Erdmännchen mit drei Salzstreuern gleichzeitig, während ihm Körnchen auf den Kopf rieselten. Sofort nahm Holly die Herausforderung an und schnappte sich die nächstbesten Objekte ... leider vier Pfefferstreuer. Sie musste fürchterlich niesen und gab auf.

Ich sah, dass Shadow und Frankie sich sehr zurückhielten. Während sie sich daheim oft küssten oder an der Hand hielten, begnügten sie sich hier bisher mit zärtlichen Blicken. Außerdem bemerkte ich, dass der wütende Junge von vorhin wieder aufgetaucht war. Er saß etwas abseits und aß schweigend, aber in stolzer und aufrechter Haltung.

»Ein echter Krieger«, flüsterte ich Tikaani zu und merkte, dass auch sie ihn interessiert beobachtete. Was wohl mit dem Kerl los war?

Es gab noch Gesang und Tänze. Die Erstjahresklasse hatte eine Vorführung vorbereitet, wiegte sich gemeinsam im Takt, klatschte und sang, während sie mit den Füßen aufstampften. Ihre leuchtenden Augen verrieten, wie viel Freude sie daran hatten. Das Zebramädchen sang laut mit, traf allerdings oft nicht den richtigen Ton.

Jeffrey, Cliff und Tikaani tauschten einen Blick und sprangen auf. »Und jetzt singen wir was für euch«, kündigte Jeffrey an ... und bekam bei seinen ersten Dance-Moves versehentlich Tikaanis Ellenbogen ins Gesicht. Blut strömte aus seiner Nase und das war's dann erst mal mit der wölfischen Vorführung.

Nach dem Festessen waren wir vollgefressen und ziemlich erschöpft durch die lange Reise, aber mein Tag war noch nicht beendet. Das wurde mir klar, als James Bridger in einer Armlänge Entfernung an mir vorbeiging und mir und den Rabenzwillingen fast unmerklich zunickte. Anscheinend hatte er sich teilverwandelt, denn sein Brusthaar – Kojotenfell! – drückte das T-Shirt vor. Er flüsterte mir und wahrscheinlich auch den Raben in den Kopf: *Wir treffen uns im Büro von Mrs Okeke zur Geheimbesprechung. Geht möglichst unauffällig dorthin. Bis gleich.*

Schwestern und
Geheimpläne

Das Einzige, was man in einer großen Gruppe von Wood-walkern nicht sein kann, ist unauffällig. Natürlich waren alle total neugierig auf uns. Wohin wir auch gingen, umringten uns Gruppen von afrikanischen Schülern – auch die aus der Erstjahres- und Drittjahresklasse durften ja beim Festessen dabei sein – und feuerten Fragen auf uns ab. Und praktisch alle hatten (wahrscheinlich bis auf das Schuppentier ...) ebenso scharfe Sinne wie wir, ihnen entging nichts von dem, was wir machten.

Schließlich tat ich so, als wollte ich auf Toilette gehen, kletterte aber dann durchs Badezimmerfenster nach draußen. Und musste feststellen, dass keine Menschenlänge entfernt das Pangolin – das Schuppentier – hockte und mich fasziniert beobachtete. *Machst du das immer so, nachdem du auf dem Klo warst?*

»Äh, nein, nur wenn es zu schlimm stinkt«, behauptete ich, zog freundlich winkend ab – und stieß dabei mit jemandem zusammen. Das Mädchen ächzte leise vor Schmerz, sagte aber nichts. Erschrocken sah ich, dass Tränenspuren sich über ihr Gesicht zogen. »Eulendreck, ich hab dir wehgetan, das tut mir total leid!«

»Nichts passiert«, sagte das Mädchen tapfer. Es dauerte einen Moment, bis ich sie erkannte. Das war doch Imi, die Schwester von Paula Aboyo?

»Okay ... aber wieso weinst du dann?«, fragte ich. Wortlos deutete das Mädchen auf den Parkplatz. Dort wartete ein Auto mit laufendem Motor. Ich betrachtete es und fragte mich ganz kurz, ob sie wohl was gegen Verbrennerfahrzeuge hatte – doch dann kapierte ich es. »Du musst weg? Aber wieso? Das Festessen läuft doch noch.« Von drinnen konnte ich unsere Gastgeber ein mitreißendes Lied singen hören.

»Ich kann mich nicht verwandeln und habe keine zweite Gestalt«, brachte Imi heraus. »Deshalb kann ich hier an der Schule nur zu Gast sein.«

Betroffen schaute ich sie an. »Beim großen Gewitter ... das tut mir echt leid.«

Imi blickte mich an. »Du bist ein Leopard, oder? Das ist eine coole zweite Gestalt.«

»Puma«, sagte ich.

»Wie die aussehen, weiß ich leider nicht. Aber es muss toll sein, sich verwandeln zu können. Paula ist lieb, sie schwärmt mir nicht davon vor. Aber ich weiß es.« Sehnsüchtig blickte Imi zurück zum Hauptgebäude.

»Täusch dich nicht, es kann schwierig sein ... oft fühlt man sich hin- und hergerissen zwischen der Welt der Menschen und der der Tiere«, wandte ich ein. »Manchmal ist es auch ganz schön anstrengend und ...«

Als die Tür aufging, sah man, dass Fee und das Erdmännchen gerade in zweiter Gestalt auf dem Tisch tanzten. Währenddessen waren die Zebras, Holly und Nell anscheinend dabei, ein Rodeo zu organisieren. Johlend spielten Ben und Frankie Fangen mit einem großohrigen Wüstenfuchs.

»Das sehe ich, dass es anstrengend sein kann.« Imis Gesicht wurde hart. »Kannst du dir vorstellen, dass Mitleid es für mich nur noch schlimmer macht?«

Sie wandte sich um und ging zu dem wartenden Auto. Ich hörte die Beifahrertür zuklappen, dann strichen die Scheinwerfer über Bäume und Büsche hinweg, als es langsam über den Schotterweg davonfuhr.

Ich seufzte und machte mich auf den Weg zu der Geheimbesprechung (wo das Büro von Mrs Okeke war, hatte ich vorher unauffällig erfragt). Wahrscheinlich warteten alle schon auf mich und waren sauer wie verdorbene Milch.

»Gerade wollten wir nachschauen, ob dich jemand gewildert hat«, lästerte Wing, als ich ankam. Sie, ihr Zwillingsbruder und Mr Bridger waren längst da. Außerdem Lissa Clearwater, natürlich auch unsere Gastgeberin und die beiden Agenten des Woodwalker-Rates, die ich schon kannte: der hochgewachsene Steve Aboyo mit dem ruhigen, entschlossenen Blick sowie die muskulöse schwarze Frau mit den raspelkurzen, hellblond gefärbten Haaren, Jessie Parks.

Das Büro von Mrs Okeke roch unangenehm nach Räucherstäbchen und war schlicht eingerichtet, mit einem Schreibtisch aus dunklem Holz, ein paar altmodischen, vielleicht antiken Stühlen und einem Aktenschrank. Ihr Fenster ging auf den Innenhof hinaus, der vermutlich auch der Schulhof war. Geschnitzte Giraffenfiguren schmückten eine Zimmerecke und Bilder von Oryxantilopen in einer Wüstenlandschaft dekorierten die Wände.

»Amandla, waren in letzter Zeit fremde erwachsene Wandler hier und haben ungewöhnliche Fragen gestellt?«, fragte James Bridger.

»Nein ... aber bei uns ist eingebrochen worden«, erzählte Mrs Okeke empört. »Die gesamte Schule war durchwühlt, wir haben einen ganzen Tag lang aufgeräumt!«

»Auf der Farm, wo ich wohne, ist es auch passiert, als wir alle gerade unterwegs waren«, berichtete Jessie nüchtern.

»In unserer Stadtwohnung in Otjiwarongo auch.« Steve Aboyo blickte bedeutungsvoll in die Runde. »Das heißt, die Youngblood und ihre Leute sind längst hier und suchen unter Hochdruck.«

»Hab ich mir schon gedacht.« James Bridger nickte.

»Aber was suchen sie denn?«, wunderte sich Amandla Okeke. Aha, mein Lieblingslehrer hatte niemandem hier verraten, dass er jemandem in Namibia – noch wussten wir nicht, wem – ein extrem wichtiges Päckchen geschickt hatte. »Du hast mich ja gewarnt, dass sich hier seltsame Leute herumtreiben könnten, James, aber ich hätte nicht gedacht, dass es Einbrecher sein könnten!«

»Sie suchen etwas, für das der Woodwalker-Rat eine halbe Million US-Dollar bezahlt hat ... und das in Wirklichkeit unschätzbar wertvoll ist«, sagte James Bridger ruhig und erklärte ihr, was es mit der Löwenfrau und dem Buch des Cherokee-Schamanen auf sich hatte. Dass darin bisher unbekannte

Anleitungen für Woodwalker standen. Dann blickte er Steve Aboyo an. »Weißt du etwas darüber, ob das Buch noch immer in Sicherheit ist?«

»Als ich mit einem neuen Prepaidhandy dort angerufen habe, war noch alles in Ordnung«, versicherte Aboyo. »Aber seit eine etwas unheimliche Fledermaus-Wandlerin in der Gegend herumgefragt hat, machen unsere Leute sich Sorgen, dass ihnen dein Päckchen Unglück bringen könnte. Sie möchten, dass du es möglichst bald abholst.«

An James Bridgers Gesichtsausdruck sah ich, dass das so nicht geplant gewesen war.

Zum ersten Mal mischten sich die Rabenzwillinge ein. »Aber ist das nicht viel zu riskant? Die Youngblood weiß garantiert schon, dass wir hier sind. Ihre Leute werden versuchen, uns zu folgen, damit wir sie direkt zu ihrer Beute führen!«

»Das nehme ich stark an«, sagte James Bridger grimmig. »Deshalb versuchen wir gleich mal, diese Verfolger zu identifizieren. Wir nehmen erst ganz normal am Unterricht und am Ausflug auf den Waterberg teil. Doch Carag, Wing und ich machen uns auf halbem Weg davon ... und schauen dann mal, wer uns folgt.«

»Ah, so was wie ein Köder«, meinte ich. »Gute Idee. Wann kommt eigentlich unsere Verstärkung aus Amerika an?«

»Wahrscheinlich gar nicht«, bekam ich bitter zur Antwort. »An den Flughäfen hat ein Streik begonnen, jede Menge Flüge sind ausgefallen. Die Sicherheitsleute des Rates stecken fest. Sehr wahrscheinlich müssen wir es alleine hinkriegen, das Buch zu holen.«

»Oh, toll.« Hilflos blickte ich ihn an. Das klang nicht gerade beruhigend. Besorgt wanderte ich nach der Besprechung zurück zu meinem Zelt. Immerhin: Wenn irgendjemand Rebecca

Youngblood austricksen konnte, dann mein kluger Kojoten-lehrer.

Ich ging bei einer der Mädchenunterkünfte vorbei, um Tikaani unter dem Sternenhimmel einen Gutenachtkuss zu geben, so was sollte ja unglaublich romantisch sein. Stattdessen glotzten wir die ganze Zeit ungläubig die Mondsichel an, die über uns leuchtete. Sie lag auf dem Rücken und sah eher aus wie eine Schale.

»Das ist eindeutig nicht unser Originalmond!«, beschwerte ich mich.

»Sei nicht albern, der sieht nur so aus, weil wir auf der Südhalbkugel der Erde sind«, brummte Tikaani.

»Weiß ich doch, hältst du mich für einen Wildling?«, fragte ich gekränkt. Erst vor Kurzem hatte mich eine von Millings Verbündeten so genannt, es war ein Schimpfwort für Woodwalker, die mehr Tier als Mensch waren.

»Oh Mann, sei doch nicht so empfindlich«, beschwerte sich meine Freundin und das mit dem Gutenachtkuss fiel aus. Na toll.

Völlig erledigt fiel ich in meine Koje. Frankie und Shadow schnarchten schon, beide brauchten viel Schlaf. »Träum bloß nicht von der Prärie, dieses Feldbett sieht nicht sehr stabil aus«, empfahl ich Brandon.

Mein bester Freund schenkte mir ein verkrampftes Lächeln. »Ich werde von einem wunderschönen Blumengarten träumen«, sagte er in beschwörendem Ton zu sich selbst. »Von einem bunten, leckeren Blumengarten, und ich werde höchstens aus lauter Appetit mein Kissen vollsabbern.«

»Viel Glück«, sagte ich und gähnte.

Doch was mich dann weckte, war nicht das Geräusch eines splitternden Betts. Es klang eher wie ein Rascheln und Knistern und Poltern, das meine feinen Ohren aus der Richtung des Hauptgebäudes auffingen. Ein eiskalter Schreck durchzuckte mich. War das die Sphinx, wollte sie die Schule überfallen und aus uns herauspressen, was wir über das alte Buch wussten? Obwohl hier ein Elefantenbulle über uns wachte?

Ich glitt aus dem Bett und war zu einem Puma geworden, bevor ich den Boden berührte. Auf großen, weichen Pranken schlich ich nach draußen ... und fand dort eine Polarwölfin vor, die wachsam, mit gespitzten Ohren und gesträubtem Nackenfell in Richtung Schule spähte. *Irgendwas passiert da,* flüsterte ich und berührte ihre Schnauze kurz mit meiner. Unser Mini-Streit war vergessen.

Außer uns schien niemand aufgewacht zu sein. Wahrscheinlich war auch kaum jemand so nervös wie ich, weil nur ich wusste, dass eine gefährliche Feindin möglicherweise nicht weit entfernt war.

Gehen wir nachsehen, meinte Tikaani.

Seite an Seite liefen wir los, einen Sandpfad entlang.

Kimberley

An diesem Morgen fand Kimberley ein Kissen vor ihrer Zimmertür. Was sollte das? Da hatte doch wohl nicht jemand geschlafen, oder? Mit spitzen Fingern hob Kim das Kissen an und merkte, dass es auf der Unterseite aufgeschlitzt war. Daunen segelten heraus ... Gänsedaunen.

Es überlief Kimberley kalt. Das war eine sehr deutliche Botschaft und es war klar, von wem sie kam. Die Löwenfrau würde sie dafür büßen lassen, dass sie es nicht geschafft hatte, Carag von der Reise abzuhalten. Kim musste an ihren Bruder Chase denken. Hoffentlich ging es ihm gut, hoffentlich durfte er in Ruhe in die Schule gehen und mit seinen *Avengers*-Figuren spielen.

Wer hatte dieses Kissen hingelegt?! Es bedeutete, dass die Youngblood und Andrew Milling noch weitere »Unterstützer« in dieser Schule hatten. Aber sosehr Kimberley auch grübelte, sie kam nicht darauf, wer es sein könnte. Die anderen in ihrer Klasse waren wirklich nett, seit Paolo weg war, dieser Ameisenlöwe. Dass Oscar, der Lemmingjunge, keinen Mundgeruch mehr hatte, half sehr, weil es dadurch erträglicher in seiner Nähe war.

Kimberley dachte immer noch darüber nach, als sie in der Pause an Tabitha und Felix vorbeiging. Das Fledermaus-Girl mit dem hübschen, ovalen Gesicht und den langen schwarzen Haaren betrachtete gerade kritisch ein Bild im Gang, von dem Kim wusste, dass die Mops-Wandlerin Mrs Parker, ihre Kunst- und Sei-dein-Tier-Lehrerin, es gemalt hatte. Zwar stammte die meiste Kunst an den Wänden der Clearwater High von den Schülern, doch immer mal wieder hängte Mrs Parker über Nacht eins davon ab und präsentierte stattdessen ihre neuste Kreation. Diesmal war es ein Ölgemälde, das einen Mops als Ballerina zeigte, die bei einem Auftritt vor großem Publikum graziös die Pfoten reckte. Ihr blaues Rüschenkleid war mit Juwelen besetzt.

»Sehr schön«, fand Miro. »Aber soll das sie selbst sein? Sie hat doch gar nicht so viel Glitzersteine.«

»Das ist nicht wichtig, aber leider ist die ganze Komposition langweilig und die Ausführung amateuerhaft«, urteilte Tabitha.

Gerade wollte Kim den Mund öffnen, um ihr recht zu geben, da warnte sie irgendein Instinkt.

Zum Glück, denn nur Momente später bog Amelia Parker um die Ecke ... anscheinend hatte sie alles gehört! »Soso, du bist also Kunstkritikerin, Tabitha?«, meinte sie und rauschte mit rotem Gesicht an ihnen vorbei.

»Gut, dass ich nicht noch auf die Farbgebung und die Perspektive eingegangen bin«, sagte Tabitha und seufzte.

»Trotzdem kannst du deine Note in ihren Fächern vergessen, glaube ich«, sagte Felix mitleidig. Kim fand, dass er ein wirklich netter Kerl war, immer hilfsbereit und mit viel Humor. Allerdings konnte er auch ziemlich stachelig sein, wenn er sich zurückgesetzt fühlte oder man einen seiner wunden Punkte traf, zum Beispiel dass er nicht besonders sportlich war.

»Meinst du wirklich, die Parker ist so unfair?«, fragte Kimberley.

Felix warf einen Blick auf den Erstjahresstundenplan. »Das werden wir bald merken, wir haben schließlich nach Englisch noch Sei dein Tier.«

»Stimmt.« Ava lächelte Kimberley zu. Einfach so. Als Kim sich daran erinnerte, wie sie ihr bei der Panikattacke hatte helfen können, wurde ihr ganz warm. Anderen zu helfen, machte deutlich mehr Spaß, als ihnen schädliches Pulver (Kim vermutete, dass es ein Medikament war – ein Blutdrucksenker wahrscheinlich) in die Getränke zu rühren. Jedes Mal, wenn sie an Carag dachte, fühlte sich ihr Gewissen an wie ein Felsbrocken in ihrem Magen. Denn eigentlich fand sie ihn nun doch ziemlich nett.

Wie sie alle befürchtet hatten, tat Mrs Parker die ganze Stunde über so, als sei Tabitha Luft. Und nicht mal besonders wohlriechende. Tabitha meldete sich ausdauernd, kam aber nie dran. »Gib's einfach auf«, sagte Joe, der schon vom Kunst-zwischenfall gehört hatte. Auch seine Worte ignorierte ihre Lehrerin.

Und das war erst der Anfang.

Eigentlich mochte Kimberley die Sei-dein-Tier-Stunden; es war spannend, mehr über die Arten der anderen und den Umgang mit ihrer zweiten Gestalt zu erfahren. Allerdings hatte sie mitbekommen, dass Mrs Parker nicht rasend viel von Flugtieren verstand.

Das merkte in dieser Stunde auch Ava, die eine der Kleinsten in der Klasse war und ein bisschen eulenhaft aussah mit ihren großen Augen und den braun-blond gesträhnten Haaren. Heute war ihre Tierart dran, aber Ava runzelte die Stirn, während sie Mrs Parker zuhörte.

»... und dann stürzt sich der Steinkauz schwungvoll aus der Luft auf seine Beute, häufig eine Eidechse oder einen Käfer ...«

Ava meldete sich. »Über welche Eulenart reden Sie gerade?«

»Na deine.« Ein wenig gönnerhaft blickte die nicht sehr große, rundliche Mrs Parker auf sie herab.

»Aber Steinkäuze jagen viel lieber zu Fuß als aus der Luft«, wandte Ava ein. »Ich kann in zweiter Gestalt so schnell rennen, dass ich sogar eine Maus einhole.«

Mrs Parker schnaubte. »Ein Greifvogel, der zu Fuß jagt? Nein, nein, meine Liebe, das wäre ja lächerlich. Du bist schließlich keine Katze. Glaub mir, du jagst deine Beute aus der Luft.«

»Ja, aber ...«, versuchte Ava zu widersprechen, doch auch sie kam in dieser Stunde nicht mehr zu Wort.

Beim Mittagessen klumpten sich die anderen und Kim zu einer Notfallbesprechung an einem der Tische, der maximal weit von den essenden Lehrern und Lehrerinnen entfernt war.

»Das ist ein klarer Fall von Schülerdiskriminierung«, behauptete Tabitha mit düsterem Blick. »Meine Schulkarriere ist praktisch zu Ende!«

»Ich kenne eine Kur gegen Schwarzseherei«, sagte Bobbie, das Maulwurfmädchen mit der dicken Brille. »Hilf mir mal graben, das kuriert dich, wetten?«

Ein paar der anderen grinsten, auch Mia, die Pumaschwester von Carag.

Juniper dagegen blickte beunruhigt drein. »Stimmt, aber das ändert nichts daran, dass es mit Mrs Parker gerade schwierig ist und unsere Mentoren gerade sehr weit weg sind. Die können uns nicht helfen.«

Ein klarer Fall für unseren Klassensprecher, sagte Terry und hüpfte aufgeregt um sie herum. Eigentlich war es üblich, in Menschengestalt zu essen, doch die Lehrer drückten ein Auge zu, wenn jemandem das noch schwerfiel.

»Genau«, sagte Ava und nun blickten sie alle Jonne an, den blonden finnischen Polarfuchsjungen.

Der nickte ein bisschen überrumpelt. »Äh, ja, stimmt. Was soll ich denn machen?«

»Organisier uns einen Schnellkurs, wie man Lehrer richtig kritisiert«, forderte Joe. »Das ist auch nicht so mein Spezialgebiet, haha.«

Gute Idee. Kimberley wusste, dass Jonne mehr im Kopf hatte als die meisten anderen, vielleicht fand er ja eine Lösung. Richtig viel getan hatte er noch nicht als Klassensprecher, aber es war bisher auch nicht nötig gewesen, weil ihre Mentoren aus dem zweiten Jahr sie unterstützt hatten.

Jonne straffte die Schultern und tauschte einen Blick mit seiner ebenfalls blonden Schwester Lotta (deren verschiedenfarbene Augen Kimberley immer wieder faszinierend fand).

»Okay. Ich informiere mich und dann machen wir ein Treffen zu diesem Thema.«

»Aber bitte ein hochgeheimes«, sagte Tabitha – und genau das wurde an Ort und Stelle beschlossen.

Schräge Gastgeber

Carag

Noch konnten wir nicht erkennen, was die seltsamen Geräusche hervorrief. Angreifer hätten sich bestimmt leiser verhalten, doch das Ganze klang schon so, als würde jemand etwas verstohlen tun. Es lohnte sich auf jeden Fall, das zu überprüfen. Mir fiel ein, dass uns Mr Bridger ermahnt hatte, hier nur mit Taschenlampe nachts durch die Gegend zu laufen. Aber sorry, wie genau sollte ich das machen – sie etwa im Maul halten? Meine Nachtaugen sahen genug.

Eine Eidechse erlitt einen Schock, als wir beinahe auf sie drauftraten, und irgendein kleiner Vierbeiner flüchtete ins Gebüsch, als er uns bemerkte. Näher und näher kamen wir der Quelle der Geräusche, einem kleinen Schuppen etwas abseits des Hauptgebäudes. Meine Tasthaare zuckten, als mir ein unangenehmer Geruch in die Nase stieg und eine fremdartige Witterung gleich dazu.

Tikaani und ich verständigten uns mit Blicken. Geduckt pirschte ich näher an den Schuppen heran, sie schlich von der anderen Seite darauf zu.

Ah, jemand wühlte im halb geöffneten Restmüllcontainer der Schule. Ein braun gemustertes, pelziges Hinterteil schaute daraus hervor. Es gehörte meinem Gefühl nach einem Woodwalker. Ganz langsam entspannte ich mich wieder. *Ähm ... hallo? Was machen Sie da?* Womöglich war das ein Lehrer oder der Hausmeister – besser, ich siezte denjenigen erst mal.

Das Schmatzen und Knistern hörte abrupt auf und wurde durch ein Poltern ersetzt, als der Woodwalker vor Schreck in den Container fiel. Dann erschien durch den halb offenen Schiebedeckel ein verlegenes graubraunes Fellgesicht mit schwarzer Schnauze und großen Ohren. Zum Glück hatten wir vor der Abfahrt afrikanische Tiere durchgenommen – das da war eine Streifenhyäne. Eine Eierschale hing ihr über dem Ohr, auf ihrer Stirn thronte eine Plastikverpackung und an ihrem Maul war noch ein Rest Joghurt. Der Farbe nach die Sorte Himbeer.

Oh, sorry, Leute, hab ich euch geweckt?, fragte eine schuldbewusste Jungenstimme. *Es ist kaum zu fassen, was für gute Sachen unser Koch und Hausmeister wegwirft. Er könnte selbst den Joghurtbecher ausschlecken, aber nein, ab in den Container damit!*

Es war Jimmy Nkondo. Jetzt wussten wir also, was für eine zweite Gestalt er hatte.

Sein Kopf verschwand – und kam mit einem Knochen im Maul wieder zum Vorschein, der so dick war wie mein Handgelenk. *Wollt ihr auch was?,* fragte Jimmy und zermalmte den Knochen ohne jede Mühe mit seinem beeindruckenden Gebiss. Tikaani und ich sahen uns an und beschlossen wortlos, uns mit diesem Mitschüler nie anzulegen.

Nee, danke, wir hatten doch vorhin erst das Festessen, sagte Tikaani, gähnte und streckte sich. Ich fügte hinzu: *Noch viel Spaß und bis morgen!*

Euch auch, wünschte uns Jimmy und jaulte auf, weil der Müllcontainerdeckel von selbst zugeklappt war und seine Pfote eingeklemmt hatte. Ja, falls eine Hyäne ein Pechvogel sein konnte, war er eindeutig einer.

Bis morgen – möge der komische Mond für dich leuchten, sagte Tikaani zärtlich zu mir. *Du schaffst es, beim Ausflug morgen den Spionen der Youngblood zu entkommen, oder?*

So sicher, wie an diesem Tag die Sonne aufgeht, versicherte ich ihr. Und konnte wieder einmal kaum fassen, dass ich so lange gebraucht hatte, um die Verbindung zwischen uns beiden zu erkennen.

Mein Fell zwischen den Schulterblättern kribbelte, als ich mich umschaute. War da nicht eben ein Schatten davongehuscht? Doch, ich war ziemlich sicher, dass ich mich nicht geirrt hatte. Aber bevor ich ihm hinterherrennen konnte, war er schon eingetaucht in die Nacht. Was hatte die Youngblood vor und welche Verbündeten hatte sie hier im südlichen Teil Afrikas?

Ich hatte die dumpfe Ahnung, dass wir das auf die harte Art rausfinden würden.

Am nächsten Morgen, als es noch nicht mal hell war, weckte uns ein unglaublicher Lärm, der nach zwanzig gleichzeitig quakenden Fröschen klang. Wie sich herausstellte, stammte er aber von nicht sehr großen graubraunen Vögeln, die vor unserem Zelt herumliefen. »Ruhe – oder ich fress euch!«, drohte ich ihnen, was rein gar nichts half. Also legte ich mich wieder hin.

»Hat es geklappt, hast du von einem Blumengarten geträumt?«, fragte ich Brandon und schaute hoch zur Zeltwand, durch die das erste Morgenlicht schien.

»Nee«, brummte mein bester Freund. »Davon, dass mich meine Eltern beim Tennis besiegt haben.« Er hatte ein tief sitzendes Trauma von all den Dingen, zu denen ihn seine Eltern gezwungen hatten.

»Bestimmt wäre es dir lieber gewesen, von einer Fledermaus zu träumen, oder?«, zog ich ihn auf.

»Ja klar.« Brandon reckte sich. »Tabitha ist großartig. So tiefgründig und künstlerisch. Glaubst du, ich bin gut genug für sie?«

»Was für eine Frage ... du bist klug, einfühlsam und enorm stark«, versicherte ich ihm ein bisschen empört. »Die Frage ist eher, passt ihr zusammen? Fühlst du dich wohl, wenn du mit ihr zusammen bist? Ich finde, das Wichtigste ist, dass man zusammen lachen kann.«

»Hm«, sagte Brandon und grübelte noch ein bisschen. Uns war beiden klar, dass die Antwort bisher Nein lautete.

Draußen war es noch kühl und die Luft roch klar und sauber. Wir streckten uns, pinkelten hinter dem nächstbesten Busch in den Sand und schauten zum Himmel hoch. »Ich dachte, es ist Regenzeit? Da ist keine einzige Wolke«, meinte ich verwirrt.

Mr Magoro war ebenfalls auf dem Weg zum Frühstück, er hatte gehört, was ich gesagt hatte. »Letzte Nacht hat es geregnet, aber nicht hier. Ich habe ein Gewitter in zweihundert Kilometer Entfernung gespürt.«

Als er Brandons und meinen ungläubigen Blick sah, lächelte er. »Elefanten verständigen sich mit sehr tiefen Tönen. Den Donner nehme ich durch die Fußsohlen wahr, auch wenn er

weit weg ist. Garantiert ziehen schon
Herden meiner Artgenossen
in diese Richtung, um dort
zu trinken und das frische
Gras zu genießen.«
Beeindruckt bedankten
wir uns und gingen weiter
in die Cafeteria.
»Habt ihr schon mitbekommen, dass
die hier ganz andere Fächer haben?«, fragte
Holly beim Frühstück und schlürfte ihren Kakao.
»Medizin zum Beispiel.«
Tikaani horchte auf. »Aber soweit ich weiß, haben
wir jetzt Landeskunde.«
Doch bevor der Unterricht in diesem Fach begann,
gab es erst mal ein gemeinsames Ritual der ganzen
Schule. Alle Kids der Narawandu School versammelten
sich im Innenhof, neugierig stellten wir uns dazu und
hielten uns dabei etwas im Hintergrund.
»*Katcháa*«, raunte Tsepo uns fröhlich zu. »Das heißt
in meiner Sprache ›hallo‹, ›guten Morgen‹ und ›okay‹
gleichzeitig – praktisch, oder?«
»Ruhe bitte! Guten Morgen und schön, dass ihr hier
seid«, übertönte ihn die Schulleiterin und auf ihr Signal
begannen alle zu singen. Da der Text des Songs in Englisch
war, verstanden wir ihn sogar.

Niemand hier muss einsam sein –
denn welches Tier auch immer du bist,
wir sind ein Rudel, wir sind eine Herde.
Ein Rudel, eine Herde, ein Schwarm, oh ja!

»Das ist unser Morgenritual hier«, flüsterte Paula uns zu. »Ganz viele der Schüler sind nämlich Herdentiere oder leben normalerweise in Familiengruppen, wie unsere Zebramanguste zum Beispiel.«

Tsepo nickte. »Wir Erdmännchen auch. Deshalb soll jede Klasse eine Art Ersatzfamilie bilden. Ich find das gut, obwohl die anderen natürlich keine Erdmännchen sind.«

»Und das geht? Zebra mit Gepard und so?«, fragte Tikaani erstaunt. »Ich dachte, Geparden wären Einzelgänger.«

»Klar, sind sie und dürfen sie sein. Von den anderen haben auch nicht alle Lust auf dieses Wir-sind-alle-eine-Herde-Ding und finden es albern.« Fee grinste. »Habt ihr mir eigentlich eine Minzsorte aus eurer Gegend mitgebracht? Das hatte ich in meinen Brief geschrieben. Ich sammle Minzsorten und …«

Es gongte zum Unterricht, bevor ich ihr gestehen konnte, dass ich das mit der Minze vergessen hatte (ja, es hatte in ihrem Brief gestanden).

Es gab fünf luftige, hellgelb gestrichene Klassenzimmer; eins davon war als Chemie- und Physiksaal ausgestattet, ein anderes war die Bibliothek, die gleichzeitig auch Musikraum zu sein schien. Wir zwängten uns in einen der normalen Räume, in dem schon die afrikanischen Zweitjahresschüler hockten. Es war ein mit Blüten, Ranken und Schülerkunstwerken dekorierter Raum mit Pulten und einer Tafel. An der Wand hing eine Weltkarte und eine Karte Namibias. An einer Seite standen fünf Computer mit dem Etikett *Spende des afrikanischen Rates.*

Lächelnde Gesichter blickten uns entgegen und ich freute mich, dass ich nun schon ein paar davon kannte. Dort vorne in der zweiten Reihe saß Paula (gerade nicht als Erdferkel erkennbar), neben ihr die muntere, gut gelaunte Fee und eine

Bank weiter Jimmy, der Schrecken der Müllcontainer. Ilanga, das Flughundmädchen, winkte uns zu, so wie auch der Erd-männchen-Wandler, dessen Namen ich wieder vergessen hatte. Man hätte sie alle für völlig normale Jugendliche halten können. Na ja, wenn man das Fleckenmuster auf dem Arm des ruhigen Mädchens ganz hinten ignorierte und nichts dabei fand, dass auf einem Pult ein Riesentausendfüßler saß, der ein sehr kleines Heft und einen Mini-Stift vor sich liegen hatte.

Den Lehrer, der vorne stand, kannten wir noch nicht. »Erik Sartorius, Gepard – ich unterrichte Menschen- und Landeskunde«, stellte er sich vor. »Es war ein ziemlicher Schock für mich, als unser Elefanten-Wandler mir erklärt hat, dass ich eine zweite Gestalt habe. Ich weiß, einige von euch kennen das Gefühl.«

Ein paar Leute nickten vielsagend, aus unserer Klasse zum Beispiel Cliff, Berta und Brandon. Mir fiel auf, dass ein hoch-gewachsenes Mädchen in der letzten Reihe ebenfalls nickte und dabei bedrückt aussah.

»Ach, T-Tier bin ich gerne ... ich fand es schlimmer, als ich herausgefunden habe, dass ich zur Hälfte M-Mensch bin«, meinte ein muskulöser, stämmiger schwarzer Junge. Ich wusste noch nicht, was er in zweiter Gestalt war. »D-Dort, wo ich herkomme, sind die Menschen ständig damit beschäftigt, gegeneinander zu kämpfen. Wisst ihr, wie t-toll es ist, dass hier Frieden herrscht?«

Wir murmelten alle ein Ja, auch ich und die anderen Leute aus meiner Klasse. Seit dem Tag der Rache wussten auch wir, was Krieg bedeutete.

»Das stimmt. Danke, Adisa«, sagte Mr Sartorius, doch ein anderer Schüler – Ilangas Zulu-Kumpel – blickte ihn herab-lassend an. »Krieger zu sein, ist eine Ehre. Wenn du stark bist

167

und dich wehren kannst, kann niemand dir seinen Willen aufzwingen.«

»Du wirst dir hier trotzdem eine Note erarbeiten, Escoro.« Der Lehrer ließ sich nicht aus der Ruhe bringen. »Oder du verlässt diese Schule, das haben wir dir schon mehrfach vorgeschlagen.«

Wortlos verschränkte der große, schlanke Junge die Arme und blieb sitzen.

Brandon und ich blickten uns ungläubig an. Ernsthaft, die konnten diesen Jungen nicht mal rausschmeißen? Anscheinend nutzte er es bis zum Letzten aus, dass er eine tödliche Schwarze Mamba war.

Als hätte der Junge gespürt, dass wir ihn musterten, wandte er sich um und erwiderte unseren Blick mit ruhigem Stolz.

Der Herr der Gestalten würde es nicht gut finden, wenn du gegen uns kämpfst, wagte Pierre, das Schuppentier, einzuwenden.

Escoro blickte ihn an. »Ach wirklich? Das denkst du doch nur, weil du ihn dir vorstellst, wie du ihn haben willst!«

»Wer ist denn dieser ›Herr der Gestalten‹?«, fragte Nell neugierig und kam damit mir und wahrscheinlich ein paar anderen knapp zuvor.

»Angeblich gibt es in jeder Generation einen Wandler, der sich in jedes Tier verwandeln kann, das er möchte«, sagte Mr Sartorius nachdenklich. »Bisher kamen diese Leute immer aus Afrika, den Grund kennen wir nicht. Gerüchte besagen, dass dieser Herr der Gestalten – oder Herrin, es könnte ja auch eine Frau sein – sogar in unserer Gegend lebt.«

»Oh, wow, wie nussig!« Holly strahlte. »Was heißt ›Gerüchte‹? Können wir den oder die nicht kennenlernen?«

»Wir würden ihn selbst gerne treffen«, versicherte uns Paula. »Es muss unglaublich cool sein, seine Gestalt jedes Mal frei wählen zu können – so, wie man es gerade braucht und worauf man Lust hat ...«

»Leider hat von uns keiner eine Ahnung, wer es ist«, gab Mr Sartorius zu. »Allerdings mischt er sich hin und wieder ein, um Leuten oder Woodwalkern zu helfen, das finden wir natürlich gut.« Er lächelte in die Runde. »Jetzt machen wir erst mal Landeskunde.«

Vielleicht war ich tatsächlich ein Wildling, jedenfalls fühlte ich mich die ganze Stunde über zappelig. Ich wollte da raus, jetzt, dieses Revier erkunden, all diese eigenartigen Tiere selbst sehen. Außerdem hatten wir ja eine Aufgabe. Ich erinnerte mich an den Schatten, den ich gestern Nacht hatte weghuschen sehen. Da wir nicht wussten, welche Gestalt sie hatten, würden wir unsere scharfen Sinne brauchen, um Rebecca Youngbloods Spione überhaupt zu entdecken.

Während ich meine festen Schuhe zuschnürte – die meisten von uns hatten vor, in Menschengestalt mitzuwandern –, sah ich, wie Tikaani sich mit Escoro unterhielt. Der Zulu-Junge lauschte ihr ernst, dann nickte er und sagte leise etwas zu ihr. Die verstanden sich ja wirklich gut. »Habt ihr gerade etwas vereinbart oder so?«, fragte ich Tikaani, als wir nebeneinandergingen.

»Ach, nur dass wir uns heute Abend mal ausführlicher unterhalten wollen.«

»Allein, oder darf man mitmachen?« Es kam wohl ein bisschen spitz raus.

Tikaani wirkte genervt. Dachte sie etwa, ich wäre eifersüchtig? Ich doch nicht! »Wir setzen uns alle ans Lagerfeuer und quatschen, falls das für dich okay ist.« Sie winkte Shadow zu, der als Rabe hoch über uns segelte und die Umgebung abcheckte. »Na, schon ein Nashorn in Sicht?«

Falls das Jeffreys neuer Spitzname ist, dann schon, meinte Shadow, denn das Riechorgan unseres Alphawolfs war nach dem Zwischenfall beim Festessen immer noch ziemlich geschwollen.

»Darf ich bitte, bitte bleiben in der Schule?«, fragte einer der Jungen. Wie sich herausstellte, kam er aus Madagaskar und war in zweiter Gestalt eine Strahlenschildkröte.

Er durfte bleiben.

»Bist du dir sicher, dass du gesund genug bist für diesen Ausflug?«, fragte mich James Bridger besorgt. »Wir haben ja eine besondere Mission, wie du weißt – wir müssen herausfinden, ob wir schon verfolgt werden und von wem.«

Ich war mir sicher.

Dann marschierten wir endlich los.

Pelzlawine
am Waterberg

Ein bisschen Bedenken hatte ich schon, was diesen Ausflug hoch auf den Waterberg anging. Was war, wenn ich wieder mal in Ohnmacht fiel und dann vielleicht einen Steilhang hinunterstürzte? Beunruhigt lauschte ich in meinen Körper hinein und fand (neben einem nervigen Jucken in meinen Haaren) ein kräftig klopfendes Herz und Muskeln, die es genossen, sich mal wieder strecken zu dürfen. Nach und nach vergaß ich meine Bedenken, weil ich mich so gut fühlte, und genoss den Ausflug. Auf dem Wanderweg roch es nach trockenem, von der Sonne durchglühtem Sand und würzigen Blättern. Wirklich steil war es nicht, aber steinig, überall ragten rotbraune Felsbrocken aus dem Boden. Manche der Brocken waren über und über mit Kötteln übersät. Sie stammten von meerschweinchenartigen Tieren, die wir auf den Felsen herumhuschen sahen.

»Oh, wie nieedlich!«, rief Holly ... und kletterte behände einem von ihnen nach.

»Was genau hast du mit den Klippschliefern vor?«, fragte James Bridger misstrauisch.

»Na ja, ich könnte einen von denen als Haustier ... die passen bestimmt prima in meinen Rucksack ...«

»VERGISS ES!«

»Schaut mal!« Lou deutete ins Gebüsch. Ein Stück entfernt sahen wir ein noch deutlich größeres graubraunes Pelztier davonklettern. Rechts von uns spähte eine längliche, hundeartige Schnauze hinter einem Baum hervor, eng zusammenstehende gelbbraune Augen musterten uns.

»Paviane – von denen gibt's hier so einige«, sagte die Verwandlungslehrerin Sirak Jakande, die uns neben dem Landeskundelehrer und James Bridger begleitete (Lissa Clearwater war in der Schule geblieben, um sich mit der Leiterin zu besprechen). Mrs Jakande war, soweit ich mitbekommen hatte, eine Natter in zweiter Gestalt; sie hatte zwei kleine Kinder, die mit ihr in einem Nebengebäude der Narawandu School lebten.

»Die Affen beobachten uns, oder?«, fragte ich sie. Waren Verbündete meiner Feindin Miss Youngblood darunter?

Fee, die Zebramanguste, war es, die antwortete. »Klar. Aber nicht, weil sie uns so toll oder interessant finden, sondern weil wir Essen dabeihaben.«

Als hätten die Paviane gemerkt, dass wir über sie redeten, zogen sich die meisten ein Stück zurück, bis sie außer Sicht waren. Doch eine Mutter mit Baby blieb über uns auf einem Felsen hocken und behielt uns im Blick. Wing flog nah an ihr und den anderen Pavianen vorbei. *Keine Woodwalker*, meldete sie und ich war beruhigt.

»Meine Schwester Imi wandert total gerne, das hier hätte ihr auch Spaß gemacht«, meinte Paula wehmütig.

Mrs Jakande seufzte. »Sie ist nun mal keine Wandlerin, das tut mir ja auch leid, aber ...«

»Wahrscheinlich wäre sie nicht glücklich hier«, mischte Löwenjunge Ben sich ein. »Wenn wir zum Beispiel Sei dein Tier und Verwandlung haben, würde sie sich überflüssig fühlen.«

»Fühlt sie sich nicht wohl an ihrer eigenen Highschool?«, fragte Erik Sartorius. Ich hatte den Eindruck, dass er unter anderem mitkam, um Escoro, den Schlangenjungen, im Auge zu behalten.

»Geht so«, sagte Paula knapp. Ich konnte verstehen, dass sie enttäuscht war, besonders wenn ich an meine eigene Schwester Mia dachte, die zum Glück die Verwandlungsfähigkeit geerbt hatte. Mit einem gequälten Lächeln wechselte Paula das Thema, vielleicht um sich nicht anmerken zu lassen, wie nah ihr das alles ging. »Sagt mal, kennt ihr eigentlich die Comedy-Videos von Elsa Majimbo auf Insta? Die sind sooo gut!«

»Müssen wir unbedingt mal schauen.« Tikaani lächelte sie an.

»Psst! Da vorne sind zwei Dikdiks«, flüsterte Mrs Jakande uns zu und zeigte uns zwei kniehohe hellbraune Antilopen. Auf zierlichen Beinchen staksten die beiden umher, betrachteten uns hin und wieder wachsam und fraßen dann wieder etwas vom Savannenboden.

Mich interessierten nicht nur die Mini-Antilopen. »Haben Sie eigentlich auch in den USA studiert, so wie die Schulleiterin?«, fragte ich die Lehrerin, die ein schlichtes buntes Kleid trug und dazu ausgelatschte Sneaker.

Wehmütig schüttelte sie den Kopf. »Dafür war meine Familie viel zu arm. Sie hatten nicht mal das Geld, um mich auf eine höhere Schule zu schicken. Es ist sehr schön, dass ich trotzdem hier unterrichten darf.«

Stumm nickte ich und hoffte, dass Mrs Okeke nicht auf sie herabschaute – denn Mrs Jakande war ganz sicher so klug wie sie.

Immer mal wieder erklang ein fremdartiger Vogelruf. Wieder einmal tat es mir leid, dass ich in Menschengestalt nicht

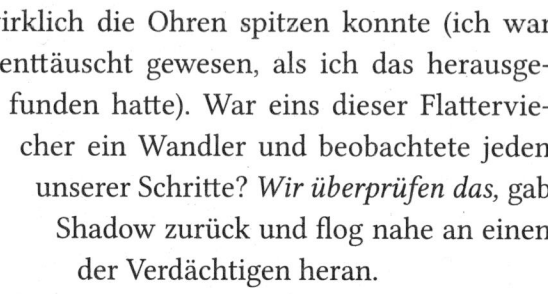

wirklich die Ohren spitzen konnte (ich war enttäuscht gewesen, als ich das herausgefunden hatte). War eins dieser Flatterviecher ein Wandler und beobachtete jeden unserer Schritte? *Wir überprüfen das,* gab Shadow zurück und flog nahe an einen der Verdächtigen heran.

Was überprüft ihr?, fragte eine der afrikanischen Schülerinnen, eine Vogel-Wandlerin, die aussah wie ein lebendes Grafitto. Violetter Hals, weiß-gelblicher Kopf, türkisfarbener Bauch und Schwanz, blaue Flügel mit violettem Rand. So was nannte man anscheinend Gabelracke.

Ach, nichts eigentlich, erwiderte Shadow rasch, weil wir die ganze Sache mit dem Buch noch immer geheim halten mussten. Wahrscheinlich zur Ablenkung flog er über Nell hinweg, die ein bunt gestreiftes Mitbringsel über sich hielt, und zog sie auf: *Hab ich da was falsch verstanden, nennen die Menschen so was nicht Regenschirm?*

»Ach, Shadow«, sagte Nell. »Magst du kurz mal nachdenken? Was ist nicht nass und knallt trotzdem von oben auf uns herab?«

Aha. Gute Idee von ihr. Nur hin und wieder verschafften uns Bäume mit heller Rinde und silbrig grünen Blättern ein wenig Schatten.

Interessiert betrachtete Holly ein einheimisches Erdhörnchen, das auf einem Felsen hockte und seinen Puschelschwanz wie ein Sonnendach über seinen Kopf wölbte. »Hey, gute Idee,

das mach ich auch.« Sie verwandelte sich, über-
ließ es Lou, ihre Klamotten einzusammeln,
und hüpfte federnd voran. *Los, weiter, ich
will nach oben!* Damit sie uns nicht völlig
aus den Augen verlor, sauste sie hin und
wieder einen – diesmal dornenlosen! –
Baum hoch und wieder runter, bis wir sie
eingeholt hatten.

»Prima, dass du vorausläufst, damit lockst
du die Leoparden von uns anderen weg«, sagte
Jeffrey, der knapp hinter dem Hyänenjungen ging. Dann wich
er blitzschnell einer Stinkbombe aus, die Holly auf ihn fallen
ließ. Stattdessen prasselten ihre Köttel dem armen Jimmy auf
den Kopf.

»Holly!«, schimpfte James Bridger.

Zum Glück schien das Ganze Jimmy nichts auszumachen.
»Große Ehre«, sagte er. »Aber nächstes Mal nehme ich auch
einen Schirm mit.«

Über uns zwitscherte ein schwarzer Vogel in einem sehr
elektronischen Ton. Er klang ganz genauso wie dieser Roboter
R2-D2 aus den *Star-Wars*-Filmen. Ich blätterte wild in meinem
Tierbestimmungsbuch. »Das ist ein ... ist ein ...«

»Erstjahresschüler«, sagte Paula und seufzte. »Hau ab, Neyo,
das hier ist unser Ausflug und du hast jetzt eigentlich Mathe!«

Bevor wir es uns versahen, waren wir auf dem Gipfelpla-
teau und hatten einen großartigen Blick über die brettflache,
grün-gelb gefleckte Kalahari unter uns, während der Wind
unsere Haare zerzauste. Wie schnurgerade Striche zogen sich
hier und da Straßen durch die Umgebung, aber viele waren es
nicht.

Noch ahnten wir nicht, was gleich passieren würde. Wir

ließen uns im Schatten einiger Sandsteinfelsen nieder, um zu picknicken. Ilanga und Holly nahmen jeder einen Schluck aus Ilangas Wasserflasche. Die beiden hatten einander ins Herz geschlossen, seit das Flughundmädchen Holly nach ihrem Dornen-Kletterunfall aufgehoben hatte. Ebenso gut schienen sich Lou und das Schakalmädchen Leyla zu verstehen. »Ich fand es gar nicht einfach, Schreiben zu lernen, weil ich meine ersten Jahre als Schakal verbracht habe, aber inzwischen notiere ich dauernd etwas in meinem Tagebuch«, erzählte Leyla gerade.

Mir kam es so vor, als hätte sie mich aus dem Augenwinkel beobachtet, aber wahrscheinlich täuschte ich mich.

Unsere Begleitlehrer packten das Picknick aus, das sie mitgebracht hatten, und kurz darauf schwelgten wir in Chickenwings, *biltong* genannten Dörrfleischstreifen, Schafskäsebällchen, Rohkoststicks, Karamellpudding in Schraubgläsern, Nuss-Mix und anderen leckeren Sachen.

Aber nicht lange. Dann kam eine graubraune Pelzlawine den Hang herunter. Es waren ungefähr zwanzig Paviane und sie wussten genau, was sie wollten. Sie galoppierten auf allen vieren zwischen uns umher, hangelten sich die Bäume hoch und sprangen auf uns herab. Bevor ich michs versah, hatte mir einer der Affen meinen Hühnerschenkel aus der Hand gerissen und rannte damit weg.

»Hey!«, rief ich und wollte den Dieb packen, doch Mr Sartorius stieß einen Warnruf aus. Keine Sekunde zu früh, der Pavian fuhr herum und drohte mir mit aufgerissenem Maul. Erschrocken zuckte ich zurück, weil der Kerl Eckzähne hatte, die ebenso lang waren wie meine als Puma. Oder sogar länger.

Drei andere Paviane griffen gierig in die Dose mit der Rohkost. Sie stopften sich Gurkensticks, gegrillte Kürbisstücke und Paprika ins Maul, bis ihre Backen prallvoll waren. Wir schimpften und versuchten, die ungebetenen Gäste zu vertreiben, aber das brachte überhaupt nichts. Nur dass sie noch lauter grunzten, kreischten und schrien.

»Oh nein, nicht der Pudding!«, rief Fee, denn nun interessierten sich ein paar Jungtiere für unseren Nachtisch. Sie schnappten sich die Schraubgläser, bekamen sie mühelos auf und schütteten sich die Hälfte ins Maul und die andere Hälfte versehentlich übers Fell. Einer tunkte eine Hand hinein und schleckte sie anschließend ab. Sein Affenkumpel erledigte währenddessen den Nuss-Mix.

»Pfoten weg, sonst setzt es was!«, brüllte Sirak Jakande sie an, sie und Erik Sartorius schwenkten Äste, die sie in der Nähe gefunden hatten. Doch die Paviane wichen ihnen einfach aus und schlabberten weiter.

»Die haben überhaupt keine Angst vor Zweibeinern«, stellte Brandon fest und versuchte, sein belegtes Brot zu verteidigen. Vergeblich. Momente später war er brotlos und wütend.

Ein Pavianmännchen mit eindrucksvoller Mähne klaute Frankie ein Käsebällchen und kreischte wütend auf, als er es nicht loslassen wollte. »Gib ihm das Ding besser freiwillig!«, rief ich ihm zu – zu spät, schon war Frankie gebissen worden.

»Aua!«, schrie er, fügte noch einen saftigen Fluch hinzu und hielt sich die blutende Hand.

Das reichte jetzt! Diesmal hatten die Paviane sich die falschen Opfer für ihren Überfall ausgesucht. Wir waren keine Menschen, mit denen sie machen konnten, was sie wollten.

»Denen zeigen wir's«, rief Jeffrey und verwandelte sich fast gleichzeitig in einen großen dunkelgrauen Timberwolf. Tikaani und Cliff folgten seinem Beispiel wenige Momente später. Die Paviane guckten erst verdutzt und dann alarmiert, als auch Jimmy Nkondo sich verwandelte und aus Ben plötzlich ein junges Löwenmännchen wurde. Wahrscheinlich kapierten sie gar nicht, was hier los war. Vor Schreck ließ ein Weibchen mit Baby seine Karottensticks fallen.

Auch ich hatte genug von der Affenshow. Ich streifte meine Sachen ab, konzentrierte mich auf meine Pumagestalt und spürte, wie mein Körper seine neue Form annahm. Kitzelnd spross Fell auf meinen Armen und zwischen meinen Schulterblättern, ich fühlte mein Gebiss wachsen und Tasthaare durchstießen meine Wangen. Ein Pavian, der schon die Pfote nach meinem Stück *biltong* ausgestreckt hatte, überlegte es sich spontan anders.

Noch während ich mich verwandelte, schrie jemand in unmittelbarer Nähe auf, praktisch neben mir. Aber da war niemand, meine Freunde waren ein ganzes Stück entfernt. Wie seltsam. Doch ich zögerte nur kurz, dazu gab es gerade zu viel zu tun.

Los geht's!, rief ich den anderen zu und fuhr die Krallen aus.

Dann demonstrierten wir der Affenhorde, mit wem man sich besser nicht anlegte.

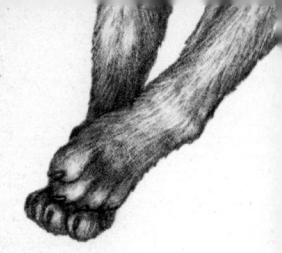

Gefährliches Wissen

Kurz darauf hatten Jeffrey, Tikaani und Cliff das Pavianmännchen, das sich an Brandons Käsesandwich vergriffen hatte, einen Baum hochgejagt, wo es mit gesträubtem Fell und Nicht-mein-Tag-Ausdruck hocken blieb.

Ich sprang zwischen die Jungtiere, sodass Pudding nach rechts und links spritzte, zog die Krallen ein und klatschte sie mit kräftigen Prankenschlägen zur Seite. Kreischend fielen die Affen übereinander und nur einer von ihnen fand den Mut, mir mit aufgerissenem Maul zu drohen. Ich schaute ihm tief in die Augen und fragte ihn wortlos: *Willst du das wirklich, Kleiner?*

Währenddessen verging den drei Rohkosträubern der Spaß an ihrer Beute, als sie sich dem beeindruckenden Gebiss einer Hyäne gegenübersahen und die beiden Zebras sie ihre Hinterhufe spüren ließen. Nachdem einer der Paviane durch die Luft geflogen war, hatten er und seine Freunde es plötzlich sehr eilig.

Noch eiliger hatten sie es, als sich herausstellte, dass das große, ruhige Mädchen aus der letzten Reihe eine Gepardin war und Spaß daran hatte, ihnen gemeinsam mit Mr-Satorius-der-Raubkatze hinterherzujagen. *Du hast sie fast, Okana,* feuerte der Gepardenlehrer sie an. *Pack sie! Ich schnapp sie mir von der anderen Seite!*

Aber was ist, wenn ich sie versehentlich verletze?, fragte Okana besorgt.

Du hast in Sei dein Tier geübt, mit deinen Zähnen umzugehen, kam es zurück. *Jetzt musst du es eben ausprobieren, das war bei mir nicht anders.*

Währenddessen machte sich Mrs Jakande daran, Frankies Hand zu verarzten.

Leider war die Gefahr noch nicht vorbei. Nun waren die Paviane nicht mehr hinter dem Pudding her, aber sie waren in Kampfstimmung, wollten uns zeigen, wem dieses Revier gehörte. Wir riskierten, weitere Bisse abzubekommen.

Einer der wenigen von uns, die sich nicht verwandelt hatten, war Escoro, der Zulu-Junge mit der gefährlichen zweiten Gestalt. »Paviane haben Angst vor Schlangen – los, verwandle dich!«, rief ihm Ilanga zu, doch Escoro reagierte kaum. Mit unbewegter Miene beobachtete er, was geschah, und verzichtete darauf, sich einzumischen. Was vielleicht besser war, wenn ich genauer darüber nachdachte.

Mehrere noch immer kampflustige Pavianmännchen, die die Verwandlungslehrerin beißen wollten, mussten erleben, dass sie von Brandon aufs Horn genommen wurden. Doch ganz so einfach machten die Paviane meinem Freund den Sieg nicht, sie klammerten sich an seinem lockigen Fell fest. Auf einmal kletterten sechs oder sieben Affen auf ihm herum.

Kann mir bitte mal jemand helfen?, ächzte Brandon.

Komme gleich, antwortete ich und kürzte meinen Kampf mit den Jungtieren ab, indem ich den Anführer ansprang und kurz im Genick packte. Danach hatte auch er genug. Nun konnte ich herumwirbeln und zu meinem Freund rennen.

Muss das sein?, beschwerte der sich, als ich ihm ebenfalls auf den Rücken hüpfte, aber ich sandte nur ein kurzes *Ja!* zurück.

Obwohl meine noch nicht ganz verheilte Rippe stach, konzentrierte ich mich auf seine Passagiere. Ich fauchte ihnen eine Warnung in die halb menschlich, halb hündisch wirkenden Gesichter, dann griff ich an. Affen purzelten von Brandon herunter, sodass ich nur noch ihre roten Hinterteile sah. Sie flohen zwischen die Felsen und das schien endgültig das Signal für den Rückzug gewesen zu sein, denn nun gaben auch alle anderen Paviane auf.

Genau, haut ab! Der Gorillaschüler richtete sich auf und trommelte sich auf die Brust, was noch ein bisschen ungelenk aussah. *Der Waterberg ist unser Revier, klar?*

Oh, schau mal, hier liegt dein Brot, Brandon, jubelte Holly und brachte es seinem Besitzer zurück. *Es ist nur ein kleines bisschen angefressen. Ich bin nur ganz kurz draufgetreten und die Rindenstücke kann man bestimmt mitessen.*

Mein Freund brummte: *Oh, danke. Weißt du, was – ich schenke es dir.*

Doch Holly war schon wieder ganz woanders und damit beschäftigt, die verstreuten Snacknüsse einzusammeln. Nicht alle landeten wieder in dem Einmachglas.

Während alle abgelenkt waren, war die Gelegenheit für Bridger, die Raben und mich günstig, uns abzusetzen. Ganz kurz legte ich mich auf meinen Klamottenstapel, um auszuruhen und die Lage zu peilen. Als ich sicher war, dass meine Freunde bis auf Frankie unverletzt waren, schickte ich Tikaani einen liebevollen Abschiedsgruß in den Kopf, während James Bridger den beiden afrikanischen Lehrern zunickte. Sie wussten offensichtlich Bescheid – gut so, sie und die anderen sollten sich ja keine Sorgen machen. Brandon hatte einen Rucksack dabei, er konnte meine Klamotten mit zurücknehmen zur Schule.

Dann zogen Bridger (noch immer in Menschengestalt), Wing und ich uns leise zurück. *Ich bleibe hier, kann Frankie jetzt nicht allein lassen,* sagte Shadow, setzte sich seinem verletzten Freund auf die Schulter und streichelte mit dem Schnabel sein Ohr. Wing blickte ein bisschen enttäuscht drein und zögerte einen Moment lang, doch dann wandte sie sich ab. *Versteh ich,* sagte sie nur.

Bis später, flüsterte ich Shadow in den Kopf.

Ab jetzt waren wir ein Köder für unsere Feinde. Falls Rebecca Youngblood uns überwachen ließ, dann würden ihre Leute uns folgen müssen, denn wir waren diejenigen, die über das alte Buch des Cherokee-Schamanen Bescheid wussten. Nein, wir wollten das Buch natürlich noch nicht holen – wir taten erst mal nur so.

Mit langen Schritten ging James Bridger voran und schaute hin und wieder auf den Kompass, den er eingesteckt hatte. Ich lief neben ihm entlang über die rotgelbe Erde, die sich so ungewohnt heiß unter meinen Pfoten anfühlte, witterte in alle Richtungen und hielt hin und wieder an, um zu lauschen. Nichts Verdächtiges bisher. Etwas beunruhigt betrachtete ich die Fußspuren, die seine Cowboystiefel hinterließen, und meine Pfotenabdrücke. Spuren konnten zum Problem werden, wenn wir in ein paar Tagen wirklich das geheimnisvolle Buch holen wollten. Es war besser, wir fuhren mit dem Auto zu demjenigen, der das Ding verwahrte.

Wing drehte ihre Kreise am Himmel und setzte sich alle paar Minuten in einen Baum, um Ausschau zu halten. *Keine Verfolger, soweit ich erkennen kann,* flüsterte sie uns in den Kopf.

»Seltsam«, murmelte James Bridger. »Ich hätte schwören können, dass die Leute der Youngblood uns um jeden Preis auf der Spur bleiben würden. Aber ich sehe auch niemanden.«

Ich nutzte die Chance, um ihn das zu fragen, was schon die ganze Zeit an mir nagte wie eine Taschenratte an einer Wurzel. *Mr Bridger ... Sie haben damals im Flugzeug doch die ganze Zeit über in dieser ersten Übersetzung gelesen, die wir aus der Cherokee-Stadt abgeholt hatten. Bevor Sie sie verbrannt haben, sodass nur noch das Originalbuch übrig geblieben ist. Was waren denn so für Formeln in diesem Buch?*

»Ganz verschiedene«, versuchte er auszuweichen, doch ich ging um ihn herum und sah ihm fest in die Augen. *Dieses alte Buch bringt uns alle in Gefahr. Ich habe ein Recht darauf, es zu erfahren, finde ich.*

»Stimmt.« Mein Lieblingslehrer sah ein wenig beschämt aus. »Entschuldige, Carag. Wenn ich dir nicht mehr vertraue, wem dann?« Er blickte hoch zu Wing. »Und das Buch ist Shadows und dein Erbe, ihr habt ein Recht darauf, es auch zu hören.«

Also setzte er sich unter einem Baum in den Schatten, dort, wo die Abdrücke zierlicher Hufe verrieten, dass schon andere Tiere sich hier ausgeruht hatten. Ich streckte mich als Puma eine Armlänge entfernt aus, nachdem ich ein paar scharfkantige Steine mit der Pfote weggeschoben hatte. Wing landete auf einem niedrigen Zweig.

Abwesend hob James einen Stein auf und drehte ihn in der Hand. »Soweit ich gelesen habe, waren darin zum Beispiel Anleitungen, wie ein Woodwalker seine Gestalt wechseln kann oder wie man sich zu einem Tripel-Wandler – also jemanden mit zwei Tiergestalten – machen kann.«

Aufgeregt stieß ich den Atem aus und wie von selbst gruben sich meine Krallen in den Sand. *Das ist ja katzig.* Schon begann ich zu träumen, welche Tiergestalt ich noch gerne hätte – wollte ich als Adler durch die Wolken segeln wie Lissa Clearwater oder als Delfin durch die Wellen tauchen so wie Shari aus der Blue Reef High? Nein, das Meer war mir zu nass, aber der Himmel lockte mich schon.

»Außerdem habe ich da eine Anleitung gelesen, mit der man jemandem überhaupt erst eine zweite Gestalt geben kann«, erklärte Bridger. »Aber es sind auch ein paar sehr üble Formeln

in diesem Werk, zum Beispiel die, wie man jemandem die Lebenskraft herauszieht, jemandem die zweite Gestalt wegnimmt oder jemanden mit Gewalt daran hindert, von Kopf zu Kopf zu sprechen. Letztere Methode kennen wir so ähnlich schon, daraus haben wir die Gedankendämpfer gemacht, die in Sunny Meadows ...«

Ein Schauer überlief mich. Also konnte die Youngblood, wenn sie das Buch in die Hände bekam, ihre Drohung wahr machen, mir meine Pumagestalt zu stehlen. Ich versuchte, mir vorzustellen, wie mein Leben ohne Verwandlungen aussehen könnte, und schaffte es nicht. Nur ein Mensch zu sein, würde mir niemals reichen.

Aber noch wissen wir nicht, ob die Formeln überhaupt funktionieren, oder?, fragte ich ihn, klammerte mich an diese kleine Hoffnung.

»Das stimmt.« Mein Lieblingslehrer blickte mich nachdenklich an. »Die, die ich in der kurzen Zeit lesen konnte, klangen plausibel. Aber selbst wenn sie wirken, manche sind vielleicht auch unwirksam, weil einzelne Worte im Buch unleserlich sind oder so etwas.«

Sie haben sich ein paar der Formeln gemerkt, stimmt's?, fragte ich Bridger ganz direkt.

»Ja, habe ich«, gab er zu und obwohl ich schon damit gerechnet hatte, stockte mir kurz der Atem. Hätte die Youngblood das geahnt, hätte sie noch viel heftiger versucht, dieses Wissen aus ihm herauszubekommen.

Welche?, krächzte Wing aufgeregt.

»Hört mal, Leute, es ist keine gute Idee, überhaupt darüber zu diskutieren.« Diesmal klang James Bridgers Stimme fest. »Wie diese Formeln verwendet werden sollten, darf nur der Rat entscheiden.«

Ja, natürlich war ich enttäuscht. Aber ich hatte auch nicht wirklich damit gerechnet, dass er sie uns beibringen würde. *Na gut*, sagte ich. *Wollen wir weiter?* Es war noch immer schrecklich heiß und mein Lehrer schüttete sich etwas Wasser aus seinem Vorrat in die Handfläche, damit ich es aufschlabbern konnte.

Wir marschierten in einem weiten Bogen durch die Kalahari und ich muss gestehen, dass ich nicht nur darauf achtete, ob wir verfolgt wurden. Alle paar Minuten schnupperte ich an einem Stück Dung – von wem stammten diese fingernagelgroßen dunklen Köttel? Sie rochen nicht nach Hase –, untersuchte eine Fährte oder betrachtete eine eigenartig geformte Pflanze. Überall ragten etwa menschenhohe erdfarbene Gebilde auf und ich stemmte die Pfoten dagegen, um sie genauer in Augenschein nehmen zu können. Wing landete auf der Spitze und pickte daran herum. *Hart wie Stein! Was ist das?*

»Ein Termitenbau«, sagte James Bridger. »Habt ihr schon mitbekommen, dass auch ein Termitenmädchen in der Zweitjahresklasse ...«

Da ist jemand!, meldete Wing und stieß ein Krächzen aus.

Sofort waren wir in Alarmbereitschaft – und keinen Moment zu früh. Lautlos schritt eine riesige Gestalt aus dem Unterholz, nicht grau diesmal; seine runzelige Haut war mit rotem Sand gepudert. Eine Tarnung? Es war Kiano Magoro, der Lehrer mit der Elefantengestalt. Obwohl er hoch über uns aufragte, hatte er sich absolut lautlos bewegt, lautlos wie ein Geist. Das war mir ein bisschen unheimlich. Was machte der hier? Wir waren noch ein ganzes Stück von der Schule entfernt!

Na so was, ich hätte nicht gedacht, dass wir uns hier begegnen, sagte Mr Magoro, schlang den Rüssel um einen Dornenzweig, riss ihn ab und steckte ihn sich ins Maul. Aber mir fiel auf, dass er nicht wirklich überrascht gewirkt hatte. Er hatte gewusst, dass wir hier waren. Hatte er uns im Blick behalten, war *er* der Spion von Rebecca Youngblood und Andrew Milling? Das gab mir einen Stich ins Herz, denn eigentlich mochte ich diesen Lehrer. Es war so nett gewesen, wie er sich für Brandon eingesetzt hatte.

Aber wer nett wirkt, muss nicht nett sein – das sollte ich allmählich kapiert haben, dachte ich und war auf der Hut, als wir dem Koloss zurück zur Narawandu School folgten.

Trommelmagie

Tikaani

Frankie hatte offensichtlich Schmerzen, der Biss sah nicht gerade schön aus. »Ich würde sagen, da kommt gleich 'ne Ladung Desinfektionsmittel drauf«, sagte Tikaani und hätte ihn am liebsten selbst verarztet – in ihrem Dorf hätte sie das auch tun dürfen. Doch natürlich traten hier sofort die Lehrer in Aktion. Jedenfalls wühlten sie in ihren Rucksäcken. »Hast du das Erste-Hilfe-Set eingepackt?«, fragte Mrs Jakande Erik Sartorius.

»Nein, ich dachte, *du* hättest es«, meinte der und dann verzogen beide das Gesicht und sahen sehr, sehr verlegen aus. Tja, es war eben niemand perfekt. Sofort zückte Mr Sartorius sein Funkgerät (Handyempfang gab's hier keinen) und rief die Schule. Kurz darauf kam die junge, sportliche Lehrerin Miss Jonassen, die auch Tierärztin war, den Wanderweg hochgeeilt. Die war Tikaani beim Kennenlernen sofort sympathisch gewesen, weil sie so natürlich und humorvoll wirkte.

»Pavian-Pech, na so was. Lass mal sehen«, sagte sie zu Frankie und schaute sich seine Hand an. »Ah. Okay. Wir verlegen einfach unseren Medizinunterricht hierher. Willst du westliche Heilkunst oder afrikanische?«

Frankie wirkte neugierig. »Ich probier's mal mit afrikanischer.«

Tikaani war gespannt. Sie hatte erwartet, dass Miss Jonassen nun ihren Rucksack auspackte, doch stattdessen fragte sie in die Runde: »Welche Heilpflanze haben wir neulich durchgenommen?«

Mehrere Leute aus der Klasse rannten in verschiedene Richtungen davon. Das Schakalmädchen flitzte los und kam mit einer Handvoll eines struppig wirkenden Krauts zurück. Es hatte stachelartige Blätter, die wie ein Strahlenkranz am oberen Teil der drei Stengel saßen. »Hier, reicht das?«

»Sehr gut, Leyla«, lobte Miss Jonassen sie, während Tikaani ihr gespannt über die Schulter schaute. »Das ist *Bidens pilosa*. Ein sehr nützliches Kraut, das hier in Namibia überall wächst.«

Schon machte sie sich daran, die Blätter zu zerreiben und mit Salbengrundstoff zu vermischen. »Es hat antibakterielle und antifungizide Eigenschaften, wirkt also auch gegen Pilzerkrankungen.«

»Hier, brauchen Sie das auch?« Das sehr dünne Wüstenfuchsmädchen reichte ihr Blätter und Stängel mit schmalen hellgrünen Blättern.

»Wildes Basilikum, das haben wir auch neulich in der Medizinstunde besprochen«, erklärte die junge Ärztin, zerdrückte die Blätter und legte sie auf Frankies Wunde. »Das lindert die Schmerzen. Als Tee würde es einen verkrampften Magen beruhigen.«

Interessiert betrachtete Frankie den grünbraunen Brei auf seiner Hand. »Riecht gut. Brandon würde das wegsnacken, wenn man ihn nicht dran hindert.«

Brandon schnaubte.

»Ist noch jemand verletzt?«, rief Erik Sartorius währenddessen in die Runde.

Ein sehr zierliches Mädchen kam zu Wort. Soweit Tikaani mitbekommen hatte, war sie in zweiter Gestalt eine Termite, ein winziges Insekt. Sie sagte etwas in einer afrikanischen Sprache und Jimmy übersetzte: »Sie hat wunde Füße und fragt, ob das als Verletzung gilt.«

»Na klar. Sucht mir jemand Blätter vom Kampferbusch, bitte?«, bat Lilly Jonassen die Klasse. Als hätte er es vorhergesehen, erschien Tsepo, der Erdmännchenjunge, mit zwei Händen voll silbriger Blätter, die sich ölig anfühlten und scharf-würzig rochen, als Tikaani eins davon zwischen den Fingern zerrieb.

Ruck, zuck hatte die junge Lehrerin daraus eine Paste fabriziert, die sie auf den entzündeten Fuß schmierte. »Hilft als Tee übrigens auch gegen Fieber und Husten.«

Tikaani war fasziniert. Dieses karge, trockene Land schien eine einzige Apotheke zu sein! Und das war auch gut so, denn hier war weit und breit keine richtige Apotheke in Sicht und der nächste Arzt wahrscheinlich hundert Kilometer entfernt. Jedenfalls wenn man Glück hatte, es konnten auch locker dreihundert sein.

»Magst du den Fuß bandagieren?«, fragte Miss Jonassen Escoro. Doch der Junge schüttelte den Kopf und blickte Tikaani an. »Wieso lassen Sie das nicht Tikaani machen? Sie interessiert sich dafür.«

Es gefiel ihr, dass dieser Junge sich schon ihren Namen gemerkt hatte.

»Stimmt«, sagte Tikaani und machte sich daran, dem Termitenmädchen (Grace hieß es) behutsam, aber fest eine Bandage um den Fuß zu wickeln. Zum Glück erinnerte sie sich noch daran, was sie beim Praktikum im Krankenhaus gelernt hatte. Grace warf ihr einen dankbaren Blick zu.

»Sehr gut, das sieht stabil aus«, meinte Lilly Jonassen überrascht. »Du hast so was schon mal gemacht, oder?«

Tikaani nickte und freute sich über das Lob. Und als sie weitergingen, flüsterte sie Lou ins Ohr: »Wieso haben wir eigentlich keine Schulsanitäter in der Clearwater High? Wir könnten das doch mal einführen!«

»Coole Idee!« Lou sah sofort begeistert aus. »Ich schlage es vor, sobald wir wieder daheim sind – schließlich bin ich Klassensprecherin.«

Als sie sich nach einem Abstecher zu einer Gedenkstätte auf den Rückweg machten und wieder der Schule näherten, ging Escoro – der Schwarze-Mamba-Junge – wie durch Zufall neben ihr. Tikaani sah ihn nur kurz an und nickte ihm zu, aber es fühlte sich gut an, dass er da war. Angst hatte sie keine vor ihm.

Wo Carag nun war? Ging es ihm gut? Tikaani merkte, wie ihre Augen nach ihm suchten, doch wahrscheinlich war er schon viele Kilometer weit weg. Noch immer wusste sie nicht genau, was für eine Geheimmission er, Bridger und die Raben hier hatten – er durfte sie nicht einweihen, das wurmte sie ein bisschen.

Als sie nach dem Abendessen gemeinsam am Lagerfeuer saßen und ihre Klasse und die afrikanischen Schüler in kleinen Grüppchen miteinander schwatzten, sagte Escoro plötzlich zu ihr: »Kannst du trommeln?«

Verlegen winkte Tikaani ab. »Ich bin nicht gut darin.« Nach der Pleite in ihrem Dorf neulich hatte sie wenig Lust, damit weiterzumachen. Sonst würde sie sich hier auch noch blamieren.

»Dann trommle ich und du tanzt«, schlug Escoro vor.

Als Einzige tanzen und dabei angeglotzt werden? Das war noch schlimmer! Doch schon holte jemand ein Drum-Set, das selbst gebaut aussah, eins der Teile bestand aus einer bunt besprühten Blechdose, ein anderes aus zwei Topfdeckeln. Andere Narawandu-Schüler waren aufgesprungen, sangen und begannen, sich im Rhythmus zu bewegen. Das war der schnellste Beginn einer Party, den Tikaani je erlebt hatte!

Aus seiner Unterkunft holte Escoro für sich eine hölzerne Trommel, die an den Seiten aufwendig mit geschnitzten Schlangen verziert war. Er reichte ihr eine zweite Trommel und begann zu spielen. Auf eine Art, die sie mitriss, ob sie wollte oder nicht. Schon begannen ihre Hände sich ebenfalls zu bewegen, seinen Rhythmus nachzuahmen, zu ergänzen, darauf zu antworten.

Der Klang zog sie in eine andere Welt. Tikaani vergaß alles andere, nur dieser bebende Herzschlag der Trommeln zählte noch. Als Escoro aufsprang und zu tanzen begann, machten ihm alle anderen respektvoll Platz. Er tanzte wie in Trance, mit wilden Sprüngen und Drehungen. Schweiß glänzte auf seiner Haut.

Und ihre Trommel wies ihm den Weg, schenkte ihm die Trance, in der er sich eine Weile verlieren konnte.

»Wieso denkst du, dass du es nicht kannst?«, fragte er nur, als er sich wieder setzte.

Tikaani wusste es selbst nicht mehr. »Danke«, sagte sie nur und Escoro schenkte ihr ein kurzes Lächeln. Sie hatte das Gefühl, dass er nicht sehr oft lächelte. Was ihm wohl passiert war im Leben?

Ah, da kam Carag! Ein warmes Gefühl überschwemmte sie vom Scheitel bis zu den Zehenspitzen. Auch er sah aus, als könnte er kaum erwarten, sie zu küssen – aber dann warf er einen skeptischen Blick auf Escoro, der neben ihr saß, und tat es doch nicht.

Also schnappte Tikaani ihn sich und küsste ihn ihrerseits.

»Das fühlt sich *sehr* katzig an«, flüsterte Carag und drückte sie an sich. Na also, ging doch.

Als es sich alle, erschöpft und zufrieden, wieder gemütlich gemacht hatten, erklärte Ilanga: »Solche Tänze können dazu dienen, sich mit seinen Ahnen zu versöhnen. Meine Mutter macht solche Zeremonien oft.«

Das Flughundmädchen hatte tiefdunkle Haut und ruhige dunkelbraune Augen. Es gefiel Tikaani, dass sie so in sich ruhend wirkte.

»Ist sie eine Geistheilerin oder so was?«, fragte Holly neugierig.

»Nicht nur Geist, auch den Körper.« Ilanga wirkte sehr stolz. »Sie ist eine Sangoma in unserer Xhosa-Gemeinschaft.«

»Ich ...« Holly zögerte und Tikaani blickte sie neugierig an. »Vielleicht bräuchte ich so was. So eine Zeremonie. Ich frage mich immer öfter, ob ich meinen Silver-Eltern sagen soll, was und wer ich wirklich bin. Aber ich weiß es nicht! Soll ich oder soll ich nicht? Vielleicht wäre das meinen richtigen Eltern gar nicht recht. Irgendwann reißt mich das kaputt wie ein morsches Blatt.«

Das tat Tikaani schrecklich leid, sie konnte so gut verstehen, wie schwer das für Holly war. »O Mann, du Arme«, sagte auch Carag. »Wirklich eine harte Entscheidung.«

»Es gibt silberne Eltern?«, fragte Paula Aboyo fasziniert und sie mussten ihr erst mal erklären, dass Hollys Eltern gestorben waren, sie im Waisenhaus gelandet war und von dort aus zu ihnen auf die Schule gekommen war. Die Silvers, ein Ehepaar aus Jackson, hatten Holly als Rothörnchen gefüttert und sie auf den Namen Sunday getauft. Später hatten sie Holly in erster Gestalt kennengelernt und adoptiert, doch sie wussten nicht, dass Hörnchen und Mädchen dieselbe Person waren.

»Ich habe Angst, dass es ein furchtbarer Schock für sie wird, dass ich kein Mensch bin, und sie mich rauswerfen«, seufzte Holly und die afrikanischen Schüler lauschten mitfühlend.

»Vielleicht k-könntest du zum Herrn der G-Gestalten beten«, schlug Adisa, der Gorillajunge, vor.

»Blödsinn, der ist doch kein Gott, sondern nur ein besonderer Woodwalker«, wandte Fee ein.

»Morgen Abend mache ich eine Zeremonie mit dir, Holly«, sagte Ilanga fest. »Ich bin zwar keine Sangoma, aber ich weiß, wie die Zeremonien ablaufen. Du nimmst Kontakt mit deinen Ahnen auf ... und danach weißt du, was du tun musst.«

»Wieso starrt ihr mich alle so an?«, beschwerte sich Holly, blickte in die Runde und zog eine Grimasse. »Wenn ihr das weiter macht, sage ich euren Ahnen, sie sollen euch unsichtbar in die Suppe spucken!«

»Wenn sie es unsichtbar machen, ist es mir egal«, sagte Jeffrey grinsend.

Frankie hob seine Hand. »Hab ich euch eigentlich erzählt, dass meine Hand sich schon viel besser anfühlt?«

»Prima, darf ich dann die restlichen Heilkräuter fressen?«, fragte Lou und Tikaani empfahl ihr, sie einfach auf der nächstbesten Wiese abzuweiden. »Nee, mache ich nicht, da liegt ein Schädel herum«, kam zur Antwort und das mussten sie natürlich gleich auskundschaften.

Tatsächlich, nur etwa eine Baumlänge von der Schule entfernt lag ein weiß gebleichter Schädel komplett mit gedrehten Hörnern.

Ein bisschen beklommen starrten die anderen und Tikaani das Ding an, bis Paula, das fantasybegeisterte Erdferkelmädchen, vorbeikam. »Was schaut ihr denn so? Keine Sorge, das war kein Schüler, sondern ein fremder Kudu.«

»Warum liegt das Ding dann hier?«, fragte Jeffrey und holte mit dem Fuß aus, als wolle er dagegenkicken. Cliff und Tikaani reagierten gleichzeitig und hielten ihn zurück.

»Um uns daran zu erinnern, dass das Leben kurz sein kann, wenn man unvorsichtig ist«, sagte Paula, blickte Jeffrey an, drehte sich um und ging zurück zu den Unterkünften.

Danach gab es nicht mehr viel zu sagen. Wing und Nell verzogen sich gähnend in ihr Zelt.

Tikaani machte sich Sorgen wegen Holly. Es war aus gutem Grund verboten, Menschen zu offenbaren, dass es Wandler gab. Was würde diese Zeremonie ergeben? Wenn ihre Hörnchenfreundin sich dadurch entschied, den Silvers alles zu erzählen, und die durchdrehten, dann waren die Köttel buchstäblich am Dampfen.

Andrew Milling

Das Leben konnte kurz sein, wenn man unvorsichtig war. Und er war unvorsichtig gewesen. Er hatte nicht wie üblich versucht, seine wichtigste Verbündete Rebecca Youngblood zu kontaktieren, die anscheinend gerade in Afrika war und nicht so richtig vorankam mit den Plänen, ihn zu befreien. Sondern er hatte einem seiner Verbündeten eine Nachricht an diese Python-Wandlerin aus Florida – Lydia Lennox – mitgegeben. Sie war immerhin Juristin ... vielleicht konnte sie auf irgendeine Art Druck auf den Rat aufbauen? Ihn mit irgendwelchen Anwaltstricks freibekommen? Doch die Nachricht, die ihn schließlich per Fledermaus erreichte (auf einem winzigen Zettel notiert und über seiner Zelle abgeworfen), war ernüchternd.

Sehr geschätzter Mr Milling,
wir arbeiten alle mit Hochdruck an Ihrer Befreiung, meine Kollegin und auch ich. Bitte seien Sie doch so höflich, geduldig zu bleiben. Wir kriegen Sie da raus, das garantiere ich Ihnen.
Hochachtungsvoll, Lydia Lennox

Ein Fauchen entwich seinem Maul. Für diesen unverschämten Ton würde er sie büßen lassen, sobald er frei war!

Andrew Milling versank in seinen Tagträumen, wie er die Menschheit bestrafen würde, sobald er die Chance hatte. Sie würden bitter bereuen, was sie seiner Familie angetan hatten und wie sie die Natur behandelten!

Mein zweiter Tag der Rache wird sehr viel blutiger werden als der erste ... und was schadet es, wenn auch ein wenig Pythonblut dabei ist?

Verdammter Zettel. Er hatte nicht gerade viele Möglichkeiten, das Ding loszuwerden, bevor seine Wächter ihn entdeckten. Eigentlich nur eine einzige.

Papier schmeckte scheußlich! Er hatte es sich fast gedacht.

Traum und Schaum

Carag

Als wir zur Narawandu School zurückkamen, dämmerte es schon. In meinem Zelt stürzte ich erst mal einen Liter Wasser hinunter, ich war ziemlich ausgedörrt. Die anderen waren schon länger zurück, ich fand sie gemütlich um ein Lagerfeuer herumsitzen – anscheinend hatten die afrikanischen Woodwalker nicht so viel Angst vor Feuer wie wir.

Es war herrlich, Tikaani wiederzusehen; der Widerschein der Flammen auf ihren Haaren sah wunderschön aus.

Ohne große Begeisterung sah ich, dass Tikaani neben Escoro saß. Ja, okay, ich war eifersüchtig, aber ich schaffte es, mir nichts anmerken zu lassen.

»Ich erzähle dir gleich mal, was du verpasst hast«, bot Brandon an. »Bei einem alten Friedhof hat uns Mr Sartorius was über die Geschichte des Waterbergs erzählt. 1904 hat hier eine heftige Schlacht stattgefunden zwischen Deutschen, die Namibia damals beherrschten, und Leuten aus dem Herero-Stamm. Die haben sich wegen der Schikanen gegen sie aufgelehnt.«

»Es ist richtig viel Blut geflossen – die Deutschen haben auf alle Herero geschossen, egal ob Männer, Frauen oder Kinder.« Holly sah bedrückt aus. »Wer noch lebte, ist in die Kalahari-

Wüste geflohen, doch dort sind die meisten verdurstet. Fast der ganze Stamm ist damals ausgelöscht worden, fast 60.000 Menschen.«

»Sartorius meinte, er versucht, die Erinnerung wachzuhalten, weil er selbst von Deutschen abstammt«, meinte Lou.

»Finde ich auch richtig so«, sagte Leyla. »Ich bin übrigens Herero. So wie Mrs Jakande auch. Aber ich hasse die Deutschen, die heute leben, nicht. Schließlich ist sehr lange her, was hier am Waterberg geschehen ist.«

Das fand ich gut – sonst wäre aus ihr vielleicht jemand geworden wie Andrew Milling. Der war sicher kein übler Kerl gewesen, bevor sein Leben zerbrochen war und er sich in seinen Hass hineingesteigert hatte. Manchmal konnte ich ihn fast verstehen, aber ich dachte trotzdem nicht gerne an ihn und hoffte, dass er sicher eingesperrt war.

An diesem Abend stand in Lous schöner, geschwungener Schrift im Sand vor der Schule geschrieben:

Hass vergiftet das Herz – Verzeihen heilt es

Bevor wir uns alle ins Bett verzogen, nahm Bridger mich und die Raben beiseite und flüsterte uns zu: »Weil unsere Verstärkung nicht gekommen ist, hatte ich eigentlich vor, das Buch von einem Mitarbeiter des afrikanischen Rates abholen und zu einem neuen Versteck bringen zu lassen. Also von jemandem, den die Youngblood nicht kennen kann.« Er seufzte. »Doch nun hat der af-

198

rikanische Rat beschlossen, dass sie das Buch, wenn sie es holen sollen, erst mal ein Jahr lang selbst prüfen wollen. Das hat unser amerikanischer Rat abgelehnt, schließlich hat er das Ding gekauft und es stammt aus den USA.«

»Wir riskieren es also? Wir holen das Buch selbst?«, fragte Shadow aufgeregt, seine Augen glänzten. Er war der draufgängerische der Zwillinge, im Vergleich zu ihm war Wing vorsichtig.

Bridger nickte. »Morgen dürft ihr den Unterricht schwänzen, weil wir dann nämlich das Werk abholen und hier in der Nähe sicher unterbringen.«

Mein Herz schlug einen Trommelwirbel. *In Ordnung*, sagte ich, obwohl ich mir Sorgen machte, dass uns die Youngblood auf die Spur kommen könnte. Schade, dass wir morgen nicht da sein würden, denn wir hätten eigentlich beim Verwandlungsunterricht mitmachen sollen. Ich hätte zu gerne gesehen, wie gut die afrikanischen Zweitjahresschüler waren und ob sie irgendwelche Tricks kannten.

Doch es kam alles ganz anders. Am nächsten Morgen gleich nach Sonnenaufgang, als meine Freunde gerade aufwachten, rief jemand »Hallo?« vor meinem Zelt. Halb angezogen, spähte ich hinaus. Es war Ilanga. Ich konnte mir ganz gut merken, dass sie Flughund in zweiter Gestalt war, weil sie so lange Arme und kurze Beine hatte.

»Was gibt's?«, fragte ich erstaunt. »Irgendwas passiert?«

Ilanga druckste ein wenig herum. »Na ja ... ich bin nicht sicher ... ich dachte, ich erzähl's dir für alle Fälle ... ich hatte einen Traum, der etwas mit dir zu tun hatte.«

Von drinnen erklang Kichern. »Es ist ein großes Kompliment, wenn Mädchen von dir träumen«, rief Frankie von drinnen. Ich spürte, wie mein Gesicht heiß wurde.

»Äh, tatsächlich?«, antwortete ich Ilanga, bevor ich vor Verlegenheit sterben konnte. »Was habe ich in deinem Traum denn gemacht? Hoffentlich etwas Gutes, haha.«

»Du und Freunde von dir, ihr wurdet von Schatten gejagt und verschlungen.«

Ich musste schlucken. Im Zelt kicherte niemand mehr.

»Falls du irgendwas vorhast heute ... tu's besser ein anderes Mal«, meinte Ilanga. »Manchmal habe ich Träume, die Omen sind. Gute oder schlechte.«

Von welcher Sorte dieser Traum gewesen war, musste ich nicht weiter fragen. »Okay ... danke«, sagte ich, zog mir wenigstens noch ein T-Shirt über (es war zu kühl, um in Boxershorts herumzulaufen) und marschierte zu Mr Bridgers Zelt. Mein Lieblingslehrer versuchte gerade mit wenig Erfolg, sich zu rasieren; durch seine fellige zweite Gestalt war sein Gesicht auch als Mensch ziemlich haarig.

»Gleich nach dem Frühstück geht es los«, informierte er mich. »Bist du bereit?«

Darauf konnte ich von ganzem Herzen ein »Nein« erwidern.

»Was? Hast du ... Angst?« Er sprach es vorsichtig aus, wollte mich vermutlich nicht kränken.

»Ilanga hat mir etwas Seltsames erzählt«, begann ich und berichtete ihm von ihrem Traum. »Und ihre Mutter ist eine Sangoma, so was wie eine Schamanin. Ich glaube ihr, dass sie wirklich besondere Träume hat.«

»Das kenne ich von den Navajo«, meinte James Bridger nachdenklich, gab das mit dem Rasieren auf und zog sich stattdessen seine Schuhe an. »Aber es ist wirklich wichtig, dass wir dieses Buch abholen. Du hast ja beim Gespräch mit Mrs Okeke gehört, dass bisher bei allen eingebrochen wurde, bei denen die Youngblood auch nur den Verdacht hatte, sie könnten es von mir erhalten haben.«

»Ja, ich weiß«, sagte ich und fühlte mich, als würde jemand in zwei Richtungen an meinen Tasthaaren ziehen. Inzwischen war es ganz hell. Jetzt, wo ein sonniger Tag begonnen hatte und die Vögel in der Buschsavanne sangen, kam es mir selbst ein bisschen komisch vor, mir wegen eines Traumes Sorgen zu machen.

»Komm, wir ziehen das durch.« James Bridger legte mir die Hand auf die Schulter. »Du wirst sehen, es wird klappen.«

»Na gut«, sagte ich und folgte ihm widerstrebend zum Hauptgebäude, wo ich schon die zum Küchendienst eingeteilten Schüler mit Tellern und Besteck klappern hörte. Dann erklang die Melodie des Morgenrituals aus dem Innenhof zu uns herüber.

Wir sind ein Rudel, wir sind eine Herde.
Ein Rudel, eine Herde, ein Schwarm, oh ja!

»Schnell, wir brechen auf, während die anderen beschäftigt sind. Sicher ist sicher. Es sind zu viele seltsame Dinge passiert vor unserem Abflug, wir können deinen Klassenkameraden nicht blind vertrauen.« Bridgers lange Schritte trugen ihn rasch voran. Auf dem Parkplatz stand ein weißer Jeep, den ich nicht kannte, hinter den abgedunkelten Scheiben konnte ich niemanden erkennen. Bridger nickte zufrieden. »Ah, die Ratsleute sind schon da. Sie unterstützen uns am Boden und die Raben werden aus der Luft darauf achten, dass uns niemand folgt. Deshalb war ich auch dafür, das Ganze tagsüber durchzuziehen.«

»Okay.« Bestimmt wird alles glattgehen, Träume haben

nichts zu bedeuten, sagte ich mir immer wieder. Es ist nur Zufall, dass Ilanga diesen Albtraum hatte.

Die Agenten des Rates ließen den Motor an, als sie uns sahen, ich öffnete die Beifahrertür und sagte Hallo. James Bridger runzelte die Stirn. »Wo sind die Raben? Die hätten längst hier sein sollen!«

Da kamen sie schon, aber sie wirkten seltsam. Shadow hielt sich den Arm und Wing hatte eine Hand auf den Bauch gepresst und trank irgendein schäumendes Gebräu aus einer Tasse. »Tut uns echt leid, wir sind beide krank«, verkündete Shadow. »Mit verstauchtem Arm kann ich als Rabe nicht fliegen.«

»Mit Bauchweh sollte man auch nicht abheben.« Wing nahm noch einen großen Schluck aus ihrer Tasse. Danach war ihr Mund mit einem großen Schaumrand dekoriert. Hoffentlich hatte sie nicht versehentlich irgendeinen Badezusatz da reingetan.

Beide Raben krank? Das war ein seltsamer Zufall – oder auch nicht, dämmerte mir, als mein Blick und der von Shadow sich kreuzten. Immerhin hatte sein Freund Frankie vorhin mitgehört, was Ilanga gesagt hatte ...

»Soso.« James Bridger, der sich natürlich keinen Moment lang täuschen ließ, verschränkte die Arme und blickte zwischen den Rabengeschwistern hin und her, die sich ziemlich ähnlich sahen mit ihren hübschen Gesichtern und langen schwarzen Haaren. »Sieht so aus, als müsste ich dringend mit den Agenten des Rates reden.«

Nach ein paar Minuten war klar, dass es heute nichts werden würde mit unserer Geheimmission. »Ohne Luftunterstützung ist es zu riskant, uns könnte jemand mit einer Drohne oder in Vogelgestalt verfolgen«, sagte James Bridger und blickte uns nachdenklich an. »Dann beten wir besser alle, dass unsere Feinde uns nicht zuvorkommen und das Buch finden. Morgen starten wir den nächsten Versuch.«

Morgen war gut. Hauptsache, nicht in drei Tagen, denn da war mein Geburtstag, da wollte ich nicht unbedingt von Löwen vermöbelt werden.

Wir nickten alle gehorsam und versprachen, morgen gesund, fit und zu allem entschlossen zu sein. Als ich mit den Rabenzwillingen zum Frühstück ging wie alle anderen Schüler auch, fühlte es sich an, als sei meine Seele so leicht wie eine dieser Seifenblasen, die Menschen so mochten.

Ich war sehr gespannt, ob wir tatsächlich einer Katastrophe entkommen waren – und ich das irgendwie mitkriegen würde.

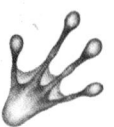

Mach mir das Sandwich

Kimberley

Keiner von ihnen hatte die schwierige Stunde mit Mrs Parker vergessen. Das hochgeheime Treffen zum Thema »Lehrerprobleme« fand in der Mitte des Kellergeschosses statt, dort, wo Schüler, die in zweiter Gestalt irgendwelche unterirdisch lebenden Tiere waren, sich beim Buddeln in der Erde austoben konnten. Kimberley war nicht gerne hier, aber Mrs Parker eben auch nicht. Wenn sie freihatte, hielt sie sich am liebsten in ihrem Zimmer auf, in dem auch ihr Malatelier war, oder spazierte am Rand der Lichtung herum, wo der Schnee nicht so tief war.

Pünktlich zur vereinbarten Zeit drängten sich fast alle Leute aus ihrer Klasse im Halbdunkel, alle noch ein bisschen verschwitzt von Kampf und Überleben. Kimberley ließ den Blick von einem Gesicht zum nächsten gleiten. War es einer von ihnen, der Andrew und die Youngblood unterstützte? Ihr fiel auf, dass Bobbie, Aidan (der eine Assel in zweiter Gestalt war) und Matti, der stille Dachsjunge, sich eng beieinanderhielten. »Seid ihr jetzt ein Team oder was?«, witzelte sie, doch die drei lächelten nicht. »Ja, stimmt, wir haben einen Kellerclub gegründet«, sagte Bobbie feierlich und überreichte ihr eine zusammenkopierte Broschüre. »Wir haben sogar schon einen Informationsfilm über uns gemacht!« Schüchtern gab ihr Aidan ein Tablet.

Der Film war schrecklich – kaum verständlicher Ton, pixelige Bilder, bei der Moderation war gefühlt jedes zweite Wort ein »Ähm«. Aber die drei blickten so stolz drein, dass Kim es nicht übers Herz brachte, ihnen all das zu sagen. Auch die anderen, die das Video gesehen hatten, murmelten etwas Unverständliches.

Hilfe suchend blickte Kimberley in Jonnes Richtung. Sie brauchten diesen Kritisierkurs wirklich dringend!

»Fangen wir mal an«, sagte Jonne mit gedämpfter Stimme, nachdem sie gecheckt hatten, ob kein Lehrer sie belauschte. »Ich habe herausgefunden, dass man Lehrer am besten mit der Sandwichtechnik kritisiert.«

»Was heißt das? Bewirft man sie da mit belegten Brötchen?«, fragte Mia und kratzte sich mit teilverwandelten Krallen am Kopf.

Lotta kicherte. »Tu das besser nicht, außer sie haben gesagt, dass sie großen Hunger haben.«

»Ja, aber was denn nun? Gibt man jemandem erst ein Sandwich und beleidigt ihn dann?«

Bevor Jonne etwas erklären konnte, meldete sich Felix, der deutsche Gastschüler, zu Wort. »Von der Sandwichtechnik habe ich schon gehört. Da stapelt man verschiedene Schichten aufeinander. Erst kommt die unterste Brotschicht, die besteht aus Lob. Man kann immer irgendwas loben. Das macht schon mal gute Stimmung.«

Kimberley lauschte ebenso gespannt wie die anderen.

Jonne nickte. »Genau. Dann kommt das ›Aber ...‹. Nun kann man Kritik bringen, weil derjenige jetzt offen dafür ist und nicht von Anfang an gekränkt oder in Abwehrhaltung. Dann kommt eine Schicht Schinken oder so, das sind Verbesserungsvorschläge. Sie sind hilfreich und tun deshalb nicht weh.«

»Sorry, aber ich bin Vegetarierin«, wandte Salomé ein. »Gibt's hoffentlich auch eine Salat- oder Tomatenschicht?«

»Äh«, sagte Jonne. »Wieso nicht? Das mit dem Schinken ist nur ein Bild, du kannst dir auch Tomaten vorstellen. Oder Käse. Egal. Wichtig ist, dass ...«

Aber was ist, wenn derjenige überhaupt keine Sandwiches mag?, rätselte Terry und begann, in der Erde zu wühlen. Leider konnte er sich bisher nicht sehr lange konzentrieren.

»Du kannst es dir auch als Burger vorstellen, Burger mag jeder.« Tabitha kraulte ihn hinter den Ohren. »Was ist die obere Brotschicht? Noch mal Lob, nehme ich an?«

Jonne nickte. »Das schafft zum Abschluss noch mal Wohlwollen. Alle fühlen sich prima und der Kritisierte ist motiviert, etwas zu ändern, um noch mehr positive Rückmeldung zu bekommen.«

»Hat Shari das erfunden, das Delfinmädchen aus der Blue Reef High?«, fragte Ava. »So ähnlich hat sie uns doch erspart, dass uns Mr Ellwood weiter schikaniert.«

»Stimmt, aber nein, sie hat das nicht erfunden, es ist eine ganz klassische Technik, die in vielen Ratgeberbüchern steht. Und die sind wahrscheinlich nicht von Delfinen geschrieben worden.« Jonne begann, irgendwelche Buchtitel zu nennen und schlau daherzureden, doch Kimberley hörte schon nicht mehr zu. Man lernte etwas, indem man es ausprobierte ... und sie wusste auch genau, an welchem Beispiel.

»Darf ich euren Infofilm noch mal sehen?«, fragte sie Bobbie. Ein bisschen misstrauisch dreinblickend reichte Bobbie ihr das Tablet (unter ihren Fingernägeln war mal wieder eine ganze Ladung Erde).

Nachdem Kim sich das Infovideo zum zweiten Mal angetan hatte, begann sie vorsichtig: »Also, ich finde es toll, dass ihr ein Video gemacht habt, ich selbst informiere mich ja viel über YouTube und so erreicht ihr viel mehr interessierte Woodwalker als mit eurer Broschüre. Aber vielleicht könnt ihr das Ganze noch mal mit einer besseren Kamera drehen? Ich weiß, dass Mr Brighteye eine hat, die leiht er euch bestimmt.«

Aidan blickte sie stumm an. Der hatte garantiert keine Lust, alles noch mal zu drehen. Aber immerhin, Matti-der-Dachs nickte.

Zeit für den Belag des Sandwichs. »Ich weiß, ihr seid ein Kellerclub und mögt es dunkel. Aber für alle anderen Woodwalker wäre es super, wenn ihr alles ein bisschen heller macht und beim Drehen ein paar Lampen aufstellt.«

»Hm«, sagte Matti.

Inzwischen hatten auch die anderen kapiert, was hier ablief. »Wenn ihr das Ganze vorher zwei-, dreimal übt, macht das Moderieren bestimmt noch mehr Spaß«, mischte sich Oscar ein, der sonst so schwierige Lemmingjunge.

»Genau – und dann könnt ihr den Film auch den Lehrern zeigen, ich wette, die sind begeistert davon, wie ihr euch engagiert«, legte Joe nach. Das taugte als letzte Schicht: die positive Abschlussbotschaft.

Bobbie war nicht blöd. Ihre kleinen Augen funkelten hinter der Brille. »Ah. Ihr habt die Sandwichtechnik an uns ausprobiert. Das heißt wohl, unser Video ist scheiße, oder?«

»Ja«, gab Joe zu.

»Hab ich euch gleich gesagt!«, schoss Bobbie in Richtung der anderen Kellerclubmitglieder. »Gleich morgen machen wir das Ganze noch mal neu und diesmal richtig.«

»Aber das wird Arbeit«, wandte Aidan zaghaft ein.

»Falsch«, sagte Carags Schwester Mia. »Arbeit wird es, diese Brötchenmethode an Mrs Parker anzuwenden. Wer fängt damit an?«

»Ich natürlich«, sagte Tabitha, während Wolfswelpe Miro mit großen Augen zuhörte. »Bei mir steht am meisten auf dem Spiel.«

»Aber die nächste Gelegenheit habe eher ich, morgen haben wir gleich in der ersten Stunde Sei dein Tier«, wandte Ava ein und Tabitha nickte. »Na gut.«

Kimberley freute sich darüber. Und hoffte, dass keine Panikattacke Ava dabei aufhalten würde.

Eine schreiende Überraschung

Carag

Hatte Ilanga recht gehabt, würde heute irgendwas Katastrophales passieren? Unschuldig leuchtete die Sonne aus einem strahlend blauen Himmel, aber das hatte ja nicht zu bedeuten, dass es auch ein guter Tag werden würde. In Namibia freuten sich die Leute sowieso nur über Regenwetter und schauten (das hatten wir gerade erst miterlebt) beim Frühstück in der Zeitung nach, wo es in den letzten Tagen wie viel geregnet hatte.

»Besondere Träume muss man ernst nehmen«, informierte mich Wing, als ich nachfragte, wie sich ihr Bauchweh gerade so entwickelte.

»Wieso hat Mr Bridger einfach ignoriert, was Ilanga gesagt hat?«, meinte auch Shadow kopfschüttelnd. Sein Arm hatte eine spontane Wunderheilung hinter sich.

»Wovon genau redet ihr?«, fragte Tikaani ein bisschen gereizt. »Geht es wieder um diesen Geheimkram, in den ihr mich leider nicht einweihen dürft?«

»Ja, tut mir leid«, sagte ich und wollte sie küssen, doch sie wich mir aus. Oje. Hoffentlich durfte ich ihr bald, sehr bald von diesem geheimnisvollen Cherokee-Buch erzählen! Vielleicht, wenn wir es zurückgeholt hatten?

Auf dem Stundenplan stand heute als Erstes Verwandlung, was im Innenhof zwischen den Gebäuden stattfand. Sirak Jakande, die Lehrerin, war mit gutem Beispiel vorangegangen und hatte sich in eine niedliche, orange-rosa gefärbte Schlange mit braunschwarzen Flecken am Rücken verwandelt. Ihre beiden Kinder waren bestimmt große Reptilienfans. *Felicitas, machst du bitte den Anfang?*, sagte Mrs Jakande, nachdem sie uns begrüßt hatte. *Zeig unseren Gästen bitte mal eine richtig schnelle Verwandlung.*

»Oh bitte nicht, ich habe eben erst jede Menge gefrühstückt.« Fee, die sich wie wir alle auf den Sandboden gesetzt hatte, schaute alarmiert drein. »Als Tier ist mein Magen viel kleiner, da wird mir bestimmt schlecht.«

Mrs Jakande schaffte es als Natter nicht, missbilligend dreinzublicken, aber ihre Gedankenstimme klang tadelnd. *Wieso hast du dich vollgestopft, obwohl du wusstest, dass du gleich Verwandlung hast? Na gut, dann Yemaya bitte. Oder hast du leider, leider schon zu viel Gras abgeweidet, das du als Mensch nicht verdauen kannst?*

Das hatte sie anscheinend nicht, denn mit einem stolzen Lächeln stand das Mädchen auf. Schon war es am ganzen Körper schwarz-weiß gestreift, aber dann ging es nicht mehr weiter, sie hatte noch immer Arme und Beine. Es war ein witziger Anblick, aber meine Freunde und ich gaben keinen Ton von uns.

Tikaani und ich tauschten einen schnellen Blick und ich ahnte, was sie dachte. Wir waren beide froh, dass Mrs Okeke nicht zuschaute, sonst hätte das Zebramädchen bestimmt ihre schlechte Meinung über ihre eigenen Schüler bestätigt. Dabei waren die Leute hier absolut cool!

»Es klappt immer noch nicht gut, wenn viele Leute zuschauen«, gab Yemaya zu und ließ den Menschenkopf hängen, auf dem schon eine punkige Zebramähne prangte. »Können nicht ein paar gehen?«

»Jaja, ich, kann ich bitte gehen? Dann muss ich nicht mit ansehen, wie du alle Huftiere blamierst!«, meinte der Zebrajunge, den man leicht an der weißen Strähne im Haar erkannte.

Yemaya funkelte ihn an. »Womit habe ich eigentlich verdient, mit dir in einer Herde zu sein? Wart nur ab, bis du dran bist. Dann lässt du bestimmt genau in dem Moment Dung fallen, in dem du ...«

Ich kann dich verstehen, Yemaya, unterbrach Mrs Jakande sie, aber längst nicht so schroff, wie es unser Mr Ellwood daheim getan hätte. *Schließlich bist du aus deiner Massai-Familie ausgestoßen worden, weil alle dachten, du bist verhext. Deshalb hast du dir ja selbst deinen schönen neuen Namen ausgesucht. Würde es helfen, wenn wir alle die Augen schließen?*

Es half tatsächlich. Als wir die Augen öffneten, stand vor uns ein stolzer Vierbeiner und stieß einen Laut aus, der kein Wiehern war, sondern eher nach Esel klang. *Habt ihr gewusst, dass man Zebras nicht zähmen kann? Niemand reitet auf uns!*

»Glaube ich dir. Was meint ihr, wollen wir einen unserer Schüler drannehmen?«, schlug Lissa Clearwater vor, die so wie James Bridger bei der Stunde dabei war. »Carag, jetzt du! Verwandlung im Sprung!«

Früher hätte ich erst mal blöd geschaut und dann wäre gar nichts passiert, doch dank Mr Ellwoods Drill in meinen ersten eineinhalb Schuljahren war ich bereit. Meine Klamotten segelten zu Boden, als mein Körper sich verformte und ich mich blitzschnell als hellbraune Raubkatze auf Miss Clearwater zukatapultierte.

Ein Schrei ertönte in meinem Kopf und auch anscheinend in den Köpfen der anderen, denn Tikaani, Holly und alle anderen, die dabei waren, zuckten zusammen.

»Was war das denn?«, fragte Jeffrey verblüfft, während ich geduckt neben unserer Schulleiterin landete und vergeblich auf Applaus wartete. »Habt ihr das auch gehört?«

»Hat einer von euch geschrien?«, stellte Mrs Jakande ihre Schüler zur Rede. Allgemeines Kopfschütteln.

»Da ist eben etwas von Carag runtergefallen, als er sich verwandelt hat«, meinte Leyla, die anscheinend scharfe Augen hatte.

Ratlos blickte ich ihn an. *Was meinst du mit »runtergefallen«? Meine Sachen natürlich.*

Doch Holly und Paula waren schon aufgesprungen und nach vorne gestürzt, wühlten mit beiden Händen im Sand. Dann rief unser Hörnchen vom Dienst triumphierend: »Hab ihn!«

Noch während sie die verschränkten Hände hob, wurde mir in einem Wimperschlag alles klar. Warum mich ein Unbekannter am Flughafen angerempelt hatte. Warum gestern beim Waterberg-Ausflug jemand geschrien hatte, als wir die Paviane aufgemischt hatten. Warum ich manchmal so ein Kribbeln im Fell gespürt hatte, aber nicht, dass ein anderer Wandler ganz in meiner Nähe gewesen war. Weil hier ständig andere Woodwalker bei mir gewesen waren.

Paolo, ächzte ich. *Das ist Paolo, richtig? Der Ameisenlöwe?*

»Richtig.« Holly strahlte und öffnete die Hände, damit wir schauen konnten. Tatsächlich, dort kroch ein graubraunes Tierchen herum, das nicht mal so groß war wie mein Daumennagel.

Ich legte die Ohren zurück und fauchte ihn an. *Du hast dich in meinen Klamotten oder in meinem Fell versteckt und spioniert, richtig? Für Rebecca Youngblood?*

Die Stimme unseres schwierigsten Erstis klang stolz. *Allerdings! Ich bin Teil ihres Rudels, sie hat mich aufgenommen und mir diesen schwierigen Auftrag anvertraut! Ich konnte ja nicht wissen, dass es SO schwierig werden würde.*

»Paolo. Du hast dich gegen uns entschieden? Gegen die Clearwater High?« James Bridger und Lissa Clearwater waren aufgestanden und starrten fassungslos auf den Ameisenlöwen herab.

Paolo schien überhaupt nicht zuzuhören. *Wirklich nervig, dass ich euer blödes Geplapper nie kommentieren durfte, damit niemand mich bemerkt. Und dann erst diese ganzen Verwandlungen! Du kannst als Katzenvieh wirklich überhaupt nicht stillhalten, Carag. Hast du es schon mal mit* Ritalin *probiert?*

Ich hatte keine Ahnung, was *Ritalin* war, und es interessierte mich auch nicht besonders. Als Puma blickte ich James Bridger an und sah, dass er das Gleiche dachte wie ich. Wenn wir mit diesem winzigen Spion in meinen Sachen aufgebrochen wären zum Versteck des magischen Buchs, dann hätten wir unsere Feindin direkt dorthin geführt! Und sobald sie die Formeln gehabt hätte, die darin standen, hätte sie mir nicht nur meine Pumagestalt weggenommen, sondern sich sofort daran gemacht, Andrew Milling zu befreien und ihm seine Menschengestalt zurückzugeben. Ein neuer »Tag der Rache« wäre angebrochen.

Durch unsere Mitschuld. Weil wir nicht kapiert hatten, dass wir schon die ganze Zeit ausspioniert wurden.

Danke, sagte ich aus tiefstem Herzen zu Ilanga. *Danke, dass du mir deinen Traum erzählt hast.*

Dann hüpfte der Ameisenlöwe aus Hollys Händen.

Natürlich war er im roten Sand sofort außer Sicht und grub sich ein. Mit einem Schrei warf sich Holly auf die Knie, während Lissa Clearwater rief: »Lasst ihn nicht entkommen!« Alle schrien durcheinander und im Innenhof brach ein Tumult aus, als sich jede Menge Schüler ihre Sachen vom Leib rissen und verwandelten.

Ben stürzte sich als Löwe auf die Stelle, wo Paolo verschwunden war. Tikaani und Jeffrey stießen witternd die Schnauzen in den Boden und der Riesentausendfüßler lief kreuz und quer zwischen ihnen umher.

Geht doch mal beiseite! Glaubt ihr im Ernst, Tiere eurer Größe sind hier nützlich?, rief eine Mädchenstimme, dann wuselte Fee als Zebramanguste zwischen unseren Vorderbeinen hindurch. Sie und Tsepo-das-Erdmännchen begannen, mit den Pfötchen nach dem Verräter zu wühlen, während der Riesentausendfüßler sich vor Aufregung fast in seinen vielen Beinen verheddderte.

Irgendwo hier muss er sein, versicherte uns Tsepo und Fee fügte hinzu: *Ich schwöre bei all meiner Minze, den kriegen wir!*

Inzwischen war auch Mrs Okeke aufgetaucht. Im letzten Moment hielt James Bridger sie davon ab, über die Stelle hinwegzumarschieren, an der wir Paolo zuletzt gesehen hatten. »Grace!«, donnerte die Schulleiterin, nachdem sie sich über die Ereignisse informiert hatte. »Du bist so klein wie dieser Spion. Schnapp dir den Kerl!«

Erst sah ich gar nichts, dann kletterte eine ameisenartige Gestalt über meine Pfote. Heldenhaft kämpfte sie sich durch den Dschungel aus Haaren. *Ich komme!*, rief ein feines Stimmchen.

Genau in diesem Moment stieß Fee einen Triumphschrei aus, sie hatte den winzigen Spion aus dem Sand eingeschnieft und wieder ausgeprustet. Jetzt hockte er genau vor Grace-der-Termite.

Das Duell zwischen den beiden war kurz. Paolo griff sie mit seinen Kopfzangen an und kniff zu. *Hilfe! Der ist ja gemeingefährlich!* Ohne Erfolg versuchte Grace, sich frei zu zappeln, und stieß kleine Schmerzlaute aus.

Lasst mich gehen, dann passiert hier niemandem was!, drohte uns Paolo.

Während ein Löwe, mehrere Wölfe und ein Puma halb fasziniert, halb erschrocken auf den kleinsten Geiselnehmer der Welt hinabstarrten, traten zum Glück zwei andere Schüler in Aktion.

Lasst uns nur machen, wir haben das gleich im Griff, versprach das haarlose, langohrige Erdferkel Paula, das sich Seite an Seite mit Schuppentier Pierre vordrängte. *Habt ihr schon gewusst, dass wir uns beide von Ameisen und Termiten ernähren?*

Ein gieriger Rüssel und eine endlose rosa Zunge streckten sich in Paolos Richtung aus – und der verlor zum Glück die Nerven.

Urplötzlich verwandelte sich Paolo zurück und wollte als nackter dunkelhaariger Junge flüchten. Fast schon gelangweilt streckte Escoro einen Arm aus und packte Paolo am Bein. Der Junge schlug lang hin, zappelte noch ein wenig im Griff des Schlangenschülers und kauerte sich dann mit trotzigem Blick zusammen. »Rebecca Youngblood und Andrew Milling werden euch schon zeigen, was ein echter Woodwalker ist! Ihr seid doch alle nur Waschlappen!«

Waschlappen? Wir? Sekundenbruchteile später verschwand Paolo unter einer Lawine von großen Raubtieren (in der ich natürlich dabei war). Er wehrte sich trotzdem, doch gegen die Elefantenkraft von Mr Magoro kam er nicht an und Mrs Okeke stand schimpfend mit ihren speerartigen Hörnern bereit.

Der Tag endete für Paolo damit, dass er als Ameisenlöwe in eine Flasche verfrachtet wurde (oben offen, damit er Luft bekam), die anschließend in einen fensterlosen Raum gestellt wurde. Dort befanden sich ansonsten nur Stapel von alten Englisch- und Physikschulbüchern. »Macht hier bloß keine Unordnung«, schimpfte der Hausmeister, ein stämmiger Mann mit grauem Bürstenhaarschnitt. »Im Flur oder Klassenraum zu essen, ist auch nicht erlaubt – und denkt nicht mal daran, im Innenhof euer Revier zu markieren!« Misstrauisch blickte er Jeffrey und die anderen Wölfe an. Die schickten einen unschuldigen Blick zurück.

Für mich endete der Tag mit einer Entschuldigung. »Verzeih mir, dass ich deine Sorgen nicht ernst genommen habe, Carag«, flüsterte James Bridger mir zu, nachdem ich mich zurückverwandelt und wieder angezogen hatte. »Morgen früh machen wir den nächsten Versuch, das Buch in Sicherheit zu bringen – diesmal hoffentlich ohne Spion.«

Inzwischen war es Abend und Zeit für das Ritual, bei dem Holly Kontakt mit ihren Ahnen aufnehmen sollte. Um sich zu entscheiden, was sie ihren Silver-Eltern offenbaren sollte.

»Boah, ich bin schon so was von nervös, dass mir gleich das Fell ausfällt«, sagte Holly und zerknibbelte eine Savannenpflanze, die ihr nichts getan hatte. »Soll ich dieses komische Ritual mit Ilanga wirklich machen?«

»Ja«, sagten Tikaani und ich gleichzeitig und Holly schaute uns ein bisschen komisch an.

Rebecca Youngblood

Wieder ein Rückschlag. Aber kein sehr großer. Sie hatte schon befürchtet, dass dieser kleine Depp früher oder später enttarnt werden würde. Er war nützlich gewesen und hatte einiges gehört – das alte Buch enthielt demnach noch interessantere Formeln, als sie geahnt hatte! Aber es lohnte sich nicht, einen weiteren Gedanken an den Winzling zu verschwenden. Für das, was kommen würde, war ihr Rudel gut gerüstet, weitaus besser als beim Kampf um diese miese Goldmine. Die Agenten des Rates würden sich noch umschauen ... und dieser Pumajunge erst recht!

Die Zeremonie

Carag

Während die anderen aus meiner Klasse lachend und herumalbernd versuchten, die afrikanischen Tänze zu lernen, die unsere Gastgeber uns beibringen wollten, waren Holly und alle, die von der geplanten Zeremonie wussten, nach dem Abendessen in feierlicher Stimmung.

»Kommt, wir gehen ein Stück von der Schule weg«, murmelte Ilanga, die ihre Trommel unter dem Arm trug und Zeremonienkleidung angezogen hatte: weite Gewänder mit geometrischen Mustern, den Kopf hatte sie mit einem Tuch umhüllt und um den Hals trug sie Ketten mit vielen kleinen bunten Perlen. »Wäre ich eine richtige Sangoma, wären sie weiß«, erklärte uns das Flughundmädchen und einen Moment lang wirkte sie unsicher. »Hoffentlich wird meine Mutter nicht ärgerlich, weil ich eine Zeremonie mache, obwohl ich nicht dafür ausgebildet bin.«

»Wehe, du verwandelst mich in einen Frosch«, sagte Holly.

»Wir wollen nicht, dass du wegen uns Ärger bekommst, Ilanga«, sagte ich besorgt.

»Wenn du mich in einen Frosch verwandelst, bekommst du *jede Menge* Ärger«, kündigte meine Hörnchenfreundin an.

Tikaani meinte: »Ilanga, sag uns Bescheid, falls wir dich vor wütenden Verwandten beschützen sollen. Ist dein Vater auch ein Sangoma?«

»Er war einer. Aber er ist so wie Escoros Dad von Polizisten erschossen worden«, sagte Ilanga, plötzlich war ihre Stimme heiser. »Sie waren in Johannesburg, es hatte Ärger gegeben, die weißen Polizisten dachten, sie wären Verbrecher, die sie bedrohen.«

Jeffreys Augen waren schmal geworden. »Übel! So was kommt bei uns in den USA leider auch immer wieder vor.«

Mir und Tikaani hatte es die Sprache verschlagen, doch Holly umarmte Ilanga ganz spontan. »Du denkst bestimmt oft an sie«, sagte sie und Tikaani, Brandon und ich folgten Hollys Beispiel.

Nachdenklich gingen wir hinter Ilanga her, als sie uns weiterwinkte. War Escoro deshalb so wütend? Weil er nicht hatte verhindern können, dass sein Vater starb? Weil er kämpfen wollte und nicht genau wusste, gegen wen, wo und warum?

Ilanga führte uns zum größten Baum der Gegend, dort, wo ein breiter, flacher Stein halb aus dem Boden herausragte. Natürlich schwang sich Holly sofort darauf und Ilanga schaute ein bisschen seltsam drein. »Ähm, das ist übrigens unser Altar.«

»Ups!« Holly sprang von dem Stein herunter, als hätte der sich in eine heiße Herdplatte verwandelt. »Ich hab ihn sozusagen persönlich eingeweiht, das war bestimmt total sinnvoll.«

Sehr konzentriert begann Ilanga, schwarze und weiße Kiesel in einem Kreis auf dem Sandstein zu arrangieren. »Das hier steht für Ubuntu.«

»Das Linux-Betriebssystem?«, fragte Brandon verblüfft.

Ilanga seufzte. »Sie haben das Wort von uns ausgeliehen.

Eigentlich heißt *Ubuntu* ›Gemeinschaft‹. Das, was uns alle verbindet.«

Sie kniete sich vor den Steinaltar und beugte den Kopf, legte beide Hände darauf. Dann griff sie in ihre Tasche und reichte Holly ein Bündel Kräuter und ein kleines Stück Holz, vielleicht von einem heiligen Baum. »Das sind deine Opfergaben, halt sie fest und denk an deine richtigen Eltern, die du verloren hast und die dich verloren haben.«

Holly nickte und brachte – ganz untypisch für sie – kein Wort heraus.

»Will noch jemand dabei sein?«, fragte Ilanga und legte weitere Kräuter und Holzstücke auf den Boden, doch Tikaani, Brandon und ich murmelten, dass wir nur zuschauen wollten.

Ilanga murmelte Worte in ihrer Sprache und verbrannte Kräuter in einer Schale; der herbe Geruch stieg mir in die Nase. Dann setzte sich unsere neue Freundin und griff nach ihrer Trommel. Eine Gänsehaut überzog meine Menschenarme, als sie zu singen begann, und der Klang ihrer Trommel pulsierte durch mich hindurch, spülte Gefühle in mir hoch. Auch ich fing an, an meine Familie zu denken und an meine Großeltern, die schon gestorben waren, als ich noch ein Kätzchen gewesen war. Wieso hatte ich sie nie kennenlernen dürfen? Bevor ich michs versah, hatte ich Tränen in den Augen.

Tikaani nahm meine Hand und drückte sie fest. Die bescheuerte Eifersucht war weit weg.

Holly schien es anders zu gehen. Ihre rotbraunen Haare hatten sich förmlich gesträubt, ihre Augen blitzten vor Zorn. Was war denn mit ihr los?

»Was spürst du?«, fragte Ilanga und berührte die Trommel nur noch ganz sanft mit den Händen, streichelte sie fast.

»Ich bin wütend! Sollte ich mich nicht irgendwie *besser* fühlen?«

»Schlecht ist nur, wenn man bei einer Zeremonie gar nichts spürt. Versuch rauszufinden, wieso du wütend bist.«

»Meine Eltern haben mich einfach so allein gelassen«, stieß Holly hervor, während sie Holz und Kräuter umklammerte. Plötzlich stürzten Tränen aus ihren Augen. »Hätten sie nicht besser auf sich aufpassen können und in Menschengestalt in den Wald gehen können? Dann hätten der Luchs und die Eule sie nicht erwischt!«

»Steh auf«, sagte Ilanga. »Jetzt geh zum Altar. Sag ihre Namen, während du die Opfergaben ablegst.«

Noch nie hatte ich gehört, wie Holly die Namen ihrer Eltern ausgesprochen hatte, aber jetzt tat sie es. »Leaf. Mom«, sagte sie, während sie die Opfergaben ablegte. »Jerry. Pa. Ich vermisse euch so sehr, immer noch.«

»Jetzt lausch darauf, ob du eine Antwort spürst«, flüsterte Ilanga und sang ganz leise weiter.

Holly kniete eine Weile vor dem Altar und als sie aufstand, sah es aus wie eine Blume, die ihre Blüte entfaltet. Das Lächeln meiner Hörnchenfreundin wirkte noch ein bisschen wackelig. Als wir sie etwas fragen wollten, schüttelte sie nur kurz den Kopf und wandte das Gesicht ab.

Spontan stand ich selbst auf. Während Tikaani mir wahrscheinlich verblüfft nachblickte, nahm ich ein paar der Kräuter und legte sie auf den Altar.

»Atiina und Snowtracker«, sagte ich leise, so hatten die Eltern meines Vaters geheißen. Hatte ich ihre Namen überhaupt schon einmal laut ausgesprochen? Wahrscheinlich seit Jahren nicht, und es berührte mich sehr, es jetzt zu tun. Danach waren die Eltern meiner Mutter dran. »Ewena und Phil Lockley.

Ob ich euch jemals kennenlerne?« Lockley war ein Mensch, Ewena war für ihn die geheimnisvolle Frau aus den Bergen gewesen. Keine Ahnung, ob er jemals erfahren hatte, wer oder was sie wirklich war.

Spontan legte ich die kleine gelbe Blume auf den Stein, die als Willkommensgeschenk der Narawandu School an meinem Platz gelegen hatte. Und ich spürte den Hauch einer Antwort, flüchtig und zart wie eine Gedankenberührung. Nur dass diese Antwort tief aus mir kam und ich sie nicht im Kopf spürte, sondern im Herzen. Vielleicht war ich ja wirklich in Kontakt mit meinen Ahnen, einen kostbaren Moment lang.

Auf dem Rückweg traute ich mich, Holly zu fragen, was sie gefühlt hatte.

»Sie haben mich um Verzeihung gebeten und ich habe gespürt, dass sie mich auch vermissen. Auf meine Silver-Eltern sind sie nicht eifersüchtig. Sie wollen einfach, dass es mir gut geht.«

»Was meinen sie zu deinem, äh, Problem?«, fragte Tikaani vorsichtig.

»Wollen sie, dass du ihnen das mit deiner zweiten Gestalt sagst?«, fügte ich hinzu.

»Sie sagen, dass ich das selbst entscheiden soll«, meinte Holly und blickte kampflustig drein. »Und jetzt bin ich sicher – ich will es tun! Die Silvers sollen endlich wissen, dass ich Sunday bin! Das Versteckspiel war lustig, aber ich finde, es hat lange genug gedauert.«

»Oh, wow«, sagte Tikaani und mehr fiel mir dazu auch nicht ein. Also bedankten ich und Holly uns bei Ilanga, die ziemlich erleichtert wirkte, dass alles gut gegangen war.

»Verratet das bloß nicht meiner Mutter!«

»Wenn auch nur ein Wort unsere Lippen verlässt, werden wir uns in zerbrochene Nussschalen verwandeln«, versprach Holly und schaute zu uns rüber. »Was denn?! Das wird eh nicht passieren – oder ist einer von uns als Petze bekannt?«

»Nein, nein, auf keinen Fall.« Ich lächelte Ilanga ein bisschen nervös zu.

Wir machten, dass wir zu unseren Zelten zurückkamen, bevor Holly noch mehr gefährliche magische Versprechen von sich geben konnte.

In dieser Nacht träumte ich von zwei Pumas, die Seite an Seite durch die verschneite Bergwelt der Rocky Mountains streiften, und irgendwie wusste ich, dass es meine Großeltern Snowtracker und Atiina waren. Freundlich blickten sie zu mir herüber, bevor sie weiterpirschten.

Wie zähmt man
eine Lehrerin?

Kimberley

In der Menschenkundestunde wirkte Miss Calloway ein wenig ... abgelenkt. Aber sie schien trotzdem zu spüren, dass irgendetwas in der Luft lag. »Alles in Ordnung, liebe Erstis?«, fragte sie, teilverwandelte ihre Zunge und tastete damit in die Luft. »Ich schmecke Stressmoleküle in der Luft ... was habt ihr zu verbergen?«

Das mit der Zunge sah ziemlich krass aus, aber Kimberley hatte sich inzwischen daran gewöhnt. Es erinnerte sie jedes Mal daran, dass sie nicht mehr auf eine Menschenschule ging.

»Alles gut, wir haben einen Plan«, versicherte ihr Miro, der zur Feier des Tages in Menschengestalt erschienen war und neben Mondauge saß. »Mögen Sie eigentlich auch Sandwiches?«

»Ja, wieso?« Ihre Menschenkundelehrerin wirkte etwas verwirrt, was sich nicht besserte, als viele in der Klasse zufrieden nickten. Kimberley grinste in sich hinein.

Dann wurde es ernst, gleich begann Sei dein Tier. Besorgt schaute Kimberley zum Pult, an dem Ava zusammen mit Bobbie saß – das hatte sich irgendwie so ergeben. Ava sah schon jetzt sehr angespannt aus.

Kim selbst saß mit Salomé zusammen. »Wäre das okay für euch, wenn wir tauschen?«, schlug sie ihr und Bobbie vor. Zum Glück nickten die beiden. Von Ava bekam sie einen raschen dankbaren Blick, dann begann die Stunde.

Diesmal ging es um Lemminge und Oscar wirkte etwas verspannt, vielleicht weil er damit rechnete, dass wieder die alte Lemminge-stürzen-sich-von-Klippen-Theorie zur Sprache kommen würde. Doch Mrs Parker überraschte ihn. »Du lebst in Norwegen ganz gerne mal in zweiter Gestalt, oder?«

»Ja, wieso?« Oscar klang misstrauisch.

»Na, dann pass auf, wenn du dort ein Lemmingmädchen triffst.« Amelia Parker nickte vielsagend. »Hast du gewusst, dass Nager deiner Art in einem Jahr achtzig Nachkommen haben können, wenn genug Fressbares vorhanden ist? Du willst bestimmt nicht schon in jungen Jahren ein paar Dutzend Kinder durchfüttern müssen.«

Oscar lief kirschrot an. Er tat Kimberley leid.

»Durch diese hohe Fortpflanzungsrate kommt es auch immer wieder zu einer starken Überbevölkerung, die Lemminge fressen die ganze Gegend kahl und ziehen dann in großen Trecks an einen neuen Ort.« Mrs Parker hob den Zeigefinger. »Weil eure Männchen so aggressiv sein können, gibt es dabei viele Tote. Also kein Wunder, dass Forscher erst gedacht haben, dass Lemminge ihr Leben selbst beenden.«

Noch immer wirkte Oscar überfordert. »Jaja, ich …«, begann er, doch ihre Lehrerin hatte sich schon wieder an die Klasse gewandt.

Kim merkte, wie Ava sich neben ihr anspannte. Zeit für die Sandwichtaktik! »Mrs Parker?«, fragte Ava. »Sie haben ja neulich so viele interessante Sachen über Steinkäuze erzählt, das fand ich richtig spannend. Deshalb habe ich nach Videos über meine Eulenart gesucht und ein gutes gefunden. Darf ich das kurz abspielen? Es sind nur fünf Minuten und es wäre eine tolle Ergänzung zu Ihrem Unterricht.«

Besorgt fragte sich Kimberley, ob und wann Mrs Parker den ironischen Unterton wahrnehmen würde.

Doch anscheinend war das nicht der Fall. »Wieso nicht?«, meinte sie wohlwollend. Erste Hürde gemeistert!

Kurz darauf lief über einen Schullaptop und den Beamer der kurze Film, in dem ein kleiner graubrauner Steinkauz auf einer Wiese hinter einer Maus herrannte. Ganz unverkennbar.

Auf Mrs Parkers Stirn zogen Gewitterwolken auf. »Willst du damit sagen, ich habe euch neulich etwas Falsches erzählt?«

Besorgt sah Kimberley, dass Avas Beine zu zittern begonnen hatten und sie ihre Hände knetete. Sie hatte aufgehört zu sprechen und sah aus, als würde ihr gerade alles zu viel. Mit etwas Mühe schaffte es Kimberley, sich teilzuverwandeln, die Flaumfeder an ihrem Bauch konnte niemand sehen. *Schaffst du es? Oder soll ich für dich weitermachen?*

Ava warf ihr einen dankba-

ren Blick zu – es schien ihr Kraft zu geben, dass Kimberley das gesagt hatte. *Das ist so lieb von dir. Aber ich glaube, es geht gleich wieder.*

Tatsächlich, schon bald schaffte Ava es, tief zu atmen und weiterzusprechen. »Nein, nein, natürlich, Sie würden uns nie etwas Falsches erzählen. Wahrscheinlich haben Sie nur meine Eulenart verwechselt. Das passiert anderen auch ständig, es gibt ja auf der Welt fast zweihundert Eulenarten. Manche Leute denken sogar, ich wäre ein Bussard!«

Es wirkte. Mrs Parkers Miene entspannte sich. »Eine Verwechslung. Ja. Möglich. Absolut möglich«, meinte sie und dann war wieder das Thema »Lemminge« dran.

Erleichtert sackte Ava an ihrem Pult in sich zusammen und Kimberley schenkte ihr ein triumphierendes Lächeln.

Gegen Ende der Stunde wurde es noch mal spannend, denn Tabitha (die auch diesmal nicht drangekommen war) stand einfach so an ihrem Pult auf. Stille senkte sich über die Klasse, auch Kimberley hatte nur Augen für die kleine, rundliche Lehrerin und das wie immer schwarz gekleidete Fledermausmädchen. Welche meisterhafte Anwendung der Sandwichtechnik würden sie jetzt gleich erleben?

»Es tut mir leid«, sagte Tabitha. »Es war nicht fair von mir, Ihr Bild so zu beurteilen. Schließlich malen Sie zum Spaß und nicht, um damit Geld zu verdienen. Können Sie mir bitte verzeihen?«

Keine Brot-und-Tomaten-Schichten. Dafür eine Entschuldigung, die sogar ehrlich gemeint klang.

Gespannt beobachtete Kimberley so wie alle anderen in der Klasse Amelia Parker und staunte darüber, dass die seufzte und dann die Hände hob. »Ich verzeihe dir. Natürlich weiß ich, dass meine Bilder nicht so toll sind, dass sie in eine Galerie gehören würden. Aber gekränkt war ich trotzdem, verstehst du das?«

»Ja«, sagte Tabitha schlicht.

»So, jetzt aber weiter mit unserem Stoff«, sagte Mrs Parker mit einem strengen Rundblick. »Du hast dich vorhin gemeldet, Tabitha? Was wolltest du denn sagen?«

Kimberley spürte, dass auch die anderen in der Klasse erleichtert waren. Klassensprecher Jonne blickte hochzufrieden drein. Das Leben und der Unterricht konnten weitergehen. Jedenfalls hier, in den Rocky Mountains. Kim hatte keine Ahnung, was gerade bei den Zweitjahresleuten in Afrika los war.

An Andrew Milling, den Puma, der ihr einmal so leidgetan hatte, und an diese schreckliche Youngblood wollte sie gerade nicht denken.

Expedition mit Erdmännchen

Carag

»Was ist, fahren wir heute endlich los, um das Cherokee-Buch abzuholen?«, fragte ich James Bridger – diese ganzen Verzögerungen waren nicht gut für meine Nerven.

Mein Lieblingslehrer schüttelte den Kopf. »Nach dem Schreck mit diesem Spion wollen die Agenten des Rates die ganze Gegend auf Leute der Youngblood überprüfen. Das heißt, ihr macht heute ganz normal den Unterricht mit.«

Doch wie sich herausstellte, war der heute gar nicht so normal. Nach einer Menschenkundestunde, in der wir mehr über die verschiedenen Volksgruppen in Namibia erfuhren, verkündete unser Landeskundelehrer Mr Sartorius: »Heute schicken wir drei Gruppen auf Lernexpedition in die Kalahari. Lernexpeditionen kennt ihr schon, oder?« Mit »ihr« waren wir amerikanischen Schüler gemeint.

»Ich wurde auf so einer Expedition ausgekundschaftet – von Carag und seinen Freunden«, berichtete Henry, unser Froschjunge. »Sie sollten herausfinden, ob ich weiß, dass ich ein Woodwalker bin.«

Cookie meldete sich. »Wir mussten mal in einer Apotheke etwas kaufen und sind von einem Mini-Hund angefallen worden.«

Tikaani und ich tauschten ein zärtliches Lächeln. Nach jener Expedition hatten wir uns zum ersten Mal richtig unterhalten können – in einem Altpapiercontainer.

»Wieso nur drei Gruppen?«, fragte Jeffrey, er klang unzufrieden. »Ich bin der Alpha unseres Rudels, ich muss auf jeden Fall mit!«

»Wir wollen nicht riskieren, dass ein paar von euch sich verirren und umkommen«, sagte Mr Sartorius trocken.

Und Schakalmädchen Leyla, die in Jeffreys Nähe saß, meinte: »Wir können nicht allzu viele Leute gleichzeitig suchen, weißt du?«

»Hast du gewusst, dass sich hier nicht alles um dich dreht, Jeffrey?«, fügte Wing honigsüß hinzu.

»Stell dir vor, ja, das weiß ich«, erwiderte Jeffrey, auf einmal ernst. »Manche Leute hier haben es echt schwer.«

Wing wirkte ebenso überrascht wie wir anderen und lächelte ihm zu. Konnte es tatsächlich sein, dass unser Alphawolf durch diesen Austausch etwas kapiert hatte? Vielleicht war er so wie ich berührt davon, was für schwere Schicksale viele der Schüler hatten.

»Wir losen aus, wer mitkann.« Mr Sartorius beachtete Jeffrey nicht länger und bat Lou, unsere Klassensprecherin, Zettel mit Namen darauf aus seinem breitkrempigen Lederhut zu ziehen und die Namen darauf zu verkünden. Weil ich es kaum abwarten konnte, rutschte ich an den Rand meines Stuhls.

»Cliff«, verkündete Lou, nachdem sie den ersten Zettel entfaltet hatte.

Vor Überraschung fiel unser Wolfs-Wandler fast vom Stuhl, er warf einen schuldbewussten Blick in Richtung Jeffrey. Doch der zuckte – Wunder über Wunder – nur die Schultern.

Unsere Klassensprecherin öffnete die nächsten Namenszettel. »Yemaya!«, hörten wir, dann: »Leyla.« Das erste Team stand fest. Aus Berta, Jimmy und Amina, dem Wüstenfuchsmädchen, wurde das zweite. Jetzt gab es nur noch eine Chance, bei dieser Lernexpedition dabei zu sein. Holly hibbelte herum, als gäbe es irgendwo Pfannkuchen mit Nuss-Nugat-Creme, unsere neuen Freunde aus der afrikanischen Klasse schwatzten aufgeregt.

Lou las von ihrem gerade gezogenen Zettel den Namen »Tsepo«, vor. »Esmeralda! Und Carag!«

Ich? Sehr cool! Tsepo, den Erdmännchenjungen, mochte ich. Er hatte uns mal erzählt, dass er ein San war; sein Volk lebte in der Kalahari-Wüste, ihrer Tradition nach waren sie Nomaden.

Auch Tsepo schien zu gefallen, dass wir zusammen losziehen sollten, »*Katcháa* – okay«, sagte er erfreut, als er zu mir rüberblickte.

Aber wer in aller Welt war Esmeralda? Die Gabelracke, wie sich herausstellte, der extrem bunte mittelgroße Vogel. In erster Gestalt war sie ein Mädchen mit engelhaftem Gesicht, schönen dunkelbraunen Augen und auf komplizierte Weise geflochtenem Haar.

Leider schmollte sie erst mal vor sich hin, als wir mit zwei Wasserflaschen pro Person, Sonnenhüten und Taschenmessern und allem möglichen anderen Kram zu unserer Expedition aufbrachen.

»Alles in Ordnung bei dir?«, fragte ich sie vorsichtig.

»Wieso konnte ich nicht mit Grace zusammen mitmachen?«, fragte Esmeralda. »Ich muss sie doch beschützen – wir sind die allerbesten Freundinnen und tun alles füreinander!«

»Vor was genau musst du sie hier beschützen?«, fragte Tsepo. »Davor, dass der Bisonjunge über sie drüberläuft? Macht er nicht. Und sie braucht dich auch gerade nicht zum Abschreibenlassen.« Er fügte noch ein paar San-Worte mit vielen Klicklauten hinzu, die keiner von uns verstand.

Tsepo hatte entschieden, in der traditionellen Kleidung seines Stammes zu gehen – also praktisch keiner. Er war barfuß und trug am restlichen Körper nur einen Lendenschurz, was bei Verwandlungen sicher irre praktisch war. Seine Wasserflaschen trug er in einem Stoffbeutel über der Schulter.

Neugierig entfaltete ich den Zettel mit unserer Aufgabe.

Geht fünf Kilometer nach Westen und sucht den Tamboti-Baum mit dem gespaltenen Stamm. Darin ist ein Objekt. Bringt es zurück zur Schule. Handys sind nicht erlaubt!

»Bestimmt gibt es dabei unerwartete Hindernisse«, meinte ich und brachte zwei Wasserflaschen in meinen Rucksack unter. »Das ist auf Lernexpeditionen immer so. Die Aufgabe klingt harmlos, und dann ...«

Esmeralda schnaubte. »Fünf Kilometer, das kann ich schnell fliegen. Soll ich das Ding für uns holen, was auch immer es ist?«

»Immer willst du schummeln«, beschwerte sich Tsepo. »!Kashio, das ist ein Problem. Darauf hab ich keine Lust.«

Ich auch nicht, also zogen wir los, alle noch in Menschengestalt. Die Buschsavanne war von einzelnen Bäumen und grüngrauem Buschwerk gesprenkelt, gelbes Gras streifte gegen meine Beine. Schon jetzt flimmerte die Luft vor Hitze. Ich war froh, dass ich mir meine Basecap mit Clearwater-High-Schullogo aufgesetzt hatte, sonst wäre mein Gehirn bestimmt längst geschmolzen.

Nachdem wir etwa eine halbe Stunde gelaufen waren, legte Tsepo einen Finger auf den Mund und deutete in eine bestimmte Richtung.

»Hä, was?«, sagte Esmeralda und erschreckte damit eine kleine Herde Springböcke, die ich hinter diesem Gebüsch nicht gesehen und wegen der Windrichtung auch nicht gewittert hatte. Wie peinlich, was war mit meinen Puma-Instinkten los? Die zierlichen Antilopen hatten braun-weiß gezeichnete Körper, die fürs Laufen und Springen gemacht waren, doch sie dachten nicht daran, sich für uns anzustrengen.

Schon folgte Tsepo einer anderen Spur durch das Savannengras. »Warzenschwein!«, rief er begeistert, als ein hüfthohes graues Wesen wütend grunzend in unsere Richtung rannte. Auch der Rest der Schweinefamilie hatte üble Laune, anscheinend hatten wir sie beim Ausruhen gestört.

Erschrocken liefen Esmeralda und ich auseinander, denn das Vieh hatte Hauer, die deutlich länger waren als meine Pumafangzähne. Tsepo lachte sich fast kaputt, stampfte auf und schrie ein paar Worte in seiner mit Klicklauten gespickten Sprache. Die Warzenschweinrotte entschied sich für die Flucht, mit steil hochgereckten Schwänzchen rasten die Tiere davon.

»Was für Überraschungen gibt's hier noch so?«, fragte ich Tsepo und trank mal wieder aus meiner Wasserflasche. Nun gluckte nicht mehr viel darin.

Er lächelte verschmitzt. »Viele! Und alle sehr schön!«

Ich konnte nicht anders, als zurückzulächeln. »Freue mich schon.«

Das war, bevor er einen Stein umwälzte, darunter einen Skorpion hervorholte und versuchte, ihn mir in den Nacken zu setzen.

»Bekommt ihr eigentlich keine Noten für Zusammenarbeit?«, ächzte ich.

»Doch! Also hör auf mit dem Mist, Tsepo, und gib mir den Snack. In zweiter Gestalt finde ich Skorpione echt lecker.« Esmeralda leerte ihre erste Wasserflasche, weil es wirklich verdammt heiß war. Dann verwandelte sie sich in eine Gabelracke, knusperte die zappelnde Gefahr weg und schnappte sich eine Spinne aus dem Gebüsch. Als sie das Tier Tsepo auf den Kopf setzte, erschreckte er sich oder tat wenigstens so. Diesmal waren wir dran mit Lachen und die Stimmung war gerettet.

Vorerst.

Durst

Was ist, soll ich kurz losfliegen und den Tamboti-Baum aus-kundschaften?, fragte das Vogelmädchen. *Ich jedenfalls will eine gute Note für diese Lernexpedition!*

»Na gut«, meinte ich und mit Flügeln, die schimmerten wie ein Juwel, schwang Esmeralda sich in die Lüfte. Tsepo winkte mich weiter und kniete sich neben eine Pyramide aus aufge-häuften Steinen. »Schau mal. Sie ist Heiseb gewidmet, einem wichtigen Geist meiner Leute. Heiseb kann böse sein, aber meist beschützt er uns. Wenn wir uns bei ihm für etwas be-danken wollen, legen wir einen Stein dazu.«

Wir blickten hoch, als wir das Schwirren von Flügeln hörten. *Der Tamboti-Baum ist da vorne, es ist nicht mehr weit,* verkün-dete Esmeralda. *Los, kommt, ihr Schlaffis!*

Das mit den Schlaffis stimmte, jedenfalls in meinem Fall. In-zwischen war es Mittag und die gnadenlose Sonne machte mir zu schaffen.

Wir fanden den Tamboti, einen hohen Baum mit grüngrau-en Blättern, und Tsepo legte die Hand auf seine Rinde. »Sein Holz brennt auch, wenn es nass ist, und der Rauch vertreibt Moskitos.«

»Siehst du hier irgendwo einen Moskito?«, fragte Esmeral-da, die sich zurückverwandelt und angezogen hatte. Weil wir gleichzeitig in den Zwischenraum zwischen den Stämmen griffen, waren wir uns einen Moment lang näher, als mir lieb war. Dann schoben ihre Finger meine weg und griffen nach etwas, das sich als Springbockfigur aus dunklem Holz herausstellte.

»*Katcháa*«, meinte Tsepo zufrieden.

Esmeralda grinste. »Was meint ihr, darf ich die nach der Expedition behalten?«

Das war Tsepo und mir so was von egal. Wir ruhten uns erst mal aus – und ein paar Minuten später wurde uns auf sehr drastische Art klar, was das größte Hindernis dieser Lernexpedition war.

Eben noch hatten wir gemütlich unter dem Tamboti-Baum Rast gemacht und im nächsten Moment schrie die zurückverwandelte Esmeralda schon: »Achtung! Schlange!« Das graubraun gemusterte Tier, das sie gesichtet hatte, war armlang und kroch in unsere Richtung. Wir gerieten kurz in Panik, jedenfalls Esmeralda und ich, und sprangen auf, um zurückzuweichen. Dabei stießen wir leider unsere Wasserflaschen um und das kostbare Nass versickerte im Sand.

Das Reptil warf uns nicht mal einen Blick zu, es setzte einfach seinen Weg fort und verschwand im Gebüsch.

»Oh«, sagte Tsepo nur, während Esmeralda und ich herumfluchten.

Fünf Kilometer in der Mittagshitze zurück – ohne Wasser? Mir fiel ein, was unsere Lehrer uns vor der Reise über Hitzschlag erzählt hatten.

»Wenn wir die Schule alarmieren, kommen die uns holen und bringen was zu trinken mit«, sagte ich.

»Kommt gar nicht infrage, ich stehe auf einer Eins minus in Verhalten in besonderen Fällen. Wenn wir das hier versauen, bekomme ich im Zeugnis nur eine Zwei«, regte sich Esmeralda auf. »Los, gehen wir! Je früher wir wieder in der Schule sind, desto besser.«

»Wir sollten abwarten, bis es Abend ist und kühler wird«, wandte Tsepo ein.

»Dann bekommen wir aber Ärger.« Esmeralda marschierte einfach los und widerstrebend folgten wir ihr, damit das Team nicht auseinandergerissen wurde.

Durst ist ein wirklich scheußliches Gefühl. Schon nach kurzer Zeit klebte meine Zunge am Gaumen, weil mein Mund so trocken war. Immer drängender forderte mein Menschenkörper, ich solle ihm gefälligst was Flüssiges in den Rachen schütten. Mich zu verwandeln, wagte ich nicht, weil mein dicker Winterpelz mir hier sowieso schon genug zu schaffen machte.

»Du hast es gut – wenn dir zu heiß wird, kannst du dich einfach in ein Erdmännchen verwandeln und unter der Erde chillen«, sagte ich zu Tsepo – und der verwandelte sich prompt in ein kleines hellbraunes Tierchen, das sich auf die Hinterbeine setzte und uns mit munteren dunklen Augen anblickte. *Dafür werde ich als Erstes gefressen, wenn ein Beutegreifer vorbeikommt,* gab er zurück und verwandelte sich wieder.

Immer langsamer wurden Esmeraldas und meine Schritte, bis wir alle zwanzig Meter Pause machen mussten. Das machte mir Angst. Nur Tsepo hatte keine Probleme, sein schmaler, zäher Jungenkörper bewegte sich mühelos. Der San-Junge grub für uns an einer Stelle, an der ich nur eine vertrocknete Ranke erkannte, ein paar Knollen aus, die wie Kartoffeln schmeckten und Feuchtigkeit enthielten, aber das half nur kurz.

Irgendwann konnte ich nicht mehr weiter. Ächzend lehnte ich mich gegen einen Baum, dessen dürre Blätter nur wenig Schatten zustande brachten.

Heiß, es war so furchtbar heiß. Ich konnte an nichts anderes mehr denken als an das Wasser, das wir verschüttet hatten. »Wisst ihr, was? Ich bleibe einfach hier, bis es Abend ist und endlich kühler wird. Dann fühle ich mich besser, ganz bestimmt.«

»Okay«, sagte Esmeralda und zuckte die Achseln. »Wir sagen in der Schule Bescheid, wo du bist. Wie unpraktisch, dass du nur diese Pumagestalt hast.«

»Ja, das stimmt«, gab ich zu. Der Herr der Gestalten hatte, falls die Gerüchte stimmten, noch ein paar mehr.

Tsepo blickte mich besorgt an. »Nein. Du bleibst nicht hier. Du musst gehen!«, drängte er mich. »Wir sind fast da!«

»Wo da?« Völlig fertig schaute ich mich um. »Hier sind nur Steine und Sand.« Bis zur Schule waren es noch einige Kilometer.

»Komm, los.« Tsepo führte eine Art Tanz auf, bei dem er mit den Armen flappte. »Wollt ihr raten, welches Tier uns gleich weiterhilft?«

Manchmal nervte es, dass der Typ so albern war. Ich hatte jetzt keinen Sinn für Ratespielchen! Esmeralda auch nicht. »Wenn du denkst, dass ich ein Straußenei aus einem Nest klaue, dann hast du dich geschnitten. Der Hahn macht uns platt!«

»Muss er nicht«, gab Tsepo zurück, zögerte kurz ... und ging dann ohne uns weiter.

Tu das nicht, wollte ich rufen, doch mein Mund war zu ausgetrocknet. Ohne den San-Jungen, der in dieser Savanne daheim war, hatten wir keine Chance! Oder höchstens Esmeralda, weil sie zurückfliegen konnte zur Schule.

Tsepo ging nicht weit. Nach etwa einer Baumlänge – wir konnten ihn noch sehen – kniete er sich hin und begann zu graben. Verblüfft sahen Esmeralda und ich uns an. Grub er sich jetzt einen Bau, um in der kühlen Erde zu warten, bis wir uns ausgeruht hatten? Nein, er brachte aus dem Boden etwas zum Vorschein. Ein Straußenei! Keine Ahnung, wie er das Ding gefunden hatte, nichts hatte verraten, dass es dort gewesen war.

Vorsichtig, als wäre das Ei ein großer Schatz, brachte er das Ei zu uns und zog einen Holzstöpsel aus dem Löchlein an der Oberseite. Verblüfft witterte ich Wasser.

»Meine Leute vergraben Vorräte für Notzeiten«, erklärte Tsepo.

Durch einen hohlen, trockenen Grashalm – einen natürlichen Strohhalm! – konnten wir daraus trinken. Tsepo nahm selbst nur einen winzigen Schluck. Ich dagegen gluckerte dankbar das halbe Ei leer.

Wie peinlich – beinahe wäre ich nur einen Steinwurf vom Wasser entfernt verdurstet.

»Jetzt kannst du weiter?«, fragte Tsepo hoffnungsvoll und ich nickte. Ich würde es zurück zur Schule schaffen, ganz sicher.

Als wir an der Steinpyramide vorbeikamen, die dem Schutzgeist mit dem Namen gewidmet war, den ich mir nicht merken konnte, nahm ich feierlich einen Stein und legte ihn darauf.

Dem Geist schien es gefallen zu haben, dass ich mich bedankt hatte, denn obwohl wir die Lernexpedition beinahe verpatzt hätten, gab uns Mr Sartorius eine Eins.

»Und, alles glattgegangen bei euch?«, fragte ich Bertas Team, das ebenfalls gerade zurückgekommen war.

Berta sah hingerissen aus. »Bei uns war es total gefährlich! Wir sollten Kontakt mit einer wilden Hyäne aufnehmen. Als wir nach einer gesucht haben, hab ich mir einen Dorn eingetreten und beinahe hätten mich die anderen zurücktragen müssen – stellt euch das mal vor!«

Wir verdrehten die Augen. Auch Esmeralda.

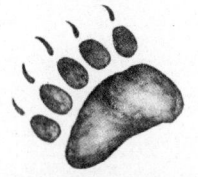

Nützlich und gefährlich

In dieser Nacht hatte niemand Albträume wegen uns. Die Oryx-Schulleiterin inszenierte einen Feueralarm als Ablenkung, um unsere Abfahrt zu tarnen. Sobald die Sonne aufging, waren James Bridger, die Rabenzwillinge und ich endlich unterwegs, um das geheimnisvolle alte Buch abzuholen. Jessie Parks, die Agentin mit den kurzen hellblonden Haaren, war ebenso wenig zu Small Talk aufgelegt wie Steve Aboyo, der am Steuer saß und alle paar Minuten in den Rückspiegel blickte.

Seht ihr aus der Luft etwas Verdächtiges?, hörte ich James Bridger die Rabenzwillinge fragen.

Nein – keine Drohnen und auf der Straße ist niemand unterwegs, meldeten sie.

Nach einer Weile wandten wir uns nach Norden.

Wir fuhren so lange, dass ich tatsächlich einschlief und wir zwischendrin eine Pause einlegen mussten, damit Shadow und Wing ihre Flügel ausruhen konnten. Die Schotterpiste, auf der wir schließlich fuhren, war so rau, dass ich wieder einmal durchgerüttelt wurde. Ich war froh, als wir nach mehreren Stunden einen kleinen Ort erreichten. Neugierig blickte ich einem Eselskarren hinterher, auf dem mehrere Frauen irgendwelches Gemüse transportierten, und sah Kindern zu, die mit einem halb platten Fußball spielten und uns neugierig hinterherschauten.

An einer Hütte, vor der ein uraltes Coca-Cola-Schild prangte und die anscheinend einen mit Solarzellen betriebenen Kühlschrank hatte, fuhren wir leider vorbei. Vor einem Haus lagen auf einer Decke Metallgegenstände zum Verkauf, ein Kind hockte dabei und wartete auf Kunden. Genau dort bog Steve von der Piste ab und parkte hinter einer Hütte mit Wellblechdach; auf einer Wäscheleine flatterten Kleidungsstücke. Als ich ausstieg, witterte ich Kohlenstaub, heißes Metall und Maisbrei.

»Willkommen!« Ein hagerer Mann mit tief zerfurchtem Gesicht hinkte aus dem Haus auf uns zu. Steve Aboyo umarmte ihn herzlich und die beiden redeten in einer Sprache miteinander, aus der ich viele Klicklaute heraushörte.

»Das ist sein Vater, oder? Paulas Großvater?«, riet ich und James Bridger nickte. »Ich habe ihn kennengelernt, als er zu Besuch an der Narawandu School war. Die Aboyos sind Damara. Gariseb war früher Bediensteter bei einer Herero-Familie, hat sich dann aber als Kupferschmied selbstständig gemacht. Wir haben uns angefreundet und Adressen ausgetauscht.«

Mit einem breiten, herzlichen Lächeln winkte uns eine alte Frau zu ein paar Plastikstühlen hinter dem Haus und bereitete uns Tee. Zwei Kinder, wahrscheinlich Enkel, halfen, weißen Maisbrei – süßen diesmal, mit Milch gekocht – zu servieren, stopften sich ebenfalls welchen in den Mund und behielten uns dabei neugierig im Auge. Vor allem mich und meine gefiederten Freunde; Shadow und Wing hatten sich rechts und links auf meine Schultern gesetzt.

»Wehe, ihr lasst was fallen«, warnte ich sie leise.

Fallen lassen? Würden wir doch nie, versicherte mir Wing.

»Gut aufgehoben habe ich dein Buch«, sagte Gariseb Aboyo stolz zu meinem Lieblingslehrer und winkte seiner Frau, das Objekt zu holen. Sie brachte es ihm und Gariseb wickelte es feierlich aus der verblichenen Supermarktplastiktüte, in die es eingehüllt gewesen war. »Starke Magie, ja? Wenn ich berührt habe Buch, habe ich gespürt.«

»Ja – vielleicht zu stark, wir werden sehen.« Dankbar nahm James Bridger das alte Cherokee-Werk entgegen und dankte seinem Hüter lächelnd. Ich erinnerte mich daran, dass der Rat eine halbe Million Dollar für dieses schmale ledergebundene Werk bezahlt hatte. Das ahnte hier natürlich niemand, vermutlich wäre sonst einiges los gewesen.

Sofort fragten die Raben: *Dürfen wir mal reinschauen?*

James Bridger zögerte und tauschte einen Blick mit den Ratsleuten, doch Jessie Parks meinte: »Lass sie ruhig. Es ist schließlich ihr Erbe.«

Die Rabenzwillinge gehörten zu den wenigen Leuten weltweit, die dieses Buch lesen konnten, denn schließlich war es in Cherokee-Sprache geschrieben. Während ich das Buch hielt, betrachteten die Rabenzwillinge die Seiten mit ihren blanken dunklen Augen. Leises Gedankengemurmel strömte durch meinen Kopf, während sie lasen und ich hin und wieder umblätterte. Mit schief gelegtem Kopf sagte Shadow: *Oh, fedrig, ich habe die Anleitung gefunden, wie man jemandem, der in zweiter Gestalt festgefroren ist, wieder seine Menschengestalt zurückgeben kann.*

Es überlief mich eiskalt. Zum Glück waren die Raben absolut auf unserer Seite, sonst hätten wir jetzt ein Problem gehabt.

»Was ist daran fedrig? Für Andrew Milling ist diese Formel …«, begann ich und zuckte zusammen, als mir klar wurde, welchen Fehler ich begangen hatte. Vielleicht wussten die beiden alten Leute gar nicht, was Woodwalker waren oder dass man von Kopf zu Kopf sprechen konnte.

Doch Garisebs Lächeln wurde nur noch ein bisschen breiter.

»Waran«, sagte er und deutete auf sich. Ach so, er war eine Echse. Und beim Namen Andrew Milling hatten die beiden keine Reaktion gezeigt, mit etwas Glück hatten sie nie von ihm gehört.

Während Gariseb, sein Sohn und James Bridger über Probleme mit der Dürre, die Kupferschmiede und Wüstenelefanten plauderten, waren die Raben hoch konzentriert am Werk. *Hier steht, wie man lernt, seine Gedankensprache enorm stark zu machen, wenn man das Talent dafür hat,* berichtete Wing. *So stark, dass man anderen damit schaden kann ... gruselig.*

Shadow stieß ein Krächzen aus. *Aber auch nützlich, man könnte damit sehr viel weitere Fernrufe aussenden. Oh, schau mal, diese andere Formel hier – total lustig! Die müssen wir unbedingt mal ausprobieren.*

Praktisch ja, aber auch gefährlich. Es machte mich unruhig, dass dieses Buch überhaupt existierte, und eigentlich gefiel es mir auch nicht, dass die Raben all das lasen. Meine Hände weigerten sich, weiter umzublättern. Was die Raben nicht weiter beeindruckte, sie hüpften mir in den Schoß und erledigten das mit dem Schnabel. Wenn sie etwas wirklich wollten, dann setzten sie sich durch, das kannte ich schon aus der Clearwater High (und genauso stur waren sie, wenn sie etwas nicht wollten, wie unser Lehrer schon hatte feststellen müssen).

»Wir sollten es vernichten«, sagte ich zu James Bridger, so wie ich es schon einmal getan hatte. Und auch diesmal schien er meine Meinung nicht zu teilen, er blickte mich nur kurz mit gerunzelter Stirn an und wandte sich dann wieder an unseren Gastgeber.

»So, wir machen uns auf den Rückweg. Danke für alles, mein Freund. Ich wünsche dir und deiner Familie Gesundheit und ein langes Leben!«

Ich setzte ein freundliches Gesicht auf und dachte darüber nach, dass Paula Aboyo sicher nicht gewusst hatte, dass ihr Großvater solche Geheimnisse für uns gehütet hatte. Sonst hätte sie versucht, an die Formeln heranzukommen – schließlich war sie mit ihrer zweiten Gestalt nicht gerade glücklich und ihre Schwester Imi hatte gar keine.

Wir fuhren wieder los und etwas widerwillig trennten sich die Raben von dem Buch, damit sie aus der Luft überprüfen konnten, ob uns jemand folgte. Ich hielt das geheime Buch in beiden Händen und fühlte das rissige, zweihundert Jahre alte Leder des Einbands an den Fingerkuppen. Das Buch fühlte sich warm an und so, als hätte es gerne mit mir gesprochen. Dabei hatte ich vor kurzer Zeit noch vorgeschlagen, es zu zerstören.

»Wo wollt ihr es verstecken, bis wir abfliegen?«, fragte ich Bridger, der aus dem Autofenster Ausschau hielt – weder er noch die Ratsleute hatten jetzt den Nerv für irgendwelches Geplauder.

»In einem Nashornschutzgebiet«, antwortete stattdessen Jessie Parks. »Dort kann ich meine Kumpels bitten, jeden auf die Hörner zu nehmen, der ranzukommen versucht. Ich selbst bleibe auch in zweiter Gestalt da.« Jessie Parks hieb mit der flachen Hand aufs Lenkrad. »Ich fasse es immer noch nicht, aus was für einem beschissenen Grund so viele Nashörner abgeschlachtet werden!«

»Welchem denn?«, fragte ich neugierig.

»Manche Chinesen glauben, dass das pulverisierte Horn angeblich gut ist für die Manneskraft. Aber das Ding besteht aus dem gleichen Material wie menschliche Fingernägel!«

Sollen sie doch ihre eigenen geriebenen Fingernägel schlucken!, sagte Wing.

James Bridger fragte die Raben: *Seht ihr irgendjemanden auf der Straße?* Auch er dachte wohl an die Straßenblockade, mit der uns die Youngblood das letzte Mal beinahe erwischt hatte.

Wir fuhren wieder in Richtung der Narawandu School, bogen aber vorher in die Savanne ab, um das Buch dort zu verstecken. Als wir aus dem Mietwagen stiegen, wallte mir ein Schwall heißer Luft entgegen, doch seltsamerweise schwitzte ich kaum, vielleicht weil die Luft so trocken war. Zum Glück hatte ich feste Schuhe angezogen, denn hier und dort lagen abgefallene Akaziendornen auf dem Boden. Wir hatten einfach auf der Piste angehalten und marschierten in die Wildnis hinein, wobei Steve Aboyo mit einem Zweig unsere Spuren hinter uns verwischte. Er trug ein Gewehr über der Schulter, was mich enorm beruhigte.

Staunend sah ich, dass wir Gesellschaft hatten. Zwei Giraffen, deren langer Hals über dem Buschwerk aufragte, schritten durch die Landschaft, ohne uns Beachtung zu schenken. *Keine Woodwalker,* meldete Wing und fasziniert beobachtete ich, wie eines der Riesentiere im Laufen kleine Köttel auf die Erde purzeln ließ. Jetzt wusste ich also, wessen Dung ich neulich gesehen hatte.

Kurz darauf tauchte Shadow hinter mir auf und setzte sich auf einen Ast, um Ausschau zu halten.

Und dann erblickten wir das erste Nashorn. Ein gewaltiger grauer Koloss, der damit beschäftigt war, mit seiner breiten Schnauze das Gras abzuweiden. Als er uns sah, hob er wachsam den Kopf. Ich war nicht mehr imstande, mich zu bewegen. Beim großen Gewitter, ich stand keine halbe Baumlänge von einem wilden Nashorn entfernt! Es war sicher doppelt so schwer wie Brandon.

Und dort war auch ein zweites Tier, ein Bulle mit eindrucksvollem Horn. Seine Äuglein betrachteten mich skeptisch. Was

hatte der vor? War hier irgendwo ein Felsen oder Termitenhügel, hinter den ich mich flüchten konnte? Nein, der nächste
war ein ganzes Stück entfernt!

»Alles easy, Carag. Ganz ruhig bleiben. Ich rede mit ihm.«
Jessie Parks stieß ein tiefes Brummen und Grunzen aus und
die beiden Nashörner beruhigten sich wieder. Das Breitmaulnashorn blieb stehen und graste weiter.

Wir gingen noch etwa einen Kilometer weiter.

»Ein guter Platz für das Buch! Wie wäre es mit dieser Stel-
le hier?« James Bridger deutete auf eine Stelle am Fuß eines
Felsens. Wir nickten und ich verpackte das Buch vorsichtig in
eine wasser- und staubdichte Kunststoffhülle, die wir aus den
USA mitgebracht hatten. Währenddessen hatten James und
Paulas Vater mit Stöcken zu graben begonnen.

»Ruhe sanft«, murmelte James, während er das Buch unter
dem Sand unterbrachte. »Jedenfalls bis wir dich wieder abholen.«

»Grabstein gefällig?« Ich legte noch einen Felsbrocken auf
die Stelle.

»Es muss aber keiner eine Rede halten, oder?«, meinte Jessie
Parks. Die beiden Agenten des Rates wirkten ebenso erleichtert wie wir anderen.

Das kann ich ja übernehmen, sagte Rebecca Youngbloods
Stimme in meinem Kopf und eine große Löwin sprang Steve
Aboyo von hinten an und riss ihn zu Boden, sodass er das Gewehr verlor. *Sehr freundlich von euch, dass ihr uns das Buch
überlasst.*

Ich schrie auf, denn gleichzeitig waren drei andere Raubkatzen aus dem Busch aufgetaucht. Darunter ein riesiger Löwen-
Wandler mit braunschwarzer Mähne – inzwischen wusste ich,
dass er Bradley Makalani hieß. Auch eine Fledermaus flatter-

te heran – todsicher diese schreckliche Frau aus der »Selbsthilfegruppe« ehemaliger Milling-Anhänger!

Tikaani

Ging es Carag gut? Bestimmt, das Team hatte die Mission ja gut vorbereitet und schlechte Omen hatte es nicht gegeben. Trotzdem machte sie sich Sorgen – sollte sie nachforschen, ob er Hilfe brauchte? Nein, wahrscheinlich war das mit den Sorgen lächerlich und das mit dem Erkunden eine blöde Idee.

Es hätte Carag garantiert nicht gefallen, dass ihr Blick immer wieder zu Escoro schweifte. Aber nicht aus dem Grund, den ihr Freund wahrscheinlich vermutet hätte. Sie wollte diesem Jungen helfen, so wie er ihr geholfen hatte ... aber konnte sie das überhaupt? Unauffällig hatte sie sich ein bisschen umgehört und von Ilanga etwas erfahren, das sie wichtig fand.

Eine Gelegenheit, ihn darauf anzusprechen, kam schnell. In den Pausen zog Escoro sich meist zurück, starrte in die Landschaft oder schnitzte abseits der anderen an einem Stück Holz herum. Er hatte sich so gründlich zum Außenseiter gemacht, dass niemand wagte, ihn in solchen Momenten anzusprechen.

Doch diesmal gesellte sich Tikaani zu ihm und setzte sich schweigend neben ihn auf ein Stück Baumstamm am Rand des Innenhofs. So lange, bis er sie fragend von der Seite ansah.

»Ich habe gehört, du bist der Sohn eines Herrschers«, sagte sie. »Das fand ich interessant, weil mein Vater auch das Oberhaupt eines Clans ist.«

Ohne eine Regung blickte er sie an. »Hat dir das Glück gebracht?«

»Geht so. Früher dachte ich, es wäre eine Verpflichtung. Oder es würde mir zustehen, ein Rudel zu führen.«

Escoro schnitzte weiter. Er hatte geschickte Hände mit langen Fingern – wie seltsam, schließlich hatte er in zweiter Gestalt nicht mal Arme. »Und was denkst du jetzt?«

»Jetzt *weiß* ich, dass es eine Verpflichtung ist. Und eine große Chance. Das Führen, meine ich. Vielleicht wissen wir beide besser als andere, wie es geht.«

»Was willst du mir damit sagen?« Gleich würde wieder Wut in seinen Augen glimmen, gleich, aber noch nicht jetzt. Noch hatte sie die Chance, ihn zu erreichen.

»Probier es aus«, sagte Tikaani. »Das Führen. Vielleicht ist es das, was dir fehlt.«

Schweigend nickte Escoro und dann war die Pause auch schon vorbei und der Unterricht ging weiter.

Krallen versus
Koloss

Carag

Die Fledermaus wirkte verpennt, aber unsere Feinde zu alarmieren, hatte sie geschafft. *Die Giraffe war ein prima Aussichtsplatz, ich hab die Kerle gleich kommen sehen,* verkündete sie. *Gute Arbeit, oder?*

Du bist eine Schande für alle Flugtiere, schimpfte Shadow aus sicherer Entfernung.

Jaja, gute Arbeit, Dhana. Und jetzt Klappe! Rebecca Youngblood ließ uns nicht aus den Augen und pirschte um mich herum. *Ihr bleibt, wo ihr seid, klar? Wer sich bewegt, der stirbt auf der Stelle.*

Mir sträubten sich die Härchen auf den Armen, als die Löwin mich mit ihren gelben Augen fixierte und drohend die Fangzähne zeigte.

Jessie Parks dachte nicht daran, dem Befehl zu folgen. Sie verwandelte sich so rasch, dass Fetzen ihres T-Shirts und ihrer Khaki-Shorts in alle Richtungen flogen. Schon stand ein wütendes Breitmaulnashorn vor der Youngblood und stampfte auf sie zu, trat dabei leider auch auf das Gewehr von Steve

Aboyo. Jetzt hatte es eine wirklich interessante Form. Gleichzeitig stieß Jessie-das-Nashorn schnaubende Rufe aus, sie rief ihre Artgenossen aus der Umgebung herbei.

Das wird Ihnen nichts nützen, Sie kurzsichtiger Klotz!, behauptete Rebecca Youngblood, doch sie sprang grollend beiseite und musste Steve loslassen.

Instinktiv verwandelten auch James, Steve Aboyo und ich uns ... aber bis auf Miss Parks waren wir waren alle so furchtbar klein im Vergleich zu diesen Raubkatzen! Bradley war als ausgewachsener Löwe fünfmal so groß wie ich. Und er hatte, wie die Menschen sagten, ein Hühnchen mit mir zu rupfen (früher hatte ich gedacht, das hieße, dass man sich gemütlich zum Essen trifft). Diese Kerbe in seinem Ohr verdankte er mir und unserem Kampf an der Goldmine. Mit finsterem Blick setzte er sich in Bewegung, auf mich zu, und holte mit der Pranke aus. Ich sprang fauchend beiseite.

Da kam schon die Unterstützung! Es war der Nashornbulle von vorhin und außerdem eine Nashornmutter mit einem Kalb. Blöderweise hatten sie nicht ganz kapiert, wer der Feind war. Und ich war dem Kalb genau in den Weg gesprungen.

Die Nashornkuh zögerte nicht lange, senkte den Kopf und stampfte auf mich zu. Eulendreck! Ich blieb nicht stehen, um das Missverständnis aufzuklären, sondern sauste den nächstbesten Baum hoch.

Leider war es das beliebte afrikanische Modell mit den Dornen an den Zweigen. Aber ich konnte nicht zurück auf den Boden springen, dort gingen gerade mehrere Dickhäuter auf alles los, was sich bewegte. Staub wirbelte auf und stieg mir in die Nase, während ich mich auf meinen Ast duckte und festzustellen versuchte, wo Rebecca Youngblood gerade war.

Unbeirrt von dem Chaos um sie herum, strebte sie auf das Versteck des geheimen Werks zu.

Mr Bridger! Ich versuche, das Buch zu beschützen!, rief ich.

Carag – bleib, wo du bist, das ist zu gefährlich!, kam es zurück.

Wir hörten Motorengeräusch. Es war ein weißer, geschlossener Landrover, der exakt zwischen den gereizten Nashornbullen und die Youngblood fuhr und dort anhielt. Ein Ranger! Genau rechtzeitig!

Ich war ungefähr so lange dankbar, wie man braucht, um einen kurzen Satz auszusprechen. Der Satz kam von der Youngblood und lautete. *Da bist du ja endlich, Dunbar!*

»Wieso ›endlich‹? Hab mich nur ganz kurz verfahren, Chefin«, versicherte Dunbar und funkelte mich an. »Wenigstens liegt hier kein verdammter Schnee so wie ...«

Dann schrie er auf, weil ein junges Löwenmännchen gerade Bridger-den-Kojoten um das Auto herum jagte. Bridger witschte zwischen den Beinen des Fahrers hindurch und war schon wieder ganz woanders. Der Löwe konnte nicht mehr rechtzeitig bremsen und prallte gegen seinen Woodwalker-Kollegen. Mit einem »Uff« landete der im Sand und umklammerte seine edelsten Körperteile. »Malik, du Depp, ich reiß dir die ...!«

Der Rest ging in Bradleys Brüllen unter. Ein Nashornbulle hatte anscheinend doch noch kapiert, dass die Löwen hier die Feinde waren, und hatte begonnen, den größten der Raubkatzen-Wandler zu jagen. Die Erde bebte, als der Koloss hinter Bradley herstampfte. Erschrocken sah ich, dass der Landroverfahrer ein Gewehr vom Rücksitz des Wagens geholt hatte, doch anscheinend schaffte er es nicht, die Waffe zu entsichern.

Leider schirmte der quer geparkte Wagen Rebecca Youngblood von den Nashörnern ab. Zu beiden Seiten verhinderten Bäume, dass unsere Freunde an sie herankamen, und hinter dem Buchversteck erhob sich ein Felsen.

Schon hatte meine Feindin den Stein weggeschoben, mit dem wir die richtige Stelle markiert hatten, und begann, gierig mit den Vorderpranken im Sand zu wühlen. *Cynthia, Malik, ihr gebt mir Deckung,* befahl sie und eine Löwin sowie der junge Löwe von vorhin rannten zu ihr.

Nein! Sie kriegen nicht mal eine einzige Seite! Shadow und Wing stürzten sich auf sie herab wie zwei Greifvögel, hackten nach ihr und schlugen ihr die Krallen ins Fell. Nicht umsonst waren die beiden die Stars der Clearwater-High-Flugstaffel und bekamen fast immer eine Eins im Kampfunterricht.

Mehr nach rechts, schrie Shadow. *Ziel auf ihr Auge!*

Pass auf, da kommt einer von links!, brüllte Wing zurück und entging in einem gewagten Manöver der hochspringenden Löwin Cynthia. Die Raubkatze erwischte nur eine herabsegelnde schwarze Feder.

Noch immer hockte ich hilflos auf diesem Baum. Die Youngblood war zu weit von mir entfernt, ich konnte sie mit einem Sprung nicht erreichen – aber vielleicht mit zweien. Ich musste es versuchen!

Mit den Krallen hielt ich mich an dem trockenen, rissigen

Holz fest und spannte gleichzeitig jeden Muskel an, sammelte meine Kraft. Dann hüpfte ich auf das Dach des Landrovers, rutschte auf dem glatten Metall aus, zog die Krallen durch den Lack (scheußliches Geräusch!) und wäre beinahe über die Windschutzscheibe abgerutscht. Im letzten Moment zog ich die Pfoten wieder unter den Körper und brachte es fertig, zu einem zweiten Sprung anzusetzen.

Schon flog ich wieder durch die Luft ... und landete präzise im Genick von Rebecca-Youngblood-der-Löwin. Mein Angriff drückte sie auf den Boden und entlockte ihr ein wütendes Grollen.

Mir war klar gewesen, dass ich mit diesem Sprung mitten zwischen ihren beiden Bodyguards landen würde. Irgendwie hatte ich gehofft, dass ich die Youngblood ausknocken und mich mit dem Buch im Maul auf den Felsen retten konnte. Falsch gedacht. Mit ausgefahrenen Krallen und aufgerissenen Mäulern stürzten Rebeccas Löwen sich auf mich, um mich in Fetzen zu reißen.

Doch dann geschah so was wie ein Wunder.

Also echt, Cynthia, du kämpfst wie ein Osterhäschen, motzte Malik plötzlich, der Bodyguard der Youngblood. *Streng dich bitte ein bisschen mehr an!*

Was ist das denn für ein beschissener Machospruch? Cynthia vergaß mich vorübergehend. *Du denkst wohl, du bist der große Held, was? Dabei habe ich noch nie ein so räudiges Fell wie deins gesehen!*

Was soll das? Malik klang fassungslos, er musste zurückweichen, um Cynthias Angriff zu entgehen. *Bist du jetzt völlig durchgedreht? Und übrigens, hast du mal daran gedacht, zehn oder fünfzehn Kilo abzunehmen?*

Wie bitte? Was geht dich mein Gewicht an, du miese Filzlaus?

Die beiden Löwen beachteten mich nicht mehr. Sand wirbelte auf, Pflanzenteile rissen ab und Geifer tropfte auf den Boden, als sie aufeinander losgingen.

Das mit den Beleidigungen waren übrigens wir, flüsterte mir Shadow stolz in den Kopf und seine Schwester fügte hinzu: *Im Buch stand, wie man seine Gedankenstimme verstellt – das funktioniert einfach super!*

Oh, wow, brachte ich nur heraus und war einen Moment lang ziemlich froh, dass wir das Buch nicht zerstört hatten.

Die Youngblood hörte kurz auf zu graben, um ihre Löwenhelfer fassungslos zu mustern. *Habt ihr völlig den VERSTAND VERLOREN? Ihr sollt mich verdammt noch mal schützen, sonst ...*

Die Welt erfuhr vorerst nicht, was sonst passierte, weil ich ihren peitschenden Löwenschwanz erwischt hatte, mit den Pranken niederdrückte und herzhaft hineinbiss. Reinstes Kätzchenspiel. So was hatte ich mit Mia und meinen Eltern tausendmal gemacht, nur natürlich ohne ernsthaften Einsatz der Zähne. Rebecca Youngblood vergaß das Buch, brüllte auf und fuhr zu mir herum.

Darauf hatte Steve Aboyo nur gewartet, er stürzte sich in die Sandgrube, packte das Buch mit seinem Hyänengebiss, stieß ein keckerndes Lachen aus und rannte damit davon.

Löwenstark,
kojotenschlau

Ja, ich vertraute Paulas Vater. Wenn er mit dem geheimen Buch davonrannte, dann bedeutete das a) nicht, dass er ein Verräter war, sondern b), dass er alles tat, um es in Sicherheit zu bringen. Das mit dem Lachen gehörte bei Hyänen einfach dazu, soweit ich das mitbekommen hatte.

Doch leider sind Hyänen zwar unglaublich schlau und stark, aber bei der Schnelligkeit hapert es. Der Landrover hatte deutlich mehr drauf. Ich bekam Angst, dass Mr Aboyo gleich an einem der Reifen kleben würde – doch der Agent des Rates konnte sich gerade noch zur Seite werfen, sodass der Wagen ihn nur streifte. Das zweihundert Jahre alte Buch flatterte hoch wie ein verletzter Vogel und klatschte aufgeklappt auf die Windschutzscheibe. Nicht nur ich stöhnte auf. Shadow stieß einen Fluch in einer Sprache aus, die wahrscheinlich Cherokee war.

Er und Wing stießen herab, spreizten die Schwingen, um in der Luft abzubremsen, und packten das Buch mit den Krallen. Hoben es gemeinsam himmelwärts. Einen kurzen Moment schöpfte ich Hoffnung, doch dann entglitt das Werk den Raben, es war für sie zu schwer zu packen. *Beim Ei des Hüters, das darf doch alles nicht wahr sein,* keuchte Wing, sie klang den Tränen nahe.

Rebecca Youngblood war noch immer in ihrer Löwengestalt. Sie stemmte die Pranken gegen den Kühlergrill des Landrovers und schnappte sich das Buch (ich hörte den Ledereinband unter ihren Eckzähnen knirschen). Den beiden Nashörnern, die auf sie zustürmten, schenkte sie nur einen kurzen Blick.

Lassen Sie das fallen, sofort!, herrschte Jessie Parks sie an.

Wieso sollte ich?, kam es kühl zurück, dann sprang die Youngblood durch die offene Tür auf den Beifahrersitz und der junge Fahrer knallte den Rückwärtsgang rein. Doch der Landrover kam nicht weit, Miss Parks stellte sich ihm von hinten in den Weg und gleichzeitig griff der Nashornbulle von vorne an und bohrte sein Horn in den Kühler. Dampf quoll daraus hervor.

Das sah gar nicht so gut aus für die Leute der Youngblood. Und trotzdem behauptete meine Feindin: *Ihr habt verloren und wisst es noch gar nicht. Andrew Milling wird sich freuen!*

Ganz kurz darauf wussten wir, was sie meinte. Dunbar, der in erster Gestalt den Landrover fuhr, hatte das Lenkrad losgelassen und es mithilfe seiner Chefin doch noch geschafft, das Gewehr zu entsichern. Durchs offene Seitenfenster zielte er auf die Dickhäuter und ein Schuss peitschte auf, der garantiert jeden Ranger in der Umgebung alarmieren würde. Alle wilden Nashörner zuckten zusammen, drehten sich um und flohen.

Gleichzeitig hörten wir ein Brüllen, das die Luft vibrieren ließ, dann trabte ein weiteres Löwenrudel aus dem Gebüsch. Keine Ahnung, warum ich sofort wusste, dass sie aus der Wildnis kamen. Die drei Löwinnen wirkten wie erfahrene Jägerinnen und in den Augen des Löwenmännchens sah ich eine stolze Würde, die Bradley nicht hatte (soweit ich vom Rat erfahren hatte, war er in seinem Menschenleben Versicherungsmakler in Nairobi). Anscheinend war nur der Rudelchef ein Wandler. Ich hörte ihn sagen: *Wir sind sofort in Etosha aufgebrochen, als du Bescheid gesagt hast, Rebecca. War nicht ganz leicht, alle über den Zaun rüberzubringen. Seid ihr in Schwierigkeiten?*

Ah, er und seine Familie waren aus dem Etosha-National-park gekommen! Das war ein ganzes Stück weg, wahrscheinlich waren sie tagelang unterwegs gewesen.

Ja, das stimmt leider mit den Schwierigkeiten, Damab. Und Löwen müssen zusammenhalten. Die Youngblood sandte ihm ein widerlich anbiederndes Schnurren. *Hier geht es um uns alle, um alle Raubkatzen!*

Damit war offensichtlich nicht ich gemeint. Zwei der neu eingetroffenen Löwinnen gingen auf mich los und ich rettete mich auf einen menschenhohen Termitenhügel. Das Ding lief leider nach oben hin spitz zu und es war nicht leicht, darauf zu balancieren. Verzweifelt blickte ich zum Landrover hinüber – das Buch lag auf der Beifahrerseite unter einer Vorderpranke von Rebecca Youngblood. Zwischen meinen Freunden, mir und dem Werk wimmelte es nun förmlich von Löwen. Ich hätte ebenso gut versuchen können, einen Stern vom Himmel zu holen.

Was ist, ergebt ihr euch?, fragte die Youngblood und leckte sich über die Schnauze.

Erst wenn's hier schneit, erwiderte Steve Aboyo böse.

Genau. Das könnt ihr vergessen! Jessie Parks tat es ihrem Artgenossen nach und rammte den Landrover von vorne, sodass er ein Stück zurückgeschoben wurde. Metall ächzte und der junge Löwen-Wandler am Steuer schaute panisch drein.

Dann verhakte sich Jessies Horn in dem gebogenen Metallbügel an der Vorderseite des Wagens.

Sie steckte fest! Fluchend versuchte die Agentin des Rates, sich zu befreien – ohne Erfolg. Als sie wütend versuchen wollte, den ganzen Bügel abzureißen, blickte sie in den Lauf des

Gewehrs. Auf diese Entfernung konnte Dunbar sie unmöglich verfehlen. *Versuchen Sie besser nicht, sich zu verwandeln. Das ist mein ganz persönlicher Tipp, und sogar kostenlos!*

Auf dem Milchgesicht des Fahrers stand ein Grinsen, wie es breiter nicht mehr ging, während Steve, die Raben und ich aufstöhnten. Wir hatten gerade unsere stärkste Kämpferin eingebüßt.

Könnte bitte jemand diese mickrigen Gestalten fertigmachen? Tut es für Andrew! Jeder Feind weniger ist ein Vorteil für ihn. Er muss freikommen und die Menschen zwingen, Tiere zu schützen, statt sie auszubeuten! Rebecca Youngblood warf der Hyäne, den etwas zerzausten Raben und mir verächtliche Blicke zu. Zu Recht. Einer unserer Raben hätte längst losfliegen können zur Narawandu School, um die Leute dort zu alarmieren. Jetzt machte es keinen Sinn mehr, die Hilfe würde nicht rechtzeitig kommen.

Wo war eigentlich James Bridger? Vorhin war er in seiner Kojotengestalt durchs Gebüsch gehuscht, auf den Landrover zu, aber jetzt sah ich ihn nicht mehr.

Dafür hörte ich etwas.

Ein … Klingeln. Wie von einem Handy. Aber wir waren doch hier mitten im afrikanischen Busch, es gab keinen Empfang, wo konnte dieses Geräusch herkommen?

Offensichtlich erkannte eine der Löwinnen den Klang. Nein, nicht irgendeine. Die angebliche Nachfahrin der Sphinx. *Was …?*, entfuhr es der Youngblood.

Handys sollte man nicht im Auto liegen lassen, hörte ich James Bridgers Stimme und ich sah seine spitze Schnauze und seinen cremefarben-braunen Pelz auf dem Felsen auftauchen. *Besonders dann nicht, wenn man gleichzeitig die Tür offen stehen lässt. Ich bin sicher, den Rat werden die Chatverläufe, Num-*

*mern und Nachrichten auf Ihrem Gerät
sehr interessieren ...*

Sucht das Handy! Ihr alle! Sofort!, brüllte unsere Feindin. Kopflos und nervös
begannen ihre Löwenhelfer und -helfe-
rinnen umherzulaufen und versuchten
festzustellen, woher der Ton kam. Rebecca Youngblood sprang mit einem gewalti-
gen Satz vom Beifahrersitz des Landrovers.
Leider funktionierte James' Ablenkung
nicht perfekt, denn das Buch hatte sie dabei
ins Maul genommen. Ich konnte nur hoffen,
dass ihr Löwensabber die verblichene Schrift
endgültig unlesbar machen würde und die
geheimen Formeln für immer geheim bleiben
würden.

Während unsere Feinde beschäftigt waren,
hätten wir fliehen und uns vor dieser Über-
macht in Sicherheit bringen können. Doch ich
zögerte, hatte die Hoffnung noch nicht ganz
aufgegeben, obwohl ich in meinem Winterfell demnächst mit Hitzschlag kollabieren und
schlaff wie ein Stofftier von diesem Termitenhügel stürzen
würde. Es wunderte mich sowieso, dass ich in Afrika noch
überhaupt nicht umgekippt war.

Vielleicht hatte uns James Bridger nur etwas Zeit verschaf-
fen wollen.

Oder nicht uns, sondern eher unserer Verstärkung. Leise wie
ein Geist und schnell wie eine mit voller Kraft geschwungene Peitschenschnur glitt eine Schwarze Mamba aus dem Gebüsch. Genau auf Rebecca Youngblood zu.

Geschmeidig richtete die Schlange sich auf, bis ihr Kopf fast in Menschenhöhe aufragte, und blickte auf die Löwin herab.

Lassen Sie dieses Buch fallen!, sagte eine Jungenstimme. *Jetzt.*

Es war Escoro Jelani, der schwierigste Schüler der Narawandu School.

Die Sprache der Vernunft

Natürlich wusste jeder unserer Feinde – und nicht nur das wilde Löwenrudel –, wie gefährlich eine Schwarze Mamba war. Gegen ihren giftigen Biss half einem all die Raubtierkraft nichts. Rebecca Youngblood wusste es ganz sicher, jedenfalls bewegte sie sich keine Fingerbreite mehr und zum ersten Mal sah ich Furcht in ihren Augen. Doch auch sie war hart im Nehmen. *Sucht weiter das Handy!,* raunzte sie ihre Helfer an und hatte das Buch noch immer nicht losgelassen. Ihr war klar, dass Escoro nicht all diese Raubkatzen angreifen konnte, selbst wenn er dafür genug Gift im Maul gehabt hätte. Er konnte nur wenige Woodwalker gleichzeitig in Schach halten.

Doch mehr musste er auch gar nicht tun.

Denn er war nicht allein gekommen. Als ich den Kopf hob, sah ich, dass Ilanga der feindlichen Fledermaus-Wandlerin gerade ihre viel größeren Flughundschwingen um die Ohren haute. *Versuch bloß, mich zu beißen, ich hab auch Zähne! Ja, ich fresse nur Obst, aber das heißt nicht, dass ich harmlos bin!* Der Zweig, auf dem sie sich duellierten, schwankte wie im starken Wind und man sah auf die Entfernung nur, wie zwei dunkle Klumpen (einer schwarz, der andere schwarz und orangefarben) miteinander rangen.

Mit einem *Yihaa!* hechtete Holly durchs offene Fenster des Landrovers und hüpfte auf dem Lauf des Gewehrs herum, sodass sein Besitzer beim besten Willen nicht mehr zielen konnte. Sofort nutzte Jessie Parks die Chance, sich in eine Frau zu verwandeln und damit aus den Metallstangen zu befreien. Sie schnappte sich einfach ein Kleidungsstück vom Rücksitz des Autos und streifte es über.

Oh, und da kamen noch weitere unserer Freunde und einige afrikanische Schüler! Mir wurde ganz warm ums Herz, als ich Tikaanis weißes Fell zwischen dem Buschwerk aufleuchten sah (darin schwitzte sie bestimmt genauso wie ich). Die Wölfe hielten sich eng beisammen und wedelten, als sie mich sahen. Sogar Jeffrey. Aus Tikaanis in zweiter Gestalt mitternachtsblauen Augen bekam ich einen warmen Blick, der wortlos davon erzählte, dass sie sich Sorgen um mich gemacht hatte.

Fee, Leyla, ihr kundschaftet die Lage aus, Jimmy, du schaust, ob du Paulas Vater helfen kannst, kommandierte Escoro mit ruhiger Stimme und ohne Rebecca Youngblood aus den Augen zu lassen, die noch immer in zweiter Gestalt mit dem Buch im Maul in der Nähe des Landrovers stand.

Sofort rannten die Zebramanguste, der Streifenschakal und die Hyäne los – gleich drei gestreifte Verbündete. Doch Escoro war noch nicht fertig. *Tikaani, Cliff, Jeffrey, könntet ihr bitte ein paar Feinde in Schach halten? Ben, du redest bitte mit dem Löwenrudel da. Vielleicht ist ihnen nicht klar, was hier eigentlich geschieht.*

Wird gemacht. Das junge, kräftige Löwenmännchen mit der blonden Mähne war Ben de Waals aus der afrikanischen Klasse. Erst freute ich mich, ihn zu sehen. Doch dann wurde mir klar, dass allein die beiden ausgewachsenen Männchen – Bradley und der wilde Löwen-Wandler, Damab – ihn verfrühstücken konnten, ohne auch nur ins Keuchen zu geraten. Reden ... konnte das wirklich eine Lösung sein?

Wortlos und grimmig blickten die Helfer der Youngblood ihm entgegen.

Ich grüße euch, fremdes Rudel, sagte Ben und näherte sich den vier Löwen aus Etosha respektvoll. In der Schule neigte er dazu, langatmige Geschichten zu erzählen und deswegen so gemächlich zu essen, dass alle auf ihn warten mussten. Hoffentlich war ihm klar, dass er hier ein bisschen schneller auf den Punkt kommen musste!

Ich flüsterte ihm in den Kopf, was ich von diesen fremden Raubkatzen wusste, und er hakte sofort ein: *Ihr seid einen weiten Weg gekommen, aber wisst ihr, für wen ihr das getan habt?*

Sie ist eine Löwin und sie hat versprochen, uns alle besser vor den Menschen zu schützen, gab der Riesenkerl zurück. *Das ist keine Kleinigkeit ... in Namibia gibt es in den meisten Gebieten keine Löwen mehr, in ganz Afrika werden wir immer weniger!*

Nun erkannte ich ihn auch, als mir seine Witterung in die Nase stieg. Ich hatte ihm auf einem Parkplatz in Atlanta, bei unserem allerersten Duell mit der Youngblood und ihren Leuten, die Nase zerkratzt. Hoffentlich war er nicht nachtragend.

Bens Stimme klang traurig und verständnisvoll. *Ja, ich weiß. Es gibt so viele Menschen, ihre Dörfer und Orte sind überall – und sie haben Angst vor uns. Manche unserer Artgenossen haben Menschen angegriffen oder Vieh gerissen.*

Aber was sollen wir denn tun? Es ist auch unser Land, wir wollen leben! Damab brüllte noch einmal, ein Geräusch, das bei mir normalerweise einen sofortigen Fluchtreflex ausgelöst hätte. *Der Zaun in Etosha stört mich nicht besonders. Aber stell dir doch mal vor, was wäre, wenn wir wilden Tiere nur noch hinter Zäunen leben könnten.*

Das wäre furchtbar traurig. Ben senkte kurz den Kopf. *Aber lass uns noch mal über Rebecca Youngblood reden. Sie ...*

Schluss jetzt!, fuhr die Löwen-Wandlerin dazwischen, ihre gelben Augen schienen zu lodern. *Damab, lass dich doch nicht bequatschen von einem Schulkind, das als Mensch wahrscheinlich nur Computerspiele und TV-Serien im Kopf hat!*

Doch damit hatte sie sich keinen Gefallen getan. Damab warf ihr einen ungnädigen Blick zu. *Ich will hören, was der Junge zu sagen hat – willst du mich etwa daran hindern?*, fragte er, während seine Jägerinnen uns umschlichen und offenbar nur auf ein Signal zum Angriff warteten (weil sie Tiere waren, konnten sie nicht hören, was wir redeten).

Er wird dir nur Lügen erzählen! Er und seine Freunde sind Verräter, die nur die geheimen Verwandlungsformeln wollen, die in diesem Buch ...

Damab ignorierte sie. *Sprich weiter,* sagte er und blickte nur noch Ben an.

Hilfe suchend tastete der mit den Gedanken nach mir. Im Gegensatz zu mir kannte er die Youngblood ja nicht persönlich.

Ich flüsterte ihm alles, was er wissen musste, in den Kopf ... und Ben legte los.

Sie ist sehr von sich überzeugt, hat aber noch nie wirklich etwas geleistet, erklärte er. *Nie hat sie eine Familie beschützt oder ernährt. Sie interessiert sich nur für sich selbst und dafür, wie berühmt sie ist. Auf ihre Versprechen sollte sich niemand verlassen, auch Andrew Milling nicht. Obwohl sie ihm jede Menge versprochen hat.*

Nach dieser kleinen Rede stieß er eine Folge von Lauten aus, offenbar übersetzte er das, was er und Damab besprochen hatten, für die Löwinnen. Wir alle beherrschten die Sprache unserer Tierart von Natur aus ... und jetzt war es ein Glücksfall, dass wir Ben als Übersetzer hatten.

Als ich merkte, wie die Mitglieder des Rudels sich anblickten, wagte ich langsam, mich zu entspannen. Anscheinend hatte Ben genau den richtigen Ton getroffen. Aber nun wurde er übermütig. *Wer bist du eigentlich, Damab?*, wagte er zu fragen. *Lebst du noch manchmal als Mensch?*

Erstaunlicherweise ging der Fremde darauf ein. Seine Antwort war das Bild eines Hünen – bestimmt fast zwei Meter groß –, der in einer Kochschürze in der Küche einer Touristen-Lodge am Herd stand und Steaks wendete. *Selten,* sagte Damab. *Verstehst du bestimmt. Übrigens bin ich ziemlich sicher, dass du recht hast, was diese Frau angeht.* Sein mächtiges Haupt schwenkte in Richtung der Youngblood. *Letztes Jahr bin ich für sie ins Flugzeug nach Amerika gestiegen. Seither hat sie nichts für die Meinen getan.*

Dann blickte er mich an. *Du warst auch da.*

Äh, hi!, brachte ich irgendwie heraus. Oje. Die Kratzer auf seiner Nase waren noch immer zu erkennen. Konnte man irgendwie in so einen Termitenbau hineinkriechen? Wahrscheinlich nur, wenn man eine Termite war und kein Puma. *Ich ... möchte nur verhindern, dass sie uns Woodwalkern schadet,* versuchte ich zu erklären. *Tut mir leid wegen der Sache in Atlanta. War nichts Persönliches.*

Von meiner Seite auch nicht, sagte Damab. *Viel Glück.* Er blickte sein Rudel an und stieß einen Ruf aus, der anscheinend »Kommt, wir gehen« bedeutete, denn alle Mitglieder seiner Familie wandten sich um und glitten geschmeidig davon.

Sofort streckte Jessie Parks die Hand nach dem alten Buch aus, das die Youngblood noch immer im Maul hatte, und auch James Bridger, Mr Aboyo und ich rannten auf sie zu, um die geheimen Formeln zu bergen.

Sie wollen verhindern, dass wir Andrew helfen!, kreischte die Youngblood, immer schriller wurde ihre Stimme. *Andrew! Andrew! Er ist unser Held, ihn werden wir befreien!*

Brüllend vor Wut und ohne noch einmal nachzudenken, griffen ihre verbliebenen Helfer und Helferinnen uns an, obwohl Rebecca Youngblood noch immer von Escoro in Schach gehalten wurde. Doch die verwandelte sich ebenso blitzschnell in einen Menschen (wobei ihr das Buch aus dem Maul fiel), packte einen abgefallenen Ast und drosch damit auf die Schwarze Mamba ein. Während Escoro ihr auswich, um nicht noch mehr Treffer abzubekommen, zog die Youngblood sich schnell das Kleid über, das ihr Dunbar zuwarf. »Ihr wollt wirklich versuchen, mich aufzuhalten? Viel Erfolg, ihr räudigen Loser!«

Von einem Moment zum nächsten war wieder völlig offen, wer diesen Kampf gewinnen würde.

Die schnellsten
Pfoten der Welt

Rebecca Youngblood hatte sich zurückverwandelt und hielt Escoro mit einem Ast in Schach. Beide hatten richtig gute Reflexe, noch stand es unentschieden zwischen ihnen. Mit kühler Präzision griff unser Freund immer wieder an, sodass sein grau geschuppter Körper im Sonnenlicht aufglänzte. *Wollen Sie wirklich riskieren, dass ich Sie beiße? Ergeben Sie sich und lassen Sie die Finger von diesem Buch!*

Rebecca Youngblood standen Schweißperlen auf der Stirn.

Währenddessen machten uns die Löwen richtig zu schaffen. Sogar, wenn sie gerade in erster Gestalt waren. Dunbar, der nicht sonderlich kluge Fahrer, hatte sich in Menschengestalt auf meinen Rücken geworfen und würgte mich jetzt mit beiden Armen. Was war denn das für eine Kampftaktik?! Mit aller Kraft versuchte ich, mich loszureißen.

Doch Dunbar war durch seine Löwengestalt stärker als ein gewöhnlicher Mensch. Viel stärker. »Du hast Andrew verraten und stehst Rebecca im Weg, du verdienst es nicht besser!«, schrie er mich an und drückte noch fester zu.

Obwohl ich immer noch wütend um mich schlug und versuchte, ihn mit Krallen oder Zähnen zu erwischen, wurde mir allmählich die Luft knapp. Meine Gegenwehr wurde schwächer, mein Fauchen klang nicht mehr sehr furchterregend. Wie sich eine Ohnmacht anfühlt, wusste ich inzwischen ziemlich gut – ich fühlte sie näher und näher kommen.

Doch zum Glück war ich nicht allein hier. *Finger weg von meinem besten Freund, du hohle Nuss!* Holly sprang Dunbar mit gesträubtem Fell ins Gesicht, Fee biss ihn in den kleinen Finger, Leyla schnappte nach seinen Fußknöcheln und Ben umklammerte seinen Arm mit den Vorderpranken.

Endlich konnte ich mich befreien und revanchierte mich, indem ich meine Zähne in Dunbars Wade senkte. Doch der blöde Typ schrie nur »Für Andrew!« und die kleine Felicitas wurde im hohen Bogen in den Sand geschleudert. Wütend fiepend sprang die Zebramanguste auf und krallte sich sein Hosenbein hoch. *Dein Andrew ist nicht hier, ist dir das schon aufgefallen?!*

Währenddessen feuerte Mr Aboyo mit einem *Zusammen, jetzt!* seinen Artgenossen Jimmy an. Die beiden Hyänen – die gestreifte und die gefleckte – versuchten, Bradley-den-Löwen in die Hinterbeine zu beißen. Wütend wollte er sich auf sie stürzen, doch sie wichen nach zwei Seiten aus und seine Prankenschläge gingen ins Leere.

Mit der gleichen Taktik kämpften meine Wolfsfreunde gegen die Löwen-Wandlerin Cynthia. Sie schlug wie rasend mit den Pranken um sich, bewirkte damit aber nur, dass die Wölfe kurz zurückwichen und gleich darauf nach ihr schnappend zurückkamen. *Bist du in Ordnung, Carag?*, fragte Tikaani mich und ich schickte ihr ein schnelles *Alles okay, bei mir war eben nur ein bisschen die, äh, Luft raus.*

Au, au, Mist, ich hab mir einen Dorn in die Pfote getreten, stöhnte Jimmy, er war wirklich eine Pechhyäne. Doch statt wegzuhinken, zog er sich den Dorn mit den Zähnen raus und kämpfte weiter.

Ich sah, dass auch eine andere Schülerin hergekommen war – Okana, die schüchterne Gepardin aus der hintersten Bankreihe. Doch sie wirkte noch unsicher, so als wüsste sie nicht, wo sie eingreifen sollte.

Lassen Sie meine Schüler in Ruhe! Sofort! Ein lautes Trompeten schallte durch die Buschsavanne und ein gewaltiger Elefantenbulle stampfte mit wütend gespreizten Ohren auf uns zu. Sein grauer Körper ragte wie ein Berg über uns auf und mit einem Fußtritt hätte er jeden dieser Löwen zerstampfen können. Sehr, sehr erleichtert sah ich zu, wie er uns durch den Busch entgegeneilte und dabei alles, was ihm im Weg war – ob Gebüsch oder Baumstamm –, einfach niederwalzte. Eine Akazie neigte sich zur Seite und stürzte krachend um.

Da sind Sie ja endlich!, meinte Leyla, das Schakalmädchen. *Diese Leute sind wirklich mies drauf!*

Das haben wir gleich, sagte Kiano Magoro und wandte sich an die Löwen-Wandler. *Sagte ich nicht, Sie sollen aufhören?* Er riss Rebecca Youngblood mit dem Rüssel den Ast aus der Hand, schleuderte ihn weg, riss einen deutlich dickeren von der frisch umgestürzten Akazie ab und verpasste Bradley damit eins aufs Hinterteil. Brüllend wandte sich Bradley zu ihm um und krallte nach ihm. Mr Magoros Antwort war, mit dem Rüssel Sand einzusaugen und ihm mit voller Kraft ins Gesicht zu pusten. Ein über und über eingepuderter, hustender Löwe, dessen Augen aus einer dicken Sandschicht hervorblinzelten, war das Ergebnis.

Auch Cynthia hatte nicht vor zu kapitulieren. Mr Magoro schlang ihr den Rüssel um den Bauch und kurz darauf gab es fliegende Löwen. Die Landung im nächstbesten Dornengebüsch war vermutlich nicht ganz das Richtige für ihr Fell. Erschrocken machte die Fledermaus-Wandlerin die Flatter und in meinem Kopf hörte ich Ilangas Siegesgeheul. Allerdings wirkte sie ein bisschen zerrupft und ihre Flügel hingen lahm herab, sehr weit fliegen würde sie in nächster Zeit nicht.

Noch ein paar Momente, dann würden wir Rebecca-die-miese-Sphinx besiegt haben und das wertvolle alte Buch wäre in Sicherheit!

Unglaublich, dass ihr all diese Kerle in Schach halten konntet, bis ich euch zu Hilfe ..., begann der Kunst- und Sprachenlehrer.

Doch er schaffte es nicht, den Satz zu beenden, das Lachen der Youngblood unterbrach ihn. Wieso lachte die?

»Okana!«, schrie unsere Feindin und die Gepardenschülerin stakste auf ihren langen Beinen auf sie zu. Ihr Fell war gesträubt, die Ohren zurückgekniffen, aber sie gehorchte.

»Denk daran, worüber wir gesprochen haben!«, mahnte meine Feindin und stopfte ihr das Buch ins Maul. »Jetzt ein bisschen Tempo bitte!«

Okana wandte sich um, ging ein paar Schritte ... und raste dann los, so schnell ihre Pfoten sie trugen. Ihr Körper streckte sich, die langen Beine griffen weit aus.

»Halt! Tu das nicht!«, schrie Jessie Parks auf.

Bleib stehen!, brüllte auch Steve Aboyo. *Okana, NEIN!*

Von einer Sekunde zur nächsten war sie nur noch ein verwischter gefleckter Streifen in der Landschaft. Bevor ich zweimal blinzeln konnte, war sie mit ihrer wertvollen Last außer Sicht. Nicht mal die Raben konnten ihr schnell genug hinterherfliegen, um herauszubekommen, wo sie hingerannt war.

Fassungslos starrten meine Freunde ihr nach und bekamen kaum mit, dass die Getreuen der Youngblood und sie selbst in verschiedene Richtungen flohen (wobei sie ihre demolierte Karre zurückließen). Verzweifelt versuchte ich, hinter Okana herzurennen, aber gegen die schnellsten Pfoten auf diesem Planeten hatte ein Puma natürlich keine Chance.

Das ist ja seltsam, meinte Ilanga verstört. *Warum hat sie das getan?*

Und wieso haben diese Leute euch eigentlich angegriffen? Diese Löwenfrau hat ihnen das befohlen, oder?, fragte Ben. *Es geht um dieses Buch, richtig?*

Anscheinend. Vermutlich stehen darin geheime Informationen. Mir will leider niemand was drüber erzählen, knurrte Tikaani, warf dann einen Blick auf mein absolut zerstörtes Ich und schleckte mir tröstend über die Schulter. Doch ich fühlte mich immer noch, als wäre ein Lastwagen über meine Seele gefahren.

Das hätte nicht passieren dürfen, sagte Shadow mit hängenden Flügeln. Wing hatte den Schnabel unter eine Schwinge gesteckt, als wolle sie nichts mehr hören und sehen.

James Bridger und ich tauschten einen tiefschwarzen Blick. Das war eine Katastrophe! Das Buch mit den geheimen Formeln war weg und ab jetzt in den denkbar schlechtesten Händen. Es war ein kleiner Trost, dass die Youngblood es nicht selbst lesen konnte. Aber wahrscheinlich hatte sie längst einen Cherokee-Übersetzer organisiert.

Dafür hatten wir das Handy der Youngblood erbeutet, James

Bridger hatte es geholt und trug es im Maul. *Es hat geklingelt, weil ich den Wecker gestellt hatte,* erklärte er, als er meinen fragenden Blick sah. *Was Besseres ist mir als Ablenkung in dem Moment nicht eingefallen. Hoffentlich sind wirklich wertvolle Daten drauf, die uns weiterhelfen können.*

Die afrikanischen Schüler interessierten sich weniger dafür als für den Verrat ihrer Klassenkameradin.

Okana ist doch eine von uns, meinte Ilanga verstört. *Ich kann das nicht verstehen, wirklich nicht. Wieso hat sie dabei geholfen, dieses wertvolle Buch zu stehlen? Sie ist immer so lieb und hilfsbereit, ein bisschen schüchtern halt …*

He! He, Leute, wieso habt ihr nicht auf mich gewartet? Aus Richtung der Schule kam ein Erdferkel herangehetzt, sodass seine langen Ohren schlackerten. Paulas von keinem Fell geschützte Haut war ein bisschen zerkratzt, vielleicht war sie vor lauter Eile durch ein Dornengestrüpp gelaufen. *Hallo, Papa.* Erschöpft schnaufend, aber liebevoll stupste sie die größere der beiden Hyänen mit der Schnauze an. *Von was für einem Buch habt ihr eben geredet? Ich liebe Bücher! Und was war hier eigentlich los?*

Die anderen erklärten es ihr, so gut es ging. Während Mr Bridger mit den Agenten des Rates ins Auto stieg und vorausfuhr, machten wir uns, begleitet von Mr Magoro, niedergeschlagen auf den Rückweg zur Schule.

Mythos oder Wahrheit

Es ist ein interessantes Erlebnis, neben einem Elefanten her-
zugehen. Er schreitet lautlos voran, aber ab und zu hörst du
die Verdauungsgeräusche in seinem Bauch. Seine Beine sind
dick wie graue Baumstämme, aber nicht sie sind es, die du beobachtest, sondern dieser Rüssel, der immer in Bewegung ist,
tastet und greift und schnauft.

Mr Magoro war wortkarg und nachdenklich auf
dem Rückweg, deshalb wandte ich mich an den
hinkenden Jimmy Nkondo, als mir die
Neugier keine Ruhe ließ. *Wieso seid
ihr uns eigentlich zu Hilfe gekommen? Ihr wusstet doch gar
nicht, wo wir sind und was wir
machen.*

*Sagen wir es mal so ... in der
Kalahari ist es meistens recht still,
aber nicht, wenn da ein größeres Pfoten-
gemenge stattfindet.* Die braun gestreifte Hyäne grinste, wenn auch nur kurz.

Wir haben euch buchstäblich meilenweit gehört, berichtete Ilanga. *Ich bin kurz hingeflogen und hab mir
angeschaut, was bei euch los ist, und wollte dann die
Schule alarmieren. Aber Miss Jonassen war gerade in ihrer*

Tierarztpraxis und Mr Sartorius mit den beiden Schulleiterinnen in der Stadt, um Lebensmittel einzukaufen. Deshalb hat Escoro das Kommando übernommen und wir haben die Helfer zu euch geführt, während Mr Magoro so schnell wie möglich nachgekommen ist.

Danke, sagte ich mit einem Blick in die Runde. Escoro war noch immer in seiner Schlangengestalt, er glitt über den Sandboden und nickte kurz, als ich mich bedankte. Ich stupste Jeffrey mit der Schnauze an. *Ihr wart alle wirklich toll. Ohne euch wären wir jetzt wahrscheinlich schwer verletzt.*

Ach, keine Ursache, ein Wolf tut, was er kann, meinte Jeffrey lässig. *Nur gegen Rotkäppchen treten wir nicht mehr an, nur dass das klar ist.*

Ich verdrehte die Augen. Hatte er gar nicht kapiert, wie schlimm es war, was hier geschehen war? Nein, wie sollte er auch? Er war nicht eingeweiht.

Das ist alles total schrecklich, verkündete Paula ein bisschen theatralisch. *Und dabei will Imi – ihr wisst schon, meine Schwester – heute zum Abendessen kommen! Vielleicht sollte Mama sie besser wieder mit zurücknehmen? Falls wir noch mal angegriffen werden?*

Wieso sollten sie uns noch mal angreifen?, fragte ich dumpf. *Sie haben doch bekommen, was sie wollten.*

Jetzt kann nur noch einer helfen, sagte Leyla plötzlich.

Wer denn? Tikaani spitzte die Ohren, doch im ersten Moment antwortete keiner der afrikanischen Schüler. Holly, die auf meinem Rücken ritt, setzte sich auf die Hinterbeine (oder so fühlte es sich jedenfalls an). *Los, los, los! Ich schwöre, ich schenke dir heute Abend meinen Nachtisch, aber jetzt sag's endlich!*

Vergesst es, das war nur so ein blöder Gedanke. Leyla lief ein

Stück voraus, als täte es ihr leid, dass sie die Bemerkung gemacht hatte.

Ich weiß, wen du meinst, Leyla. Ilanga seufzte. *Den Herrn der Gestalten. Jemand, der sich in jedes Tier verwandeln kann, wäre so was wie allmächtig, der könnte alles tun, was er wollte. Auch eure Feindin stoppen. Aber ehrlich gesagt glaube ich, das Ganze ist nur eine Legende.*

Nein, ist es nicht, widersprach Paula und stöberte kurz mit der Schnauze im Boden herum. *Erstens können selbst alle Tiere der Welt zusammen nicht allmächtig sein, wenn es ja leider noch die Menschen gibt, die ihnen in alles hineinpfuschen und sie beherrschen. Außerdem hat Imi mal mit ihm gesprochen. Sie wollte ihn bitten, ihr eine zweite Gestalt zu geben, aber er hat gesagt, das kann auch er nicht.*

Meine Tasthaare hatten sich gesträubt. *Es gibt ihn wirklich? Aber wie kann sie denn sicher sein, dass er es wirklich war und nicht nur ein Angeber?*

Paula schaffte es sogar als Erdferkel, verlegen auszusehen – mit hängenden Ohren blickte sie uns an. *Eigentlich hat er gesagt, wir sollen es geheim halten, aber ich glaube, das hier ist jetzt wichtiger, oder? Na ja, er hat sich vor ihr in verschiedene Tiere verwandelt. Vielleicht wollte er sie beeindrucken.*

Wir starrten sie alle an.

Heiliger Kiefernzapfen, hauchte Holly und rannte auf meinem Rücken hin und her, als hätte ihr jemand Pfeffer ins Fell gerieben. *Wieso wolltest du uns erst nicht von diesem Superhelden erzählen, Leyla?*

Er ist nicht allmächtig, sagte Leyla nur. *Niemand ist das. Erwartet nicht zu viel, okay?*

Nachdenklich lief ich weiter. Die afrikanischen Schüler hatten vielleicht recht, jemand, der sich in jedes Tier verwandeln konnte, würde uns eine große Hilfe sein. Wenn der Herr der Gestalten seine Verwandlungen gut im Griff hatte, konnte er als Elefant oder Leopard kämpfen, er konnte entkommen, indem er sich als Vogel in die Lüfte schwang, konnte sich als Ameise verstecken und als Antilope weite Strecken laufen. Bisher hatte ich nur einen einzigen Tripel-Wandler – einen Woodwalker mit zwei Gestalten – getroffen, unseren ehemaligen Lehrer Mr Goodfellow, der Zweitgestalten als Grizzly und Wespe gehabt hatte. Schon er war sehr schwer zu besiegen gewesen.

Das ist eine supercoole Sache! Wir reden so bald wie möglich mit Imi selbst, würde ich sagen, hakte Jeffrey ein, als von mir nichts mehr kam. *He, Puma, willst du auch 'nen Friseurtermin für den Pelz? Ich schwör, ich lass mir das Winterfell scheren.* Er hechelte ebenso wie die anderen Wölfe und sah aus, als würde er sich deutlich lieber im Schnee wälzen, als hier durch die Wüste zu trotten.

Ich konnte gerade nicht über Pelze nachdenken und mein Blick sagte das wahrscheinlich. Tikaani knuffte mich mit der Schulter und schmiegte sich an mich. *Hey, wir kriegen das hin, versprochen. Wenn der Herr der Gestalten uns helfen will jedenfalls.* Wedelnd wandte sie sich an Escoro. *Das war großartig, wie du die Youngblood in Schach gehalten hast! Hast du gesehen, wie sie geschwitzt hat?*

Haha, genau, sie hat sich fast in die Hose gemacht. Cliff lief einen Moment lang neben der Schwarzen Mamba und beschnupperte sie vorsichtig, als Escoro anhielt.

Sehr krass, wie hoch du dich aufrichten kannst als Schlange, fast zwei Meter hoch, oder? Auch Fee klang beeindruckt. *Du bist ja sonst ziemlich nervig, aber diesmal fand ich dich cool. Du hast auf sie runtergeguckt, obwohl sie eine Löwin war!*

Und du hast wirklich tolle Schuppen, schwärmte Jimmy und Escoro schickte uns ein Bild seines verlegen lächelnden Jungengesichts in die Köpfe.

Als wir zurückkamen zur Schule und uns in erster Gestalt aufgeregt schwatzend im Hauptgebäude trafen, empfing uns öla Okeke, die Oryx-Schulleiterin, halb aufgeregt, halb empört. Anscheinend waren sie und die anderen zurück vom Einkaufen. »Was war denn *los* da in der Wüste? Ich habe gehört, es hat Ärger gegeben? Escoro, was hast du getan? Ich wusste, wir bekommen noch Ärger mit dir!«

Escoros Gesicht verschloss sich, von einem Moment zum anderen erinnerte es mich an eine dieser Masken aus dunkelbraunem Holz, die den Speisesaal der Schule schmückten. Ohne ein Wort drehte er sich um und ging.

»Nein! Nein, da haben Sie mal wieder etwas ganz falsch verstanden«, regte sich Fee auf, wie immer etwas ehrlicher, als vielleicht gut für sie war. »Er hat uns *verteidigt,* ohne ihn hätten wir es nicht geschafft.«

»Ja, er hat etwas getan, nämlich das Kommando übernommen!«, ergänzte Jimmy.

»Leyla, sag du mir, was passiert ist«, forderte Mrs Okeke sie auf und warf Fee einen strafenden Blick zu für die freche Bemerkung. »Du bist gut im Beobachten und hast alles gesehen, richtig?«

Das sonst eher zurückhaltende Schakalmädchen straffte die Schultern. »Als unsere Freunde aus Amerika kämpfen mussten, hat Escoro in zweiter Gestalt eingegriffen. Wir haben alle getan, was wir konnten … und wir haben gewonnen, obwohl die Angreifer Löwen waren. Schließlich sind sie abgezogen.«

»Ihr habt einen Kampf gewonnen?« Mrs Okeke schien es

noch nicht fassen zu können. »Ihr habt einen *Löwen* in die Flucht geschlagen?«

»Na ja, nicht wirklich *einen* ...«, begann Ben.

Mrs Okeke zog die Augenbrauen hoch. »Hab ich mir gedacht, es war sicher nur ...«

»... insgesamt waren es acht, wenn ich richtig gezählt habe«, fuhr Ben fort. »Aber nicht alle sind geflohen. Mit manchen konnte ich auch verhandeln, sodass sie sich entschieden haben zu gehen.«

Escoro drehte sich wieder herum, sein Ausdruck war weicher geworden. »Das stimmt. Du hast es gut gemacht, Ben.«

»Unsere Kids haben den Löwen länger getrotzt, als ich jemals gedacht hätte.« Einen Moment lang war ich sicher, dass Mr Magoro gleich den Arm um Escoros Schultern legen würde. Aber dann zog sich der Zulu-Junge eine Winzigkeit zurück und sein Lehrer verstand die Botschaft.

Mrs Okeke hatte es die Sprache verschlagen. Vielleicht war sie das nächste Mal nicht ganz so schnell damit, ihre eigenen Schüler herabzusetzen.

Doch leider mussten wir ihr auch erzählen, dass die Gepardin Okana mit einem extrem wertvollen Objekt, das uns gehörte, davongerannt war und es unserer Feindin überlassen hatte.

»Das verstehe ich ganz und gar nicht«, sagte Mrs Okeke betroffen. »Wenn sie zurückkommt, werde ich sie streng bestrafen!«

Wir Schüler tauschten einen Blick. Na toll. Das erhöhte die Chancen, dass Okana sich wieder hier sehen ließ, ganz bestimmt.

Inzwischen war auch unsere Schulleiterin eingetroffen und hatte sich erzählen lassen, was passiert war. »Das klingt schrecklich!«, sagte Miss Clearwater betroffen. »Ist jemand von euch verletzt?«

Nein, nur meine fast verheilte Rippe fühlte sich unschön an. Doch wie durch ein Wunder war niemandem von uns etwas geschehen. Und gerade fuhr auch das Auto mit Mr Bridger und den Agenten des Rates vor; ich sah, wie mein Lieblingslehrer den beiden ein Handy (vermutlich das von Miss Youngblood) gab. Dann schauten wir sehr interessiert zu, wie Lissa Clearwater Mr Bridger umarmte und die beiden sich ... küssten!

»Holla«, sagte Brandon.

Dorian hatte sich lässig gegen eine Hauswand gelehnt. »Wie praktisch, dass beide geschieden sind. Sonst würden womöglich eifersüchtige Partner versuchen, die Clearwater High zu stürmen ...«

»Kojote und Adler, passt das denn zusammen?«, fragte Jeffrey skeptisch, worauf ihm von uns ein lautes »Ja!« entgegenscholl.

»Das ist *so* romantisch«, sagte Shadow, strich sich das lange schwarze Haar zurück ... und schnappte sich Frankie, der in der Nähe gestanden hatte. Schon küssten

sich auch diese beiden. Die beiden Zebras, das Fennekmädchen und Pierre-das-Pangolin blickten so schockiert drein, als würden die beiden gerade versuchen, sich zu fressen.

Aber ... ihr seid zwei Jungs?, sagte Limbo, der Riesentausendfüßler, verständnislos. *Ist das nicht unnatürlich?*

»Nein, das ist völlig normal«, sagte Frankie und seufzte; diese Sprüche kannten er und sein Freund schon von Paolo (nur schlimmer). Jetzt wussten die afrikanischen Schüler also Bescheid, wir würden uns überraschen lassen müssen, wie sie damit umgehen würden. »Anderes Thema – wo ist eigentlich Holly?«

Wir fanden sie in ihrem Zelt, wo sie sich mit wilder Energie die Zähne schrubbte. »Isch hab dieschen Burschen vorhin in die Nasche gebischen, dasch hat scho schoo eklig geschmeckt«, blubberte sie, als sie uns sah. »Musch den Geschmack loschwerden!« Schon putzte sie weiter. Die Arme.

Auf dem Rückweg fing ich Mr Bridger und Miss Clearwater ab. »Es tut mir so leid, dass das Buch verloren gegangen ist«, meinte ich. »Aber wenn der Herr der Gestalten uns hilft, es zurückzubekommen, ist alles wieder okay, oder?«

Die beiden schauten mich an, als hätte ich verkündet, ich würde mein Fell ab morgen lila färben.

»Carag ...«, begann meine Schulleiterin behutsam. »Der Herr der Gestalten ist nur ein Mythos. So wie die Geschichten, die in der Bibel stehen ... das sind sehr wahrscheinlich Gleichnisse, keine wirklichen Begebenheiten.«

»Aber die Schwester von Paula hat ihn gesehen«, gab ich zu bedenken.

Ich konnte sehen, dass sich James Bridger gerade noch eine Bemerkung wie »Auf Netflix wahrscheinlich?« verkniff. Aber dann meinte er doch neugierig: »Was? Wo denn?«

»Hier ganz in der Nähe, hab ich gehört!«

Das wirkte anscheinend dermaßen unglaubwürdig, dass beide schlagartig das Interesse verloren. »Es behaupten auch immer wieder Leute, ihnen sei Jesus erschienen«, gab Lissa Clearwater zu bedenken. »Ganz zu schweigen von denen, die sagen, sie hätten einen rosa Elefanten gesehen.«

»Aha«, sagte ich knapp. Garantiert gab es irgendwo rosa Elefanten, ich würde das googeln!

»Geh am besten früh schlafen, Carag«, fügte James Bridger hinzu. »Du siehst völlig fertig aus und morgen ist dein Geburtstag.«

»Weiß ich«, sagte ich nur und seufzte. In letzter Zeit hatten mein Lieblingslehrer und ich öfter mal ganz andere Vorstellungen vom Leben, der Welt und der richtigen Fellpflege.

Auch ich konnte noch nicht ganz glauben, dass es den Herrn der Gestalten wirklich geben sollte. Aber ich wollte mir unbedingt anhören, was Imi über ihn zu erzählen hatte. Ich schaute vorher nur kurz im Lagerraum bei Paolo-dem-Ameisenlöwen-Spion vorbei. Paolo sah ein bisschen seltsam aus, anscheinend hatte er sich irgendwie in seinem Flaschengefängnis zusammengerollt. Jedenfalls ignorierte er mich. Nachdem ich leises Schnarchen aus der Flasche hörte, wusste ich auch, warum.

Also zuckte ich die Achseln und quetschte mich zusammen mit meinen Freunden in Paulas und Ilangas Zimmer, um herauszufinden, was Imi über diesen geheimnisvollen Kerl zu erzählen hatte.

Unter Druck

Neugierig schaute ich mich in Paulas und Ilangas Zimmer um, in dem die Besprechung stattfinden sollte. Man sah sofort, wie verschieden die beiden Mädchen waren. Ilanga hatte das Bild eines gut aussehenden schwarzen Musikers aufgehängt und eins von einem älteren Mann, der anscheinend Nelson Mandela hieß. »Was hört ihr so für Musik? Ich mag Afrobeats am liebsten«, meinte sie und ließ uns gleich mal welche anhören. »Aber Billie Eilish finde ich auch genial!«

Paula hatte ein buntes Einhornposter, ein knallvolles Bücherbrett und ... was in aller Welt war das da in der Zimmerecke? Es sah aus, als hätte jemand eine silberne Tischdecke über mehrere übereinandergestapelte Kisten gebreitet. Ganz oben thronte das Bild eines jungen, weißen, bärtigen Mannes, der mir irgendwie bekannt vorkam. Geschmückt war die Konstruktion mit Plastikblumen, glänzenden Steinen, Schälchen mit getrockneten Blüten und einem Glasfläschchen mit braunem Inhalt.

»Das ist mein Privataltar«, erklärte Paula stolz. »Wir sind alle Christen in meiner Familie und Jesus finde ich cool. Wegen der Sache mit seiner Nächstenliebe und so. Ich opfere ihm fast jeden Tag irgendwas. Gestern gab's für ihn die Hälfte meiner Cola.«

Ich war beeindruckt. »Antwortet er dir, wenn du betest?«

»Na klar. Ich spüre seine Antwort im Herzen.« Paula verbeugte sich vor dem Altar und legte noch eine kleine Opfergabe dazu, einen blühenden Zweig.

»Er könnte mir etwas mehr dabei helfen, eine zweite Gestalt zu bekommen«, beschwerte sich Imi. »Schließlich hat er laut Bibel ziemlich viele Wunder vollbracht, wieso nicht auch dieses?«

Paula seufzte. »Jesus hat schon all unsere Sünden auf sich genommen. Da ist es ein bisschen viel verlangt, dass er sich auch noch um deine zweite Gestalt kümmert. Außerdem heißt es doch, Gott hilft dem, der sich selbst hilft.«

Respektvoll hatten die vielen Jugendlichen, die sich in ihrem Zimmer drängten – wir hockten zu viert auf jedem der beiden Betten –, zugehört. Jetzt aber spürte ich, wie Holly (die meilenweit nach Pfefferminze duftete) ungeduldig wurde. »Los, erzähl, wie du den Herrn der Gestalten getroffen hast, Imi! Wo war das denn? Wirklich hier in der Nähe?«

»Ja, bei einer sehr großen Euphorbie ... sie sieht aus wie ein Riesenkaktus mit vielen Armen«, berichtete Imi. »Jemand hatte mir erzählt, dass das sein Lieblingsplatz wäre. Und er war tatsächlich da.«

»Wie hat er ausgesehen?«, drängte Tikaani. »Ist er erst in Menschengestalt aufgetreten?«

Paulas Schwester schüttelte den Kopf. »Nein, er war erst ein Löffelhund – eine Art Fuchs mit riesigen Ohren –, dann kurz eine Impala, irgendein Vogel, ein Honigdachs und eine Kobra. Da habe ich ehrlich gesagt Schiss bekommen und bin abgehauen.«

»So viele Gestalten, wow«, sagte Brandon sehnsüchtig. Er trug heute ein grünes T-Shirt, was mir ein bisschen seltsam vorkam, denn er war die letzten Monate in Schwarz herumgelaufen, um Tabitha zu gefallen, die nur schwarze Klamotten zu besitzen schien.

»Wirkte er nett?«, fragte Shadow.

»Ja, eigentlich schon. Es schien ihm leidzutun, dass er mich mit seiner Kobragestalt erschreckt hatte.«

»Kannst du uns hinführen zu dieser Lieblingsstelle?«, drängte Wing. »Am besten so bald wie möglich!« Sie wirkte schon den ganzen Nachmittag völlig fertig; es hatte sie so wie mich und Shadow schwer getroffen, dass wir die Aufzeichnungen des Cherokee-Schamanen eingebüßt hatten.

»Vielleicht«, sagte Imi und ihre dunklen Augen blickten uns stolz und ein wenig herausfordernd an.

»Was meinst du mit ›vielleicht‹?«, fragte ich verwirrt. »Entweder du weißt doch, wo es ist, oder nicht.«

»Wenn wir euch helfen, helft ihr dann auch uns?« Paula hatte Imis Hand genommen und mir fiel wieder einmal auf, wie ähnlich die beiden sich sahen. »Ben hat mir davon erzählt, was er beim Kampf über euer geheimes Buch gehört hat. Darin sind auch Formeln, wie man jemandem eine zweite Gestalt gibt, oder?«

Die Rabenzwillinge blickten verkniffen drein und wir tauschten einen Blick. Ben war furchtbar nett und er hatte uns den Hintern gerettet beim Kampf mit der Youngblood, aber verschwiegen war er anscheinend nicht. Ich ahnte allmählich, worauf das alles hier hinauslief.

»Ich wäre ganz sicher Leopardin«, sagte Imi sehnsüchtig und bog ihre Finger zu Krallen. »Es würde mir so guttun, stark zu sein. Ich müsste nie wieder jemanden fürchten. Und endlich könnte ich hören, was ihr alle von Kopf zu Kopf redet ...«

»Bitte, bitte, bitte – helft uns!« Es war Wing, an die sich Paula wandte. »Lasst uns nicht im Stich! Ich bin sicher, dass

Gott euch hergeschickt hat. Imi hasst es so sehr, Außenseiterin
zu sein – sie ist es sogar in unserer Familie, wir können uns
alle verwandeln, nur sie nicht.«

Ich konnte gut verstehen, wie verbittert Imi war. Aber es war
eine gigantische Entscheidung. »Wäre es okay, wenn wir uns
kurz besprechen?«

Shadow, Wing und ich drängten uns nach draußen, atme-
ten tief die würzig riechende Abendluft. »Die setzen uns ganz
schön unter Druck«, sagte Shadow.

»Ja, aber wäre es nicht fedrig, wenn wir Imi helfen könnten?« Wing klang hoffnungsvoll, aber auch unsicher. »Die Formel dafür habe ich jedenfalls
gelesen und ich kann sie auswendig.«

»Ich auch.« Shadow zuckte die Schultern.
Er und Wing hatten ein erstklassiges Ge-
dächtnis, weil sie als Tiere aufgewachsen
waren und sich nie etwas hatten aufschreiben
können. Deswegen waren sie beim Vokabel-
lernen Profis und konnten dadurch ihre miesen
Noten in Menschenkunde ausgleichen. »Aber darum geht es nicht. Es geht darum, ob wir das
hier tun *sollten.*«

»Ich würde Imi auch total gerne helfen«,
gab ich zu. »Aber ich fürchte, wenn wir das
tun, gibt's kein Halten mehr. Als Nächstes wird Paula uns
drum bitten, ihre zweite Gestalt zu wechseln, weil sie kein Erdferkel mehr sein will ... und dann kommen auch alle anderen,
die irgendwie unzufrieden sind.«

Darunter womöglich auch Brandon und das wäre, so fand
ich, der reinste Eulendreck. Ob er es wahrhaben wollte oder
nicht, er war Bison durch und durch. Was war, wenn er sich

einbildete, er hätte als Fledermaus bessere Chancen bei Tabitha?

»Wir müssten deutlich machen, dass es wirklich eine große Ausnahme ist.« Wing knibbelte an ihren Fingern herum. »Aber wenn wir dadurch die Chance bekommen, das Buch zurückzuholen, wäre es das nicht wert?«

Noch immer fühlte ich mich hin- und hergerissen. »Erpressen lassen wir uns nicht. Wenn wir uns entscheiden, dann unabhängig von dieser Sache mit dem Herrn der Gestalten. Wollen wir Imi helfen, ja oder nein?«

»Ja«, sagte Shadow spontan.

»Bin auch dafür«, sagte ich nach kurzem Nachdenken und Wing nickte ebenfalls. »Ich habe ein bisschen Angst davor, aber warum sollten gute Taten auch einfach zu bewerkstelligen sein?«

Imi, Paula und Ilanga sprangen jubelnd auf, als wir ihnen sagten, wofür wir uns entschieden hatten, und sie umarmten sich und uns. Holly bekam feuchte Augen und mir ging es nicht anders.

Nur Tikaani blickte skeptisch drein und hielt sich zurück beim allgemeinen Freudenrausch. »Na, dann hoffen wir mal, dass es klappt«, sagte sie. »Und dass die Lehrer nichts davon mitbekommen, die ziehen uns nämlich das Fell ab.«

»Wir machen noch heute Nacht die Zeremonie und das Treffen mit dem Herrn der Gestalten«, sagte Wing fest. »Niemand wird etwas davon erfahren, wenn wir alle darüber dichthalten, was wir mit Imi machen wollen.« Das versprachen wir natürlich bei allem, was uns heilig war (ich musste ein bisschen länger darüber nachdenken als Paula, was das eigentlich war).

»Komm!« Imi nahm meine Hand, zog mich zur Tür und lächelte zu mir hoch. »Die Stelle ist nur ein paar Kilometer von hier, wir brauchen nicht lange bis ...«

»Wollen wir nicht erst zum Abendessen? Wenn wir das alle verpassen, werden die Lehrer misstrauisch«, wandte Paula ein.

»Ganz abgesehen davon, dass wir *Hunger* haben werden«, sagte Wing.

Kaum waren wir dort, war ich nicht mehr so sicher, ob das mit dem Abendessen eine gute Idee gewesen war. In der Cafeteria gab es reichlich Getuschel, was anscheinend an dem Kuss von Shadow und Frankie lag. Jedenfalls bekamen die beiden neugierige und schiefe Blicke ab, auch von den Erst- und Drittjahresschülern, die anscheinend schon alles erfahren hatten. Doch keiner von uns wusste, wie wir das Thema ansprechen und entschärfen konnten.

Um unsere Gastgeber durch ein anderes Thema abzulenken, erklärte ich: »Wir gehen heute Nacht den Herrn der Gestalten suchen. Nachdem wir gerade erfahren haben, was sein Lieblingsplatz ist, haben wir eine echte Chance, ihn zu treffen.« Praktischerweise war das auch eine Erklärung, wieso wir die halbe Nacht weg sein würden – niemand durfte etwas von unserem geplanten Ritual mit Imi ahnen.

»Ah! Interessanter Plan«, sagte Amina, das Fennekmädchen aus Ägypten. Sie hatte bisher nur in ihrem Essen herumgestochert und schob nun ihren fast vollen Teller weg. »Ich würde ja mitkommen – habt ihr gewusst, dass ich Judo kann? –, aber ich muss noch was für ein Referat vorbereiten. Dafür will ich schließlich eine Eins haben.«

»Irgendwie süß, wie sicher ihr euch seid, dass es diesen Kerl wirklich gibt«, sagte Jeffrey. Er, Cliff und Tikaani waren gerade damit beschäftigt, unseren Gastgebern amerikanische Kartenspiele beizubringen. Bis wir wieder abfuhren, waren sie wahrscheinlich Pokerprofis.

Ich hoffe für euch, dass es ihn gibt und er freundlich zu euch ist, meinte Limbo, der Riesentausendfüßler, er saß mampfend in einer Schüssel mit Salat, war aber schon fast fertig damit und raupte nach unten auf den Boden. *Noch mal zu kämpfen, schafft ihr heute nämlich nicht.*

»Limbo will nur, dass ihr euch stattdessen seine Schuhsammlung anschaut«, spottete Tsepo, der Erdmännchenjunge. »Habt ihr gewusst, dass er schon fast zwanzig Paar zusammenhat? Dabei hat er es nie geschafft, sich bei Teilverwandlungen mehr als zwei Menschenfüße zu geben.«

»Soll ich euch begleiten zum Herrn der Gestalten?« Jimmys Augen glänzten.

»Macht nur, ich bleib hier.« Leyla winkte ab.

»Warum? Ich will auch mit, das wird sicher faszinierend«, verkündete Fee und schnappte sich zwei Marshmallows, die gab es diesmal als Nachtisch. Auch die Raben griffen gierig zu, die beiden waren ohnehin sehr verfressen und liebten die süßen Knautschdinger ebenso wie ich.

»Da ich K-Klassensprecher bin, würde ich mich anschließen.« Das war der Gorillajunge, Adisa. Ich mochte ihn, weil er so eine ruhige, würdige Ausstrahlung hatte, aber in der Pause auch wild mit uns herumraufte, wenn er Lust darauf hatte.

»Nein, nein, es soll keine Riesengruppe sein, die mitgeht, sonst zeigt der Herr der Gestalten sich womöglich nicht«, protestierte Paula. »Weil Imi und ich die Expedition anführen, dürfen wir auch aussuchen, wer mitkommt.« Bevor wir irgendwas einwenden konnten, fuhr sie schon fort: »Carag, Shadow, Imi, ich ... und Nell.«

Tikaani sah eingeschnappt aus und Holly erst recht. Brandon zuckte die Schultern.

»Ich?«, fragte unsere Maus-Wandlerin verblüfft.

»Ja, du – ich finde dich cool«, sagte Paula und verschränkte die Arme. »Du hast erzählt, deine Tante ist Polizistin und hat dir einiges beigebracht, das könnte nützlich sein, falls der Herr der Gestalten unangenehmer ist, als wir erwartet haben. Außerdem hast du eine braune Haut, so wie wir, das heißt, du fällst in der Dunkelheit nicht so auf.«

Da musste Nell lachen. »Alles klar. Bin dabei.«

Flüsternd vereinbarten wir, dass Wing später noch hinzukommen würde, zum Ritual mit Imi, das wir beim Kudu-Schädel vollziehen würden.

Dann küsste ich Tikaani zum Abschied, wir verabschiedeten uns von unseren Freunden und zogen los. Mitten hinein ins Ungewisse.

Der Herr
der Gestalten

Inzwischen war es dunkel, aber durch meine Nachtaugen konnte ich auch in Menschengestalt ziemlich viel erkennen. Nachts war es erfrischend kühl und die Sterne funkelten wie Kristalle. Misstrauisch behielt ich den Boden im Auge, um nicht auf einen Skorpion zu treten. Weder Shadow noch Nell oder ich sprachen, während wir Paula und Imi folgten, die zum Glück den Weg auch im Dunkeln zu finden schienen.

»Wir sind da«, flüsterte Imi schließlich.

Halb neugierig, halb nervös schauten wir uns um. Ein Schauer überlief mich, als ich den eigenartigen Busch direkt vor uns betrachtete. Die Euphorbie hatte jede Menge gerade, zum Himmel ragende Arme, die ich als dunkle Silhouetten sah. Sie wirkten, als würden sie nach uns greifen, wenn wir es wagten, ein Geräusch zu machen.

»Nicht anfassen, sie hat Stacheln und der Saft ist giftig!«, mahnte Paula, als Shadow die Hand danach ausstreckte.

So ist es – sie ist ein Wolfsmilchgewächs, würden die Menschen sagen, meldete sich eine fremde Stimme zu Wort. Sie war nur ein Hauch in unseren Gedanken.

Mein Kopf fuhr herum, meine Augen suchten nach dem, der gesprochen hatte.

»Das war keiner von euch, oder?«, fragte Nell beklommen. Dabei wusste sie nicht mal, dass die Raben durch das alte Buch gelernt hatten, wie man seine Gedankenstimme verstellt.

Die Antwort, die wir bekamen, war wortlos und sprach trotzdem für sich. Vor uns schien die massige, gehörnte Silhouette eines afrikanischen Büffels aus dem Boden zu wachsen. Kleine Augen, die im Sternlicht glänzten, beobachteten uns. Die lächerlichen Härchen auf meinen Armen sträubten sich. Das war er, der Herr der Gestalten. Instinktiv sprach ich das aus, was mir durch den Kopf ging. »Du bist kein Mensch, aber auch kein richtiger Woodwalker, oder? Wie hast du gemerkt, dass du dich in jedes Tier verwandeln kannst?«

Leises Lachen in meinem Kopf. *Du versuchst herauszufinden, wer ich als Mensch bin, stimmt's? Macht nichts, deine Antwort bekommst du trotzdem. Als Jugendlicher habe ich eines Tages gemerkt, dass ich nur an ein Tier denken muss, um es zu werden. Einfach, nicht?*

Als Jugendlicher. Bedeutete das, dass er ein Erwachsener war? Seine Stimme verriet es nicht.

»Es gibt ihn wirklich«, flüsterte Nell. »Das fasse ich echt nicht!«

Das kommt mit der Zeit, kam es ein bisschen herablassend zurück. *Es gibt mich ebenso wie dich, nur kann ich mich besser anpassen als du. Tagsüber bin ich ein Tier, das im Hellen lebt, bei Dunkelheit eins, das die Nacht liebt. Bin ich in der Wüste, kann ich ein Wesen sein, das so gut wie kein Wasser braucht. Bin ich am Meer, schwimme ich als Fisch davon.*

Dieser Kerl wusste genau, wie mächtig er war.

»Aber ist es denn nicht schwierig, so viele Gestalten unter Kontrolle zu halten?«, fragte ich beeindruckt.

Doch, kam es zurück. *Als Kind hatte ich große Probleme da-*

mit, ständig habe ich mich spontan in irgendwas verwandelt, ich musste erst lernen, meine Gabe zu beherrschen.

»Kann ich mir vorstellen!« Das war Nell. »Aber sie hat auch Grenzen, deine Gabe, nicht wahr?«

Natürlich. Aber wieso sollte ich euch die offenbaren?, kam es ein bisschen spitz zurück.

»Hast du das Talent von deinen Ahnen geerbt?« Paula klang schwer beeindruckt.

Meine Mutter ist Gottesanbeterin und Springbock, mein Großvater Wildhund und eine Felsenpython, berichtete der Fremde.

Zwei der sehr seltenen Tripel-Wandler in einer Familie, das war wirklich ungewöhnlich! Das hatte bestimmt die Chancen gesteigert, dass ein solcher Vielfachwandler, oder wie man ihn nennen wollte, geboren werden würde.

Nett, mit euch zu plaudern, aber wollt ihr mir nicht sagen, weswegen ihr hier seid? Ewig Zeit habe ich nämlich nicht ...

Ich erschrak und Shadow schien es nicht anders zu gehen. »Wir ... wir haben ein großes Problem und wären sehr dankbar, wenn du uns damit helfen könntest«, begann ich.

Wie soll ich kleines, unbedeutendes Wesen denn helfen können?, erwiderte der Fremde. *Falls ich das überhaupt will?* Seine Gestalt schrumpfte zusammen, wurde immer winziger, bis ich einen schwarzen Käfer über den Sand kriechen sah.

Shadow tat, wie ich fand, das einzige Richtige und ließ sich nicht provozieren. »Unsere Feinde haben uns ein wertvolles, altes Buch gestohlen, das meinem Volk gehört«, berichtete er. »Es sind geheime Verwandlungsformeln darin. Wir befürchten, dass sie es missbrauchen werden. Kannst du uns helfen, es zurückzubekommen?«

Ein Buch, soso, antwortete der Herr der Gestalten. *Seid ihr sicher, dass es euch gehört und nicht der ganzen Welt und jedem Wandler?*

»Na ja, der Rat hat eine halbe Million Dollar dafür bezahlt.« Noch während ich es aussprach, ahnte ich, dass ich einen Fehler gemacht hatte. Was bedeutete jemandem wie diesem Wesen schon so etwas wie Geld?

Ihr denkt ans Geld! Wie traurig für euch! Ich denke daran, die Natur zu bewahren, kam es prompt zurück. *Und ich werde demjenigen helfen, der das auch will.*

»Natürlich ist das auch unser Ziel«, versicherte Shadow schnell. »Wir lieben die Natur, ich und meine Schwester sind schließlich als Raben aufgewachsen.«

Das ist schön, ihr seid meinem Herzen gleich viel näher! Von einem Moment zum nächsten tollte ein Pavian durch die Buschsavanne, lief um uns herum, warf eine Handvoll Sand auf Imis Füße. Sollte diese Gestalt ein Vorwurf sein, dass wir neulich die Paviane durch die Gegend geklatscht hatten (was ein allmächtiger Woodwalker wie dieser sicher mitbekommen hatte)? Aber selbst wenn, sie hatten angefangen!

»Bitte, bitte hilf uns! Wir beten dich auch an, wenn du das willst!« Paula hob die zusammengelegten Hände. »Aber bitte unterstütz uns gegen diese skrupellosen Leute Rebecca Youngblood und Andrew Milling!«

Der Herr der Gestalten lachte. *Anbeten ist nicht nötig. Ich versuche nur, die richtige Entscheidung zu treffen. Gebt mir Zeit zum Nachdenken, ja? Wenn ich mich entschieden habe, melde ich mich bei euch. Bis dahin noch viel Spaß beim Pokern.*

Mir blieb die Luft weg und an der Art, wie Nell japste, merkte ich, dass es ihr genauso ging. Dass die Wölfe gerade eine Pokerstunde abhielten, konnte nur jemand wissen, der vorhin beim Abendessen in der Cafeteria gewesen war!

Macht's gut – wir hören voneinander, sagte der Pavian und rannte davon, kletterte über ein paar Felsen und war verschwunden.

Paula sprach aus, was wir alle dachten: »Er war vorhin mitten unter uns.«

So war es. Entweder er hatte sich als unauffälliges Tier eingeschmuggelt ... oder der Herr der Gestalten musste jemand sein, den wir kannten. Vielleicht war er überhaupt erst an diesem Lieblingsplatz-Treffpunkt gewesen, weil er beim Essen mitbekommen hatte, wo wir hinwollten.

»Wir kriegen raus, wer er ist«, sagte ich, während Aufregung mich durchpulste. »So viele Jungs gibt es ja nicht in eurer Klasse, Paula, durch irgendeine Kleinigkeit wird er sich verraten.«

»Ganz schön naiv, Carag.« Nell blickte dem Pavian hinterher. »Wenn jemand flüstert, kann man kaum unterscheiden, ob es ein Mann oder eine Frau oder ein Junge oder ein Mädchen ist. Es ist genauso gut möglich, dass wir es mit einer *Herrin* der Gestalten zu tun haben.«

Wahrscheinlich schaute ich ganz schön dämlich drein. Sie hatte recht, die Stimme hätte ebenso gut weiblich wie männlich sein können. Mein Kopf hatte mich in die Irre geführt, weil wir uns so früh auf den Namen »Herr der Gestalten« festgelegt hatten.

»Ist eigentlich auch egal, wer er ist«, sagte ich. »Wichtig ist, ob er ... oder sie ... uns hilft oder nicht.«

Wie lange würden wir bangen müssen, bis der- oder diejenige uns seine oder ihre Antwort gab? Vielleicht las die Youngblood schon jetzt mithilfe eines Übersetzers in den geheimen Formeln.

»Ist das nicht absolut sensationell? Es gibt ihn! Einen Wandler, der sich in jedes Tier verwandeln kann!« Nell kriegte sich gar nicht mehr ein.

»Wahrscheinlich werden wir berühmt, weil wir ihn entdeckt haben«, schwärmte Imi. Ihre weißen Zähne leuchteten im Mondlicht auf. »Wir haben ihn alle gesehen, diesmal müssen sie uns glauben.«

Ich nickte, noch immer ganz durcheinander vor Staunen. »Das wird die Lawine heute im Unterricht! Alle Woodwalker in der ganzen Welt werden ...«

»Denkt ihr noch daran, dass *ihr* versprochen habt, *mir* zu helfen?« Imi blickte in ein Gesicht nach dem anderen, forschte in unseren Mienen. »Das tut ihr doch, oder? Auch wenn der Herr der Gestalten sich noch nicht entschieden hat?«

»Natürlich«, sagte Shadow sofort und wir wanderten durch die Nacht zurück zur Schule. Der Platz, an dem der Kudu-Schädel lag, war weit genug entfernt vom Hauptgebäude, sodass uns hier hoffentlich niemand stören würde.

Wing war schon dort, saß im Schneidersitz auf dem Sand, ihr aufgeregtes Lächeln erhellte die Nacht, als wir uns im Kreis zu ihr setzten. Imi stellte sich in die Mitte, sie zitterte vor Kälte oder eher vor Anspannung.

»Na, dann fangen wir mal an, oder?«, meinte Shadow. »Du wärst also gerne ein Leopard, ja? Dann bräuchten wir entweder einen echten, lebenden Leoparden, mit dem wir dich verschmelzen können ...«

Die Enttäuschung stand in Großbuchstaben auf Imis Gesicht geschrieben, doch schon fuhr unser Rabenjunge fort: »... oder mehrere Wandler gleichzeitig – also wir vier anderen – rufen uns während des Rituals so intensiv wie möglich einen Leoparden vor unser inneres Auge. Besser geht's eben gerade nicht.«

Nell, die noch immer bei uns war, sah so aus, als wäre ihr das alles nicht geheuer. Wenn ich genau darüber nachdachte, ging es mir genauso. Wing achtete nicht darauf, sondern schenkte Paula und Imi ein aufmunterndes Lächeln und hielt ein gebogenes, spitzes Objekt hoch. »Außerdem habe ich mir vorhin eine Leopardenkralle aus dem Zimmer von Mrs Okeke, äh, ausgeliehen. Einen zur Gestalt passenden Körperteil zu haben, verstärkt die Wirkung des Rituals, stand in der Anleitung.«

»Los geht's«, sagte Shadow und Paula schlug sich vor Aufregung die Hände gegen die Wangen. Auf ein Zeichen der Rabenzwillinge hockte sich Imi vor Shadow und Wing, sodass die beiden ihr je eine Hand aufs Bein legen konnten; mit der anderen Hand umklammerte Wing die Klaue. »Jetzt. Denkt ganz stark an eine Leopardin, seht sie vor euch! Vor allem du, Imi.«

Dann schlossen alle drei die Augen und meine Freunde begannen, Worte in einer weichen, kehligen Sprache zu murmeln. Ich spürte eine Woge der Macht durch meinen Kopf branden; eine Woge, die sich fremdartig und *anders* anfühlte als alles, das ich je gespürt hatte. Nein, das hier war keine normale Verwandlungsübung ... das Ritual hatte begonnen.

Ein Ritual, das vielleicht seit zweihundert Jahren nicht mehr stattgefunden hatte.

Zeremonie mit Hindernissen

Imi keuchte auf, als das Ritual begann. »Ich ... ich fühle etwas. Mein Körper ... bewegt sich irgendwie ...«

»Es funktioniert!«, flüsterte Shadow triumphierend. »Jetzt nicht nachlassen, Leute! Wir brauchen eure Bilder im Kopf und eure Kraft.«

Ja, das mit der Kraft merkte ich, ich konnte spüren, wie das Ritual sie aus mir heraussog. Mir war schwindelig und ich bekam Angst, dass ich bewusstlos werden oder versehentlich an Marshmallows denken würde statt an eine Leopardin. Mit aller Kraft konzentrierte ich mich auf das Bild einer gefleckten Raubkatze.

»So, ähm, das sollte es eigentlich gewesen sein«, sagte Wing nach einer Weile und gespannt öffnete ich die Augen.

»Wie sehe ich aus? Hat es funktioniert?« Imis Stimme war ganz hoch vor Aufregung.

Wir waren alle sprachlos, aber nicht vor Freude. Paula stöhnte auf, denn ihre Schwester sah scheußlich aus. Ein Mensch war sie nicht mehr, aber auch keine Leopardin. Irgendwas dazwischen, mit einem anderen Tier hineingemischt. Graues Fell umrandete ihr Gesicht, ihre Nasenlöcher waren doppelt so groß wie vorher. Ein leichtes Fleckenmuster zog sich über ihre Haut und ging an manchen Stellen in graubraunes Fell und an wieder anderen in Menschenhaut über. Ihre Hände sahen aus wie vorher, doch die haarigen Greifzehen ihrer Füße würden sich nicht gut in Schuhe pressen lassen.

Verständnislos blickte Imi an sich herab. »Das ist eine Teilverwandlung, oder? Wie komme ich von hier aus in meine Tiergestalt?«

»Stell dir *ganz stark* eine Leopardin vor und warte auf das Kribbeln«, sagte Wing schwach.

Imi schloss noch einmal die Augen, dann öffnete sie sie wieder. »Da kribbelt nichts bei mir.«

»Ruf dir deine Menschengestalt vor dein inneres Auge!« Paula klang ein bisschen hysterisch. »Spürst du jetzt etwas?«

Ihre Schwester schüttelte den Kopf.

Dieses verdammte Ritual! Vielleicht hatten die Raben es sich nicht richtig gemerkt oder die Leopardenkralle hatte nicht ausgereicht. Oder irgendwas anderes hatte nicht gepasst. Wir hätten es nie versuchen dürfen, vor allem nicht ohne Unterstützung von jemandem mit mehr Erfahrung!

Ich sprang auf und lief los.

»Wohin willst du?«, rief Nell mir hinterher.

»Hilfe holen«, sagte ich nur und rannte noch schneller. Trotzdem hörte ich noch, dass Paula und Imi beide begonnen hatten zu schluchzen.

Ich fand unsere Lehrer hinter dem Hauptgebäude. Sie saßen auf Holzstühlen beisammen und unterhielten sich leise; um sie herum flirteten jede Menge Insekten ihre Laterne an.

Als ich zu ihnen gestürzt kam, setzten sich die beiden alarmiert auf.

»Carag! Was ist passiert?«, fragte unsere Schulleiterin mich erschrocken.

»Wir ... haben einen Riesenfehler gemacht«, stieß ich hervor. »Kommen Sie schnell, bitte!«

Im Laufschritt folgten mir die beiden hinein in die Dunkelheit. Als sie Imi sahen, blieben sie abrupt stehen. »Wer ist denn *das?*«, fragte Lissa Clearwater.

»Meine Schwester.« Paula klang kläglich.

Imi heulte direkt weiter.

»Ihr habt die Anleitung aus dem Buch verwendet, richtig?«, fuhr James Bridger die Raben an. »Ohne es mit irgendjemandem abzusprechen? Ohne zu üben und ohne jemanden zu fragen, ob das Ganze überhaupt funktionieren könnte?«

»Wie konntet ihr nur so dämlich sein? Das hätte ich nicht von euch gedacht!« Lissa Clearwater sah aus, als hätte sie am liebsten als Adlerin mit dem Schnabel auf uns eingehackt. Und die beiden hatten absolut recht. Wir ließen alle die Köpfe hängen.

»Können Sie Imi denn helfen?«, war das Einzige, was ich mich noch zu sagen traute.

Unsere Lehrer knieten sich neben Paulas Schwester, dieses unglückliche Mischwesen.

»Sehr seltsam, was genau wolltet ihr überhaupt mit ihr machen?«, meinte Mr Bridger. »Sie foltern?«

»Wir haben versucht, ihr eine zweite Gestalt als Leopardin zu geben«, erklärte Paula und Wing erklärte das mit der Leopardenkralle und wie wir alle zusammengewirkt ... oder es jedenfalls versucht hatten.

Unsere Lehrer blickten sich an, plötzlich aufgeregt. »Also funktionieren die Formeln wirklich«, sagte James Bridger, er sah überwältigt aus. »Das ist der allererste Beweis! Lissa, das ist ...«

»Ja, das ist großartig. Du hast von Anfang an daran geglaubt, oder?« Unsere Schulleiterin schenkte ihm ein Lächeln und einen Moment lang sah es so aus, als wollten sie sich umarmen. »Wir melden es sofort dem Rat, sobald wir dieses pelzige Problem hier gelöst haben.« Sie deutete auf die unglückliche Imi.

Unser Lehrer betrachtete sie ebenfalls noch einmal genau, wandte sich dann wieder an uns. »Woher wollt ihr denn wissen, ob ihre zweite Gestalt überhaupt Leopardin wäre? Man kann sich nicht einfach wünschen, irgendetwas zu sein und sich irgendwas aussuchen. Es muss schon zu einem passen, sonst klappt es nicht, das seht ihr ja.«

»Mir scheint, da versucht ein ganz anderes Tier, durchzukommen«, meinte Lissa Clearwater, während sie Imi untersuchte. Trotz ihrer Besorgnis wirkte sie nun nüchtern und beherrscht. »Kennst du diese Schamanenformel, wie man jemandem eine zweite Gestalt gibt, James? Wir könnten versuchen, sie noch mal anzuwenden.«

»Ja, ich habe sie auswendig gelernt, als ich auf dem Rückflug die Übersetzung gelesen habe. Und jetzt wissen wir, dass sie wirkt.« James Bridger scheuchte uns ein Stück weg, dann bildeten unsere beiden Lehrer ein Dreieck mit Imi, berührten sie mit den Fingerspitzen und schlossen die Augen.

Ich konnte ihre eiserne Konzentration spüren und hatte auf einmal wieder Hoffnung. Miss

Clearwater und Mr Bridger waren starke, erfahrene Woodwalker, sie hatten es sogar fertiggebracht, Andrew Milling in seiner zweiten Gestalt »festzufrieren« und uns am Tag der Rache damit alle zu retten. Wenn irgendjemand es schaffen konnte, dass Imi wieder normal wurde, dann sie.

Nell grub vor Anspannung ihre Fingernägel in die Handfläche, Wing legte Paula den Arm um die Schultern und Shadow stand regungslos da und ließ den Blick nicht von diesen drei Leuten. Furchtbare Momente lang passierte nichts, dann sahen wir endlich, dass sich Imis Gestalt veränderte. Sie schrumpfte zusammen, bekam ein längeres, raues Fell, das Fleckenmuster verschwand völlig, dafür wuchs ein neuer Körperteil aus ihrer Rückseite. Vor uns saß ein planlos dreinblickendes Pavianweibchen, das in einem viel zu großen Harry-Potter-T-Shirt steckte.

»Na, das hätte ich nicht gedacht«, war alles, was Paula dazu einfiel.

He! Was ist das denn für ein Körper?, fragte Imi, während sie entgeistert ihre Greifpfoten betrachtete.

Wir entspannten uns alle ein bisschen, denn zum ersten Mal in ihrem Leben hatte Paulas Schwester Gedankensprache benutzen können. Das war ein gutes Zeichen!

Schonend brachten wir ihr bei, dass sie gerade ein Affe war.

Oh, sagte Imi und betastete ihre hundeartige Schnauze. *Na ja. Das mit der Leopardin wäre sowieso zu schön gewesen, um wahr zu sein.*

»Immerhin ... besser als Erdferkel«, versuchte Paula, sie zu trösten, doch das klappte nicht so richtig, weil man ihr anmerkte, wie beunruhigt sie war. »Miss Clearwater ... sie kann doch wieder ein Mensch werden, oder?«

Der Gedanke, dass Imi womöglich den Rest ihres Lebens als

Vierbeiner durch die Gegend galoppieren musste, war fellsträubend. Beim großen Gewitter, das durfte nicht passieren!

Urplötzlich fiel mir ein, was für ein Tier der Herr der Gestalten als Letztes gewesen war … ein Pavian. Hatte er geahnt, was für ein Tier in Imi schlummerte? Wahrscheinlich. Vielleicht hatte er uns auch einen Hinweis geben wollen und wir hatten es nicht kapiert.

Dieses neue Fell juckt, stellte Imi fest und kratzte sich mit der Hinterpfote hinter dem Ohr. *Oh, wow, habt ihr das gesehen? Ich kann mich mit dem Fuß hinter dem …*

»Imi, du musst dich jetzt konzentrieren.« James Bridger nahm ihre Pfotenhände und blickte ihr in die Augen. »Bitte denk jetzt, so stark du kannst, an deine Menschengestalt. Wir helfen dir, indem wir dir ein Bild deines Menschenkörpers in den Kopf schicken.«

Okay, sagte Imi, stieß ein Kreischen aus und fletschte nervös die eindrucksvollen Zähne. *Hoffentlich wirkt es, bitte, lieber Gott, es muss wirken!*

Miss Clearwater nickte. »Auf drei. Eins … zwei … drei …«

Leider wusste ich nicht, wie beten ging. Also wiederholte ich einfach nur *Bitte, bitte, bitte* in Gedanken.

Zum zweiten Mal verschoben sich die Knochen unter Imis Haut, verformte sich ihr Gesicht. Ich wagte erst wieder zu atmen, als ich sah, dass die Fellhaare sich zurückzogen, darunter kam Imis normale braune Haut zum Vorschein. Als Menschenmädchen saß Imi auf dem Boden und lächelte erleichtert, während sie ihre Finger und Zehen untersuchte und unauffällig ihren Hintern befühlte, um zu prüfen, ob der Schwanz noch da war. Nein, war er nicht.

»Oh, dem Himmel sei Dank«, ächzte sie und kam schwankend auf die Füße.

Miss Clearwater und Mr Bridger sagten nichts, sie standen nur in ihrer Nähe und schienen sich zu konzentrieren. »Du spürst Imis Wandler-Präsenz auch, oder?«, fragte unsere Schulleiterin und James Bridger nickte. Dann streckte er die Hand aus. »Herzlichen Glückwunsch. Wenn mich nicht alles täuscht, hat es geklappt. Du bist eine Woodwalkerin geworden.«

Ich fühlte mich zu mitgenommen, um zu jubeln. Aber Imi wagte ein Lächeln, das nach und nach immer breiter wurde. Wir lächelten zurück und murmelten halb im Schockzustand Glückwünsche.

Das war gerade noch mal gut gegangen.

Ein kralliger Geburtstag

Das Lächeln verging uns ziemlich schnell, als Miss Clearwater mit den Verweisen loslegte und anfing, Strafen auszuteilen wie eine Gewitterwolke Regen und Hagel. Unsere Strafen passten ziemlich gut zu dem, was wir angestellt hatten: Die meisten von uns mussten einen Tag lang teilverwandelt in der Menschenwelt klarkommen.

Als am nächsten Morgen nach dem üblichen Wir-sind-eine-Herde-Song ein amerikanisch-afrikanischer *Happy-Birthday*-Chor für mich erscholl, murmelte ich ein Dankeschön, während mich Tikaani liebevoll an den pelzigen Ohren zog. Irgendjemand war gerade dabei, meinen Pumaschwanz mit bunten Stoffschleifchen zu dekorieren. Als Geschenk hatten mir meine Freunde ein Geburtstagsfrühstücks-Buffet der Extraklasse organisiert. Weil ich mit meinen teilverwandelten Pranken leider keine Kuchengabel halten konnte, hatte ich die Wahl, entweder a) keinen Geburtstagskuchen zu essen oder b) den Teller in beide Pfoten zu nehmen und das Stück Kuchen runterzufressen. Ich wählte Möglichkeit b) und die anwesenden Schüler lachten sich kaputt.

»Wie lange musst du noch so bleiben?«, fragte Holly vergnügt, während die ebenfalls teilverwandelten Rabenzwillinge mit wenig Erfolg versuchten, mit ihrem Schnabel Vanillepudding zu essen.

»Den ganzen Tag«, sagte ich mit meinem menschlichen Mund und seufzte.

Paula aß ihr Stück Kuchen unter dem Tisch. Sie musste den ganzen Tag als Erdferkel verbringen. Immerhin blieb ihr so die Schuluniform erspart, die sie (so wie ihre zweite Gestalt) nicht besonders mochte.

»Darf's noch ein Kaffee sein?«, fragte Nell währenddessen unseren Kater-Wandler Dorian, der gemütlich die Füße hochgelegt hatte und sein Heißgetränk nippte.

»Ja, bitte, das ist lieb von dir«, erwiderte der. »Bitte mit Sahne und zwei Stück Zucker. Und vergiss diesmal nicht die Serviette, ja?«

»Sehr wohl«, knurrte Nell und marschierte los. Ihre Strafe war, dass sie einen Tag lang Dorians Privatdienerin sein musste (ein arger Schlag für ihren Stolz). Er hatte sich nämlich im Gegensatz zu uns gestern mit Ruhm bedeckt. Als ein Teller vom Tisch gekippt war und beinahe Limbo, den Tausendfüßler, getroffen hätte, hatte er sich todesmutig dazwischengeworfen. Limbo war unter Süßkartoffelbrei begraben worden, hatte aber überlebt.

Immerhin, der Ärger lohnte sich, denn Imi war überglücklich. Sie durfte sogar heute ihre Menschenschule schwänzen und bei uns bleiben, um ihre ersten Verwandlungstipps zu bekommen. Dass sie gerade mit einem halbmondförmigen Ding in der Pfote zwischen den Deckenbalken herumturnte, sprach dafür, dass sie ihre Affengestalt gar nicht so übel fand. *In dieser Gestalt schmecken mir die Samen des Kameldornbaums besser als Schokolade, könnt ihr euch das vorstellen?*, rief sie uns zu.

»Gut, dann bleibt mehr von der Schoko für uns übrig«, sagte Frankie nur und schaute nach, wie seine Pavianbisswunde unter dem Verband aussah. Sah aus, als würde sie gut verheilen.

Doch die größte Sensation und das Hauptgesprächsthema beim Frühstück war natürlich, dass es den Herrn der Gestalten (oder die Herrin, falls an Nells Theorie was dran war) wirklich gab. Und wir ihn beziehungsweise sie getroffen hatten.

»Ist das nicht toll, dass wir in Afrika jemanden haben, wie es ihn oder sie sonst nirgendwo auf der Welt gibt?« Jimmy lächelte stolz und natürlich fragte ich mich sofort, ob er selbst es sein konnte:

»Meint ihr, er kann sich wirklich in jedes Tier verwandeln?«, fragte Leyla mit großen Augen.

»Glaube ich noch nicht, aber Imi hat fünf Gestalten gezählt und wir drei.« Nell war wie immer schwer zu überzeugen. Manchmal nervte es ein bisschen, dass sie nur das glaubte, was sie selbst gesehen oder erlebt hatte. Deswegen mochten zum Beispiel Leroy und Cookie sie nicht besonders, sie fanden Nell zu sehr von sich überzeugt.

»Wie war denn seine Witterung?«, fragte Jeffrey.

Ich überlegte. »Äh ... sehr gemischt.« Peinlich, aber wahr, ich hatte mich nicht sehr auf das konzentriert, was ich roch.

»Wieso habt ihr nicht einen von uns Wölfen mitgenommen? Deine Nase ist nicht so gut wie unsere«, beschwerte sich Tikaani. Anscheinend war sie immer noch gekränkt, dass sie gestern nicht hatte dabei sein können.

Du disst meine Nase? Mein Rüssel ist die reinste Superwaffe, beschwerte sich Paula, doch auch sie konnte nicht sagen, was für einen Eigengeruch der Herr der Gestalten gehabt hatte. Vielleicht vermischte und verwischte er ihn absichtlich, damit man ihm nicht auf die Spur kam.

Verstohlen ließ ich den Blick über unsere Gastgeber gleiten. Konnte es sein, dass dieser Superheld tatsächlich inkognito in diese Klasse ging? Oder war es jemand von den Lehrern? Der

Hausmeister? Und, am allerwichtigsten, wann würde derjenige uns sagen, ob wir von ihm Hilfe zu erwarten hatten?

Pling, pling!, auf meinem Handy waren gleich mehrere Nachrichten eingelaufen. Geburtstagsgrüße von den Ralstons und von Leuten aus der Clearwater High – sogar Mia (bis vor Kurzem noch ein wilder Puma aus den Bergen) hatte es geschafft, mir Glückwünsche zu schicken (sie lauteten: Ales Guhte zum Gebutztag!). Tiago, Shari und unsere Freunde von der Blue Reef High in Florida hatten sich gemeldet. Außerdem war eine Nachricht von Sierra dabei, der schwarzen Wölfin, die wir im letzten Dezember in Kalifornien besucht hatten.

> Herzlichen Glückwunsch, Puma! Wenn du magst, darfst du dir von mir was wünschen. Feier schön und bleib gesund.
> Sierra xxx

Das mit dem Wunsch war vermutlich als Witz gemeint, aber ganz spontan fiel mir dazu was ein.

> Danke! Lieb, dass du an mich gedacht hast! Zum Wunsch: Verrätst du mir dein Geheimnis? Katzige Grüße, Carag

Leider kam nicht sofort eine Antwort und wir mussten in den Unterricht, an dem wir Gastschüler uns natürlich beteiligten. »Wieso müssen wir ausgerechnet an meinem Geburtstag die Fächer haben, die ich am wenigsten mag – Mathe, Kunst und Musik?«, meckerte ich, während Holly versuchte, mir blitzschnell auch ums Ohr ein Schleifchen zu binden.

»Wird bestimmt gar nicht so schlimm, wetten?«, tröstete sie mich.

Die Wette hätte sie verloren. Wurde es doch. Zahlen oder

Buchstaben zu schreiben, ging mit Pranken nämlich gar nicht. Schließlich nahm ich den Stift in den Mund und versuchte es so. Mrs Okeke, die hier nicht nur Schulleiterin, sondern auch Mathelehrerin war, nickte mir zu und schenkte mir einen durchdringenden Blick. Natürlich hatte sie gehört, was letzte Nacht passiert war. Sehr lange würde sie uns amerikanische Schüler bestimmt nicht mehr in den Himmel loben, und das war auch besser so.

»Das machst du super mit dem Schreiben«, versicherte mir Brandon, der heute schon wieder ein grünes T-Shirt trug. Auch die Farbe aus seinen Haaren ging langsam raus, sodass sein ursprüngliches Braun wieder durchschimmerte.

»Oh, danke. Was macht deine Schwarz-Phase? Ist die vorbei?«, fragte ich ihn und unterschrieb meine Übung mit einem tintigen Nasenabdruck.

»Na ja, Jimmy hat mich gefragt, warum ich mich immer schwarz anziehe, und da fiel mir keine richtige Antwort ein.« Brandon grinste schief. »Kann es sein, dass ich mich in der Schule daheim ziemlich peinlich benommen habe?«

»Ach, nur hin und wieder«, meinte Holly.

»Ja«, sagte ich.

»Was ist mit Tabitha?«, erkundigte sich meine Wolfsfreundin.

Brandon versenkte die Hände in den Hosentaschen. »Ich habe ihr lange Briefe geschrieben und sie hat nur ein paar allgemeine Bemerkungen zurückgeschickt.«

»Vielleicht denkt sie dauernd an dich und kommt nur nicht zum Schreiben?« Manchmal war Tikaani ein bisschen grausam.

Mein bester Freund schnaubte und meinte dann: »Oh ... schaut mal, wer da ist!«

Okana, das Gepardenmädchen, das mit dem Buch davongerannt war, stand an der Tür der Cafeteria, schon wieder zurückverwandelt und in die weiße Bluse und den grauen Rock ihrer Schuluniform gehüllt. Sofort eilte Mrs Okeke zu ihr und rief durch die offene Tür gleichzeitig nach Miss Jonassen.

»Was hast du getan?«, donnerte die Schulleiterin, doch das Gepardenmädchen senkte nur stumm den Kopf. Zum Glück traf Momente später Miss Jonassen ein, die junge Tierärztin, die hier Biologie, Chemie und Medizin unterrichtete. »Lassen Sie mich bitte mit ihr reden«, sagte sie. Zum Glück saßen meine Freunde und ich keine zwei Menschenlängen entfernt.

Natürlich strapazierten wir unsere Ohren, um kein Wort zu verpassen.

Okanas Überraschung,
Sierras Geheimnis und
Mr Magoros Krise

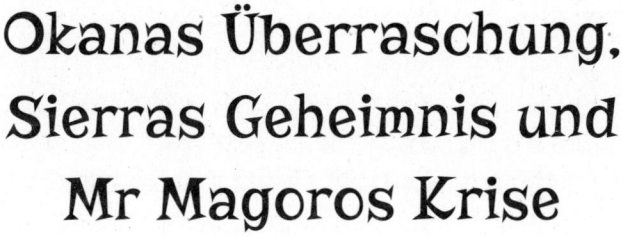

»Okana, warum hast du Rebecca Youngblood gehorcht?«, fragte Miss Jonassen behutsam. »Hat sie zum Beispiel gedroht, deinen Adoptiveltern etwas anzutun?«

Ganz langsam hob Okana den Kopf, selbst in erster Gestalt hatte sie goldbraune Raubkatzenaugen. »Die Leute, bei denen ich wohne, sind nett, aber wir bedeuten uns nicht viel.« Ihre Stimme war so leise, dass selbst wir mit unseren scharfen Ohren es kaum verstanden. »Die Löwenfrau hat gesagt, dass sie dafür sorgt, dass Sie Ihre Aufenthaltserlaubnis hier verlieren und nach Deutschland zurückgehen müssen.«

»Ich?«, fragte Lilly Jonassen überrascht. »Aber ...«

Mrs Okeke schnaubte empört. »Eine Dreistigkeit sondergleichen!« Ja, das war es – die Youngblood hatte immer neue, fiese Ideen. Wir lauschten interessiert, aber die afrikanischen Schüler wirkten verunsichert oder sogar erschrocken. Vielleicht bekamen sie gerade Angst, eine ihrer nettesten Lehrerinnen zu verlieren.

Miss Jonassen wirkte noch immer verwirrt, sie strich sich eine blonde Strähne aus der Stirn. »Du ... hast es wegen mir getan?«

Ein kleines Lächeln schlich sich auf Okanas Gesicht. »Sie haben sich so lieb um mich und meine Schwester gekümmert. Früher, als wir noch Kätzchen waren. Damals, als Sie noch gar nicht wussten, dass ich eine Woodwalkerin bin und nur meine Schwester ein Tier ist.«

Da umarmte die junge Lehrerin sie. »Keine Sorge, Okana. Die Löwenfrau hat gelogen. Erik Sartorius und ich werden bald heiraten, dann kann mich niemand mehr aus Namibia verbannen. Ich weiß, es war schwer für dich, in die Menschenwelt hineinzufinden und den Kontakt zu deiner Gepardenschwester zu verlieren. Aber ich bin weiter für dich da, so gut ich kann.«

Eine einzelne Träne rann über Okanas Wange. Aber das Gepardenmädchen nickte.

Behutsam fragte Miss Jonassen: »Wo hast du das Buch abgeliefert, Okana? Weißt du, was daraus geworden ist?«

Wie ich schon befürchtet hatte, hatte sie das Buch am Treffpunkt einem Kumpan der Youngblood gegeben und der war sofort damit verschwunden. Wo waren sie und das Buch jetzt? Wir wussten es nicht. Wir konnten nur hoffen, dass der Herr der Gestalten sich für uns entscheiden würde, dann hatten wir vielleicht noch eine Chance, es wiederzubekommen. Er konnte als Löwe versuchen, die Raubkatzenverbündeten der Youngblood auszuhorchen, mit dem besten Geruchssinn der Welt das Buch aufstöbern, als winziges Tier auch in verschlossene Räume eindringen, in denen es vielleicht versteckt war, dann mit Nashornkraft die Tür aufbrechen und es als Geier durch die Luft davontragen. Oder so.

Wenn er uns dagegen nicht half, würde die Youngblood, sobald sie die Formeln hatte übersetzen lassen, mit diesem Wissen machen, was sie wollte. Und das war garantiert nichts Gutes.

»Ich würde es gerne wiedergutmachen«, sagte Okana. »Was kann ich tun?«

Miss Jonassens Antwort kam schnell wie ein lossprintender Präriehase. »Dich öfter melden im Unterricht. Das fände ich toll.«

Okana nickte und schritt zu ihrem Platz ganz hinten in der Klasse. Dort setzte sie sich neben Leyla, die während des Unterrichts meistens träumend aus dem Fenster zu schauen schien.

Wieder hatte ich eine Nachricht bekommen und checkte heimlich unter dem Tisch mein Handy. Es war Sierras Antwort. »Hm«, flüsterte ich, als ich sie gelesen hatte.

»Was?«, zischte Holly, doch ich konnte gerade nicht antworten, weil Mrs Okeke auf mich zukam wie ein tropischer Sturm. Wenige Momente später hatte sie mein Handy beschlagnahmt und war wieder nach vorne gerauscht.

Kurz darauf bekamen wir noch eine gepardische Überraschung. Als Mrs Okeke gerade eine besonders unschöne Gleichung an die Tafel gekritzelt hatte, fragte sie: »Und, wer kann die hier lösen?«

Brandons und Frankies Arme waren schon auf dem Weg nach oben, als Okana einfach aufstand und nach vorne ging. Alle starrten sie an, als sie ein Stück Kreide nahm und rasch ein paar Zahlen kritzelte. Mit gerunzelter Stirn prüfte die Schulleiterin die Antwort, dann kratzte sie sich an der Stirn, sagte: »Ähm ... das ist richtig«, und folgte Okana mit verwirrtem Blick, als die sich wortlos wie zuvor an ihren Platz setzte. In der Klasse summte es wie ein Bienenstock, wir flüsterten alle aufgeregt.

»Ich wusste nicht mal, dass sie überhaupt rechnen kann«, staunte Fee. »Schließlich beteiligt sie sich sonst nie.«

Eins war klar, Okana hatte ihr Versprechen eingelöst – und wie.

»Das war eine echt schwere Gleichung«, sagte Brandon anerkennend, als wir zur Pause in den Innenhof durften. »Kompliment, Okana. Kann es sein, dass du ein Mathegenie bist?« Verlegen lächelte Okana und verzog sich in die hinterste Ecke des Schulhofs.

»Jetzt sag endlich, was ist Sierras Geheimnis?«, drängte Holly und Tikaani fügte hinzu: »Es stimmt also, sie hat uns was verheimlicht?«

»Kann gut sein, aber sie hat mir nur ein Rätsel geschickt – typisch Detektivin«, sagte ich und seufzte. »Es ist das Foto einer Blauhäherfeder. Hat irgendjemand von euch eine Idee, was das bedeuten könnte?«

»Vielleicht will sie mit dir flirten«, meinte Brandon und grinste. »Schließlich heißt du als Mensch Jay, also Häher.«

»Nee, glaube ich nicht«, knurrte Tikaani. »Vielleicht gibt es in Kalifornien einen Blauhäher, den sie sehr gerne mag.«

»In der Klasse war keiner.« Holly kratzte sich am Kopf. »Moment mal, Leute, hier kommt eine ganz nussige Theorie – vielleicht ist sie selbst nicht nur ein schwarzer Wolf, sondern auch ein Blue Jay, ein Blauhäher?«

»Du meinst, sie könnte eine Tripel-Wandlerin sein?« Ich überlegte. »Aber die sind richtig, richtig selten. Ich schreibe einfach mal zurück, dass ich denke, dass sie eine ist.«

Kaum hatte ich die Nachricht getippt, kam auch schon eine Antwort, obwohl es in meinem Heimatland noch sehr früh am Morgen sein musste.

Hi, Carag! Ja, stimmt, ich bin tatsächlich eine Tripel-Wandlerin. Ich war erst sehr geschockt davon und es hat ziemlich

gedauert, bis ich das Fliegen gelernt habe. Aber inzwischen habe ich es im Griff und habe die Windwalker in meiner Klasse dadurch ganz schön aufgemischt, haha.
Liebe Grüße, Sierra

»Wow!«, sagte ich.

»Ich hab's geahnt.« Tikaani las sich die Botschaft noch mal durch. »Ob sie schon oben im verbotenen Baumhaus war? Garantiert.«

»Was meinst du, wie haben ihre Eltern reagiert?« Holly konnte kaum stillhalten. »Das ist so nussig, dass Sierra jetzt fliegen kann ... unheimlich praktisch für eine Detektivin.«

»Ja, absolut fedrig«, meinte Dorian und winkte Nell. »Ich hätte gerne noch einen Kaffee, wärest du so gut? Und einen Muffin dazu bitte, ich habe gewittert, dass der Koch gerade welche gebacken hat.«

»Aber jetzt haben wir Kunst, falls dir das noch nicht aufgefallen ist!«

»Ja, und?« Dorian schenkte ihr sein charmantestes Lächeln. Nell ächzte, aber sie zog tatsächlich ab in Richtung Küche.

Ich hätte mir keine Gedanken machen müssen, ob ich Kunst mit meinem teilverwandelten Körper überhaupt schaffte. Das Gegenteil war der Fall. Wir hatten jeder eine Makalani-Nuss bekommen, die ungefähr so groß wie eine Walnuss war und von einer Palme stammte. Wenn man die braune Schale wegkratzte, schimmerte es darunter elfenbeinfarben. Sofort begannen die afrikanischen Schüler, Muster hineinzugravieren. Zack, zack, schon war mein Kunstwerk fertig, denn mit meinen Krallen konnte ich umgehen. Nicht nur meine Klassenkameraden staunten über die Elefantensilhouetten, die über den hellen Hintergrund marschierten.

»Großartig«, lobte mich Kiano Magoro, der Elefantenlehrer, und gab mir noch ein paar Nüsse. Ich machte mich gleich an die Arbeit.

»Könnten Sie sich nicht verwandeln? Sie sind so toll als Elefant«, bettelte Tsepo. Pierre stimmte mit ein und Grace, das Termitenmädchen, dem Klang ihrer Worte nach ebenfalls. Nachdenklich betrachtete ich sie, wobei mir auffiel, dass sie gerade meinen Holzkuli mit dem eingravierten Wort *Woodwalkers* benutzte. »Ähm, das ist übrigens meiner«, flüsterte ich.

Grace blickte mich erstaunt an. »Meins? Deins? Ich weiß nicht, was das heißt. Gehört denn nicht alles allen?«

»Gib's auf, sie kapiert das nicht«, sagte Leyla, das Schakalmädchen, zu mir. »Obwohl wir das Thema schon in Menschenkunde durchgenommen haben.«

Grace war bestimmt keine Herrin der Gestalten, sonst hätte sie sich verwandelt, als Paolo sie als Geisel genommen hatte. Aber vielleicht das Pangolin oder Tsepo?

Schließlich ließ sich Mr Magoro erweichen. Wir zogen um in den Innenhof und kurz darauf fächelte ein Elefantenbulle uns mit seinen türgroßen Ohren Luft zu, was sich in der Hitze sehr angenehm anfühlte. War er der Herr der Gestalten? Mein Instinkt sagte Nein, er war nicht so verspielt und auch viel klarer in seiner Art.

Ich war so konzentriert mit meiner zweiten Nuss beschäftigt, dass ich beinahe verpasst hätte, wie Nell reinsegelte. Mit Kaffee und Muffin. Lächelnd nahm Dorian beides entgegen. »Holst du mir bitte noch Sahne dazu?«

»Leck mich doch am Ohr!«, sagte Nell und musste gleich darauf lachen. Wahrscheinlich halb versehentlich verwandelte sie sich in eine Maus und der Muffin segelte zu Boden.

»Ach, macht nichts, der schmeckt bestimmt trotzdem noch.«
Gerade wollten Dorian und Nell sich gemeinsam über den
kaputten Muffin hermachen, da hörte ich ein erschrockenes
Schnauben.

Es kam von Mr Magoro. Der Elefantenbulle hatte den Rüssel gehoben
und beide Ohren gespreizt,
alarmiert wich er zu-
rück. Ein halbes
Dutzend Schüler
beeilten sich,
ihm den Weg
freizumachen,
retteten sich
in ihre zweite
Gestalt, um davonflat-
tern zu können, oder gingen
in Deckung. Pierre hatte sich zu
einem schuppigen Ball zusammengerollt. Holly flitzte inklusive Nuss
die Hauswand hoch und Nell huschte
auf der Suche nach einem Versteck
hochnervös durch die Gegend.

»Alles okay, Mr Magoro?«, fragte Ben
und spähte hinter einem Baum hervor,
hinter den er sich mit seinem Kunstwerk
gerettet hatte.

Jaja. Natürlich. Der Kunst- und Sprachenlehrer wirkte noch immer aufge-

wühlt und bei einem Elefanten ist das keine Kleinigkeit. Als Nell versehentlich in seine Nähe kam, wich Mr Magoro noch weiter zurück – mit einem splitternden Krachen ging unter seinen Säulenbeinen ein Hocker zu Bruch. *Du Mausmädchen? Leider habe ich deinen Namen gerade nicht präsent. Könntest du dich bitte wieder verwandeln? Es ist mir ein bisschen peinlich, aber deine zweite Gestalt macht meine Artgenossen und mich nervös.*

Fasziniert starrten wir ihn an. Elefanten hatten Angst vor Mäusen? Das Leben und die Welt waren voller Wunder.

Oh, sorry, klar, wenn Sie möchten, sagte Nell und rannte zum Hauptgebäude, aus dem sie als frisch angezogene Zweibeinerin wieder zum Vorschein kam. Prompt beruhigte sich unser Lehrer. *Ich … habe bei Mäusen immer ein wenig Sorge, dass sie in meinen Rüssel kriechen könnten,* versuchte er zu erklären.

Betrübt betrachteten einige Schüler ihre Nusskunstwerke, die zum falschen Zeitpunkt am falschen Ort gewesen waren. Nell und Dorian nahmen den Muffin in Augenschein. Er hatte sich bei dem ganzen Aufruhr in ein sandbedecktes Etwas verwandelt, das man problemlos in einen Briefumschlag hätte stecken können.

»Wenn du jetzt sagst, du willst einen neuen, dann muss ich dich leider erwürgen«, sagte Nell und gespannt warteten meine Freunde und ich auf die Antwort unseres Kater-Wandlers.

Dorian zog die Augenbraue hoch und hob seine Tasse. »Ach nein, muss nicht sein. Aber wie wäre es mit einem frischen …«

Zum Glück läutete es in diesem Moment zur Pause, sonst hätte es womöglich noch ein Unglück gegeben. Und das ausgerechnet an meinem Geburtstag.

Eine Überraschung
zu viel

Nun war ich fünfzehn Jahre alt, aber mein Leben hatte sich nicht wirklich geändert an diesem Tag. Noch hatten wir nichts vom Herrn der Gestalten gehört, anscheinend hatte er sich noch nicht für oder gegen uns entschieden.

»Aber wenn er sich für unsere Seite entscheidet ... dann hätte sogar Andrew Milling nichts zu lachen«, überlegte Tikaani, als wir nach dem Unterricht noch zusammen im Schatten des Kameldornbaumes herumhingen. »Oder die Youngblood. Von der Lennox ganz zu schweigen. Er könnte alle drei besiegen, selbst wenn er gerade einen schlechten Tag hat.«

»Und wenn der Woodwalker-Superheld sich gegen uns entscheidet?« Shadow wirkte verkrampft. »Dann war's das, oder?«

»Nicht unbedingt«, versuchte ich, ihn und mich zu beruhigen. »Wir haben viele Verbündete. Aber Andrew Milling leider auch. Wir haben ja an dieser angeblichen Selbsthilfegruppe gesehen, wie treu sie zu ihm halten. Was ich ehrlich gesagt nicht verstehe, weil sich ja am Tag der Rache rausgestellt hat, was für ein grausamer Menschenhasser er ist.«

James Bridger schlenderte auf uns zu ... doch bevor er uns erreicht hatte, klingelte sein Handy. Irgendwie ahnte ich, dass es etwas mit dem zu tun haben könnte, über das wir gerade redeten. Mr Bridger winkte die Rabenzwillinge und mich zur Seite und ließ uns zuhören.

»Schlechte Nachrichten: Die Youngblood ist ausgereist«, sagte Jessie Parks, die Agentin des Rates. »Wir haben sie am Flughafen gesehen, mit ein paar ihrer Leute im Schlepptau. Leider hatten wir nicht genug Beweise gegen sie, um sie zu verhaften. Unsere Verbündeten beim Zoll haben sie durchsucht, aber das Buch nicht gefunden. Wir können jedoch sicher sein, dass sie es mitgenommen und irgendwie außer Landes geschmuggelt hat.«

»Oh nein.« James Bridger, die Rabenzwillinge und ich blickten uns mit hoffnungsloser Miene an. Ab jetzt mussten wir jeden Tag mit der schrecklichen Nachricht rechnen, dass Andrew Milling mithilfe von Rebecca Youngblood und dieser fiesen Anwältin aus Florida, Lydia Lennox, ausgebrochen war. Dass er seine erste Gestalt zurückhatte und wieder begonnen hatte, Anhänger um sich zu scharen. Ein hasserfülltes Rudel, das den Menschen schaden wollte ... und früheren Feinden wie mir.

Die Drohung der Youngblood ging mir einfach nicht aus dem Kopf. Inzwischen wussten wir, dass die Formeln funktionierten, das änderte noch einmal einiges. Andererseits hatten wir durch Imi auch gemerkt, dass die Formeln sich nicht nach Wunsch benutzen ließen, die Art, wie sie wirkten, hatten viel mit der Person zu tun. Ich war so sehr Puma, konnte meine Feindin mir wirklich meine zweite Gestalt entreißen?

»Aber es gibt auch eine gute Nachricht – wir haben es geschafft, das Handy der Youngblood zu analysieren«, berichtete Steve Aboyo, Paulas Vater. »Es war zwar nur ein fast leeres Prepaidteil, aber sie hat vergessen, einen Chatverlauf zu löschen. Viel darf ich euch noch nicht darüber sagen, aber es ist eine hochinteressante Spur.«

Ich freute mich … und verschluckte mich gleich darauf an meiner eigenen Spucke, als Mr Aboyo fortfuhr: »Was habt ihr eigentlich mit meiner jüngeren Tochter gemacht? Warum hat sie auf einmal eine zweite Gestalt als Pavian? Das wüsste ich schon ganz gerne und Paula will dazu nichts sagen!«

Meine Schweißdrüsen begannen auf Hochtouren zu arbeiten. Ich spürte, wie mir das Blut ins Gesicht schoss, und mein Fluchtreflex meldete sich. Steve Aboyo war ein harter Bursche, ich wollte ihn eigentlich nicht wütend erleben – zumindest nicht wütend auf meine Freunde und mich.

»Ach, äh …«, sagte James Bridger. »Manchmal zeigt es sich erst spät in der Pubertät, ob jemand ein Woodwalker ist oder nicht.«

Ich wischte mir den Schweiß von der Stirn und schenkte ihm ein schiefes Lächeln. Mein Lieblingslehrer lächelte zurück.

»Anderes Thema … seinen ach so tollen Verbündeten Paolo hat das Löwenrudel zurückgelassen, wie es aussieht«, meinte Shadow und wir gingen gleich mal in seinem Gefängnis vorbei. Als ich die Tür öffnete und die oben offene Flasche sah, hatte ich so eine Art Vorahnung. Obwohl Paolos gläsernes Gefängnis dastand wie vorher, überlief mich ein kaltes Prickeln, als ich hineinspähte.

»Wo ist der Mistkerl?«, entfuhr es Wing und wir drängten uns alle vier um die Flasche.

Dort, wo der Ameisenlöwe gewesen war, sah ich jetzt nur

ein graues Ding … eine Art Kokon. Er war an einer Seite aufgerissen.

James Bridger stieß einen Fluch aus. »Wann genau habt ihr ihn das letzte Mal gesehen und was hat er da gemacht?«

»Die letzten Male, als ich ihn kontrolliert habe, sah er ein bisschen seltsam aus und hat geschlafen.« Shadow sah schuldbewusst aus. »Aber in Wirklichkeit hat er sich verpuppt, stimmt's?«

Sah fast so aus. Neben der Flasche entdeckte ich einen Zettel (die rausgerissene Ecke eines Schulbuchs) mit den daraufgekritzelten Worten: *See you later, ihr Flaschen!*

Das hatten wir verdient, denn erst jetzt kamen wir darauf, seine Tierart zu googeln. Und fanden heraus, dass der Ameisenlöwe nur eine Larve ist, eine Übergangsgestalt. Anscheinend hatte sich Paolo in Rekordzeit in ein geflügeltes Insekt mit dem eigenartigen Namen Ameisenjungfer verwandelt … und war durch irgendeine Ritze entflogen.

»Das ist so übel … vielleicht hat ihn die Youngblood sogar mitgenommen, wer weiß«, sagte ich dumpf und setzte mich erst mal. »Ich wette, mit dem bekommen wir es noch mal zu tun.«

»Es tut mir leid.« Ohne dass wir es gemerkt hatten, war Leyla hinzugekommen. »Ich habe ihn gesehen, ganz früh am Morgen. Als er sich aus einer Ritze nach draußen gequetscht hat. Aber ich habe ihn nicht erkannt und dann war es auch schon zu spät.«

»Macht nichts. Du hättest ihn sowieso nicht einfangen können«, meinte James Bridger.

»Wer weiß.« Noch immer sah Leyla schuldbewusst aus.

»Bist du oft nachts unterwegs?«, fragte ich sie und plötzlich dämmerte mir etwas. »Du beobachtest viel, oder? Neulich habe ich jemanden in der Nacht weghuschen gehört, als ich und Tikaani geredet haben ... warst du das?«

»Äh ja«, sagte Leyla. »Tut mir leid. Ich weiß gerne, was so los ist. Auch das, was die anderen mir nicht erzählen.«

Die Meisterin der Geheimnisse, kam es mir ganz plötzlich in den Kopf. Plötzlich war ich gespannt, wie sie sich beim Gegenbesuch der afrikanischen Schüler in der Clearwater High, in den für sie fremden Rocky Mountains behaupten würde.

Wir würden nicht mehr lange in Afrika sein und Holly klagte: »Wieso muss ich mich von Ilanga verabschieden? Kann sie nicht mitkommen und das Schuljahr bei uns verbringen?« Ilanga hing als Flughund an der Dachkante und sah geradezu verboten niedlich aus mit ihrem Fuchsköpfchen und der Art, wie sie sich in ihre eigenen Flügel einwickelte. Aber das sagte ich lieber nicht, Tikaani schaute mich schon so komisch von der Seite an.

»Sehr bald kommen die afrikanischen Schüler zum Gegenbesuch zu uns.« Lissa Clearwater schaffte irgendwie ein Lächeln, obwohl auch sie die Nachricht von Paolos Flucht nicht gerade begeistert hatte. »Ich freue mich schon auf euch alle.« Ihr Blick ruhte auf Escoro, was sicher kein Zufall war. Ein winziges Nicken, die Andeutung eines Lächelns war seine Antwort.

»Aber vorher haben die Leute der Narawandu School zum Abschied noch eine Abschlussüberraschung für uns ... eine gute Überraschung«, versicherte sie schnell, als sie meinen besorgten Gesichtsausdruck sah. Die einzige Überraschung, die ich in nächster Zeit brauchte, war eine Nachricht von diesem verdammten Herrn der Gestalten und ausgerechnet auf die warteten wir vergeblich!

Am Wochenende machten wir eine Safari durch die Wildnis am Waterberg, wo wir Kudus, Gnus, Impalas und noch mehr

Giraffen bewundern konnten. An unserem Abflugtag, dem Montag, packten wir morgens unsere Reisetaschen ... und stutzten, als Fee, Adisa (der kräftig gebaute Gorillaklassensprecher) und das Zebramädchen Yemaya uns aus den Zelten riefen.

»Z-Zeit für die Überraschung!«, sagte Adisa und Fee fügte grinsend hinzu: »Seid ihr ausnahmsweise mal bereit?«

Holly wippte auf den Zehenspitzen. »Was meinst du damit, Pelzwurst? Wir sind doch immer bereit für alles und noch viel mehr!«

Fee grinste noch breiter.

»Bereit, wenn ihr es seid«, sagte Tikaani.

»Aber wir müssen nicht kämpfen, oder?«, fragte Brandon.

»Bitte nichts mit Parfüm«, sagte ich.

Dann eskortieren unsere Gastgeber uns feierlich zum Hauptgebäude.

Wie schreibt man eigentlich Rhythmus?

Tikaani

Schon als Welpe hatte sie Überraschungen gehasst. Und das, obwohl ihr Vater ihr von jedem Flug nach Süden eine besondere Kleinigkeit mitgebracht hatte. Eine Mütze mit zwei Löchern, damit sie ihre Ohren teilverwandeln konnte, wenn sie Lust darauf hatte. Eine Holzzahnbürste mit kleinen Wolfsbildchen drauf. Ein Buch über Kräuterkunde.

Doch Tikaani schätzte es sehr viel mehr, wenn sie schon vorher wusste, was geschehen würde, und es vielleicht sogar beeinflussen konnte. Kurz, warum hatte ihr sonst so netter Dad nie gefragt, was sie sich als Mitbringsel wünschte?

Das mit dem Beeinflussen funktionierte in letzter Zeit besonders schlecht. Carag hatte ihr immer noch nicht viel darüber erzählt, was alles in diesem alten Buch stand. Niemand fragte, was *sie* wollte, die Dinge passierten einfach. Und jetzt eine Abschlussüberraschung, na toll.

Auf der großen Terrasse vor dem Hauptgebäude waren schon ihre Klassenkameraden eingetroffen und blickten sich staunend um. Überall hingen bunte Lichterketten, aber noch war nie-

mand da. Doch das änderte sich schlagartig, als Mrs Okeke in
die Hände klatschte. Feierlich marschierten sämtliche afrikanischen Zweitjahresschüler hintereinander auf die Terrasse; ein
paar von ihnen trugen Instrumente. Sogar Imi war dabei – hatte sie sich geweigert, in ihre normale Schule zurückzukehren?

»Weil wir gehört haben, dass ihr es nicht ganz leicht hattet
in euren letzten Musikstunden daheim, gibt es heute eine Musikstunde der besonderen Art«, verkündete Sirak Jakande. Sie
trug eine Tracht aus blauer Seide mit bauschigen Ärmeln und
einem flachen, an den Seiten spitzen Hut, der aussah, als würde er Kuhhörner nachahmen. »Wir haben ein Lied für euch
komponiert, das spielen wir euch vor!«

Oh, wow. Ein eigenes Lied? Coole Idee.

Strahlend stellten sich ihre neuen Freunde gemeinsam auf –
sogar Pierre, das Schuppentier, hatte sich verwandelt, und ja,
er hatte als Mensch ein Problem mit seiner Kopfhaut. Dann
legten die Schüler los, sangen, wiegten sich im Takt, trommel-
ten und schüttelten Rasseln. Es war Freude pur und es machte
gar nichts, dass Tikaani kein Wort verstand (sie hatte noch
nicht mal eine Ahnung, in welcher afrikanischen Sprache das
Lied geschrieben worden war). Die Narawandu-Leute – darauf
vertraute sie voll ganz – würden nichts Unfreundliches singen.

»So, und jetzt bringen wir euch das Lied bei«, verkündete Mrs Jakande, lächelte in die Runde und überreichte Lissa
Clearwater ein Blatt mit Noten und Worten.

»Ist denen klar, dass wir keine Chance haben, dieses Lied
schnell noch zu lernen?«, flüsterte Holly ihr ins Ohr.

»Wir werden uns *total* blamieren«, sagte Lou, doch sie lächelte dabei.

»Ja, aber vielleicht wird es lustig.« Carag nahm die Djem-
be-Trommel, die ihm hingehalten wurde – anscheinend hatte

ein Schüler die aus seinem Land mitgebracht –, und Tikaani bekam ein paar Maracas, einfache Holzrasseln.

»Ich glaube, es geht sowieso nur darum, Spaß zu haben«, meinte Brandon, der ebenfalls eine Trommel abbekommen hatte. »Magst du ein Taschentuch, Carag?«

»Ja, bitte.« Ihr Freund war nicht der Einzige, der sich in weiser Voraussicht weiße Kügelchen in die Ohren stopfte.

Brandon hatte recht gehabt. Jeder sang, trommelte, pfiff und rasselte drauflos. Manchmal trafen sie sogar den Rhythmus. Oder sprachen ein Wort richtig aus. Es war aber eigentlich egal. Jeder freute sich über die wilde Musikstunde und die zwei kleinen Kinder von Mrs Jakande krochen und rannten glucksend vor Freude zwischen dem Wald aus Beinen herum.

Plötzlich war ihr nach einer Ewigkeit wieder nach Trommeln zumute. Hier und jetzt würde sie garantiert niemand dafür beurteilen. Also tauschte Tikaani ihre Maracas mit Bertas Djembe und spielte mit Escoro. Sein Gesicht war schweißüberströmt und sein Lächeln breit, als sie einen gemeinsamen Rhythmus fanden und alle zum Tanzen brachten.

Nur Carag runzelte die Stirn – war er wieder eifersüchtig? Das reichte jetzt aber mal mit diesen blöden Konkurrenzgefühlen!

Tikaani schob die Trommel zu Nimble rüber, schnappte sich Carag und zerrte ihn hinter die nächste Hausecke. Noch während ihr Freund verblüfft dreinschaute, schob Tikaani ihr Gesicht ganz nah an seins und raunzte ihn an: »Weißt du denn nicht, dass ich niemand anders will als dich?«

»Doch«, murmelte Carag und der Blick seiner grün-goldenen Augen war so warm wie die afrikanische Sonne. »Eigentlich weiß ich das.« Dann küsste er sie und sie küsste ihn zurück und keine Sorge der Welt konnte sich zwischen sie drängen.

Als sie zurückkamen, sah Tikaani als Erstes, dass Jeffrey mit Wing aus vollem Hals ein Duett sang. Na so was, ob das was zu bedeuten hatte?

Frankie und Shadow tanzten ganz offen miteinander, sie waren ein richtig schönes Paar. Aber wieder beobachteten einige der afrikanischen Schüler sie auf seltsame Weise. Ob sie das noch klären konnten vor ihrem Abflug?

Carag

Es war ein ohrensprengender, aber schöner Abschied. Da noch etwas Zeit war, bis wir zum Flughafen losfahren mussten, ergab es sich irgendwie, dass ein paar Leute und ich in Richtung des besonderen Ortes wanderten, wo Ilanga die Zeremonie mit Holly abgehalten hatte. Noch immer erhob sich dort der Sandstein, ich legte die Hand darauf und spürte das warme Gestein.

»Es war wirklich schön bei euch«, sagte Jeffrey, der zur Abwechslung so friedlich wirkte wie ein Schneeschuhhase.

»Obwohl ihr kämpfen musstet gegen diese Löwenfrau?«, fragte Escoro, mal wieder ganz der Zulu-Krieger. Er hielt sich gerade wie ein Speer, aber ich spürte diese Wut in ihm nicht mehr.

»Mit der haben wir auch daheim Ärger.« Ich seufzte. »Aber dort sind keine Löwen, Schlangen und Elefanten zur Stelle, um uns zu unterstützen.«

Ilanga zog die Augenbrauen hoch. »... und keine Flughunde!«

»Genau.« Ich hielt Tikaanis Hand und genoss das so sehr wie den Kuss vorhin. Wir waren einander so nah, dass es sich anfühlte, als würden unsere Herzen im Takt schlagen. Obwohl ich jederzeit damit rechnen musste, dass sie mir für eine blöde

Bemerkung eins auf die Nase gab. Mein Plan war, in nächster Zeit keine blöden Bemerkungen zu machen.

Ilanga, Paula und Jimmy schauten rüber zu Frankie und Shadow, die sich ebenfalls an der Hand hielten. »Fühlt sich das nicht irgendwie seltsam an ... einen anderen Jungen zu küssen?«, fragte Jimmy scheu.

»Ich wusste schon ziemlich früh, dass ich mich für Jungs interessiere, von daher nein«, sagte Frankie. »Es fühlt sich ganz natürlich an. Übrigens haben Forscher schon bei Hunderten von Tierarten beobachtet, dass es bei ihnen Homosexualität gibt, es ist also in der Natur ganz normal ... und Menschen sind Teil der Natur.«

Shadow strich sein langes schwarzes Haar zurück. »Bei mir ist es ein bisschen anders, ich liebe so wie meine Schwester Jungs *und* Mädchen.« Er lächelte Frankie an, dem man mit seinen glatten braunen Haaren und den runden Augen ein bisschen den Otter ansah. »Hey, schau nicht so drein. *Dich* liebe ich und sonst niemanden!«

»Für mich ist es immer noch seltsam, euch zusammen zu sehen«, gestand Escoro.

»Für mich nicht«, meinte Ilanga. »Einer meiner Freunde in unserer Gemeinschaft ist auch schwul. Er verrät es nicht jedem, aber mir hat er es gesagt.«

Ich war unglaublich erleichtert. Das hätte Ärger geben können. Wie schön, dass die Leute aus der Narawandu School bereit waren, offen über das Thema nachzudenken und meine Freunde nicht so wie Paolo gleich zu verdammen.

»Das hätte ich nicht gedacht, dass es solche Leute... äh, die schwul oder lesbisch sind ... auch in Namibia gibt! Ich habe hier nie davon gehört.« Escoro blickte noch immer drein, als hätte er zwischen den Wolken ein fliegendes Stachelschwein entdeckt.

Frankie nickte. »Weil jeder, der so fühlt, gezwungen ist, es geheim zu halten. Traurig, oder?«

Es war leicht zu sehen, dass sich hinter Paulas Stirn tausend Fragen ballten. »Habt ihr es schon euren Eltern gesagt?«

»Äh, nein.« Shadow blickte zu Boden. »Hab mich bisher nicht getraut.«

»Oh, echt?« Frankie sah ein bisschen enttäuscht aus. »Meine Mutter weiß es längst. Sie hat mit keinem Tasthaar gezuckt. Aber sie kommt als Schauspielerin auch viel herum und hat schon einiges gesehen und erlebt.«

Es war nicht leicht, Abschied zu nehmen. Aber Miss Clearwater hatte recht, bald würden uns die afrikanischen Schüler besuchen und sich mit dem Schnee abplagen müssen so wie wir uns mit der Wüstenhitze.

Würde der Herr der Gestalten dann bei ihnen sein? Würde er sich dann für uns entscheiden? Unsere ganze Zukunft hing davon ab.

Rebecca Youngblood

»Das ist aber ein seltsames Märchenbuch. Sie sagten doch, es ist eine Art Märchenbuch, oder? Aber mir kommt es eher so vor, als wären das Anleitungen.«

Der Übersetzer war ein Cherokee in mittleren Jahren, dem sie eine ordentliche Summe versprochen hatte, damit er sich im Autohaus, in dem er arbeitete, freinahm. Zum Glück hatte

Lydia Lennox, diese unangenehme Python-Wandlerin, genug Geld springen lassen, dass so etwas kein Hindernis war.

Rebecca lachte. »›Anleitungen‹? Ja, da haben Sie recht. Aber es sind erfundene Anleitungen, verstehen Sie? Sie kennen das sicher von *Harry Potter*. Da wurden sämtliche Schulbücher und Nachschlagewerke gleich mit veröffentlicht, weil die Produzenten wussten, die Fans kaufen alles.«

»Aber das hier ist ein altes Buch meines Volkes, nicht *Harry Potter*.« Sie hatte den Übersetzer auf dem falschen Fuß erwischt. Leider brauchte sie den Kerl noch. Rebecca ließ ein strahlendes Lächeln aufblitzen.

»Was denken Sie denn, was es ist? Menschen, die sich in Tiere verwandeln können, gibt es ganz offensichtlich nicht. Oder haben Sie schon mal jemanden gesehen, der so was gemacht hat?«

»Nein«, musste der Übersetzer zugeben und sie schenkte ihm einen »Na-sehen-Sie«-Blick.

Mit voller Absicht hatte sie für diese Arbeit keinen Woodwalker mit Cherokee-Wurzeln ausgewählt ... diese Formeln zu kennen, hätte ihm viel zu viel Macht verliehen. Es war schlimm genug, dass diese Rabenzwillinge anscheinend ein paar der »Anleitungen« gelesen hatten.

»Dann können Sie ja jetzt weiterarbeiten, oder?« Rebecca gab ihrer Stimme eine samtige Glätte. »Wann werden Sie fertig sein?«

»Die Schrift ist nicht leicht zu lesen – ziemlich verblasst. Manchmal ist ein Wort kaum oder gar nicht erkennbar.« Der Übersetzer zuckte die Schultern. »Zwei, drei Wochen, schätze ich.«

Wut prickelte in ihrem Nacken. »Beeilen Sie sich gefälligst! Das muss schneller gehen!«

»Schon gut, Lady. Ich tue mein Bestes.« Nachdem er sich extrem langsam einen Kaffee geholt hatte, verschwand der Mann wieder im Zimmer der Wohnung, die sie für diese Phase angemietet hatte. Ihre Leute ließen ihn keinen Moment aus den Augen und sie selbst ebenfalls nicht.

Bald. Bald war es so weit. Gab es noch jemanden, der sie aufhalten konnte auf dem Weg zu ihrem großen Ziel? Diesem Ziel, von dem noch niemand etwas ahnte oder ahnen konnte? Diesem Ziel, das sie sich schon hundertmal in ihren Tagträumen ausgemalt hatte?

Sie kannte niemanden.

Nur diesen Herrn der Gestalten vielleicht ... und der war vielleicht doch nur ein Mythos. Zum Glück.

Waldgrün und
stinkig

Carag

Daheim zu sein, war auch schön. Sehr schön sogar. Genüsslich sog ich die klare, kalte Luft der Berge ein und musste mich erst mal der Länge nach in den Schnee werfen, als wir vor der Schule aus dem Bus kletterten. Tikaani verwandelte sich in eine Polarwölfin, wand sich aus ihren Menschenklamotten und sprang mit Anlauf in die nächstbeste Schneewehe. Dann stürzte sie sich auf mich und forderte mich knurrend zu einer Rauferei heraus.

Ich packte sie am Nackenfell und schon wälzten wir uns quer über die Wiese, die auch unser Pausenhof war. »Man könnte glatt meinen, jemand hätte euch eine Woche lang in der Wüste gefangen gehalten«, sagte Lotta, das Polarfuchsmädchen.

Brandon kippte ein bisschen roten Sand aus seinem Rucksack. »Es ist wahr! Hier ist der Beweis!« Schon waren wir mittendrin im Erzählen, denn die Erstis wollten natürlich alles hören über unser Afrika-Abenteuer.

Tabitha hatte Brandon freundlich, aber nur beiläufig begrüßt. Noch vor sehr kurzer Zeit wäre er deswegen so geknickt gewesen, als hätte ihm jemand auch noch das zweite Horn gekappt, doch nun trug er es mit Fassung und erzählte einfach von dem, was wir in Namibia alles so gesehen hatten.

»Ernsthaft, sie hatten einen Schädel dort herumliegen? Wie cool!« Tabitha gruselte sich genüsslich.

»War wenigstens noch was dran? Ich liebe Knochen mit Fleischgeschmack«, schwärmte mein Hundeschützling Terry.

»Nee, nur Hörner«, informierte ich ihn.

»Bist du auch in Afrika mal umgekippt?«, fragte meine Schwester Mia besorgt.

»Nein, komischerweise nicht«, meinte ich nachdenklich. »Die Hitze war heftig, aber mein Blut ist kräftig im Kreis gelaufen.« Schon seltsam ... vielleicht war ich wieder gesund.

»Das ist gut«, sagte Kimberley, die neben Ava stand, und klang, als würde sie sich ehrlich darüber freuen. »Pumas sind einfach sehr zähe Tiere!«

»Kanadagänse aber auch«, meinte ich und lächelte ihr zu. »Kaum zu fassen, wie weit ihr fliegen könnt ... wir brauchten dafür das Flugzeug.« Kimberley lächelte ein bisschen schüchtern zurück. »Ach, ich bin früher auch mit den Dingern geflogen, bevor ich wusste, was ich in zweiter Gestalt bin.«

Natürlich mussten wir jede Menge Fragen über die afrikanischen Schüler und ihre zweiten Gestalten beantworten.

»Woah, ihr hattet einen Schwarze-Mamba-Jungen in der Klasse?«, meinte Felix. »Hat er versucht, euch anzugreifen? In Florida hatte Tiago ja ganz schön Ärger, weil er jemanden angegriffen und dabei verletzt hat ...«

Wir konnten kaum schnell genug erzählen, wollten natürlich aber auch selbst wissen, was passiert war, während wir weg gewesen waren.

»Oh ja, es gibt Neuigkeiten – wir haben wieder einen Tiersprachenlehrer«, erzählte Viola und sah sogar seltsamerweise begeistert aus. »Und ratet mal, wer es ist!«

Mia und ich blickten uns an. Wir hatten beide eine Vermutung. War das etwa die Überraschung, die mein Vater uns beim Abschied angekündigt hatte?

»Mein Vater?«, fragte ich.

»Woher hast du das gewusst! Es stimmt«, freute sich unsere Ziegen-Wandlerin. »Das letzte Mal hat er das toll gemacht, warum schaust du so komisch, Carag?«

»Es fühlt sich ein bisschen seltsam an, wenn die Eltern nicht nur kurz in der Schule auftauchen, sondern dableiben«, versuchte ich zu erklären.

»Außerdem ist Carag mies in Tiersprachen«, verriet mein bester Freund Brandon, dieser Verräter, meinem Schützling Terry. Der wedelte. Fand er das etwa gut?

Holly war aus anderen Gründen aufgeregt. »Ist das Baby schon da? Sagt mir bitte nicht, dass das Baby gekommen ist, während ich weg war!«

»Nee, das soll doch erst im März kommen«, meinte Leroy.

»Krass, habt ihr wirklich Elefanten, Giraffen und Geparden gesehen?« Ihm schien es doch ein bisschen leidzutun, dass er nicht mitgekommen war auf diese Klassenfahrt.

»Na ja, es waren nur Elefanten- und Geparden-*Wandler*«, musste ich zugeben. »Aber die zählen auch, oder?«

Es gab jede Menge zu erzählen – die Kämpfe mit der Youngblood, Hollys Ritual und Imis neue zweite Gestalt interessierte unsere Freunde besonders. »Du hast wirklich beschlossen, es deinen Adoptiveltern zu sagen, was du bist?« Salomé, das Mädchen, das in zweiter Gestalt ein Säbelzahntiger war, betrachtete Holly bewundernd. »Das ist sehr mutig von dir.«

Holly schien gleich dreimal so groß zu werden. »Ich mach's gleich am nächsten Wochenende«, sagte sie.

»Soll ich mitkommen?«, fragte ich und kam damit mehreren anderen Freunden zuvor. Holly nickte sofort. »Das ist echt lieb von dir, Carag. Kommst du Samstagnachmittag vorbei? Dann tu ich's!«

»Mach ich«, sagte ich und tätschelte ihr beruhigend den Arm. »Du wirst sehen, es ist viel leichter, als mit einem Luchs zu kämpfen.« Das immerhin hatte sie geschafft und seither konnte man Holly und Juniper manchmal in der Cafeteria zusammen halb verbrannte Muffins futtern sehen.

Den Freitagabend verbrachten wir schon bei unseren Familien und ich aß mit den Ralstons zusammen gemütlich zu Abend. »Du bist richtig braun gebrannt!«, staunte meine kleine Schwester Melody, als sie sich mir um den Hals warf.

»Oh ja, die Sonne war heftig ... vielleicht ist sogar mein Fell dunkler geworden«, meinte ich und umarmte sie zurück.

»Oder es ist ausgebleicht.« Marlon grinste mich an und sah ein bisschen neidisch aus.

»Willst du dir deine Geburtstagüberraschung anschauen?«

Anna war ganz aufgeregt, was mich ein bisschen misstrauisch machte. »Wir waren sehr fleißig, während du weg warst!«

»Wieso fleißig?«

»Komm, wir zeigen es dir, Jay.« Schon zerrte Melody mich am Ärmel voran ... zur Treppe, die zum oberen Stockwerk führte.

»Halt!« Gut gelaunt reichte mir Donald, mein Menschenvater, ein dunkles Tuch und knotete es mir um die Augen. Was sollte das? Ich hörte und roch noch genauso gut wie vorher, zur Not hätte ich, selbst ohne etwas zu sehen, noch einen Maultierhirsch reißen können.

Melodys kleines schwitziges Händchen führte mich die Treppe hoch, dann stand ich offenbar vor der Tür meines Zimmers. Ich hörte das vertraute Geräusch, wie sie aufging, dann beförderte mich Anna sanft nach drinnen. »Fällt dir was auf?«, fragte sie gespannt.

»Es stinkt nach Farbe«, sagte ich und rümpfte die Nase.

Dann durfte ich das Tuch abnehmen ... und blickte mich verblüfft um. Was war das für ein Zimmer? Meins jedenfalls nicht.

»Wir haben für dich umdekoriert!« Anna strahlte. »Wie gefällt es dir?«

Noch immer sprachlos blickte ich mich um. Meine alten Möbel waren ein bisschen wackelig und mit jeder Menge Aufklebern verziert gewesen (in meiner Anfangszeit als Mensch hatten mich diese Dinger fasziniert). Aber ich hatte sie gemocht, auch den alten Sessel vom Sperrmüll, in dem ich mich als Puma hatte zusammenrollen können.

Jetzt war der Sessel weg, die zuvor weißen Wände waldgrün. Der Schreibtisch war neu und passte perfekt zusammen mit dem ebenfalls neuen Bett, dem Schrank und dem Regal, alles aus hellem Holz. Alles roch furchtbar neu und überhaupt nicht nach mir.

»Es ... es ist ...«, stammelte ich und machte einen Schritt rückwärts.

»Sind die Möbel nicht toll?«, fragte Melody aufgeregt. »In zwei Jahren bekomme ich auch so ein richtiges Jugendzimmer, hat Mama gemeint. Aber erst mal warst du dran. Wir haben alle beim Streichen geholfen!«

Ich zwang meine Mundwinkel nach oben. »Es ist ...«, begann ich noch mal.

»Ach ja, und hier noch etwas Deko für deine Wand«, meinte Anna, lächelte verschmitzt und reichte mir eine Papierrolle. Es war ein großes Fotoposter einer Polarwölfin in arktischer Landschaft. Diesmal war mein Lächeln echt.

Als ich mich noch mal umschaute, merkte ich, dass mir das neue Zimmer gefiel. Waldgrün war meine Lieblingsfarbe und stand den Wänden gut. Bett, Regal und Schrank dufteten nach frischem Holz und sahen solide aus. Aber was war das für ein formloses Etwas neben dem Bett? Es sah aus wie ein riesiger orangefarbener Hundehaufen.

»Mach es dir darauf bequem«, ermutigte mich Donald.

Ich ließ mich auf das Ding fallen, versank darin und sprang panisch wieder auf. »Ist es dieses Zeug, das man Treibsand nennt?«

Marlon grinste breit. »Nein, das ist nur ein Sitzsack. Aber wenn er dir nicht gefällt, nehm ich ihn.«

Ich atmete tief durch, obwohl ich dadurch die Lunge voller Chemiegestank bekam. »Es ist super, das ist wirklich eine waldige Überraschung«, versicherte ich meiner erwartungsvollen Familie. »Aber sagt mal ... habt ihr meinen alten Sessel aufgehoben?«

Zum Glück stellte sich heraus, dass sie meinen Sessel in die Garage gestellt hatten und er noch nicht abtransportiert worden war. Ich schleppte ihn zurück, wohin er gehörte, schenkte Marlon den Sitzsack und riss das Fenster auf, sodass Frischluft hereinströmte. Jetzt war es ein wirklich feines neues Revier.

Natürlich musste ich noch viel über Afrika erzählen. Dass eine der gefährlichsten Giftschlangen der Welt in der Klasse gewesen war, ließ ich lieber aus, und das mit den Löwen sowieso. Es gab einen Nudelauflauf mit Hackfleisch, alle hörten mir gespannt zu (sogar Marlon) und schon bald fühlte ich mich wieder wohl in meiner Menschenfamilie.

Am nächsten Spätnachmittag machte mich wie vereinbart auf den Weg zu dem unscheinbaren Haus an der West Hansen Avenue, Ecke South Glenwood Street, in dem Holly mit den Silvers wohnte.

»Hallo, Jay«, sagte Doris Silver, als sie mir die Tür öffnete. Sie war eine dünne, etwas verhärmt wirkende Frau mit einem herzlichen Lächeln. In ihren Jeans, Sweatshirt und dicken Wollsocken war sie gut gerüstet für die Kälte der Grand Tetons. »Holly hat schon gesagt, dass du vorbeischauen würdest und dass es etwas mit unserem Hörnchen Sunday zu tun hat. Es war leider die ganze letzte Woche nicht da, ich hoffe, ihm ist nichts passiert.«

Nein, es war nur in Afrika, wäre die ehrliche Antwort gewesen, aber für die war es eindeutig noch zu früh. Ich sog die Luft im Haus ein, die nach Holzmöbeln, Kaffee und warmer Nussmilch roch. Die Nussmilch sah ich gleich darauf in Hollys Händen. Das dazugehörige Mädchen zitterte wie meine Tasthaare bei starkem Wind. Es bildeten sich sogar Wellenringe in ihrer Tasse.

»Sunday geht es prima«, sagte ich, während ich mich in einen freien Sessel der Couchgarnitur setzte, nicht weit von Holly entfernt. »Sie hat nur ein bisschen Schiss.«

»Schiss? Wieso?«, fragte Kenny Silver, ein freundlicher, solide gebauter Mann, der gerade einen Schnurrbart kultivierte. Mit seinem Kaffee auf dem Sofa sitzend, in seinem gestrickten bunten Winterpullover, sah er aus wie ein Bär, der gerade gefressen hat und zufrieden ist mit sich und der Welt.

Ich sah Holly an, jetzt war sie an der Reihe.

»W-Weil sie euch was sagen muss«, stotterte Holly los. »Etwas, was sie vor euch geheim gehalten hat.«

»Sunday?« Kenny lachte. »Was denn – etwa dass ihr das Futter nicht schmeckt, das wir ihr immer hinstellen?«

»Oder dass sie sich nicht hertraut, weil sie Flöhe hat?« Auch Doris amüsierte sich. Aber dann merkte sie etwas und wurde ernst. »Was ist denn los, mein Schatz? Ist irgendwas nicht in Ordnung?«

»Ich bin Sunday«, platzte Holly heraus.

Oh, oh, das ging ein bisschen schnell. Aber vielleicht war es auch besser, sie brachte es hinter sich. Angespannt wartete ich auf die Reaktion ihrer Adoptiveltern, bereit, sofort einzugreifen, in welcher Form auch immer.

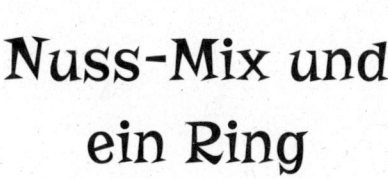

Nuss-Mix und
ein Ring

Du ... bist Sunday? Was genau meinst du damit?« Kenny zupfte unsicher an seinem Schnurrbart und betrachtete seine zierliche Adoptivtochter mit den wilden rotbraunen Haaren.

Weil von Holly gerade nichts kam, hakte ich ein. »Wir sind in der Clearwater High alles keine gewöhnlichen Jugendlichen. Wir können ... besondere Dinge.«

Doris wirkte verunsichert. »Meinst du, wie in einem dieser Superheldenfilme? Was denn für Sachen?«

»Wir können uns verwandeln.« Holly hatte ihre Sprache wiedergefunden. Mit freundlicher Neugier blickten die Silvers sie an – und zuckten zusammen. Kennys Kaffee landete auf dem Fußboden. Das lag vermutlich nicht daran, dass er kalt geworden war, sondern daran, dass sich Holly puschelige Öhrchen und Tasthaare zugelegt hatte. »Ich hab's doch gesagt. Sunday ... das bin ich. Es ist echt Zeit, dass ich euch die Wahrheit sage. Ihr seid so lieb zu mir, niemand hat bessere Eltern!« Auf einmal strömten Tränen über Hollys Wangen.

Und ein kleines Wunder geschah. Doris Silver stapfte durch die Kaffeepfütze, als wäre sie gar nicht vorhanden, kniete sich vor den Sessel, in dem Holly saß, und schloss sie in die Arme. »Nicht weinen, Liebes. Wir finden eine Lösung, ja?«

»Es gibt keine Lösung«, schluchzte Holly. »Ich werde für immer ein Hörnchen in zweiter Gestalt sein und bestimmt schmeißt ihr mich jetzt raus, weil ich euch angelogen habe!«

Ken saß in seinem Sessel, als hätte ihn jemand ausgestopft. Sogar seine Hand sah aus, als würde sie immer noch die Tasse halten. »Sachen gibt's«, murmelte er schwach. »*Sweet Jesus.* Sachen gibt's.«

»Keine Sorge, wir sind nicht gefährlich oder so.« Ich fand es an der Zeit, mich mal wieder einzumischen. »Wir sind nur eben keine Menschen, sondern Woodwalker.«

»Nie gehört«, sagte Kenny.

»Gut!« Freundlich nickte ich ihm zu. »Dass es uns gibt, muss geheim bleiben, versteht ihr das?«

»Wie kannst du über Geheimhaltung reden, wenn ich vielleicht gleich rausgeworfen werde?«, heulte Holly und wollte zur Tür kriechen.

Doch ihre Adoptivmutter dachte gar nicht daran, sie loszulassen. »Niemand wirft dich raus, Liebes, wir sind nur ein klein wenig überrascht, das verstehst du doch? Ich hole dir jetzt eine Portion Nuss-Mix und dann beruhigen wir uns alle wieder, ja?«

Diese Frau war wirklich ein Phänomen. Dankbar lächelte ich Doris an.

Nach etwa einer Viertelstunde hatten sich alle Beteiligten tatsächlich beruhigt und knabberten einträchtig Nüsse. Nachdem Holly ihren Schluckauf überwunden und sich das Gesicht abgewischt hatte, sprudelte alles aus ihr heraus, wirklich alles. Wie sie halb-halb aufgewachsen war, wie Raubtiere ihre Eltern erledigt hatten, wie schlimm es im Waisenhaus gewesen war, wie sie auf der Clearwater High Freunde gefunden hatte, die in zweiter Gestalt übrigens Puma, Bison und ein Russisch-Blau-Kater waren.

Ich saß dabei, lächelte und nickte und hoffte mit jeder Faser meines Ichs, dass diese Leute das mit der Geheimhaltung kapiert hatten. Bei meiner Vorbereitung auf dieses Treffen hatte ich gesehen, dass Doris öfter was auf Facebook postete.

»Was bist du?«, fragte Kenny mich, als Holly kurz Pause machen musste, um Luft zu holen. »Der Puma, der Bison oder der Hauskater?«

»Sehe ich aus wie ein Hauskater? Oder wie ein Grasfresser?«, fragte ich empört. Hastig versicherten mir die Silvers, dass das natürlich nicht der Fall war. Sie kamen dann von selbst drauf, dass ich der Puma war.

Natürlich konnte Holly es nicht lassen, sich komplett zu verwandeln und die Gardinen hochzuflitzen, um zu zeigen, wie toll sie klettern konnte. Jetzt waren die Silvers in ihrem Element, lächelten und klatschten.

Erleichtert, dass alles so gut gelaufen war, stand ich auf, um mich zu verabschieden. Sofort rannte Holly-das-Rothörnchen auf mich zu und hangelte sich auf meine Schulter. Ich streichelte ihren Pelz und blickte ihr in die Augen. »Alles okay? Kann ich dich jetzt wirklich hierlassen?«

Es war so gut, dass ich ihnen die Wahrheit gesagt habe! Das muss ich Ilanga unbedingt schreiben! Die Zeremonie war eine gute Idee! Meine Silver-Eltern sind soo toll!

Ganz kurz schmiegte sich Holly an meine Wange, dann zischte sie schon wieder durchs ganze Wohnzimmer, kletterte über die Silvers und fiel beinahe in ihre Tasse mit der Nuss-milch. Dieses Hörnchen war mal wieder völlig überdreht.

Ich hatte ein gutes Gefühl, als sich die Tür des Hauses hinter mir schloss und ich durch den Schneematsch der Straßen Richtung Innenstadt ging. In meiner grünen Winterjacke war mir auch ohne Fell warm und meine Gedanken strömten ruhig und klar. Obwohl ich mich nach Tikaani sehnte (die entschieden hatte, das Wochenende als Wolf mit ihrem Rudel zu verbringen), fühlte ich mich gut. Ohne nachzudenken, schlug ich den Weg zur Innenstadt ein, zu den hellen Lichtern und den Menschen.

Diesem seltsamen Volk, das mich noch immer faszinierte.

Ich spazierte durch einen der aus Wapitigeweihen gebauten Torbögen auf dem Town Square, ging vorbei an Läden, Galerien und Restaurants Richtung Westen. Am Rande eines kleinen Parks stutzte ich plötzlich. Moment mal, wer war denn das in diesem Restaurant, die kannte ich doch? An einem Tisch am Fenster des *Blue Lion* saßen Bill Brighteye und Sarah Calloway, hielten Gläser in den Händen und strahlten sich an. Meine Augen wurden groß, als ich sah, wie mein Kampflehrer ein Samtkästchen aus der Tasche holte, es Sarah hinhielt und aufklappte. Ein Ring mit einem Stein, der womöglich ein Diamant war, glänzte darin. Dann legte Mr Brighteye feierlich einen Kiefernzweig und einen weißen Kieselstein auf sein halb verspeistes Steak und schob das Ganze zu ihr hinüber.

Wie katzig – hatte er sie gerade gefragt, ob sie ihr Leben mit ihm verbringen wollte? Wahrscheinlich war das Steak ein Versprechen, zu jeder Zeit seine Beute mit ihr zu teilen.

Gespannt wandte ich meinen Blick zu ihr und sah noch, wie Sarah Calloway nickte und mit glänzenden Augen Ja sagte. Ihr das von den Lippen abzulesen, war nicht gerade schwer. Oh, wie schön für die beiden!

Bill bemerkte mich ein bisschen früher als Sarah, vielleicht waren seine Sinne feiner. Als er mich neugierig glotzend vor dem Restaurantfenster stehen sah, wurde er zum Glück nicht wütend, sondern hob nur schmunzelnd den Daumen.

Ich lächelte zurück.

Am nächsten Montag hatten wir, weil mein Vater sich noch nicht zu seinem Tiersprachenunterricht eingefunden hatte, in der vierten Stunde Menschenkunde bei Miss Calloway.

»Was wir heute durchnehmen ...«, sagte sie und ihr Lächeln war hell wie die Sonne, »... ist, wie Menschen und Woodwalker Hochzeit feiern.«

Diamanten und
Ohrentrubel

Es war ein herrlicher Rocky-Mountains-Tag Mitte Februar. Blau und golden. Auf dem Standesamt waren Sarah Calloway und Bill Brighteye schon gewesen, nun feierten sie mit uns auf der Lichtung mitten im Wald. Die tief verschneite Landschaft glitzerte und mittendrin standen unserer Kampflehrer und unsere Menschenkundelehrerin. Da er ein schwarzer Timberwolf war, war Bill Brighteye ganz in Schwarz, aber seine Wintermütze war silberweiß und mit kleinen Diamanten besetzt. Wahrscheinlich waren die aus Glas.

Sarah Calloway trug ein schimmerndes blaues Kleid, das genau die Farbe des Himmels hatte, und sie hatte ihre langen dunkelbraunen Haare mit glitzernden Kämmen hochgesteckt. Dazu trug sie indianische Mokassins, die mit Stücken ihrer alten abgestreiften Schlangenhaut geschmückt und mit blauen Perlen bestickt waren. Ihr Bauch wölbte sich beeindruckend. Fast schade, dass ihr Baby gar nichts von all dem mitbekommen würde.

Miro – als Menschenjunge in einem schicken Anzug – hielt sich an Bill Brighteyes Hand fest (er war inzwischen ja ganz offiziell sein Adoptivsohn). Stolz und aufrecht stand er neben seinen neuen Eltern. Jemand hatte ihm das widerspenstige

346

dunkle Haar mit Wasser geglättet. Cliffs fürsorglichen Blicken nach war er das gewesen.

»Wie toll sie alle aussehen«, seufzte Lou und wischte sich eine kleine Träne von der Wange.

»Aber vor allem freuen sie sich so richtig«, sagte Brandon und warf einen verstohlenen Blick zu Tabitha hinüber. Die hatte (was mich nicht überraschte) nur Augen für das Brautpaar. Hoffentlich brütete sie nicht über einer düsteren Prophezeiung für die Zukunft unserer Lehrer – und wenn doch, dann sollte sie bitte den Mund halten!

Ja, es stimmte. Die beiden sahen unglaublich glücklich aus, als sie sich an den Händen nahmen und Lissa Clearwater eine feierliche Ansprache für sie hielt.

»Es freut mich so sehr, dass ihr euch gefunden habt, und auch noch an meiner Schule! Die natürlich nicht nur meine ist, sondern auch eure.« Sie ließ den Blick über uns versammelte Schüler gleiten und runzelte ganz kurz die Stirn. Als ich ihrem Blick folgte, sah ich entsetzt, dass Terry das Bein an einem Baum heben wollte.

»Lass das!«, zischte ich ihm zu. Gelben Schnee konnten wir hier und heute wirklich nicht gebrauchen. Sofort ließ der kniehohe weißgraue Mischling es sein, wedelte und zeigte der Welt sein charmantestes Grinsemaul.

Durch die Ablenkung hatte ich einen Teil der Rede verpasst – jetzt sprachen Bill und Sarah gemeinsam. »Wir schwören, dass wir unsere verschiedenen Gestalten immer respektieren und wir uns unsere tierischen Eigenheiten nie vorwerfen werden.«

Während unsere Rabenzwillinge, Zoey-die-Elster und andere Mitglieder unserer Fliegerstaffel sie mit Blumen in den Schnäbeln umkreisten, überreichte Lissa Clearwater dem Paar einen unterarmlangen Stock aus poliertem Holz. »Ihr kennt sicher die Cherokee-Tradition: Das hier ist der Hüter eurer Erinnerungen. Darauf könnt ihr viele Kerben schnitzen, sie stehen für schöne und schlimme Ereignisse. Je tiefer die Kerbe, desto intensiver war die Erinnerung. Ich wünsche euch, dass es vor allem tiefe Kerben für sehr glückliche Zeiten sein werden.«

»Ich verspreche, dich immer zu lieben und zu ehren, in guten und in schlechten Zeiten«, sagte Sarah Calloway und blickte Bill in die Augen. Als er die Formel wiederholt hatte, nahmen sie gemeinsam den Hüter der Erinnerungen und auch Miro legte seine kleine Hand darauf.

Gleichzeitig hoben Jeffrey, Tikaani, Mondauge und Cliff – ein dunkelgrauer, ein weißer, eine rötlich grauer und ein hellgrauer Wolf – ihre Schnauzen und sangen den uralten Gesang der Wälder.

»Ihr dürft euch jetzt gerne küssen«, sagte Miss Clearwater und wir klatschten und johlten, als Bill und Sarah genau das taten und dann Miro mit in ihre Umarmung zogen.

Als die Zeremonie vorbei war, ging es zum Feiern ab in die Aula. Dort war schon ein großes Buffet aufgebaut. Doch bevor wir uns an Lachsröllchen (die natürlich Frankie gemacht hatte), Pasta, Tomaten-Schinken-Muffins und anderen Leckereien bedienen konnten, hatten wir erst mal einen Plan. Wir, die Musikschüler mit ihren brandneuen Instrumenten.

Wahrscheinlich ahnte unser Lehrerpaar schon, was ihm blühte, als es die improvisierte Bühne sah. Wir rannten alle los und holten die Ausrüstung aus unseren Zimmern und dem Musikraum im Keller.

»Wir geben für euch unser allererstes Konzert«, kündigte Holly strahlend an. »Viel Spaß mit unserer Band *Ohrentrubel!*«

Die Band war erst vor fünf Minuten gegründet worden. Immerhin hatten wir in der letzten Zeit fleißig mit unseren neuen Instrumenten geübt – inzwischen konnte ich aus dem Dudelsack vier oder fünf Töne hervorquetschen. Unternehmungslustig legten wir mit *When the Saints Go Marching in* los. Holly kratzte wie wild auf ihrer Geige herum, Brandon hämmerte auf sein Keyboard ein und Berta ließ energiegeladen die Klöppel auf ihr Xylofon niedersausen. Wing zupfte auf dem Kontrabass, Henry quäkte etwas auf der Trompete, Leroy schüttelte die Maracas und Lou schrammelte auf ihrer neuen Gitarre herum.

Tikaani, Cliff und Jeffrey schmetterten den Text, während Shadow und Nimble das Schlagzeug bearbeiteten. Wer ganz genau hinhörte, konnte Juanitas Harfenklänge heraushören. Falls er oder sie bis dahin noch nicht taub geworden war.

Wir hatten tierisch viel Spaß. Ich fand, manche Klänge gelangen uns sogar richtig gut (ich hörte allerdings nicht sehr viele davon, weil ich mir wieder die Ohren zugestopft hatte). Nur das Publikum ließ etwas zu wünschen übrig. Einzelne Teilnehmer der Veranstaltung – unter anderem James Bridger – flüchteten in Richtung Klo, Klassenzimmer oder Eingangshalle. Theo sah ich als Elch über die Wiese galoppieren in Richtung Wald, Miro rannte an seiner Seite. Bill Brighteyes Lächeln sah verzerrt aus, Mrs Parker wirkte, als würde sie jeden Moment anfangen zu jaulen. Ich ahnte, dass unsere Band nicht sehr lange existieren würde.

Nur Sarah Calloway wirkte ehrlich begeistert. Als der letzte

Ton verklungen war, applaudierte sie sogar – als Einzige. »Wenn ihr noch drei oder vier Jahre übt, könnt ihr richtig gut werden!«, sagte sie und Bill Brighteye stöhnte: »Das Buffet ist eröffnet.«

Bevor wir uns darauf stürzen konnten, nahm Lissa Clearwater Holly und mich beiseite. »Das war wirklich eine Überraschung, meine Lieben«, sagte sie. »Ganz sicher eine bleibende Erinnerung für das Brautpaar! Wie wäre es, wenn du auf Mundharmonika umsteigen würdest, Holly? Die passt vielleicht besser zu dir.«

»Gute Idee«, sagte meine Hörnchenfreundin. Sie hörte kaum zu, sondern starrte gierig rüber zu einem braunen Etwas, von dem ich zufällig wusste, dass es ein mit Nüssen, Quark und Honig gefüllter Strudel war, den Cookie gebacken hatte.

Unsere Schulleiterin mit den weißen Haaren und der leicht gebogenen Nase wandte sich an mich. »Und du, Carag ... wie kommst du mit dem Dudelsack klar?«

»Na ja ... ungefähr so gut wie mit einer Felsenboa«, sagte ich; wir hatten in der afrikanischen Klasse Schlangen durchgenommen.

»Das habe ich mir gedacht. Aber du hast ihn dir so blitzschnell geschnappt, dass ich beeindruckt war von deiner Entschlossenheit.« Unsere Schulleiterin blickte ein klein wenig verschmitzt drein. »Wie wär's stattdessen mit einer Trommel?«

»Sie sind ein Schatz«, sagte ich und meine Schulleiterin lächelte mich an.

Ach ja, zum Thema Musik, sagte Tikaani gut gelaunt zu mir. *Habe ich dir schon gesagt, dass ich ein neues Projekt habe? Ich werde singen und trommeln und die Videos davon auf YouTube hochladen! Vielleicht spendiert mir ja jemand ein Like.*

Erleichtert blickte ich sie an. »Das ist unglaublich katzig«, sagte ich und hoffte, dass sie dabei richtig viel Spaß haben würde.

Dann stürzten wir uns aufs Buffet und unsere Instrumente mussten eine ziemlich lange Weile ohne uns auskommen.

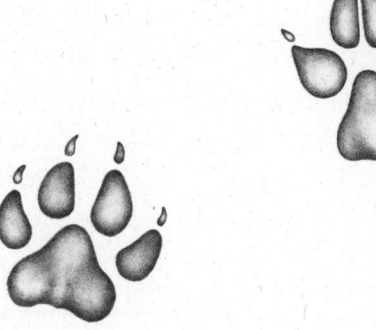

Danksagung

Auch bei der zweiten *Woodwalkers*-Staffel haben mir wieder viele liebe Menschen zur Seite gestanden: Robin und Christian, mit denen ich die spannenden Erlebnisse in Namibia teilen konnte, Sonja, Sabine Hirsekorn, Christian Seiss, Hedi Schmidt, Jana Preinreich und Zoé Lange haben sich als Testleser:innen bewährt. Lucca Schebesta hat ebenfalls wunderbar testgelesen und mir geholfen, Ava noch lebensechter auszuarbeiten.

Stefanie Letschert, Lisa-Marie Reuter und Jessica Lawson – danke für deine wertvollen Kommentare! – haben sich wunderbar darum gekümmert, dass aus dem Manuskript ein Buch geworden ist. Mein Lektor Frank hatte wieder viele wichtige Anregungen. Gerd F. Rumler und Martina Kuscheck von der *Agentur Rumler* haben mich perfekt betreut. Bei dieser zweiten Staffel habe ich zugunsten der *Arbeitsgemeinschaft Artenschutz e. V.* versteigert, dass Fans Nebenfiguren für meine *Walkers*-Romane erfinden durften. Tolle »Gastfiguren« haben beigesteuert: Hedi Schmidt, Janne und Lotta Trauernicht, Mao Lal, Ben Debertshäuser und Julia Haderecker sowie die Siegerin des letzten FanArt-Wettbewerbs, Zoé Lange. Außerdem bedanke ich mich ganz herzlich bei Christin Zingelmann, die mich bei der Recherche zum Thema Namibia unterstützt hat, und bei Arvin Voges, dem dieser Band gewidmet ist, weil er mir unermüdlich hilft. Jannik Winter danke ich dafür, dass er mich bei meinen Charity-Projekten unterstützt hat!

Natürlich haben mir auch bei meiner vierwöchigen Namibia-Recherchereise für diesen Band viele kundige und nette Menschen geholfen. Barbara Wayrauch von *Mehr Namibia* (www.mehr-namibia.com) hat mir von ihrer Wahlheimat aus eine tolle Route zusammengestellt und mich engagiert und kompetent beraten, Frederick »Eric« Saal von der Greenfire Lodge hat uns Afrika-Neulingen viele Geheimnisse der Wildnis erklärt und sich mit uns ganz nah an eine Gruppe Giraffen herangepirscht, Irmelo Lorenzo !Aribasen Gektze hat uns mitgenommen in die Welt, in der er aufgewachsen ist – das Township Mondesa bei Swakopmund. Die Nama-Heilerin Valma hat mir vieles über Kräutermedizin aus der namibischen Wüste verraten. Mit Petrus Toch in Onguma hatten wir einen tollen Guide, der uns gezeigt hat, wie man die Spuren von Honigdachsen, Hyänen und Zebras liest.

John M. Munica, Head of Department der Kamutjonga Primary School, hat mir netterweise all meine Fragen über namibische Schulen beantwortet. An dem Tag, den wir mit den San verbrachten, haben uns Salonica Karuu, !Lui (Stephanus), Kxao (James) und vor allem der Stammesälteste !Nani (Petrus) unglaublich freundlich aufgenommen und uns an ihrer uralten Kultur teilhaben lassen. (Die Ausrufezeichen stehen jeweils für einen Klicklaut).

Ebenfalls unvergesslich, den Geparden vom Cheetah Conservation Fund bei ihrem Morning Run zuzusehen, vielen Dank an Becky Johnston und die anderen Gepardenschützer, besonders Tim Hofmann und Birgit Braun von der *Aktionsgemeinschaft Artenschutz e. V.*

Am Waterberg werden die Nashörner übrigens, weil sie in so großer Gefahr durch Wilderer schweben, von je einem persönlichen Ranger begleitet. Tag und Nacht ist ein menschlicher Freund bei ihnen, der sie beschützt und bei Angriffen mit einem Funkgerät Alarm schlagen kann. Das habe ich im Roman weggelassen, weil ich Menschen in der Kampfszene nicht gebrauchen konnte. Aber im echten Leben war es eine coole Erfahrung, dass uns ein Guide beim »Nashorn-Tracking« durch den Busch zu den Tieren (und ihren menschlichen Beschützern) geführt hat und wir bis auf zehn Meter an die friedlich weidenden Dickhäuter herangekommen sind.

Der schwarze Vogel mit dem seltsamen Sound ist, falls es euch interessiert, ein Drongo und die Krachmacher am Morgen Frankoline (mein Sohn hasst sie!).

Es ist übrigens kein Mythos, dass Elefanten mit Panik auf kleine Tiere wie zum Beispiel Mäuse oder auch Igel reagieren. Gerhard Gronefeld hat das experimentell an einer Dickhäutergruppe im Opel-Zoo Kronberg erprobt und schildert es in seinem Buch *Da zitterten die Elefanten* sehr eindrucksvoll. Auch in der Wildnis erschrecken Elefanten vor winzigen Nagern. Schaut mal ins Video der »Mythbusters« rein: https://www.youtube.com/watch?v=WpTSA_25wGE

Falls es dir – so wie Ava im Roman – seelisch schlecht geht oder du psychische Probleme hast, dann kannst du dich zum Beispiel ans SeeleFon (https://www.bapk.de/angebote/seelefon.html) oder die Deutsche Depressionshilfe wenden (https://www.deutsche-depressionshilfe.de). Gib nicht auf!

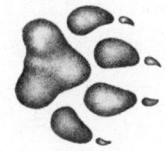

Klassenlisten der
Clearwater High

Zweitjahresschüler der Clearwater High
und ihre Schützlinge

Die Altersangaben beziehen sich auf den Beginn des zweiten Schuljahres, also Anfang September

Carag. 14, *Puma.* Er ist mutig und freundlich, liebt sowohl seine Puma- als auch seine Menschenfamilie (bei der er Jay heißt) und würde niemals seine Freunde im Stich lassen. Seine Hassfächer sind aktuell Mathe und Tiersprachen. (Schützling: **Terry**)

Holly. 13, *Rothörnchen,* ist frech und hat immer einen guten Spruch parat. Sie war lange im Waisenhaus und ist nicht besonders gut in der Schule. Seit seiner Ankunft an der Clearwater High ist sie Carags beste Freundin. (Schützling: **Tabitha**)

Brandon. 14, *Bison.* Er ist ein eher ruhiger Typ und musste erst lernen, seine große, kräftige Huftiergestalt zu akzeptieren (was seine Eltern nie geschafft haben). (Schützling: **Felix**)

Jeffrey. 14, *Wolf,* ist der clevere, etwas skrupellose Anführer des Schulrudels. Nett zu sein, empfindet er als Zeitverschwendung. (Schützling: **Mia**)

Tikaani. 15, *Polarwolf,* ist kämpferisch und manchmal etwas schroff; sie ist die Beta in Jeffreys Rudel. Tikaani stammt aus einem Inuit-Dorf hoch im Norden, in dem sich fast alle verwandeln können. (Schützling: **Jonne**)

Cliff. 15, *Wolf,* ist etwas verpennt, aber sehr groß und stark, deshalb ist auch er ein Betawolf im Rudel. Seine reichen Eltern interessieren sich mehr für ihre Firma als für ihn. (Schützling: **Miro**)

Dorian. 14, *Russisch-Blau-Kater,* hat als Haustier gelebt, war im Waisenhaus und fühlt sich sehr wohl in der Clearwater High, wo er jede unnötige Anstrengung vermeidet. (Schützling: **Juniper Ash**)

Nell. 14, *Maus,* ist die einzige schwarze Schülerin in der Klasse und lässt sich von niemandem etwas bieten. Ihre Tante ist Polizistin in New York. (Schützling: **Joe**)

Cookie. 12, *Opossum,* kommt aus einer großen Opossumfamilie, die in Tiergestalt lebt, und ist noch immer zart und ängstlich. Aber sie hat die schönsten Sommersprossen der ganzen Klasse. (Schützling: **Bobbie**)

Juanita, ca. 16, *Spinne,* nimmt meist an der Decke sitzend am Unterricht teil, weil sie sich nicht gerne verwandelt, ist aber allgemein beliebt. Beim Costa-Rica-Austausch haben sie und Vogelspinnen-Wandler Ignacio sich verliebt. (Schützling: **Aidan**)

Berta, 14, *Grizzly,* ist als Mensch in Alaska aufgewachsen und hat ihre Verwandlungen noch immer nicht ganz im Griff. Ihr Vater hat auf Andrew Millings Seite gekämpft. (Schützling: **Ava**)

Lou, 15, *Wapiti,* ist die Tochter des Verwandlungslehrers Mr Ellwood und Klassensprecherin der Zweitjahresklasse. Da sie fünf Geschwister hat, sehnt sie sich manchmal danach, alleine zu sein. (Schützling: **Kimberley**)

Leroy, 14, *Skunk,* ist hilfsbereit und neugierig, hat es aber als Stinktier nicht immer leicht, akzeptiert zu werden. (Kein Schützling)

Shadow, 16, *Rabe,* ist so wie seine Zwillingsschwester Wing als Tier aufgewachsen. Er denkt oft ans Essen, aber in letzter Zeit auch sehr oft an Frankie, mit dem er seit letztem Juni zusammen ist (Schützling: **Lotta**)

Wing, 16, *Rabe,* hat wie ihr Bruder Cherokee-Vorfahren. Sie und ihr Bruder sind mit Carag befreundet, aber auch mit dem Wolfsrudel, was ihnen das Leben nicht immer einfach macht. (Schützling: **Mondauge**)

Nimble, 14, *Kaninchen,* ist froh, dass er durch Carags Hilfe nicht mehr von den Wölfen tyrannisiert wird. Er ist musikalisch und zu den Menschen ist er gegangen, um von ihnen mehr über Musik zu lernen. (Schützling: **Matti**)

Frankie, 14, *Otter,* genießt es, sich in den Bächen und Flüssen der Rocky Mountains zu tummeln, hat einen scharfen Verstand und kennt sich exzellent mit Computern aus. Er ist mit Shadow zusammen. (Schützling: **Paolo**)

Henry, 13, *Frosch,* war erst erschrocken, als er durch Carag und seine Freunde erfahren hat, was seine zweite Gestalt ist, aber Lou hat ihn trotzdem geküsst. (Schützling: **Oscar**)

Erstjahresschüler der Clearwater High
und ihre Paten

Mia, 16, *Puma*, ist Carags Schwester, sie ist als Raubkatze in den Rocky Mountains aufgewachsen, doch Carag hat sie neugierig gemacht auf die Menschenwelt und seine Schule. (Pate: **Jeffrey**)

Joe, 18, *Kojote*, der rebellische, intelligente Sohn von Lehrer James Bridger, ist von daheim ausgerissen und jahrelang herumgedriftet, bis er den Weg zur Clearwater High gefunden hat. (Patin: **Nell**)

Miro, 6, *Wolfswelpe*, ist von seinem Wolfsrudel ausgestoßen worden und hat eine neue Heimat an der Schule gefunden, wo ihn Cliff und Bill Brighteye liebevoll betreuen. (Pate: **Cliff**)

Matti, 13, *Dachs*, hätte eigentlich schon ein Jahr früher an die Schule kommen sollen, doch dann fanden seine Eltern ihn noch zu jung. Er liebt Puzzles und Geduldsspiele und verzieht sich gerne, um allein zu sein. (Pate: **Nimble**)

Aidan, 19, *Assel*, war in psychologischer Behandlung bei Carags Menschenvater, weil er sich »einbildete«, eine Assel zu sein. Er bastelt

gerne mit Theo und gründet den Kellerclub mit. (Patin: **Juanita**)

Bobbie, 14, *Maulwurf*, schüchternes Mädchen mit dicker Brille, das großen Spaß an Erdarbeiten im Kellergeschoss der Schule hat. (Patin: **Cookie**)

Lotta, 12, *Polarfuchs*, lebhaftes, sympathisches Mädchen, das wie ihr Bruder Jonne aus Finnland an die Schule gekommen ist. Sie hat verschiedenfarbige Augen. (Pate: **Shadow**)

Jonne, 14, *Polarfuchs*, eishockeybegeisterter, kluger Bruder von Lotta (manche nennen ihn auch das wandelnde Lexikon). (Patin: **Tikaani**)

Felix, 14, *Igel*, hat sich unter großen Schwierigkeiten von Deutschland aus in die Rocky Mountains durchgeschlagen. Netter Kerl, der aber noch etwas schwach in Verwandlung ist. (Pate: **Brandon**)

Juniper Ash, 13, *Luchs*, manchmal etwas trotziges, zurückhaltendes Mädchen, das aber eine treue Freundin sein kann. Sie ist schon oft angefeindet worden, weil ihr Vater

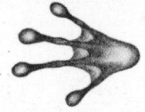

der berüchtigte Verräter Norris Clayton ist. (Pate: **Dorian**)

Ava. 11, *Steinkauz*, ist mit vielen Eulengeschwistern – darunter ihre Schwester Trudy – auf einer alten Farm aufgewachsen. Trudy, eine ehemalige Schülerin der Clearwater High, ist am Tag der Rache von Millings Leuten getötet worden. (Patin: **Berta**)

Mondauge. ca. 13, eine rötlich graue, etwas misstrauische *Wölfin* aus dem Yellowstone-Rudel. Carag und seine Freunde haben sie in den Sommerferien kennengelernt und gegen Tollwut geimpft. (Patin: **Wing**)

Terry. 12, rebellischer *Hund*, der immer das Gegenteil von dem tut, was man ihm befiehlt. Carag und seine Schwester haben ihn in den Sommerferien aus einem Tierheim befreit. (Pate: **Carag**)

Tabitha. 15, künstlerisch begabte, pessimistische *Fledermaus*, in die Brandon sich verliebt hat. Sie ist als Mensch aufgewachsen, war aber zusammen mit Terry im Tierheim gefangen und hat sich dort mit ihm angefreundet. (Patin: **Holly**)

Oscar. 12, *Lemming* aus Norwegen, angriffslustiger Einzelgänger, der sich mit Raubtieren jeder Größe anlegt. Er muss sich gegen den Mythos wehren, dass sich Lemminge immer mal wieder über Klippen stürzen. (Pate: **Henry**)

Paolo. 13, *Ameisenlöwe.* Paolo ist sehr von sich überzeugt, sieht sich als gefährliches Raubtier und ist auch ziemlich stark und in Basketball besser als Carag. (Pate: **Frankie**)

Salomé. 14, *Smilodon (Säbelzahntiger).* Um ihre aufsehenerregende zweite Gestalt als ausgestorbenes Tier so lange wie möglich geheim zu halten, bekommt sie Privatunterricht. Aufsehen zu erregen, ist ihr peinlich, sie ist eher ruhig und liest gerne. (**Bill Brighteye** persönlich coacht sie.)

Kimberley. 13, *Kanadagans*, mag sich selbst nicht besonders, weil sie sich für zu durchschnittlich und langweilig hält. Durch ihre freundlich-arglose Art wird sie Spionin für Andrew Milling und kommt danach nicht mehr aus der Situation raus. (Patin: **Lou**)

Viola. ca. 14, *Ziege*, ist als Haustier auf einer Farm entdeckt worden und leider im ersten Jahr durch die Prüfung gefallen, deshalb ist sie noch mal Erstjahresschülerin.

Zweitjahresschüler der Narawandu School, Namibia

Tsepo, 14, *Erdmännchen,* ist oft etwas albern, aber beim Überleben in der Wüste kann ihm niemand etwas vormachen. Er ist ein San und kommt aus einem kleinen Dorf in der Kalahari-Wüste von Namibia.

Ben, 12, ist ein netter, sportlicher und mutiger *Löwe,* als Mensch hat er helle Haut. Seine Eltern und er sind Weltenbummler, er hat schon viel erlebt.

Escoro, 15, *Schwarze Mamba,* lehnt sich gegen alle Autoritäten auf und weiß nicht, was er mit der Wut in sich anfangen soll. Die Lehrer haben schon ein paarmal versucht, ihn von der Schule zu verweisen. Er ist ein Zulu und Ilangas »Entdeckung«.

Felicitas, genannt **Fee,** 14, *Zebramanguste,* lebhaftes und geselliges, aber auch schmerzhaft ehrliches Mädchen. Da sie bisher Privatunterricht bekommen hat, genießt sie es, in der Narawandu School mit anderen Schülern zusammen zu sein.

Ilanga, 14, *Flughund.* Ihre Mutter (Leopardin) gehört zum Stamm der Xhosa und ist dort eine Sangoma, eine traditionelle Heilerin. Deshalb kennt die kluge, herzliche Ilanga auch selbst viele Zeremonien. Sie ist in Armut aufgewachsen und hat früh ihren Vater verloren.

Jimmy, 13, *Streifenhyäne,* lieber Kerl, der heimlich die Mülleimer der Schule durchstöbert. Er ist ein echter Pechvogel, aber das macht ihm nichts aus.

Paula, 14, *Erdferkel.* Die Tochter von Ratsmitarbeiter Steve Aboyo ist fantasievoll, liest gerne Fantasy und schwärmt für Einhörner. Sie ist als Mensch aufgewachsen und mag ihre zweite Gestalt nicht besonders, aber ihre Schwester **Imi** ist noch schlimmer dran, sie hat nämlich gar keine.

Limbo, ca. 15 Jahre, *Riesentausendfüßler.* Der als Tier aufgewachsene Limbo ist ein friedfertiger Vegetarier, der Schuhe sammelt und am liebsten in zweiter Gestalt lebt.

Adamu, 13, *Steppenzebra,* ein weißer Junge, der immer auf seinen Vorteil bedacht ist. Seine geschiedene Mutter kommt aus einer privilegierten weißen Familie und hat einen Mann aus dem Stamm der Kikuyu geheiratet.

Yemaya, 14, *Grévyzebra,* kommt aus Kenia. In ihrem Massai-Dorf wurde sie ausgestoßen, weil sie als verhext galt. Sie ist ziemlich

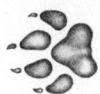
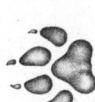
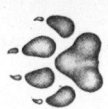

schlecht in Verwandlung und verzweifelt oft daran, dass sie mit Adamu in einer Herde ist.

Adisa. 13, *Berggorilla.* Der ausgeglichene Klassensprecher der Zweitjahresleute. Niemand stört sich daran, dass er ein bisschen stottert. Seine Familie wurde von Wilderern getötet und er kommt aus einem umkämpften Land.

Okana. 14, *Gepardin,* die auch schon in meinem Roman *Gepardensommer* mitspielen durfte (als elternloses Jungtier). Stilles Mathegenie. Ist von einer weißen, namibischen Familie adoptiert worden, in der sie sich noch fremd fühlt.

Amina. 13, *Fennek (Wüstenfuchs),* Klassenbeste und gnadenlose Perfektionstin. Sie ist als Mensch aufgewachsen, mag aber ihre Tiergestalt. Da sie sehr wenig isst und sehr dünn ist, machen sich einige Leute Sorgen um sie.

Leyla. 15, *Streifenschakal,* zurückhaltend, aber auch temperamentvoll und klug, schreibt Tagebuch und will Architektin werden. Sie findet Geheimnisse toll und mag es, andere zu beobachten.

Pierre. Alter unbekannt, *Pangolin (Steppen-Schuppentier).* Als Tier aufgewachsen, verwandelt er sich sehr selten, mag aber den Unterricht. Bevor er an die Schule kam, hatte er nicht mal einen Namen und nannte sich nur »Ich«. Er ist ein Einzelgänger, eher schüchtern.

Esmeralda. 15, *Gabelracke.* Als Mensch und Vogel sehr hübsch. Erfahrene Schummlerin in der Schule, obwohl sie eigentlich auch so gute Noten schreiben könnte. Beste Freundin von Grace, die sie beschützt.

Grace. *Termite.* Als Mensch ist sie sehr klein, nur 1,40 m, und als Tier erst recht. Sie ist ruhig, aber ein Gruppenmensch, und verwendet bedenkenlos Sachen von anderen, weil sie keinen Begriff von Eigentum hat.

Sandor. 13, *Strahlenschildkröte.* Der behäbige, hartnäckige Sandor widmet sich gerne seiner Lieblingsbeschäftigung Chillen. Er hat Heimweh, kann aber nicht zurück nach Madagaskar, weil dort immer mehr Wälder abgeholzt werden.

Schüler anderer Wandlerschulen
in diesem Band

Tiago, 14, *Tigerhai,* war sehr erschrocken, als er erfahren hat, dass er in zweiter Gestalt ein so gefährliches Meerestier ist. Zu Anfang hatten alle in der Klasse Angst vor ihm, doch inzwischen hat er Freunde gefunden – nicht zuletzt Shari.

Shari, 14, *Delfin,* ist fröhlich, optimistisch und manchmal etwas zu draufgängerisch. Sie ist als Großer Tümmler aufgewachsen und lebt erst seit wenigen Monaten an Land, deshalb kennt sie sich in der Menschenwelt noch nicht sonderlich gut aus.

Noah, 13, *Schwarzdelfin,* stammt aus Neuseeland und ist stolz auf sein Maori-Erbe. Er beeindruckt Holly nicht nur durch seine akrobatischen Sprünge in zweiter Gestalt.

Sierra, 15, tollpatschige, aber sehr schlaue *Wölfin* und *Blauhäherin.* Sie geht auf die Redcliff High in Kalifornien, die von ihren Eltern geleitet wird.

10 Dinge, die du tun kannst, um den Wald zu schützen

Katja Brandis, Autorin von *Woodwalkers* (katja-brandis.de)

1. **Respektiere Holz als wertvollen Stoff.** Jedes Stück Holz war mal ein Baum. Behandle es mit Respekt und versuche, aus Holzgegenständen, die deine Familie nicht mehr braucht, etwas anderes herzustellen oder das Material sinnvoll zu verwenden.

2. **Verwendet in der Familie keine Gegenstände aus Tropenholz** wie z. B. Teak, Mahagoni, Abachi, Meranti, Kambala etc. Leider ist es nicht immer leicht zu erkennen, was aus Tropenholz besteht und was nicht. Wenn die Holzart auf einem Produkt nicht genannt wird (zum Beispiel bei billiger Grillkohle), ist das verdächtig. Also zum Beispiel lieber Grillkohle aus Buchenholz kaufen, Buchen wachsen bei uns und sind nicht bedroht. Holz mit dem FSC-Siegel kommt vorwiegend aus nachhaltiger Forstwirtschaft.

3. **Spare Papier und verwende Recyclingpapier.** Statt eines Blatts Küchenrolle könntest du einen Lappen verwenden, statt Geschenkpapier bunte Tücher, statt Brötchentüte einen Stoffbeutel. Papierprodukte, die umweltfreundlich sind, erkennst du am Symbol »Blauer Engel«. Übrigens werden meine Romane im Arena Verlag seit Juni 2020 auf Recyclingpapier gedruckt und mit dem Blauen Engel ausgezeichnet! Du musst beim Bücherkaufen also kein schlechtes Gewissen haben.

4. **Iss weniger Fleisch.** Einerseits werden in Südamerika weite Regenwaldflächen abgeholzt, um Platz für Rinderweiden zu schaffen. Zum anderen wird in den Industriestaaten Soja an Rinder und Schweine verfüttert und für Sojaplantagen muss viel Regenwald weichen.

5. **Meide Produkte, die Palmöl enthalten.** Es ist schon viel Regenwald abgeholzt worden, um Ölpalmen-Plantagen zu schaffen, und das geschieht leider weiterhin. Überwiegend wird das gewonnene Palmöl in Biosprit umgewandelt (also keinen E10-Sprit in den Tank!). Ebenso findet sich Palmöl in Pflegeprodukten und Lebensmitteln.

6. **Lerne den Wald kennen** und erkunde ihn, dadurch wirst du noch mehr über ihn erfahren und ihn noch mehr ins Herz schließen. Aber Achtung, geh im Winter nicht querfeldein, damit du keine Wildtiere störst – auf der Flucht vor dir verbrauchen sie wertvolle Energie. Im Frühjahr (etwa ab April) solltest du deinen Hund in Wald und Feld an der Leine führen, damit er trächtige Wildtiere und neugeborene Junge nicht belästigt.

7. **Protestiere gegen Projekte, die dem Wald schaden.** Das kannst du zum Beispiel, indem du dich bei Umweltschutzorganisationen informierst und an Protesten (zum Teil per Internet/E-Mail), Aktionen und Streiks beteiligst. Auch Briefe und bohrende Fragen an Politiker oder andere Entscheider helfen!

8. **Lass dir ein Stück Wald schenken.** Zum Beispiel könntest du dir von deinen Verwandten statt eines »normalen« Geburtstagsgeschenks eine Spende für den Regenwald oder fürs Bäumepflanzen wünschen. Besonders sinnvoll ist es, Organisationen und Projekte zu unterstützen, die Waldgebiete aufkaufen, um sie zu schützen, oder die Gebiete aufforsten. Selbst wenn du nur zehn Euro spendest oder spenden lässt, hast du schon Dutzende von Bäumen vor Holzfällern bewahrt.

9. **Pflanze selbst Bäume.** Falls du Lust hast, selbst Bäume zu pflanzen (ob in eurem Garten oder anderswo), dann viel Spaß! Sprich das aber am besten mit einem kundigen Erwachsenen ab, damit der richtige Baum an den richtigen Ort kommt.

10. **Gib diese Tipps weiter.** Zum Beispiel könntest du in der Schule einen Vortrag über das Thema halten oder ein Projekt zum Thema starten. Oder wie wäre es mit einem Artikel in eurer Schülerzeitung? Je mehr Leute den Wunsch haben, den Wald zu schützen, desto mehr lässt sich bewegen!

Katja Brandis

Woodwalkers
Carags Verwandlung

Seawalkers
Gefährliche Gestalten

Auf den ersten Blick sieht Carag aus wie ein normaler Junge. Doch hinter seinen leuchtenden Augen verbirgt sich ein Geheimnis: Carag ist ein Gestaltwandler. Aufgewachsen als Berglöwe in den Wäldern, lebt er erst seit Kurzem in der Menschenwelt. Das neue Leben ist für ihn so fremd wie faszinierend. Doch erst als Carag von der Clearwater High erfährt, einem Internat für Woodwalker wie ihn, verspürt er ein Gefühl von Heimat. Doch sein neues Leben steckt voller Gefahren ...

Für Tiago ist es ein Schock, als er herausfindet, dass er ein Gestaltwandler ist. Und was für einer: In seiner zweiten Gestalt als Tigerhai wird er sogar von seinen Mitschülern gefürchtet. Einzig das fröhliche Delfinmädchen Shari hat keine Angst vor ihm. Doch ihre Freundschaft wird bereits beim ersten großen Abenteuer, das sie an der Blue Reef High erwartet, auf die Probe gestellt.

Band 1
280 Seiten • Gebunden
ISBN 978-3-401-60606-4
Beide Bände auch als E-Books und als
Hörbücher bei Arena audio erhältlich

Band 1
296 Seiten • Gebunden
ISBN 978-3-401-60612-5
www.arena-verlag.de

Katja Brandis

Woodwalkers – Die Rückkehr
Das Vermächtnis der Wandler

Pumajunge Carag kann es kaum erwarten, ins geheime Gestaltwandlerinternat Clearwater High zurückzukehren. Diesmal hat er seine Schwester Mia dabei, die bisher nur als wilder Puma in den Bergen gelebt hat. Wird sie sich wohlfühlen und mit den anderen klarkommen? Als Mentoren müssen sich Carag und seine Freunde zudem um die neuen Erstjahresschüler kümmern – das bedeutet Chaos pur! Mitten im trubeligen Schulalltag erhält Carag die Nachricht, dass sein alter, gefährlicher Feind Andrew Milling, der doch eigentlich im Gefängnis sicher verwahrt sein sollte, Hilfe von außen bekommt.

Band 1 • 336 Seiten • Gebunden • ISBN 978-3-401-60640-8 • www.arena-verlag.de

Entdecke spannendes Hintergrundwissen, Gewinnspiele und Aktionen und tauche tiefer in die Welt der Gestaltwandler ein!

Du wolltest schon immer Funfacts über peinliche Momente in den Walkers-Büchern erfahren oder die Originalschauplätze sehen, die Katja Brandis auf ihren Recherchereisen besucht hat? Dann komm vorbei und erlebe jede Menge Abenteuer mit Carag, Tikaani, Tiago, Shari und Co.

Hier geht's zur Fansite:

www.arena-verlag.de/katja-brandis